Heibonsha Library

レ・ミゼラブル

2

コゼット

Les Misérables
Deuxième partie : Cosette

社ライブラリー

Heibonsha Library

レ・ミゼラブル

2

コゼット

Les Misérables
Deuxième partie : Cosette

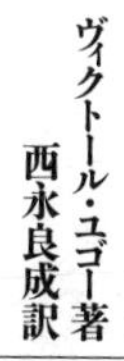

ヴィクトール・ユゴー著
西永良成訳

平凡社

本著作は平凡社ライブラリー・オリジナル版です。

目次

第二部　コゼット

第一篇　ワーテルロー

（　）の割註は原註、〔　〕の割註は訳註を示す。

第二部　コゼット

第一篇　ワーテルロー

第一章　ニヴェルからやってきて出会うもの

昨年（一八六一年）五月のある朝、ひとりの旅人、つまりこの物語の作者がニヴェルからやってきて、ラ・ユルプ方面に向かった。[1] 徒歩だった。二列の並木のあいだの広い鋪道を歩いていった。鋪道には大きな波のように次々と丘があらわれ、道が持ち上がったり下ったりしてうねっていた。彼はとっくにリロワとボワ・セニュール・イザークを通りすぎ、西の方角に、花瓶を逆さにしたような形のブレーヌ・ラルーの鐘楼をのぞんでいた。ひとつの丘の林を抜けると、間道の一隅に「旧城門第四号」という文字のある標識らしきもののそばに、「万人歓迎、大衆酒場、エシャボー」という看板を表にかかげた居酒屋があった。

その居酒屋から五百メートル先に行くと、ちいさな谷間の底に出た。道路の土手にわたされたアーチのしたを水が流れている。まばらだが、濃い緑の木立が鋪道の片側の谷間をおおい、反対側は木立が草原に散らばり、ブレーヌ・ラルーのほうまで美しく、脈絡なくつづいている。

道路沿いの右手に一軒の旅籠があって、門のまえに一台の四輪荷馬車、ホップを吊るす竿の大きな束、鋤などがあり、生垣のそばには干草が山と積まれていた。また四角い穴に石灰がくすぶり、藁で仕切った古い納屋に沿って梯子が一台置いてある。ひとりの少女が畑で草取りをしていたが、そこには、村祭にやってくる旅回りの芝居興行のものとおぼしき黄色のポスターが風にはためいている。旅籠の角、アヒルの一群が泳いでいる沼の脇に、舗装のお粗末な小径があって、藪の奥深くまでつづいている。旅人はそこにはいった。

互い違いに煉瓦を積み、とがった切妻をのせた十五世紀風の壁に沿って百歩ほど歩くと、旅人はアーチ型の大きな石門のまえに出た。この門はアーチの起点が直線の、重々しいルイ十四世様式のもので、平らな円形の浮彫がふたつほどこされている。建物の厳めしい正面が門を見下ろしている。正面と直角をなしている壁がほとんど門に接し、急な直角をつくっている。門のまえの牧場には、馬鍬が三本散らばっていて、そのあいだから色とりどりの五月の花々が顔を出している。門は閉まっている。門の仕切は錆びた古い槌のついた、朽ちかけている両開きの扉だ。

太陽はうららかで、木々の枝は風によってというより、鳥の巣からでもやってくるように思われる、あの五月の穏やかなおののきに揺れている。恋をしているのだろうが、一羽の鳥が大きな木のうえで狂ったようにさえずっている。

旅人は身をかがめて、門の支柱の真下、左側にある石に、球形の窪みに似た丸い穴があるのをしげしげとながめていた。

そのとき、両開きの扉が開いて、ひとりの農婦が出てきた。

農婦は旅人を見て、彼がながめているものに気づいた。

「こんなことをしたんはフランスの弾丸でさ」

それからこう言いそえた。

「門のもっとうえのほうの、釘のそばに見えるんは、でかいビスカイ銃の銃弾でさ。ビスカイでも板を突き通せんかったもんで」

「このあたりは、なんというところですか?」と旅人は尋ねた。

「ウーゴモンでさ」と農婦は言った。

旅人は身を起こし、数歩あるいて、生垣のうえを見にいった。木立をとおして、地平線に小山のようなものが見え、その小山のうえに、遠くからだと、どことなくライオン[2]に似ているものがあった。

彼はワーテルローの戦場にいたのである。

第二章　ウーゴモン

ウーゴモンは不吉な場所だった。ナポレオンと呼ばれるあの偉大な樵夫がワーテルローで出会った初めての障害、最初の抵抗、斧の一撃がぶつかった最初の節だった。

かつてここは城であったが、いまはただの農家にすぎない。考古学者のあいだでは、ウーゴモンは「ユゴーモン」と呼ばれている。この館はソムレル侯によって建てられたもので、ユゴー侯はヴィレール大修道院に第六番目の礼拝堂付き司祭職の基金を寄進したのと同一人物である。

旅人は扉を押し、ポーチのしたにある古い四輪馬車の脇を通って、中庭にはいった。

中庭で最初に目についたのは、まわりが崩れ落ちて、まるでアーケードのように見える十六世紀風の扉だった。記念碑的な光景はしばしば廃墟から生まれるものである。アーケードのそばの壁には、アンリ四世時代の迫石のついたもうひとつの門が開かれ、それをとおして果樹園の木々が見える。門のそばには堆肥溜の穴、鶴嘴やシャベル、何台かの荷車、敷石と鉄の滑車のついた古井戸、跳ねまわっている子馬、尾を広げている七面鳥、ちいさな鐘楼をのせた礼拝堂、礼拝堂の壁に沿って植えられた花盛りの梨の木など。この庭こそ、ナポレオンが征服を夢見ていた中庭だった。もし彼がこの地上の片隅を奪取できていたなら、世界を掌中におさめたことだろう。いまここでは、数羽の鶏が嘴で埃を散らしている。なにかの唸り声が聞こえる。それは歯をむき出しにした大きな犬で、イギリス軍の代わりにそこにいるのだ。

ここでのイギリス軍は見事だった。クック率いる近衛兵四個中隊が一軍団の執拗な攻撃にたいして七時間もちこたえたのである。

実測図で見るとウーゴモンは、建物や囲い地をふくめて、角をひとつ落としたような一種の不規則な長方形をなしている。この角に南門があり、その門は至近距離で撃たれてもびくともしない壁に守られている。ウーゴモンにはふたつの門があり、一方は南門、すなわち城の門で、他方は北門、つまり農園の入口である。ナポレオンはウーゴモンに弟ジェロームを差しむけた。ギユミノ、フォワ、バシュリュらの師団がそこに突進し、レイユのほとんど全軍が投入されたが失敗におわった。ケレルマンの砲弾はその豪壮な壁面に向かって撃ちつくされた。ボーデュアン旅団が北からウーゴモンを突破しようとしたが力およばず、ソワ旅団は南方から攻撃しようとしたが奪取できなかった。

中庭の南側には農家が並んでいる。フランス軍に粉砕された北門の一部が壁に掛かっている。それは二本の横木に釘づけされた四枚の板で、攻撃の痕跡がはっきりと認められる。

フランス軍によって突破された北門は、壁にさがっていた板の代わりに木片がつけられ、中庭の奥に細めに開いている。この門は北の中庭をふさぎ、下が石で上が煉瓦の壁を四角にくりぬいている。それはどこの小作地にもあるような、ただの荷馬車の出入口で、荒削りの板でできた広い開き戸になっている。その向こうは牧場である。この入口の争奪戦は熾烈だった。門の支柱には長いあいだ、あらゆる種類の血まみれの手の跡が見られた。ボーデュアンが戦死したのはここである。

戦いの嵐はいまもこの中庭に残り、その惨禍がまざまざと目に見えるようだ。ここでは激戦の大混乱が化石になっているのだ。ある者は生き、他の者は死んだ。それは昨日のことのようだ。壁は崩壊し、石は落下し、割れ目は絶叫している。あちこちの穴はまるで傷口みたいで、傾き震えている木々はいち早く逃げだそうと必死にあがいているようだ。

一八一五年には、この中庭はいまよりずっとがっしりと造られていた。その後打ち捨てられた建造物が、凸角堡、鋭角や直角の堡塁になっていた。

イギリス軍はそこにバリケードを築いていた。フランス軍は突入できたが、もちこたえられなかった。礼拝堂の横の城の一翼はウーゴモンの館の唯一の残骸で、崩れたまま立っているが、まるで腹をえぐられたようなありさまだ。城が主塔の、礼拝堂が防塞の代わりをした。ここで両軍は殺戮しあった。壁のうしろ、納屋のうえ、地下倉の奥から、すべての窓や風窓や石の隙間など、ありとあらゆるところから射撃されたフランス兵は、柴の束を運んできて、壁と人間に火を放った。散弾にたいして火炎で対抗したのである。

廃墟となった城の一翼には、鉄格子のついた窓越しに、煉瓦造りの母屋の部屋がいくつも壊れているのがかいま見える。イギリスの衛兵たちが待伏していたのはそのあたりだった。一階から屋根までひびのはいった螺旋階段は、まるで壊れた貝殻の内側のようだ。階段は上下ふたつある。包囲されて上の階段に集結したイギリス兵たちは、下の階段を切り離してしまった。いまではその階段の青い板石が、刺草のなかにひと塊に放置されている。階段の十段ほどがまだ壁に残り、第一段のうえには三叉の矛の形が刻まれている。これらの階段は昇ることこそできないが、壁の窪みにしっかりはまっている。残りは歯の抜けた顎に似ている。そこに二本の古木があって、一本は枯れ、もう一本は根元が傷んでいるが、四月にはまた緑の芽を出す。一八一五年以後、その木は階段を突きぬけて伸びはじめたのである。

礼拝堂のなかでも殺し合いがあった。内部はふたたび平穏を取りもどしているが、どこか異様な雰囲気である。殺戮のあとではもう、ミサも唱えられなくなった。それでも、祭壇だけは残っている。荒削りな木製の祭壇で、原石の土台に立てかけてある。石灰乳で洗われた四方の壁、祭壇に向かってひとつの扉、ふたつのアーチ型の小窓、扉のうえに木製の大きな十字架像、この十字架像の上方に干草の束でふさがれた四角い風窓、床の片隅にはガラスがすっかり壊れた古い窓枠。これらがかつての礼拝堂の名残である。祭壇のそばに十五世紀の聖アンナの木像が釘づけになっている。幼子イエスの頭はビスカイ銃で吹き飛ばされてしまった。しばらく礼拝堂を制圧していたフランス兵が、やがて追い立てられて、火を放った。この廃屋がすっぽり炎につつまれ、大竈のようになった。扉が焼け、床が焼けたが、木製のキリストは焼けなかった。火は黒くなった焼跡の見える像の足下にまでおよんだが、そこで消えた。この地方の人びとが言うには、それは奇蹟だった。幼子イエスは頭を吹き飛ばされたのだから、この木製のキリストほどには幸せでなかったようだ。

壁には一面に書込みがある。キリストの足下に「エンキネス」という名前が読みとれる。その他に「リオ・マヨール伯爵」「アルマグロ侯爵夫人（ハバナ）」など。怒りのしるしなのであろう、感嘆符のついたフランス人の名前もいくつかある。この壁は一八四九年に白く塗りなおされた。そこで諸国民が互いに侮辱しあっていたからである。

斧を手にした死骸が収容されたのは、この礼拝堂の入口である。その死骸はルグロ少尉のものだった。

礼拝堂を出ると、左手にひとつの井戸が見える。この中庭には井戸がふたつある。なぜこの井戸には手桶も滑車もないのか、と問う者がいるかもしれない。それは水を汲む人がもうないからだ。なぜ水を汲まなくなったのか？　それは井戸が骸骨でいっぱいだからだ。

この井戸の水を最後に汲んだのは、ギヨーム・ヴァン・キルソンという男だった。ウーゴモンに住む農夫で、庭師をやっていた。一八一五年六月十八日、彼の家族は逃亡し、森に隠れてしまった。

ヴィレール大修道院のまわりの森は、散りぢりになった不幸な住民たちを数日、数夜にわたってかくまった。いまでもまだ、燃やされた老木の幹など、それと見分けられる残存物の一部が、叢林の奥で震えていたその哀れな露営の跡をとどめている。

ギヨーム・ヴァン・キルソンは「城の番をするために」ウーゴモンにとどまったのだが、地下倉で背を丸めていた。そこをイギリス兵たちに発見され、隠れ場所から引きだされた。彼らはサーベルの面のところで彼を叩いて、この怯えきった男にさまざまな用事を言いつけた。彼らの喉が渇くと、ギヨームが飲水を持ってきた。彼が水を汲んだのはこの井戸であった。多くの者たちがそこで最期の水を飲んだ。大勢の死者に水を飲ませたこの井戸そのものも、やがて死ぬことになった。

戦闘がすんでも、死者を埋葬するという慌ただしい仕事があった。死には戦勝に水を差す独自のやり方があり、栄光のあとには疫病がつきまとうのである。チフスは勝利につきものなのだ。この井戸は深かったので、墓場にされてしまった。三百の死者が投げこまれた。おそらくは、あまりにもいそいそと。はたしてその全員が死者だったのだろうか？　伝説によれば、そうではなかった。埋葬のあとの夜、井戸のなかから助けを呼ぶ弱々しい声が聞こえたという。

この井戸は中庭の真ん中にぽつんと孤立している。石と煉瓦でできた二色の三つの壁が、まるで衝立の面のように折れ曲がり、四角い小塔のような形で、三方から井戸を囲んでいる。四番目の方角だけが開かれていて、そこから水を汲んでいたのである。奥の壁には、不格好な円窓のようなものがあるが、これはおそらく砲弾の穴であろう。かつてその小塔には天井があったが、いまでは梁しか残っていない。右手の壁の支えの金具は十字架の形をしている。身をかがめて見ると、目は闇また闇の深い煉瓦の円筒のなかに吸いこまれてしまう。井戸のまわりの壁は、したのほうが刺草のなかに隠れている。

この井戸の正面には、ベルギーの大方の井戸に特有の、縁石になる青く広い敷石はない。青の敷石の代わりに一本の横木があって、それが大きな骸骨に似て、節くれだち、ごつごつして不格好な五、六本の丸太で支えられている。桶も鎖も滑車もなくなっているが、排水口の役を果たしていた石の流しがまだ残っている。ときどき、近くの森の小鳥がそこにたまった雨水を飲みにやってきては飛んでいく。

この廃墟に一軒の農家があって、いまも人が住んでいる。家の戸口は中庭に面している。戸にはゴチック式錠前のきれいな板金のそばに、クローバーの形をした鉄の取手が斜めに取りつけられている。ハノーヴァーの中尉ヴィルダがこの農家に逃げこもうと取手をつかんだとき、フランス軍のある工兵が斧の一撃で中尉の手を切り落としたのだった。

この家に住んでいる一家の祖父は元庭師のヴァン・キルソンだが、とっくに死んでいる。ひとりの灰色の髪の女性が、こんなふうに話してくれる。「わたしもあのときいましたさ。三歳でしたさ。わたしより大きい姉さんが怖がってさ。わんわん泣いてばっかり。わたしらは森んなかに連れてこられてさ。わたしはかあさんの手に抱かれてた。みんながこう地面に耳をくっつけて、聞いていたさ。でも、わたしのほうは大砲の真似をして、ブーン、ブーンと言ってたさ」

前述のとおり、中庭の左側の門は果樹園に通じている。

果樹園は三部分に分かれている。ほとんど三幕に分かれていると言っていいかもしれない。第一部は庭、第二部は果樹園、第三部は森である。この三部分には共通の囲いがある。入口のほうは城館の建物と農園、左側に生垣、右側に壁、奥には壁がある。右の壁は煉瓦造り、奥の壁は石造りである。まず庭にはいる。庭は下りになっていて、スグリの木が植えられ、野生の植物が生い茂り、瓢箪形の手すりのついた切石の仰々しい露台で囲ってある。これはル・ノートル[1]以前のフランス様式初期の領主の庭だったが、いまでは廃墟と茨だけになっている。柱形には石の砲弾とも見える球体がのせられている。いまでも土台のうえに四十三の手すりがある。他の手すりは草のなかにころがっているが、ほとんど全部に散弾の傷跡がついている。ひとつの壊れた手すりが、折れた脚のように、船首形になった土台のうえに置かれている。

果樹園より低いこの庭に、フランスの軽歩兵第一連隊の選抜歩兵六名が突入したものの、そこから出られず、さながら穴のなかの熊のように、捕らえられ追いつめられて、ハノーヴァー軍の二個中隊と戦わざるをえなくなった。その一個中隊はカービン銃で武装していた。ハノーヴァー兵はこの手すりに沿って並び、上から攻撃した。大胆不敵にも、二百人を相手に六人で下から応戦したフランスの選抜歩兵たちには、スグリの木以外の遮蔽物はなかったというのに、戦死するまで十五分もちこたえた。

いくつか段を昇ると、庭からいわゆる果樹園にはいる。ここのわずか数十平方ほどのなかで、一時間足らずのあいだに千五百名が戦死した。壁はいまにも戦闘を再開しそうに見える。いろんな高さのところに、イギリス兵によって穿たれた三十八の銃眼がまだ残されている。その十六番目の銃眼のまえに、イギリス兵の花崗岩の墓がふたつ横たわっている。銃眼は南側の壁にしかない。主な攻撃はそこからなされた。この壁は外側が大きな生垣で隠されている。フランス軍はそこまで達し、ただの生垣しかないものと思いこんで、それを越えたところ、障害物であり待伏場所だったその壁にぶつかった。ところが、そのうしろにはイギリスの衛兵隊がいて、三十八の銃眼が一斉に火をふき、散弾や弾丸の嵐となった。そしてソワ旅団が粉砕された。ワーテルローの戦いはこのようにはじまったのである。

とはいえ、果樹園は奪取された。梯子がなかったので、フランス兵は爪でよじ登った。両軍は木々のしたで白兵戦をおこなった。あたりの草は一面血まみれになった。七百名のナッサウの大隊はそこで撃破された。壁の外側はケレルマンの砲兵二個中隊に狙われたので、散弾で穴だらけになっている。

この果樹園は他の果樹園と同じように、五月という月がひときわ感じられる。金鳳花や雛菊が咲き、草が高く伸び、鋤馬が草をはみ、木々のあいだには、馬の毛で綯った洗濯物を乾かす縄がはられ、通る者に頭をかがめさせる。この荒地を歩くと、足がモグラの穴にはまることがある。草のなかに根こそぎにされた一本の幹が横たわっていて、そこから緑の芽がふいている。ブラックマン少佐はその幹にもたれて息絶えた。この幹の近くにある大木のしたで、ドイツの将軍デュプラが倒れた。この将軍はナントの勅令が廃止された〔2〕ときに亡命したフランス人一家の出である。

そのかたわらに、傷んだリンゴの老木がかしいでいるが、藁と粘土の包帯がほどこされている。あらかたのリンゴの木は朽ち、倒れそうになっている。弾丸やビスカイ銃の散弾をうけていないリンゴの木はただの一本もない。朽ち果てた木々の残骸がこの果樹園にはみちあふれている。鴉の一群が枝のあいだを飛んでいる。その奥には菫の咲き乱れる森がある。

ボーデュアンが戦死し、フォワが負傷し、火事、殺戮、虐殺があり、イギリス兵の血、ドイツ兵の血、フランス兵の血が狂おしく混ざって川になり、井戸が死体で埋まり、ナッサウとブランシュウィックの連隊が壊滅し、デュプラ、ブラックマンが戦死し、イギリスの衛兵隊が負傷し、レイユのフランス軍本隊の四十大隊のうち二十大隊が虐殺され、ウーゴモンのこのたったひとつの陋屋だけで三千人もの兵士が切られ、手足をうしない、喉をえぐられ、銃殺され、焼かれた。このような惨状は、いまではひとりの農夫が旅行者をつかまえてはこう言うためなのだ。「だんな、三フランくださいな。よろしければ、ワーテルローのことをお話ししますよ！」

第三章　一八一五年六月十八日

これは物語の作者の権利のひとつであるから、ここで話をまえにもどそう。そこで、一八一五年という年、さらには本書の第一部で語られた物語がはじまる時代のすこし以前にまで、さかのぼってみよう。

一八一五年六月十七日から十八日にかけての夜、もし雨が降らなかったなら、ヨーロッパの未来は変わっていた。雨が数滴多いか少ないかによって、ナポレオンの運命が左右されたのである。ワーテルローの戦いをアウステルリッツの戦勝[1]のような結末にしないためには、神はほんのちょっぴり雨を降らせるだけでよかったし、季節外れの雲の一片が空を横切るだけで、ひとつの世界を崩壊させるのに充分だったのだ。

ワーテルローの戦いは、十一時半になってようやくはじめられたが、これでブリュッヘル将軍[2]に戦場に到達する時間をあたえてしまった。なぜか？　それは地面がぬかるんでいたからだ。砲兵隊を行動させるには、もうすこし地面が固まるのを待たねばならなかったのである。

ナポレオンは砲兵将校だったので、その影響をうけていた。この並外れた名将の根幹には、アブキールの戦い[3]にかんする総統政府への報告書のなかで「我が軍の砲弾のあるものは、敵兵六人を倒した」と述べていたような男がいたのである。彼の作戦計画のすべては砲弾のために立てられていた。砲兵隊をある一点に集中させる、それこそ彼の勝利の鍵だった。敵将の戦略をひとつの城塞と見立て、そこを大砲で攻撃して突破口を開く。散弾で敵の弱点をつき、大砲で戦端を結んだり解いたりする。彼の天才には射撃がふくまれていた。方陣を打ち破り、連隊を殲滅し、戦線を破り、密集隊形を粉砕し四散させること、彼にとってすべてがそこに、たえまなく撃ちに撃って、撃ちまくることにあり、この仕事を砲弾にまかせた。恐るべき方法であり、これが天才と結びついて、戦争という乱闘の不気味なこの拳闘士を十五年間無敵にしていたのである。

一八一五年六月十八日には、数のうえで優位だったので、彼はいっそう砲兵隊を頼りにしていた。ウェリントンには百五十九門の火砲しかなかったが、ナポレオンは二百四十門持っていたのだ。

もし土が乾いていたら、砲兵隊を走らすことができ、交戦は朝の六時にはじまっていただろう。戦闘はフランス軍の勝ちになって、二時におわっていたことだろう。プロシア兵の急展開の三時間まえである。

この戦いの敗北において、ナポレオンの側にどれだけの失敗があったのだろうか？　難破の責任は水先案内人にあったのだろうか？

身体の明らかな衰えが、あのときナポレオンの精神力にある種の減退を招いていたのだろうか？　二十年にもわたる戦争に刀も鞘も、身も心もすり減らしていたのだろうか？　残念ながら、この指揮官のうちに老兵が姿をあらわすのが感じられたのだろうか？　ひと言でいえば、多くの尊敬すべき歴史家がそう信じたように、あの天才にも翳りが生じたのだろうか？　彼はみずからの衰退をじぶんに隠すために熱狂に走ったのだろうか？　冒険の活力が喪失して動揺しはじめたのだろうか？　将軍としては重大なことであるが、危険を意識しなくなったのだろうか？　行動の巨人とも呼べるこのような偉大な身体にも、天才が近視眼的になる年齢があるのだろうか？本物の天才には、老化もなんら影響をあたえない。ダンテやミケランジェロのような人たちにとっては、年をとることは成長を意味したが、ハンニバルやボナパルトのような人には衰退を意味することになるのだろうか？　ナポレオンは勝利にたいする感性をうしなっていたのだろうか？彼はもう暗礁を見つけることも、罠を見抜くことも、崩れかかった奈落の淵を見分けることもできなくなっていたのか？　破局にたいする勘がはたらかなくなったのか？　かつては勝利へのあらゆる道を知りつくし、稲妻のような戦車のうえから、王者の指先でとるべき道を指し示していた彼は、いまや騒々しい烏合の衆にすぎない軍団を絶壁の淵まで連れていくほどに、嘆かわしい恐慌をきたしていたのか？　彼は四十六歳にして極度の狂気にとらえられたのか？　運命の巨大な御者であった彼も、いまや途方もなく無鉄砲な男に成りはてたのか？

筆者はすこしもそうは思わない。

だれしも認めるように、彼の作戦計画は傑作だった。連合軍の戦線の中央に真っ直ぐに突き進み、敵陣に穴を開け、ふたつに分断して、半分のイギリス軍をアル方面に、もう半分のプロシア軍をトングル方面に追いやり、ウェリントン軍とブリュッヘル軍をふたつに分けて、モン・サン・ジャンを奪取し、ブリュッセルを占領し、ドイツ軍をライン河に、イギリス軍を北海に突き落とす。ナポレオンにとって、これらすべてがこの戦闘にかかっていた。そのあとのことは、いずれ分かるだろう。

言うまでもないことだが、筆者はここでワーテルローの歴史を書くつもりはない。筆者が語る悲劇を生んだ場面のひとつが、この戦いと密接な関係にあるというにすぎない。歴史は本書の主題ではないのだ。もっとも、この戦争の歴史書ならすでに書かれている。あるものはナポレオンの見地から、またあるものは卓越した歴史家たちの一団（ウォルター・スコット、ラマルティーヌ、ヴォーラベル、シャラス、キネー、ティエール等）によって見事に記述されている。筆者としては、歴史上のさまざまな議論を歴史家たちにまかせておく。筆者は距離をおいた証人、平原の旅人、人間の肉体でこねられたこの土地に関心をもつ探究者にすぎず、もしかすると外見を現実と取り違えているかもしれない。おそらく幻想も混じっているはずの事実の全体にたいし、学問の名のもとに盾突く権利もなければ、体系的な理論を打ち立てるほど軍事的経験も戦略的能力ももってはいない。筆者の考えでは、ワーテルローでは偶然の連続が両軍の指揮官を支配していたと思える。運命というあの不可解な被告にかんしては、筆者は民衆という純朴な判事と同じように裁定する。

第四章　A

ワーテルローの戦いをはっきり思い浮かべたいなら、頭のなかで大文字のAを地面に横たえるだけでよい。Aの左足がニヴェル街道、右足がジュナップ街道で、Aの横線はオアンからブレーヌ・ラルーに向かう窪んだ道である。Aのてっぺんがモン・サン・ジャンで、そこにウェリントンがいる。左下の端がウーゴモンで、そこにレイユがジェローム・ボナパルトとともにいる。右下の端はラ・ベラリアンスで、そこにナポレオンがいる。Aの横線が出会い、右足を横切っている点のやや下がラ・エ・サントである。この横線の中央こそまさに勝敗を決した地点であった。そこに、はからずも皇帝の近衛兵の最高の武勇の象徴となったライオン像が置かれた。

Aの頂点と、ふたつの足と横線にはさまれた三角形がモン・サン・ジャンの台地である。この台地の争奪が戦いのすべてだった。

両軍の両翼はジュナップ街道とニヴェル街道と、左右に伸びている。エルロンはピクトンと対峙し、レイユはヒルと向きあっている。

Aの頂点のうしろ、すなわちモン・サン・ジャンのうしろは、ソワーニュの森である。

台地そのものについては、起伏のある広大な土地を思い浮かべればよい。地襞がつぎの地襞を見下ろし、起伏の全体がモン・サン・ジャンに向かって高くなり、その地点で森に接している。

戦場で敵対するふたつの軍隊はさしずめふたりの闘士である。双方の取っ組み合いになる。一方が他方を倒そうとして、なんにでもしがみつく。草むらが足場になり、壁の角が防塞になる。後盾にするあばら屋がなければ、一個連隊が退却する。平地の窪み、地形の変化、願ってもない脇道、森、峡谷などがひとつあるだけで、軍隊と呼ばれる巨人の足をとめたり、退却を妨げたりできる。戦場の外に出る者は敗北する。だから、責任ある指揮官は、どんなちいさな木の茂みをもしらべ、どんなちいさな起伏でも見極めなくてはならない。

両将軍は、こんにちワーテルロー平原と呼ばれるモン・サン・ジャンの平原を入念に研究した。前年からすでに、ウェリントンは先見の明を発揮して、大戦の最後の要地としてこのあたりをしらべていた。六月十八日、この土地とこの決戦で、ウェリントンは有利な位置を占め、ナポレオンは不利な位置にあった。イギリス軍が上方にいて、フランス軍は下方にいたからである。

ここで、一八一五年六月十八日未明、ロッソムの丘で馬にまたがり望遠鏡を手にしているナポレオンの姿を描くのは、よけいなことであろう。その姿をいまさら見せられるまでもなく、だれしもすでに見たことがあるからだ。ブリエンヌ士官学校のちいさな帽子をかぶった静かな横顔、緑の軍服、記章を隠す白い折返しの襟、肩章を隠している灰色のフロックコート、チョッキのしたの紅綬の一端、革の半ズボン、隅々まで飾り文字のNと鷲の紋章をちりばめた深紅のビロードの馬布をつけた白馬、絹の靴下のうえにはいた乗馬靴、銀の拍車、マレンゴ[1]でつかった剣など、この最後のカエサルの姿は、人びとの想像のなかで颯爽と立ち、ある者たちからは称えられ、別の者たちからは厳しい目で見られている。

この姿は長いあいだ、全身すっぽり光につつまれていた。これは大多数の英雄たちが発散し、つねに多少なりとも真実をおおい隠す伝説的な曖昧さによるものだった。しかしいまでは歴史と白日の光がある。

歴史という明かりは無慈悲である。不思議なもので、歴史には神に似たところがあり、光でありながら、またまさしく光であるからこそ、人が光線しか見ないところに、しばしば陰影を投げかける。歴史は同じ人間からふたつの異なった幻影をつくる。そして一方が他方を攻撃し、裁き、独裁者の闇が名将の光と闘うことになる。だからこそ、諸国民の評価のほうにまともな尺度が見られるのである。侵略されたバビロンはアレクサンドロスの価値を落とし、隷属させられたローマはカエサルの価値を落とし、滅ぼされたエルサレムはティトゥス[2]の価値を落とす。暴虐は暴君のあとを追う。背後にじぶんの形をした暗黒を残していくのは、ひとりの人間として不幸なことである。

第五章　戦闘の「不明ナルモノ」

この戦いの最初の局面がどんなものだったか、だれでもよく知っている。両軍は混乱し、見通しが立たず、どっちつかずで、切迫したものだったが、イギリス軍にはフランス軍より、いっそう深刻な状況だった。

終夜、雨が降っていた。土砂降りの雨のせいで、地面は穴だらけになり、水が平原のあちこちの窪みに、まるで洗桶みたいにたまっていた。あるところでは、補給部隊の車の車軸までが水につかっていた。馬の腹帯から泥水がぽたぽた落ちていた。もし移動する荷馬車の群によって小麦やライ麦が倒されて轍を埋め、車輪のしたの敷藁の代わりをしなかったなら、とくにパプロット付近の谷間では、どんな行動もできなかったことだろう。

戦いは遅い時刻にはじまった。さきに説明したように、ナポレオンは全砲兵隊をピストルのように掌中に握りしめ、戦場のここぞという地点を狙い撃ちする習慣があった。だから彼は、馬に引かせた砲兵隊が自由自在に動き、駆けまわることができるようになるまで待っていたかった。そのためには、太陽が出てきて、地面を乾かしてくれることが必要だった。しかし、太陽は出てこなかった。これでもう、アウステルリッツのようなわけにはいかなくなった。大砲の第一発目が発射されたとき、イギリスの将軍コルヴィルは腕時計を見て、十一時三十五分であることを確かめた。

戦闘は激烈に、おそらく皇帝が望んだ以上に激烈に、フランス軍左翼のウーゴモンへの攻撃によって開始された。それと同時にナポレオンは、ラ・エ・サントにキオー旅団を急がせて中央を攻撃し、ネー[1]は、パプロットに陣を布いたイギリス軍左翼に向かってフランス軍右翼を進軍させた。

ウーゴモンへの攻撃はいくぶんか見せかけだった。ウェリントンをそこに引きつけ、左翼に傾かせること、それが作戦だった。もしイギリス衛兵の四個中隊と勇敢なベルギーのペルポンシェール師団が陣地を強固に守っていなかったなら、その作戦は成功しただろう。ところがウェリントンは、そこに戦力を集中せずに、援軍として別の衛兵隊四個とブランシュウィックの一個大隊を差し向けるだけですますことができた。

パプロットへのフランス軍右翼の攻撃は徹底的だった。イギリス軍左翼を撃退し、ブリュッセル街道を切断し、きたるべきプロシア軍の通路をふさぎ、モン・サン・ジャンを掌中におさめ、ウェリントンをウーゴモン方面に、そこからブレーヌ・ラルー方面に、そこからアル方面に追いつめること、これ以上単純明快な作戦はなかった。いくつかの偶発事をのぞけば、この攻撃は成功した。パプロットは陥落し、ラ・エ・サントは奪取されたからである。

ここに特記すべき細部がある。イギリス軍の歩兵隊、とりわけケンプト旅団には大勢の新兵たちがいた。これらの若き兵士たちは、わが軍の恐るべき歩兵隊を相手に勇敢に戦った。彼らが未経験だったおかげで、かえって大胆に苦境を脱することができたのである。彼らはとりわけ見事な散兵戦をやってのけた。散兵戦では、兵士は多少なりとも勝手に行動するので、いわばじぶんがじぶん自身の将軍になる。この新兵たちはいくらかフランス的な創意と激烈さを発揮した。これら新米の歩兵には血気があった。このことはウェリントンの気に入らなかった。

ラ・エ・サント陥落のあと、戦局は揺れうごいた。

この日の正午から四時まで、不明な時間があった。この戦いの中心がほとんど判然とせず、乱戦の闇の様相を呈していた。しかも黄昏どきになっていた。この靄のなかに、なにか広大な揺らめきが認められた。目がくらむほどの幻影、こんにちではほとんど知られていない当時の軍装、つまり炎のような毛皮の高帽、揺れうごく騎兵の腰鞄、十文字にかけた革装具、手榴弾がはいった弾薬入れ、軽騎兵の肋骨のついた軍服、襞の多い赤の長靴、モールの花飾りのついた重い軍帽などである。また深紅の軍服のイギリスの歩兵に混じって、ほとんど黒の軍服のブランシュウィックの歩兵隊、肩章の代わりに輪になった大きな白のモールを袖穴につけたイギリス兵、銅のバンドと赤い飾り毛のついた細長い革の兜をかぶったハノーヴァー軽騎兵、膝を出し格子縞の外套を着たスコットランド兵、わが軍の擲弾兵の白く大きなゲートルなど。こうなるともう戦線ではなく、まさに絵画そのものであり、グリヴォヴァル向きのものでなく、サルヴァトール・ローザ[2]向きのものになる。

戦争にはいつも、ある一定量の嵐が入り混じる。「ドコカ不明ナルモノハナニカ神聖ナルモノ」〔このように漢字とカタカナ混じりの語句・文章の原語はラテン語。以下同様〕と同じというわけである。どんな歴史家もこのような混乱のなかで、じぶんの気に入るように大筋をすこしばかり跡づけてみせる。将軍たちの策略がどのようなものであれ、大軍同士の衝突は計算できない逆流を免れない。じっさいの戦闘においては、ふたりの指揮官のふたつの作戦が互いに入り組み、狂ってしまう。戦場のある地点が別の地点よりも多くの兵士を呑みこむのは、吸水性の違いによってまかれる水を土壌が吸いこむ量が多少なりとも違うのと同じである。あるところでは、予定以上の兵隊を投入しなければならなくなる。これが思いがけない損失になる。戦線は糸のように漂ってうねり、血の川が理屈に合わない流れ方をし、前線が波のように揺れうごき、出入りする連隊が岬や湾のような形になる。難局はたえず先へ先へと移動する。歩兵隊がいたところに砲兵隊が到着する。砲兵隊がいたところに騎兵隊が駆けつける。大隊といっても煙のようなもので、そこになにかあると思ってさがしてみても、跡形もなく消えている。事態の好転は場所を変え、暗い山場では一進一退する。墓場の風のようなものがこの悲惨な群衆を押し、追いかえし、ふくらませ、四散させる。乱戦とはなにか？ ひとつの動揺である。数学的な不動の図面があらわすのはせいぜい一分で、一日ではない。ひとつの戦闘を描くのは、筆先に混沌たるものをもった力強い画家でなければならない。レンブラントのほうがヴァン・デル・ムーレン[3]よりもよい。ヴァン・デル・ムーレンは正午には正確でも、三時には嘘をつく。幾何学は間違いで、嵐だけが真実になるのだ。これがポリビオスにたいして反対する権利をフォラールにあたえる理由にもなる。[4]またこう付けくわえておこう。ある瞬間には戦闘が小競合いに堕し、個別化し、無数の細部に散らばることが常である。これらの細部は、ナポレオン自身の表現を借りれば、「軍隊の歴史ではなく、連隊の伝記に属する」ものである。この場合、歴史家は明らかに要約する権利をもつことになる。歴史家は戦いの主要な輪郭をとらえることができるだけなのであり、どんなに良心的な話者でも、戦闘と呼ばれる、あの恐るべき雲の形を固定することなど絶対に許されないのである。

これはあらゆる大戦闘に共通する真実だが、とりわけワーテルローに当てはまる。とはいえ、午後のある時点で、戦局は明らかになってきた。

第六章　午後四時

四時ごろ、イギリス軍の戦況は深刻だった。オレンジ公が中央を指揮し、ヒルが右翼を、ピクトンが左翼を指揮していた。狂乱し大胆になったオレンジ公はオランダ・ベルギー連合軍に、「ナッサウ！　ブランシュウィック！　断じて引くでない！」と叫んでいた。ヒルは困ってウェリントンに頼ってきたが、ピクトンは戦死した。イギリス軍がフランス軍から第百五連隊の戦旗を奪ったちょうどそのとき、フランス軍はピクトン将軍の頭を弾丸で撃ち抜いて戦死させたのである。ウェリントンには、この戦闘にふたつの拠点があった。ウーゴモンとラ・エ・サントである。ウーゴモンはまだもちこたえていたが、炎上していた。ラ・エ・サントは占領されていた。そこを守っていたドイツ軍大隊のうち、生き残っていたのはたったの四十二名で、五人をのぞく将校たちは全員戦死もしくは捕虜になっていた。三千人がこの納屋で虐殺された。イギリス軍の衛兵隊の軍曹は、仲間から無敵という評判を得ていたイギリスきってのボクサーだったが、フランス軍の少年鼓手によって殺された。ベアリングは撃退され、アルテンは斬殺された。いくつもの軍旗が奪われたが、そのなかにはアルテン師団のものやドゥー・ポン家の公爵が持っていたリューネブルク大隊のものもあった。灰色の軍服のスコットランド兵はもういなくなった。ポンソンビーの大竜騎兵は粉砕された。この勇敢な騎兵たちはブロの槍騎兵とトラヴェールの胸甲騎兵に屈したのである。千二百騎のうち、残ったのは六百騎だった。三人の中佐のうち、ふたりが落馬した。ハミルトンは負傷し、メイターは戦死したのである。ボンソンビーは七か所を槍で突かれて倒れた。ゴードンが死に、マーシュも死んだ。第五、第六の二師団が全滅した。

ウーゴモンが打撃をうけ、ラ・エ・サントが占領されて、もはやもうひとつの要所、つまり中央部しか残っていなかった。その要所はかなりのあいだもちこたえていた。ウェリントンはそこをさらに補強した。メルブ・ブレーヌにいたヒルとブレーヌ・ラルーにいたシャッセを呼び寄せたのである。

イギリス軍の中央部はやや凹形をなし、きわめて分厚く緊密で、堅固な陣を布いていた。モン・サン・ジャンの台地を占め、うしろには村が、まえには当時かなり険しい斜面があった。石造りの頑丈な家を後盾にしていたが、その家は当時ニヴェルの公有財産であり、いまでも道路の交差点の目標になっている。それはきわめて堅牢な十六世紀の建物だったため、弾丸が当たっても傷つかずに撥ね飛ばしていた。台地のまわりは、イギリス軍があちこちに生垣を切って、サンザシのなかに砲眼をつくり、二本の枝のあいだに大砲の砲口を据えつけ、藪に銃眼をつくっていた。砲兵たちは茂みで待伏していた。このような卑怯な工作は、罠を認めている戦争では文句なしに許されているが、これがじつに巧妙になされていたので、敵方の砲座を偵察するために、皇帝が午前九時に派遣したアクソはなにも見ずに帰ってきて、ニヴェル街道とジュナップ街道をふさいでいるふたつのバリケードのほかに、障害物はないと報告したのである。ちょうど作物が高く伸びる時期だった。台地の縁には、ケンプト旅団の大隊第九十五部隊が、カービン銃を構えて高い麦のなかに伏せていたのだ。

このように確保され、支援されたイギリス・オランダ連合の中央部は、好位置につけていた。この陣地の危険なところはソワーニュの森で、当時は戦場に隣接し、グローネンダールとボワフォールの池によって区切られていた。軍隊がそこに退却すれば、かならず隊伍が乱れ、連隊はただちに崩壊してしまうだろう。砲兵隊も沼地で迷ってしまうだろう。この道の数人の専門家たちによれば、たしかに異論もあるのだが、退却は潰走になっていたかもしれない。

ウェリントンはこの中央部に、右翼から引き抜いたシャッセの旅団を、左翼から引き抜いたウィンケの旅団をくわえ、さらにクリントンの師団を追加した。彼は自軍のイギリス兵、つまりハルケットの数連隊、ミッチェルの旅団、メイトランドの衛兵隊を補強する防塞および扶壁として、ブランシュウィック歩兵隊、ナッサウの徴集兵、キールマンスエッグのハノーヴァー兵、オンプテダのドイツ兵などを呼び寄せた。これで彼は二十六個大隊を指揮下に持つことになった。シャラス[1]が言うように、「右翼は中央のうしろに折りたたまれた」のである。巨大な砲列は、こんにち「ワーテルロー博物館」と呼ばれている場所に、土嚢で隠されていた。そのうえウェリントンは、凹地にサマーセットの近衛竜騎兵千四百騎を配していた。これはその名声に値するイギリス騎兵隊の半数に当たるものだった。ポンソンビー軍は壊滅されたが、サマーセット軍が残っていたのだ。

砲兵隊は準備が完成すれば、ほとんど方形堡になるはずだったが、大急ぎで砂袋の覆いと広い土手で隠された、かなり低い庭の壁のうしろに配置されているだけだった。この作業は完了しなかった。柵をめぐらすだけの時間がなかったのである。

ウェリントンは不安だったが、悠然と馬に乗り、モン・サン・ジャンの古い風車のやや手前にある楡の木陰で、一日じゅう同じ姿勢でとどまっていた。その風車はいまも残っているが、楡の木のほうはその後、イギリスの心ない熱狂者によって二百フランで買い取られ、のこぎりで切って持ち去られてしまった。ウェリントンはそこでは冷静かつ英雄的だった。砲弾は雨霰と降り注いでいた。副官のゴードンが彼の横で倒れた。ヒル卿は破裂した砲弾を指さしながら言った。「閣下、もし戦死されるようなことがあれば、閣下のお指図はどのようなものになりますか？どんな命令を残されますか？」「わたしと同じようにすることだ」とウェリントンは答え、それからクリントンに向かって簡潔にこう言った。「最後の一人までここに踏みとどまれ」その日の戦局は目に見えて悪くなっていった。ウェリントンはタラベーラやビトリアやサラマンカ[2]の戦友たちに向かってこう叫んだ。「諸君（ボーイズ）、ここで退却など考えられるか？　歴史あるイギリスのことを思ってもみよ！」

四時ごろ、イギリス軍の戦線は動揺をきたしてきた。台地の頂上には、突然、砲兵隊と狙撃兵しか見えなくなり、残りは消えてしまった。各連隊はフランス軍の砲弾と銃弾に追いはらわれ、低地に後退した。この低地を仕切るモン・サン・ジャンへの小道はいまでも残っている。こうして後方への動きが生じ、イギリス軍の戦線の正面は崩れて、ウェリントンは退却した。「退却がはじまったぞ！」とナポレオンが叫んだ。

第七章　上機嫌なナポレオン

皇帝は病気で、局部的な痛みのために馬に乗るのがつらかったものの、この日ほど上機嫌なことはかつてなかった。朝から、いつもは心中うかがい知れぬ彼の顔に微笑みが絶えなかった。一八一五年六月十八日、大理石の仮面をかぶったようなこの深遠な魂が、わけもなく光り輝いていた。アウステルリッツでは暗く沈んでいたこの男は、ワーテルローでは陽気そのものだった。もっとも偉大な運命を背負った者は、時にこのような錯覚におちいることがある。わたしたちの喜びにはそれなりの影があるもので、最高の微笑は神だけのものである。

「かえさるハ笑イ、ぽんぺいうすハ泣ク」とフルミナトリス軍団の兵士たちは言った。今度はポンペイウス〔ここではウエリントン〕は泣いていなかったはずだが、カエサル〔ここではナポレオン〕のほうは笑っていた。

前夜の一時に、彼は嵐と雨をついてベルトラン[1]といっしょにロッソム付近の丘を馬に乗って巡回しながら、フリシュモンからブレーヌ・ラルーまで地平線を照らしているイギリス軍の篝火の列を見て満足し、ワーテルローの戦場をこの日と決めていた運命の時がやはりじぶんの予測どおりだったと思っていた。馬をとめ、しばらくじっと佇みながら、稲妻をながめ、雷鳴を聞いて、この運命論者が暗闇のなかで、つぎのような謎めいた言葉を発するのが聞こえた。「われわれは一致した」ナポレオンは誤っていた。彼と彼の運命はもはや一致していなかったのである。

彼は一睡もしていなかった。その夜のいっとき、いっときが彼には喜びだった。彼は近衛隊の戦線を全部見て回り、あちこちで立ちどまっては哨兵に話しかけていた。二時半、ウーゴモン近くの森で、進軍中の縦隊の足音が聞こえた。彼はてっきりウェリントンの退却だと思いこんで、ベルトランにこう言った。「あれはイギリス軍の後衛の撤退開始だぞ。オステンドに着いたばかりの六千のイギリス兵を捕虜にしてくれよう」彼は饒舌で、三月一日のジュアン湾上陸のさいの精彩を取りもどしていた。あのとき彼はこの元帥に熱狂した農夫を指さし、「おい、ベルトラン、あそこにもう援軍がいるぞ！」と声をあげたものだった。六月十七日から十八日にかけての夜、彼はウェリントンを嘲笑して、「あのちっぽけなイギリス人を懲らしめてやらねばならぬ」と言った。雨は激しさを増し、皇帝が話しているあいだも、雷鳴がとどろいていた。

午前三時半、彼はひとつの幻滅を味わった。偵察にやった将校たちが、敵はすこしも移動していないと告げたのだ。なにも動かず、野営の火ひとつ消えていなかった。イギリス軍は眠っていたのだ。地上は深々とした沈黙に領され、物音は空にあるだけだった。四時、ひとりの農夫が斥候たちに連れられてきた。この農夫は最左翼のオアン村に陣地を布きにいったイギリスの騎兵旅団——おそらくヴィヴィアン旅団だろう——の道案内をしていた。五時、連隊から離脱してきたばかりのベルギーの脱走兵ふたりが、イギリス軍は決戦を待っていると報告した。「結構だ！」とナポレオンは声をあげた。「やつらを退却させるより、いっそのこと撃破してやりたいものだ」

朝になって、プランスノワ街道の曲がり角にあたる土手のうえで、彼は泥沼と化した地面に降り立ち、ロッソムの農家から台所のテーブルと農夫の椅子を持ってこさせて、絨毯代わりに藁の束を敷いてすわり、テーブルのうえに戦場の地図を広げ、スールト[2]に言った。「素晴らしいチェス盤だ！」

　夜に降った雨のせいで、食糧輸送隊は穴だらけの道にはまり、朝まで到着できなかった。兵士は一睡もせず、ずぶ濡れで、なにも食べていなかった。にもかかわらずナポレオンはネーに、「わが軍には九十パーセントの勝機があるぞ」と呑気に叫んでいた。八時に皇帝の朝食が運ばれてきた。彼は数人の将軍をそこに招いた。食事中、ウェリントンが一昨日ブリュッセルのリッチモンド侯爵夫人の舞踏会に出かけたという話になった。大司教のような顔をした無骨な軍人のスールトが、「舞踏会は今日ですわい」と言うと、ネーがすかさず「まさかウェリントンは、陛下のお出でを待っているほど愚かではないでしょう」と言いかえしたのを皇帝はからかった。ちなみに、相手をからかうのは彼の得意とするところだった。「彼は好んで戯言をいった」とフルリ・ド・シャブロン[3]は言っている。「彼の性格の本質は快活な気質だった」とグルゴーは言っている。「彼は、機知があるというより奇妙な冗談をよく口にした」とバンジャマン・コンスタンは言っている。巨人のこうした陽気さは、ここで強調しておくに値する。部下の擲弾兵(グルナディエ)を「不平家(グロニャール)」と呼んだのも彼である。彼はよく近衛兵の耳をつねったり、口髭を引っぱったりした。「皇帝はわれわれに悪ふざけばかりしておられました」というのは、彼らのひとりの言葉である。これは一五年二月二十七日の話だが、エルバ島からフランスへの秘密の航海中、海上でフランスの軍用帆船ゼフィール号がナポレオンの潜んでいるアンコンスタン号に遭遇し、ナポレオンの消息を尋ねたところ、皇帝はエルバ島で採用した、蜜蜂をあしらった白と深紅の帽章をつけたまま、笑いながらみずからメガフォンを取って、「皇帝は元気にしておられるぞ」と答えた。このように笑うことができる人間は、どんな出来事にも驚かない。ワーテルローの朝食のあいだも、ナポレオンは何度もこの種の笑いを誘った。朝食のあと、彼は十五分ほど熟慮した。それから、ふたりの将軍が藁束のうえにすわり、ペンを片手に、膝のうえに一枚の紙を置くと、皇帝は戦闘命令を書き取らせた。

九時、フランス軍が梯形に並んで五列縦隊で動きだし、師団は二列横隊になり、砲兵隊が旅団のあいだをはさむと、軍楽隊を先頭に太鼓の音とラッパの響きに合わせて力強く、遠大に、嬉々として戦場に展開した。こうして地平が一面、軍帽やサーベルや銃剣の海になったとき、皇帝は感動し、二度にわたって声をあげた。「素晴らしい！ 素晴らしい！」

九時から十時半までに、これは信じがたいことだが、全軍がしっかり位置につき、六列横隊に並んで、皇帝の言葉を借りるなら「六つのV字形」をつくっていた。戦線が形成されたあと、乱戦に先立つ嵐の始まりのような深い静寂のただなかで、エルロン、レイユ、ロボーの本隊から分派された十二ポンド砲の三個砲兵中隊が行進した。この中隊がニヴェルとジュナップの両街道の交差点にあたるモン・サン・ジャンを攻撃することで戦闘開始にする、というのが彼の命令だった。この行進を見て、皇帝はアクソの肩をたたいて言った。「ほら、見たまえ、将軍、二十四人の美しい娘たちだよ」

戦いの結末を確信していた彼は、モン・サン・ジャンの村が占領されれば、すぐにバリケードをつくるよう指示してあった第一軍団の工兵中隊が、彼のまえを通っていくとき、微笑みながら励ました。このようにずっと平静さをたもっていた彼ではあったが、ただひと言だけ高慢な憐れみの言葉を発した。彼の左手の、こんにちでは大きな墓のある場所に、灰色の軍服の感嘆すべきスコットランド兵がそれぞれ立派な馬に乗って集結するのを見てこう言ったのである。「あいつらも気の毒なことよ」

それから彼は馬に乗り、ロッソムの前方に駆けつけ、ジュナップからブリュッセルに通じる街道の右手にある、なだらかな丘の狭い芝地を観戦地点に選んだ。そこが戦闘のあいだ第二の本部になった。第三の本部、すなわち夕方七時の本部はラ・ベラリアンスとラ・エ・サントのあいだにある恐るべき場所だった。それはいまでも残っているかなり高い丘で、そのうしろにある平原の斜面に近衛兵が集結していた。この丘のまわりでは、砲弾が道路の敷石に跳ねかえってナポレオンのところまで飛んできた。ブリエンヌ[4]の時と同じで、彼の頭上で弾丸や散弾が唸っていた。彼の馬の足が立っていたのとほとんど同じ場所で、その後、変質した砲弾、サーベルの古い刀身、錆びついて形も崩れた弾丸など、「ザラザラシタ錆[5]」のものがいろいろ拾い集められた。数年まえ、まだ火薬がつまっている六十ミリ砲の砲弾が掘りだされたが、その信管は弾丸すれすれのところで壊れていた。この最後の本部が置かれたところで、軽騎兵の鞍に縛られ、敵意をもって怯えている道案内の農夫ラコストが、散弾が飛んでくるたびに振りかえっては皇帝の背後に隠れようとするのを見て、皇帝がこう一喝した。「馬鹿者！　恥だぞ、背中を撃たれて殺されるなんぞ」この文章を書いている筆者自身も、その丘の砕けやすい斜面の砂を掘って、四十六年間の酸化によって解体してしまった弾丸の口金の残りや、指に挟むとニワトコの茎みたいに割れてしまう古い鉄片を見つけたものだった。

ナポレオンとウェリントンの会戦がおこなわれた、さまざまに傾斜した平原の起伏が、いまは一八一五年六月十八日当時のものでないことは、だれでも知っている。この不吉な戦場から記念になる品々が持ち去られて、元の地形が損なわれてしまったのだ。だから歴史も面くらうのであり、そこにおのれの姿すら見つけられなくなるのである。ここを栄光の地にしようとしたことで、かえって台なしにしてしまったのだ。ウェリントンは二年後に、ふたたびワーテルローを見て、「わたしの戦場は変えられてしまった」と叫んだ。現在ライオンの像が立っている大きなピラミッドのある場所には、かつて丘の頂があって、ニヴェル街道方面は斜面がゆるやかだったために通行できたが、ジュナップ街道方面のほうはほとんど崖になっていた。この崖の高さはジュナップからブリュッセルに行く道路をはさんで、ふたつの大きな墓のある丘によって、こんにちでも測定できる。墓の一方は左手のイギリス兵の墓であり、他方は右手のドイツ兵の墓である。フランス兵の墓はない。フランス兵にとって、この平原全体が墓だったからである。高さ五十メートル弱、周囲約七百メートルの丘を築くために、何千車分もの土がつかわれた。そのために、モン・サン・ジャンの台地はいまではゆるやかな坂になっているから、のぼっていくことができる。決戦の日、とくにラ・エ・サント方面への接近は厳しく険しかった。その坂があまりにも急だったので、イギリス軍の砲兵隊には、戦闘の中心だった下方の谷底の農場が見えなかった。一八一五年六月十八日は、雨のために坂の険しさがさらにひどくなっていたから、泥濘のなかでのぼることは困難をきわめ、彼らはよじ登ったあげく、泥にはまってしまう羽目におちいった。台地の頂に沿って溝のようなものが走っていたが、遠くから見ると、それがなんであるか分からなかった。

その溝がなんであったか？　こうである。ブレーヌ・ラルーはベルギーの村であり、オアンもまたそのひとつである。このふたつの村は土地の湾曲の陰に隠されているが、六キロほどの道で結ばれている。その道は起伏の多い平原を横切り、しばしば畝溝のように丘のなかにはいり、沈みこんでいるので、いくつもの地点で谷底を通る道になる。現在と同じように一八一五年も、この道はジュナップとニヴェルの二本の街道の中間地点で、モン・サン・ジャンの頂を横切っていた。現在では平原と同じ高さになっているが、当時は窪んだ道だった。記念のちいさな丘を築くために、ふたつの斜面が削りとられたのである。この道は今も昔も、大部分は切通しになっている。しかも、ところどころ三メートル半もの深さのある切通しで、そのあまりにも急な斜面は、とりわけ冬などに土砂降りの雨になると、あちこちで崩れた。ここではいろんな事故が起こった。ブレーヌ・ラルーの入口では、道が狭すぎて、ある通行人が馬車に押しつぶされたことがある。これは、墓場の近くに立っている石の十字架によって確認される。それによれば、死者の名前は「ブリュッセルの商人、ベルナール・ド・ブリー氏」であり、事故の日付は「一六三七年二月」だったという（碑銘はこうなっている。「いともすぐれてよき神に／一六三七年二月（文字不明）日／ブリュッセルの商人ベルナール・ド・ブリー氏／不幸にも／ここで馬の下に／押しつぶされる」）。この道はまた、モン・サン・ジャン台地あたりではかなり急な坂になっていたので、マチュー・ニケーズという農夫が土砂崩れのために押しつぶされた。このことはもうひとつの石の十字架によって確認される。しかし、この十字架は土地の掘削のさいに先のほうがなくなり、ひっくり返された土台石だけが、ラ・エ・サントとモン・サン・ジャンの農場のあいだの道の左側、芝生の坂道のうえにいまなお見られる。

戦いの日、そんなものがあるようにはとても見えないこの道、モン・サン・ジャンの頂に沿って崖のうえにある溝、地中に隠れた轍であるこの道は、目には見えないが、なんとも凄絶なものになったのである。

第八章　皇帝が道案内のラコストに尋ねる

さて、ワーテルローの朝、ナポレオンは満足であった。それも当然で、前述のとおり、彼が立てた作戦はじっさい見事なものだった。

いったん戦いが開始されると、じつにさまざまな波瀾が生じた。ウーゴモンの抵抗、ラ・エ・サントのしぶとさ、ボーデュアンの戦死、フォワの戦線離脱、ソワ旅団が粉砕された予想外の城壁。雷管も火薬袋も携行していなかったギユミノの致命的な軽率。砲兵隊が泥沼で立ち往生したこと。護衛をつけていなかった十五の砲門が窪道でアクスブリッジによって横転させられたこと。イギリス軍の戦線に投下された爆弾が雨に濡れた地面に沈みこみ、ただ泥を跳ねあげるだけで、さして役に立たなかったこと。その結果、砲弾が水しぶきになったこと。ブレーヌ・ラルー付近でおこなったピレの威嚇行動が無駄におわり、この騎兵隊十五中隊がイギリス軍右翼をさほど混乱させず、左翼にも大して損傷をあたえないまま、ほとんど全滅したこと。ネーが不可解な勘違いをして、第一軍団の四個師団を梯形に配置せずに密集させてしまったこと。その結果、厚さ二十七列、正面二百人の密集部隊が一斉射撃をうけ、砲弾で恐るべき穴を開けられたこと。攻撃縦隊が不統一だったため、突然彼らの側面に敵の傾斜砲兵中隊があらわれたこと。ブルジョワ、ドンズロー、デュリュットらが窮地におちいったこと。キオーが撃退され、理工科学校出身の怪力無双のヴィユ中尉がラ・エ・サントの門を斧で打ち壊していたとき、ジュナップからブリュッセルへの街道の曲がり角をふさいでいたイギリス軍のバリケードから放たれた銃火のために負傷したこと。マルコニェ師団が歩兵と騎兵にはさまれ、麦畑のなかでベストとパックから至近距離で狙い撃ちされ、ポンソンビー軍にめった斬りにされて、その七門の大砲が釘づけにされたこと。ザクセン・ワイマール公がエルロン伯爵の攻撃にもかかわらず、フリシュモンとスモアンをもちこたえ、守りとおしたこと。第百五連隊と第四十五連隊の軍旗が奪われたこと。ワーヴルとプランスノワのあいだで偵察していた三百騎の軽騎兵隊の斥候遊動隊が、ある黒服のプロシア軽騎兵を捕虜にしたが、その捕虜がなにやら気になる話をしたこと。グルーシー〔1〕の援軍がなかなかやってこなかったこと。ウーゴモンの果樹園で一時間足らずのあいだに千五百人が戦死したこと。さらに短時間のあいだにラ・エ・サント周辺で千八百人が倒れたこと。

こうした嵐のような出来事が、さながら戦場の雲のようにナポレオンの眼前を通っていったが、彼の視線はほとんど乱されることなく、確信しきった尊大な顔をすこしも曇らせることがなかった。ナポレオンは戦争を凝視することに慣れていた。細かいことをいちいち数えあげ、その数字に一喜一憂しなかった。勝利というあの総計さえあたえられるなら、数字などどうでもよかったのである。緒戦に少々手違いがあっても、最後の勝利はじぶんのものだと信じていたから、すこしも心配しなかった。彼は超然として待つことを知っていた。そして運命をじぶんと対等だと見なし、宿命にたいしてこう言っているようだった。「おまえの思うようにはさせないぞ」

光と影に二等分されたナポレオンは幸運のなかでは保護され、不運のなかでは手加減されると感じていた。じぶんには古代の不死身な強者にも匹敵する偶然の出来事の助力、さらには結託とも言えるものが味方している、あるいはたんに勝運があると信じていた。

とはいえ、過去にベレジナ川、ライプツィヒ、フォンテーヌブロー[2]などを経験していたのだから、ワーテルローをもっと警戒してもよさそうなものだった。眉をひそめる神秘の顔が天の奥に見えはじめていたというのに。

ウェリントンが後退したとき、ナポレオンは身震いした。不意にモン・サン・ジャンの台地から人影がなくなり、イギリス軍の前線が消えるのが見えた。イギリス軍はいずれ再集結することになるが、とにかく逃げたことに変わりはない。皇帝は鐙のうえで腰を浮かした。勝利の閃光が彼の目のなかを走った。ウェリントンがソワーニュの森に追いつめられて撃破される、それはフランスによるイギリスの決定的な惨敗を意味していた。クレシー、ポワチエ、マルプラケ、そしてラミリー[3]などの復讐だった。マレンゴの勇士がアザンクールの屈辱を晴らすことだった[4]。

このとき皇帝は恐ろしい急転に思いをめぐらせながら、もう一度戦場のあらゆる地点を望遠鏡で見まわした。近衛兵は彼のうしろで銃を立て、崇めるように仰ぎ見ていた。彼は思案にふけり、斜面をしらべ、坂道に留意し、木の茂みやライ麦の畑や小道を吟味していた。茂みの一つひとつまでも数えているように見えた。彼はふたつの街道にあるイギリス軍のバリケード、すなわちふたつの逆茂木をじっと見つめた。その一方はジュナップ街道のラ・エ・サントの上方にあり、イギリスの全砲兵隊のうち、戦場の奥を狙うことができるたった二門の大砲を備えているだけだ。そしてもう一方はニヴェル街道のバリケードで、シャッセ旅団のオランダ兵の銃剣がきらめいている。彼はそのバリケードのそばにある白く塗られた古い聖ニコラ礼拝堂に目をとめた。この礼拝堂はいまもブレーヌ・ラルー方面に行く間道の角にある。彼は身をかがめて、案内者のラコストに小声で話しかけた。案内者は頭を横に振ったが、これはおそらく偽りの仕草だった。

皇帝は身を起こし、思案にふけった。

ウェリントンは退却していた。あとはその退却を粉砕によって仕上げてやるだけでよい。

ナポレオンはいきなり振りむいて、戦闘に勝利したことを告げるために、伝令をパリに急派した。

ナポレオンは雷鳴をとどろかす天才のひとりだった。

いま、彼はその電撃を敢行すべき時だと思い定めた。

彼はミヨーの胸甲騎兵隊に、モン・サン・ジャンの台地を奪取せよと命じた。

第九章　予想外のこと

胸甲騎兵隊の数は三千五百で、一キロにわたって前線を布いていた。いずれも巨大な馬にまたがった巨人たちである。彼らは二十六個中隊で、後方の援軍としてルフェーヴル・デヌエット師団、百六騎の近衛騎兵隊の精鋭、千百九十七名の近衛猟騎兵、八百八十名の槍騎兵が控えていた。彼らは毛飾りのない軍帽をかぶり、錬鉄の鎧をまとい、革袋に入れた鞍ピストルと長剣を持っていた。朝の九時にラッパの音が鳴り、全楽隊が皇軍の歌「帝国の守りにつかん」を吹奏するとともに、彼らが密集縦隊になり、砲兵中隊一個を側面に、他の中隊一個を中央に配して到着し、ジュナップ街道とフリシュモンとのあいだに二列横隊になって展開し、あの強力な第二線の戦闘陣形になったとき、全軍がうっとりと見ほれた。この第二線はナポレオンによってじつに巧妙に配置されたもので、左端にケレルマンの胸甲騎兵隊、右端にミヨーの胸甲騎兵隊をもってし、いわば鉄の両翼を備えたようなものだった。

副官のベルナールが皇帝の命令を伝えた。ネーが軍刀を抜いて先頭に立った。巨大な騎兵部隊が動きだした。

そのとき壮絶な光景が見られた。

全騎兵隊がサーベルを振りかざし、風に軍旗をなびかせ、ラッパを吹き鳴らし、師団ごとに縦隊をつくり、ただひとりの人間のように一致団結し、突破口を開くブロンズの破城槌のような正確さで、ラ・ベラリアンスの丘を駆けくだり、すでに多くの人間が倒れている恐ろしい谷に突き進み、硝煙のなかに消えた。が、やがてその影から出て、あいかわらず堅く密集したまま谷の向こう側にふたたび姿をあらわし、頭上で炸裂する散弾の雲を横切って、モン・サン・ジャンの台地のひどい泥んこ坂を一気に駆けあがった。彼らは威風堂々と、盤石の構えだった。小銃や大砲の合間に、とてつもない蹄の足音が聞こえた。彼らは二個師団なので、二列縦隊をなしていた。ワチエ師団が右、ドロール師団が左だった。遠くからながめると、台地の頂に二匹の鋼鉄の大蛇が這いあがっていくように見えた。これがさながら奇跡のように戦場を横断したのだった。

このような光景は、重騎兵によるモスクワ河の大角堡の占拠以来見られなかったものだった。ミュラ[1]はもういなかったが、ふたたびネーがいた。この集団は怪物になり、ただひとつの魂しかもっていないように見えた。各中隊は腔腸動物の体節のように波打ち、ふくらんだ。その姿が広大な硝煙のあちこちの切目から見分けられた。叫び声に兜やサーベルの音が入り混じり、大砲とラッパの響きに、猛り狂った馬の尻が跳ねあがった。それは整然としているが凄まじい喧噪だった。そのうえをヒドラの鱗のような無数の胸甲がおおっていた。

このような話は別時代のことのように思われるかもしれない。これと同じような光景は、たしか古代のオルフェウスの叙事詩にも出てきた。そこには、古代のケンタウロス、つまり上半身は人体で下半身が馬の形の怪物や、顔が人間で胸が馬の巨人族が見るもおぞましく、不死身で、崇高な動物や神々となって、オリンポスの山を早足で駆けあがったことが語られている。

奇妙な数の一致だが、二十六大隊がこれら二十六中隊を迎え撃とうとしていた。台地の頂のうしろ、おおわれた砲列の陰に、イギリス軍の歩兵が二個大隊ずつ十三の方陣をつくって二列横隊になり、前列は七個の方陣、後列は六個の方陣を組み、銃床を肩に、やがて押しよせてくる敵に狙いをつけ、静かに、無言で、身じろぎひとつせずに待ち構えていた。彼らには胸甲騎兵の姿が見えず、胸甲騎兵にも彼らの姿が見えなかった。彼らは敵兵が潮のようにのぼってくる音に耳を澄ましていた。やがてしだいに大きくなる三千の騎兵の足音、大速歩で左右交互に規則正しく大地を踏みつける蹄の音、胸甲がすれる音、サーベルがふれあう音、大きく荒々しい息吹のようなものが聞こえてきた。一瞬不気味な沈黙があった。と、突如として、サーベルを高く振りかざす腕の長い列が頂のうえにあらわれた。それから兜やラッパ、軍旗、灰色になった髭の三千の頭が「皇帝万歳！」と叫びながら姿をあらわした。全騎兵隊が台地にあふれ、まるで地震の始まりのようだった。

突然、悲劇的なことに、イギリス軍の左側、つまりわが軍の右側で、胸甲騎兵縦隊の先頭が、恐ろしい叫び声をあげて棒立ちになった。方陣も大砲もことごとく殲滅せんと狂ったように激昂し、突進してきて台地の頂に達したところで、この胸甲騎兵たちは彼らとイギリス兵のあいだにひとつの溝、ひとつの墓穴があることに気づいたのだ。それはオアンに通じる例の窪んだ道だった。

血も凍る一瞬だった。思いもかけなかった峡谷がそこに口を開け、馬の足下で断崖をなし、両側の斜面のあいだが深さ四メートルもあった。第二列が第一列を、第三列が第二列を谷に突き落とした。馬は立ちあがり、うしろに跳びのき、仰向けに倒れ、四つ脚を空に向けて滑りおち、騎兵を押しつぶし、ひっくり返した。退却しようにもなんの手立てもなく、この全縦隊はもはや一発の砲弾にすぎなくなった。イギリス軍を粉砕するはずの力がフランス軍を粉砕したのである。この非情な谷間はどんどん埋められていくばかりだった。騎兵と馬が互いに相手を押しつぶしながら、いっしょくたになってそこに転がり落ち、その深淵のなかのひと塊の肉にすぎなくなった。

そして、この墓穴が生きた人間たちでいっぱいになると、残りの兵がそのうえを歩いて通りすぎた。デュボワ旅団の三分の一がこの奈落で戦死した。

これが敗戦の始まりだった。

土地の言い伝えによれば、もちろん誇張もあろうが、オアンへのこの窪んだ道のなかに、二千の馬と千五百の人間が埋まったという。おそらくこの数字には、戦いの翌日この峡谷に投げこまれた他の死体もふくまれているのだろう。

ちなみに、デュボワ旅団はじつに痛ましい試練をうけたが、この一時間まえには単独で攻撃をおこない、リューネブルク大隊の軍旗を奪っていたのである。

ナポレオンはミヨーの胸甲騎兵隊に攻撃を命じるまえに、地勢を注意深く観察したのだったが、台地の表面の、一条の皺とさえ見えないこの窪んだ道を見つけられなかった。とはいえ彼は、その道とニヴェル街道が交差する地点の目標になっている、白くちいさな礼拝堂に気づいてはっとし、おそらく万が一の障害物の有無についてだろうが、案内者のラコストに尋ねていた。案内者は、否（ノン）と答えた。ひとりの農夫の頭の振り方から、ナポレオンの破局が生じたといっても過言ではないのだ。

それだけではない。引きつづきいくつも不運が生じることになった。では、そもそもナポレオンがこの戦いに勝つことはありえたのだろうか？　筆者は否と答える。なぜか？　ウェリントンのせいか？　ブリュッヘルのせいか？　そうではない。神のせいである。ワーテルローの勝利者ボナパルト、そんなことは十九世紀の法則ではもはや許されなかったのだ。ナポレオンがすわる席などなく、他の一連の事実が準備されつつあった。ずっと以前から、さまざまな出来事が彼にたいして敵意をあらわにしていた。この偉大な男が倒れる時期がきていたのである。

この男の過剰な重さが、人類の運命における均衡を損ねていた。この人物はたったひとりだけで世界じゅうの人間よりも重かった。人類の活力のあふれるほどの全量がたったひとつの頭のなかに凝集し、全世界がひとりの人間の頭脳に集中する。もしこんなことがつづいていたなら、文明にとって致命的なことになっていただろう。不変不朽の至高の公正さが告げられるべき時がきていたのだ。物質の世界と同様、精神の世界にも引力の法則があり、その引力の法則に依存している諸原則と諸要素が、おそらく忍耐しきれなくなっていたのだろう。血煙、死者があふれだす墓場、涙に暮れる母親たち。それらが恐るべき糾弾の声をあげていた。大地があまりの重荷に苦しむとき、闇から不思議なうめき声がもれ、深淵がそれを聞き取るのである。

ナポレオンは無限のなかで告発され、その失墜が決定されていた。彼は神のじゃまをしていたのである。

ワーテルローはたんなる戦いではない。それはじつに、世界の方向転換なのであった。

第十章　モン・サン・ジャンの台地

峡谷とともに、いよいよ砲列が姿をあらわした。

六十門の大砲と十三の方陣が至近距離から猛然と胸甲騎兵隊を攻撃してきた。勇猛果敢なドロール将軍は軍隊式にイギリスの砲兵隊に挨拶した。

イギリスの全遊撃砲兵隊は、大急ぎで方陣にもどっていた。胸甲騎兵隊はとどまる時間さえなかった。窪んだ道の災厄は大量の殺戮を招いたが、彼らの勇気はくじけなかった。人数が減れば、かえって胆力を増すような人間たちだった。

被害をこうむったのはワチエ縦隊だけだった。ネーはその奸計を予感していたかのように、ドロール縦隊を左に寄せておいたので、この縦隊全員が到着した。

その胸甲騎兵隊がイギリス軍の方陣に向かって殺到した。全速力で、馬の手綱をゆるめ、サーベルを口にくわえ、ピストルを握りしめる。そのような攻撃だった。戦闘においては、魂が人間を固め、兵を彫像に変え、全身の肉が花崗岩になってしまうような瞬間がある。イギリス軍の大隊は、死に物狂いの襲撃をうけても、一歩たりも動かなかった。そこで、壮絶な事態になった。

イギリス軍の方陣の正面は一斉に攻撃された。激烈な渦巻が彼らの方陣をつつんだ。だが、この冷静な歩兵隊はいささかも動じなかった。第一列が片膝をついて胸甲騎兵隊を銃剣で迎え、第二列が銃撃した。第二列の背後で砲兵隊が大砲に弾丸をつめ、方陣の正面を開いて、散弾を発射させてから、また閉じた。胸甲騎兵隊は敵陣突破でこれに応えた。彼らの大きな馬が後脚で立ち、戦列をまたぎ、銃剣を飛びこえ、この四つの人間の壁の真ん中に、巨人のように倒れ落ちた。砲弾は胸甲騎兵隊に穴を開けたが、胸甲騎兵隊のほうは敵の方陣に突破口をつくった。何列もの人間が馬に蹴散らされて消えた。銃剣はこれらの半人半馬の腹深くに突き刺さった。そこで、おそらく他のどこでも見られないような、目をおおうような無残な傷口が開いたのである。方陣は騎兵隊の狂おしい攻撃に崩され、ちいさくなったものの、平然としていた。彼らは尽きることのない散弾を攻撃軍の真ん中に炸裂させた。この戦闘の様相は凄まじかった。敵の方陣はもはや軍隊でなく、噴火口だった。わが軍の胸甲騎兵隊はもはや騎兵ではなく、嵐だった。敵の各方陣はそれぞれ雲に攻撃される火山となり、溶岩が雷と戦っていた。

方陣のなかでももっとも孤立していた最右翼の方陣は混乱し、最初の衝突でほとんど全滅していた。それはハイランドの第七十五連隊だった。中央にいた風笛手は、じぶんのまわりで殺戮がおこなわれているあいだ、故郷の森や湖の面影を心に浮かべ、憂いに沈んだ目を伏せ、深い放心状態のまま太鼓に腰かけて、風笛を腕に山の曲を吹いていた。これらのスコットランド兵は、アルゴスを思いだすギリシャ人のように、彼らの懐かしい平野ベン・ロジアンのことを思いだしながら死んでいった。ある胸甲騎兵のサーベルが風笛とその風笛を持った腕とを斬りおとし、歌い手を殺して歌をやめさせた。

胸甲騎兵隊は例の峡谷での破局のために比較的少数だったが、ここではイギリスのほとんど全軍を相手にしていた。一人が十人と戦って数を補っていた。とはいえ、ハノーヴァーの数個大隊が屈服した。それを見たウェリントンは自軍の騎兵隊のことを考えた。もしナポレオンがこのとき彼の歩兵隊のことを考えていたら、彼は勝利したことだろう。それを忘れていたのは、彼の致命的な大失敗だった。

攻撃していた胸甲騎兵隊は突然、じぶんたちが攻撃されるのを感じた。イギリスの騎兵隊が彼らの背後に迫っていたのだ。まえには方陣があり、うしろにはサマーセットがいた。サマーセットの部隊は千四百の近衛竜騎兵である。サマーセットの右にはドイツの軽騎兵を率いるドルンベルクが、左にはカービン銃を持ったベルギーの騎兵隊を率いるトリップがいた。胸甲騎兵隊は前後左右から歩兵と騎兵に攻撃され、四方八方に立ち向かわなくてはならなかった。だが、それがどうしたというのか？　彼らは旋風だった。その勇敢さたるや、とうてい筆舌に尽くしがたいものがあった。

そのうえ彼らの背後には、ずっと砲声がとどろいていた。だからこそ、この男たちは背中に傷をうけたのにちがいない。ビスカイの銃弾で左の肩甲骨が撃ち抜かれた彼らの胸甲のひとつが、いわゆる「ワーテルロー博物館」の収集品のなかにある。このようなフランス兵にたいし、同じようなイギリス兵も少なからずいたにちがいない。

こうなると、もはや乱戦ではなく、暗黒であり、狂乱であり、魂と勇気の目くるめく激怒であり、きらめく剣の大嵐だった。一瞬のうちに千四百の竜騎兵が八百騎になってしまった。彼らの中佐フラーは戦死した。ネーはルフェーヴル＝デヌエットの槍騎兵と猟騎兵を連れて駆けつけた。モン・サン・ジャンの台地は占領され、奪いかえされ、また占領された。胸甲騎兵隊は敵の騎兵を捨てて、また歩兵に立ち向かった。もっと適切にいえば、この恐るべき群衆は互いに別れようにも別れられず、つかみ合いをしていたのである。十二回も突撃があったのに、方陣は依然としてもちこたえていた。ネーは四回もじぶんの馬を殺された。胸甲騎兵隊の半数がこの台地で戦死した。この戦闘は二時間つづいた。

このためイギリス軍はひどく動揺した。もし胸甲騎兵隊が、最初の衝突における、あの窪んだ道の災厄によって弱体化していなかったなら、敵の中央を突破し、勝利を手にしたことになんの疑いもない。この並外れた騎兵隊は、スペインのタラベーラやバダホスの戦いでフランス軍に勝利したのを見たことがあるクリントンさえも唖然とさせた。四分の三まで敗戦したウェリントンは英雄らしく敵を称賛し、小声で「あっぱれだ！」（原語ではSplendid!）と言った。

胸甲騎兵隊は十三の方陣のうち七つを全滅させ、六十門の大砲を奪うか破壊し、イギリス軍の連隊旗六本を奪い、それを三人の胸甲騎兵と三人の近衛軽騎兵がラ・ベラリアンスの農場のまえにいる皇帝に届けた。

ウェリントンの状況は悪化していた。この奇怪な戦闘は、仮借ない負傷者同士の決闘のようなものだった。両者がそれぞれ、いつまでも戦い、抵抗しあいながら、血を出しきっている。どちらが先に倒れるか？

台地の戦闘はつづいていた。

胸甲騎兵隊はどこまで突き進んだのだろうか？　だれも答えることができないだろう。たしかなのは、戦いの翌日、モン・サン・ジャンの馬車の積荷を量る台秤の木組のなか、つまりちょうどニヴェル、ジュナップ、ラ・ユルプ、ブリュッセルの四本の道が出会い、交差する地点で、ひとりの胸甲騎兵とその馬が死んでいるのが見つかったことだ。この騎兵はイギリス軍の戦線を突破していたのである。その死体を片づけた者たちのひとりは、いまもモン・サン・ジャンで生きている。名前をドハーズといい、当時十八歳だった。

ウェリントンは形勢が不利になったと感じていた。危機が迫っていた。ただ敵の中央部が突破できなかったという意味では、胸甲騎兵隊はすこしも成功していなかった。どちらも台地を手に入れていたが、どちらのものでもなかった。しかし結局のところ、その大部分はイギリス軍のものだった。ウェリントンには村と台地の頂上の平地があったが、ネーには尾根と斜面しかなかった。両軍ともに、この不吉な土に根をおろしているようだった。

しかし、イギリス軍の弱体化はとうてい回復できそうになかった。この軍隊の出血は、ぞっとするほどのものだった。左翼のケンプトが援軍を求めてきたが、ウェリントンは「援軍はひとりもない。そこを死守するのだ」と答えた。これとほぼ同じころ、両軍の消耗をあらわす奇妙な一致だが、ネーはナポレオンに歩兵隊の増派を求めてきた。ナポレオンは、「歩兵だと！　どこで見つけろというのか！　つくりだせとでも言うつもりか！」と声を荒げた。

とはいえ、イギリス軍のほうがいっそう甚大な損害をこうむっていた。鉄の鎧と鋼鉄の胸当てをつけたあの騎兵隊の猛り狂った突撃は、敵の歩兵隊を粉砕してしまったのである。一本の軍旗のまわりの数人が連隊のありかを示し、ある大隊などは大尉か中尉が指揮しているにすぎなかった。ラ・エ・サントですでにかなりの損傷をうけていたアルテン師団はほとんどが全滅だった。ヴァン・クルーズ旅団の勇猛なベルギー兵はニヴェル街道に沿ったライ麦畑で死屍累々としていた。一八一一年にスペインでわが軍に味方してウェリントンと戦い、一八一五年にはイギリス軍と連合してナポレオンと戦っていたあのオランダの擲弾兵たちは、ほとんど一兵も残っていなかった。将校の損失は相当なものだった。アクスブリッジ卿は膝を砕かれ、翌日片方の脚を地中に埋めた。胸甲騎兵隊の戦闘において、フランス側ではドロール、レリチエ、コルベール、ドノップ、トラヴェール、ブランカールなどが戦線離脱したが、イギリス軍のほうは、アルテンとバーンが負傷し、デランシー、ヴァン・メルレン、オンプテダなどが戦死し、ウェリントンの参謀本部は壊滅し、出血の配分ではイギリスは分が悪かった。近衛歩兵第二連隊では五人の中佐、四人の大尉、三人の旗手をうしなった。歩兵第三十連隊の第一大隊では二十四人の将校、百十二人の兵をうしなった。第七十九山岳兵連隊では二十四人の将校が負傷、十八人の将校が戦死、四百五十人の兵が死んだ。カンバーランドのハノーヴァー軽騎兵では、のちに裁判にかけられて免職になったハッケ大佐を先頭に、全連隊が乱戦をまえに敵前逃亡してソワーニュの森に逃げこみ、なかにはブリュッセルまで逃走した者もいた。輸送車、弾薬車、荷物車、負傷兵でいっぱいの有蓋車などは、フランス兵が前進して森に近づくのを見ると、大あわてで森に殺到した。フランスの騎兵隊に斬られたオランダ兵は、「危ないぞ！」と叫んでいた。現存している目撃者たちによれば、ヴェール・クークーからグローネンダールまで、ブリュッセル方面へ約八キロにわたって逃亡兵がごったがえしていたという。この恐慌はマリーヌに亡命していたコンデ公やガンに亡命していたルイ十八世にまでおよんだほどだった。モン・サン・ジャンの農園に設けられた野戦病院のうしろで、梯陣を組んだわずかな予備兵と、左翼の側衛をしていたヴィヴィアンとヴァンドルールの二個旅団をのぞけば、ウェリントンはもはや騎兵を持っていなかった。多くの大砲が破壊されて横たわっていた。こうした事実はシーボンも認めている。プリングルはこの災厄を誇張して、イギリス・オランダ連合軍は三万四千人に減ったとまで言っている。鉄公爵（ウェリントン）は平然としたまだったが、その唇は蒼ざめていた。イギリスの参謀本部でこの戦いを観戦していたオーストリアの武官ヴィンツェントとスペインの武官アルバは、これで鉄公爵も終わりだと信じた。五時、ウェリントンは時計を取りだし、こう暗くつぶやくのが聞こえた。「ブリュッヘルが先か、夜が先か！」

ちょうどそのころ、一列の銃剣がはるか遠方、フリシュモン付近できらめいた。

ここでこの壮大な劇は急展開を見せる。

第十一章　ナポレオンには悪い道案内、ビューローには良い道案内

ナポレオンの痛ましい誤算のことはだれもが知っている。グルーシーを心待ちにしていたのに、突如ブリュッヘルがあらわれた。生の代わりに死がやってきたのである。

運命にはこんな転回点がある。世界の王座を予期していたのに、セント・ヘレナが見えてくる。

ブリュッヘルの副官ビューロー〔1〕の道案内をした牧童が、森を抜けるのにプランスノワの下手でなく、フリシュモンの上手からのほうがよいと勧めていたら、十九世紀の様相はおそらく違っていたことだろう。ナポレオンはワーテルローの戦いに勝っていたことだろう。プランスノワの下手以外のどんな道を通っても、プロシア軍は砲兵隊には越えられない峡谷に行き着き、ビューローは到着していなかったことだろう。

しかも、もし一時間でも遅れていたら、プロシアのムフリンク将軍が公言しているように、ビューローは生きているウェリントンに会うことができなかっただろうし、「戦いは敗れていた」

ことだろう。

もうそろそろビューローが到着してもいいころだった。それがひどく遅れていた。彼はディオン・ル・モンで野営し、夜明けとともに出発した。しかし道は使い物にならないほどの状態で、どの師団も泥濘に難儀していた。轍が砲車の輪心のところまできていた。そのうえ、ディール川を越すにはワーヴルの狭い橋を渡らねばならなかった。その橋に通じる道路には、フランス軍が火を放っていた。砲兵隊の弾薬車や輸送車は、両側の家が燃えているため通ることができず、火事が治まるのを待たねばならなかった。正午になっても、ビューローの前衛はまだ、シャペル・サン・ランベールに着くことができなかった。

もし二時間まえに戦闘が開始されていたなら、四時にはおわっていて、ビューローはナポレオンが勝利した戦場に出くわしたことだろう。それがわたしたちの理解をこえる無限に釣りあった、はかり知れない偶然なのである。

正午になるや、皇帝は真っ先に望遠鏡を手にして、はるか遠方の地平線上になにかを見つけ、注意を傾けた。彼はこう言った。「向こうに雲が見えるが、どうやら軍隊らしい」それからダルマチア公に尋ねた。「スールト、シャペル・サン・ランベールのほうには、なにが見える？」元帥はじぶんの望遠鏡をそのほうに向けて答えた。「四、五千の兵です、陛下。もちろんグルーシーの軍隊にちがいありません」けれども、そのものは靄のなかでじっと動かなかった。参謀本部のすべての望遠鏡が、皇帝に言われた「雲」を観察した。何人かが言った。「あれは停止中の縦隊です」大半の者は言った。「あれは木立です」たしかにその雲が動かないのは事実だった。皇帝はドモンの軽騎兵師団をその不明の地点の偵察に差し向けた。

じっさい、ビューローは動かなかった。彼の前衛はきわめて手薄で、なにもできなかったのだ。本隊の到着を待たねばならなかった。それに戦線に加わるまえに、兵を集結させよという命令をうけていた。しかし、五時になって、ウェリントンが危ないと見たブリュッヘルはビューローに攻撃を命じ、あの名言を吐いた。「イギリス軍に風を入れてやらねばならぬ」

間もなく、ロスシン、ヒラー、ハッケ、リセルの各師団がロボー軍団の前面に展開し、プロシアのウィルヘルム大公の騎兵隊がパリスの森から姿をあらわした。プランスノワは炎上した。プロシア軍の砲弾が、ナポレオンの背後に控えていた予備の近衛兵の隊列にまで雨と降りはじめた。

第十二章　近衛兵

その後のことは、よく知られている。第三の軍隊プロシアが介入し、戦闘は分散し、にわかに八十六門の火砲がとどろく。ビューローとともにピルヒ一世が不意に出現し、ブリュッヘル自身に率いられたツィーテンの騎兵隊がやってくる。フランス軍が撃退され、マルコニェがオアンの高地から追いはらわれ、デュリュットがパプロットから立ち退かされ、ドンズローとキオーが退却し、ロボーが側面から攻撃される。暮れなずむ夜に、新しい戦闘が装備を壊されたフランス軍連隊をおそう。イギリス軍の全線が攻撃に転じて前進してくる。フランス軍に巨大な穴が開く。イギリスとプロシアの一斉射撃が互いに助けあう。殲滅戦、最前線と側面の災厄。近衛兵はこうしたおぞましい崩壊のなかで戦線に加わったのだった。

近衛兵たちは死が間近に迫ってくるのを感じ、「皇帝万歳！」と叫んだ。喚声となって炸裂することの苦悶ほど感動的なものは史上またとない。

空は一日じゅう雲におおわれていた。まさにこのとき、晩の八時になって地平線の雲が遠ざかり、ニヴェル街道の楡の木立をとおして、沈んでいく太陽の赤く大きい不吉な光がもれてきた。アウステルリッツのときは、昇る太陽が見られたものだったのに。

この最後の戦いのために、近衛の各大隊はそれぞれひとりの将軍によって指揮された。そこにいた将軍はフリアン、ミシェル、ロゲー、アルレー、マレー、ポレ・ド・モルヴァンらであった。大きな鷲の記章がついた近衛敵弾兵の高い軍帽が、左右対称に整列し、平然と、華麗にこの乱戦の霞のなかにあらわれたとき、敵軍はフランスへの敬意の念を覚えた。二十もの勝利が翼を広げて戦場に登場するのを見る思いがして、勝者であった者たちがみずからを敗者だと見なし、後退したのだった。だが、ウェリントンは叫んだ。「立て、近衛兵。正確に狙え！」生垣のうしろに伏していた赤い軍帽のイギリス近衛連隊が立ちあがり、大量の散弾がわが軍の勇士たちの周囲にそよぐ三色旗に穴を開け、全員がおそいかかった。最後の殺戮がはじまった。皇帝の近衛兵隊は、夕闇のなかで、まわりの自軍が逃げだし、潰走の動揺が広がるのを感じ、「皇帝万歳！」の代わりに「逃げろ！」という叫び声を聞いた。しかし近衛兵は去る者を追わず、前進しつづけたが、徐々に撃破され、一歩進むごとに戦死者を出していった。ためらう者もおびえる者もいなかった。この軍隊の兵士は将軍と同じように英雄だった。死を恐れるものなど、ただのひとりもいなかった。

ネーは熱狂し、死を甘受する者の偉大さをもって、この争乱のなかでありとあらゆる攻撃に身をさらした。ここで五頭目の乗馬を殺された。彼は汗にまみれ、目が真っ赤に血走り、口角に泡を立て、軍服のボタンが飛び散り、イギリス近衛隊兵のサーベルの一撃で片方の肩章が半分ちぎれ、大鷲の記章が弾丸でへこみ、血まみれになり、泥だらけになりながらも堂々と、折れた剣を手にして言った。「見にくるがいい、フランスの元帥の戦場での死に様がどんなものかを！」そうは言ったものの、彼は死ねずに猛り狂い、激昂していた。彼はドルーエ・エルロンにこんな問いを発した。「おい、おまえは戦死しないのか？」そして、一握りの人間を粉砕する一斉射撃のただなかでこう叫んだ。「おれに当たる弾はひとつもないのか！　ああ！　イギリスの砲弾をすべて、おれの腹にぶちこんでもらいたいものだ！」不運な男よ、きみはいずれフランスの銃弾で殺されるために取っておかれたのだ！[1]

第十三章　破局

近衛兵の背後で起こった潰走は悲惨なものだった。軍は突如、ウーゴモン、ラ・エ・サント、パプロット、プランスノワなど、あらゆる方面で一斉に退却した。「裏切だ！」という叫び声のあとにつづいて「逃げろ！」という叫び声が聞こえた。潰走する軍隊は雪解けみたいなものだ。すべてがたわみ、ひび割れ、崩れ、流れ、転がり、落ち、ぶつかり、先を争い、急ぎに急ぐ。前代未聞の崩壊になった。ネーは馬を借りて飛び乗り、帽子も、ネクタイも、剣もなしにブリュッセル街道に立ちはだかって、イギリス軍とフランス軍を同時に食いとめようとする。彼は軍を引き寄せ、呼びもどし、叱りつけ、なんとか潰走を押しとどめようとする。だが、打つ手はない。兵たちは「ネー元帥万歳！」と叫びながら、彼から逃げてゆくのだった。デュリュットの二個連隊はうろたえて右往左往する。ドイツ槍騎兵のサーベルとケンプト、ベスト、パック、ライラントの旅団の一斉射撃に翻弄されているのだ。最悪の乱戦は潰走である。逃げるために戦友同士が殺しあう。騎兵隊と歩兵隊が互いにぶつかっては散乱する。戦闘の巨大な泡となって消えるのだ。一方の端のロボーも他方の端のレイユも波のなかに巻きこまれる。ナポレオンが残りの近衛兵で防壁をつくっても無駄である。予備の騎兵隊に最後の努力をさせても無駄である。キオーはヴィヴィアンのまえで、ケレルマンはヴァンドルールのまえで、ロボーはビューローのまえで、モランはピルヒのまえで、ドモンとシュベルヴィックはプロシアのヴィルヘルム大公のまえで退却する。皇帝の騎兵を突撃させたギヨーは、イギリスの竜騎兵の足下に倒れる。ナポレオンは逃亡兵のあいだを大急ぎで走りまわり、彼らに訓示し、急き立て、脅し、懇願する。この日の朝「皇帝万歳！」と叫んだ全員の口はぽかんとしたままで、皇帝と知ってのことかどうかも怪しい。新たに投入されたプロシアの騎兵隊が突進し、広がり、斬りつけ、切り刻み、粉砕し、殺しに殺して、殲滅しようとする。馬は飛びだし、大砲は転がり去る。輸送隊の兵士は弾薬車から馬をはずし、その馬に乗って逃げだそうとする。輸送車は横転し、空中に四輪をさらして道をふさぐ。それがまた虐殺の好機となる。みんなが互いに押しつぶし、踏みつぶして、死者も生者もお構いなしに、そのうえを歩く。腕という腕が狂ったように絡みあう。狂乱した群集が道路や小道、橋や平原、谷や森にみちあふれ、この四万の逃亡者でごったがえす。絶叫、絶望、ライ麦畑に投げ捨てられる背嚢や銃、剣を振りまわして開かれる通路、戦友も将校も将軍もあったものではなく、ただひたすら名状しがたい恐怖があるばかり。ツィーテンは思う存分フランスを斬って斬りまくる。子鹿になったライオン。それがこの敗走だった。

ジュナップでは、みんなが立ちもどり、立ち向かい、敵を押しとどめようとした。ロボーが三百人の兵士を再結集し、村の入口にバリケードを築いた。だが、プロシア軍の最初の一斉射撃で、ふたたび全員が逃げだし、ロボーは捕虜になった。この一斉射撃の痕跡はジュナップに達する数分まえのところ、街道の右側、煉瓦造りのあばら屋の古い切妻にいまでも残っている。プロシア軍はジュナップに突進したが、さほどの勝利でなかったことに憤慨したのか、その追撃は凄まじいものだった。ブリュッヘルは皆殺しを命じた。ロゲーは忌まわしい前例を残した。すなわち彼は、フランスの擲弾兵めいめいにひとりずつプロシアの捕虜を連れてこなければ殺してしまうと脅迫したのである。ブリュッヘルはロゲー以上に残虐だった。青年近衛隊の将軍デュエームはジュナップの旅籠の戸口まで追いつめられ、降伏のしるしにじぶんの剣を死神の軽騎兵に差しだした。すると、軽騎兵はその剣をとって捕虜を刺し殺した。勝利は敗者の暗殺によって成就したのである。わたしたちは歴史の証人なのだから、こう言って罰しておこう。「老ブリュッヘルはみずからの名誉を汚したのだ」と。このような残忍さが災厄の頂点だった。必死の敗走はジュナップ、レ・カトル・ブラ、ゴスリー、フラーヌ、シャルルロワ、チュアンなどを横切り、ようやく国境まできて止まった。ああ！　そんなふうに逃げたのは、いったいだれなのか？　かのナポレオンの大陸軍（グラン・タルメ）なのであった。

かつて歴史を驚かせた最高の武勇の、このような錯乱、このような恐怖、このような廃墟への転落、これらは理由のないことだろうか？　いや、違う。巨大な神の右手の影がワーテルローに落ちていた。それは運命の日だった。人智をこえる力がこの日をもたらしたのだ。だからこそ、恐れをなした人びとが頭を垂れ、偉大な魂の持ち主たちが降伏したのだ。ヨーロッパを征服した者たちが打ちのめされ、もはや言うべきこともすべきこともなくなり、その影のなかに恐るべきものの存在を感じた。「ソレコソ彼ラノ運命ダッタ」[1]。その日に、人類の未来が変わった。ワーテルローは十九世紀の扉を開く肘金だった。あの偉人の消滅は、偉大な世紀の到来に必要だった。人間には逆らうことのできない何者かが、その仕事を引きうけた。これで英雄たちが恐慌におちいったことも説明される。ワーテルローの戦いには雲以上のもの、すなわち流星があった。神が通ったのである。

夜になったジュナップに近い野原で、ベルナールとベルトランは狼狽し、思案に暮れ、沈鬱そうなひとりの男を外套の袖をつかんで引きとめた。その男は潰走の流れにそこまで引きずられ、馬から降りて、手綱を小脇にはさみ、狂ったような目つきで、たったひとりでワーテルローのほうに引きかえそうとしていた。それはなおも前進しようとしている、夢破れた巨大な夢遊病者ナポレオンだった。

第十四章　最後の方陣

近衛隊のいくつかの方陣が、潰走の流れのなかで、まるで川のなかの岩のようにじっと動かず、夜までもちこたえた。夜がやってきた。夜とともに死もまたやってくる。彼らはそのふたつの闇を待ち、身動きひとつせずにその闇のなかでじっとしていた。どの連隊も他の連隊から孤立し、四方八方で破れた軍となんの連絡もとれないまま、ただひたすら死を待つばかりだった。彼らは最後の一戦を交えるために、ある方陣はロッソムの高地で、また別の方陣はモン・サン・ジャンの台地で陣地をしいていた。そのように見捨てられ、打ち破られ、酷たらしく暗澹とした方陣で、彼らは壮絶な最期をとげようとしていた。ウルム、ワグラム、イエナ、フリートラント[1]の勝利も、彼らのうちで消滅しようとしていた。

黄昏どきの、夜の九時ごろ、モン・サン・ジャンの台地のふもとに、そんな方陣のひとつが残っていた。この不吉な谷間の、さきほどは胸甲騎兵がよじ登り、いまはイギリス兵の集団であふれている斜面のしたで、勝ち誇る敵の砲兵の集中射撃や絶え間なく降ってくる弾丸の恐ろしい雨をものともせず、この方陣は戦っていた。それは無名の将校カンブロンヌ[2]の率いる方陣だった。この方陣は、敵の射撃ごとに数を減らしながら反撃していた。この方陣は散弾にたいして銃火で応戦していたが、四方の壁はたえず縮まっていった。逃亡兵たちは息切れがするたびに立ちどまっては、遠い暗闇のなかで、しだいに薄れ、かすかになっていくこの陰惨なとどろきを聞いていた。

この軍がもはやひと握りの兵たちでしか、戦旗がぼろ切れでしか、銃弾の尽きた銃がただの棒でしかなくなり、死者の山が生きている者たちよりも数多くなったとき、この崇高な瀕死者たちを取りまいている勝者たちのあいだには、いかんともしがたい畏怖が見られた。イギリスの砲兵隊は思わず息を呑んで沈黙し、一種の間のようなものが生じた。これらの戦士たちのまわりには、まるで妖怪がひしめくように、騎兵のシルエット、大砲の黒い輪郭、車輪や砲架をとおして仄見える白い空があった。勇士たちがいつも煙のなか、戦場の奥にかいま見ている死の巨大な頭が、彼らのほうに近づき、彼らをながめていた。彼らは黄昏の闇のなかで大砲が装塡される音を聞くことができた。点火された火縄が夜陰に光る虎の目のように、彼らのまわりに輪をつくった。イギリスの砲兵隊のすべての導火線が大砲に近づいた。このとき、感動したイギリスの将軍、ある者たちによればコルヴィル、また別の者たちによればメイトランドが、これらの男たちのうえに吊りさがった最後の瞬間をとらえて、彼らに向かって叫んだ。「勇敢なフランス兵たちよ、降伏せよ！」カンブロンヌは「くそっ！」と答えた。

第十五章　カンブロンヌ

フランスの読者は尊敬されることを欲するから、[1]ひとりのフランス人がかつて口にしたもっとも立派なこの言葉を、ひとからあらためて聞かされるのを心外に思う。物語のなかに崇高なものを持ちこむのは厳禁なのである。

だが、筆者はあらゆる危険をかえりみず、この禁をおかすものである。

さて、あれらの巨人のうちに神話的とも言える超人がひとりいた。カンブロンヌである。

そのような言葉を発してから死んでいく。これほど偉大なことがまたとあろうか！　というのも、彼が望んだのは死ぬことだったからだ。たとえ散弾を浴びながらも、結局生き残ったのだとしても、それはこの男のせいではない。

ワーテルローの戦いに勝ったのは、敗走したナポレオンでも、四時に退却し、五時に絶望したウェリントンでも、すこしも戦わなかったブリュッヘルでもない。ワーテルローの戦いに勝った男、それはカンブロンヌである。

じぶんを殺そうとする雷鳴をひと言で粉砕する、それは勝利することである。

破局にたいしてそのように答え、運命にたいしてそのように言い、未来のライオン像[2]に台座をあたえる。夜の雨、ウーゴモンの油断のならない壁、オアンの窪んだ道、グルーシーの遅参、ブリュッヘルの到着などにそのような返事を投げつける。墓のなかでも皮肉を忘れず、ひとが倒れてしまったあとでも立ちつづける。たったの二音節「くそっ」にヨーロッパ同盟[3]をつつみこみ、すでにローマの皇帝たちが知っていたあの便所を王侯たちに捧げる。最低の言葉にフランスの光輝を混じえて最高のものにする。不遜にもワーテルローをカーニヴァルで締めくくり、レオニダスをラブレーで補ってやる。[4]この勝利を口にできない最高の言葉で要約する。土地をうしなっても歴史を守り、あの大量虐殺のあとで笑う人びとを味方につける。これは途方もないことである。

それは雷撃にたいする侮辱であり、アイスキュロス[5]の偉大さに到達する。

カンブロンヌのその一語は骨折のような効果をもたらす。それは軽蔑による胸の骨折である。最期の苦悶の充満が爆発を引きおこすのである。だれが勝ったのか？ウェリントンだろうか？いや、違う。ブリュッヘルがいなければ彼は負けていた。ブリュッヘルか？いや、違う。ウェリントンが開始しなかったら、ブリュッヘルは仕上げをできなかったことだろう。このカンブロンヌ、この最期の時の通行者、この知られざる兵士、戦争の限りなくちいさなこの分子は、そこに虚偽が、悲痛の極みともいうべき破局のなかに虚偽があると感じる。そして、まさに怒りを爆発させようとしたちょうどそのとき、あたかも嘲笑するかのように、生かしてやってもいいと言われるのだ！どうして躍りかからずにいられようか？

そこに彼らが、ヨーロッパのすべての王たち、幸福な将軍たち、雷鳴をとどろかすユピテルたちがいる。彼らは勝ち誇る十万の兵士たちであり、この十万の兵士たちの背後に百万の兵士たちがいて、火縄に火をつけられた彼らの大砲が口を開けている。彼らは皇帝の近衛兵たちや大陸軍を足下に踏みつけ、ナポレオンを打倒したところであり、ただカンブロンヌしか残っていない。刃向かおうにも、残っている者といえば、ただこの大地の虫けらも同然の男しかいないのだ。彼は刃向かうだろう。そこで剣をさがすように、ひとつの言葉をさがす。彼の口角に泡がわいてくる。その泡こそ、あの言葉なのだ。奇跡的だが凡庸なその勝利、勝者のいないその勝利を眼前にして、この絶望した男がすっくと身を起こす。彼はその勝利の雄大さを受け入れながらも、その空しさに気づく。そこで、その勝利に唾を吐く以上のことをする。数、力、物質に圧倒されながらも、彼は心にひとつの表現、「くそっ」を見つける。くりかえし言おう。そのように言い、そのように振る舞い、そのように言葉を見つけること、それは勝者になることなのだ。

偉大な時代の精神がこの運命の瞬間、この知られざる男のなかにはいりこんだ。カンブロンヌはルジェ・ド・リール[6]が「マルセイエーズ」を見つけたように、天上からの霊感の訪れによってワーテルローの言葉を見つけた。神の嵐の息吹が解き放たれ、このふたりの人間を貫いた。すると彼らは身震いし、一方が最高の歌をうたい、他方が恐ろしい叫び声を発した。カンブロンヌは、帝国の名において、ただヨーロッパにこの超人的な軽蔑の言葉を投げつけたのではない。もしそうだとすれば、些細なことにすぎなくなるだろう。彼は革命の名において過去に投げつけたのだ。人びとはその言葉を聞いて、カンブロンヌのうちに巨人たちの古い魂を認める。語っているのがダントンで、吠えているのがクレベール[7]のような気がするのである。

カンブロンヌの言葉に、イギリス人の声がこう答えた。「撃て！」砲列が火を吹き、丘がぐらぐら揺れ、すべての青銅の砲口から最後の凄まじい砲弾が吐きだされた。広大な砲煙が月明かりのなかにうっすらと白く残っていた。そしてその砲煙が消えたときには、もうなにもなかった。あの素晴らしい残兵たちは全滅した。近衛隊が戦死したのである。あの生ける角面堡塁の四つの壁が倒れ、散らばっていた。あちこちの死体のあいだに、なにか震えるものがかすかに見えるだけだった。こうして、ローマの軍団よりも強大だったフランス軍は、モン・サン・ジャンの雨と血で濡れた地のうえで、黒っぽいライ麦畑のなかで全滅したのだった。いまこの場所を、ニヴェル街道の郵便馬車の仕事をしているジョゼフが、毎朝四時に、口笛を吹き、陽気に馬に鞭を当てながら通っている。

第十六章　指揮官ノ力ニハドレダケノ重ミガアルノカ？

ワーテルローの戦いはひとつの謎である。それは勝利した者たちにとっても、敗北した者にとっても曖昧模糊としている。ナポレオンにとってはパニックだった（「戦いがすみ、一日がおわると、誤った措置が訂正され、翌日にはより大きな成功が保証されていたが、すべてがパニック的な恐怖の一瞬によって失われた」――ナポレオン『セント・ヘレナの口述』）。ブリュッヘルにはちんぷんかんぷんだし、ウェリントンにはなにがなんだか分からなかった。報告書を見るがよい。戦況公報は混乱し、戦記は不明瞭である。後者はしどろもどろで、前者はたどたどしい。ジョミニ将軍はワーテルローの戦いを四つの局面に分け、プロシアのムフリンク男爵は三つの急展開で区切っている。[1] シャラス中佐だけが――筆者とはいくつかの点で見解を異にするが――、その素晴らしい慧眼によって、神的な偶然と格闘する天才的人間の破局の、くっきりとした輪郭をよくとらえている。他のすべての歴史家たちはどこか目がくらんでいて、目がくらんだまま手探りしている感がある。じっさい、これは電撃的な一日であり、王たちがみな大いに驚いたことに、あらゆる王国を道連れにした軍事的君主制の瓦解、力の失墜、戦争の大失敗の一日であった。

超人的な必然の跡を残すこのような出来事においては、人間の果たす役割はなにほどでもないのである。

ウェリントンとブリュッヘルからワーテルローを取り除いてやると、イギリスとドイツからなにかを奪うことになるだろうか？　否である。栄光あるイギリスも威厳あるドイツも、ワーテルローという問題で疑問に付されることはない。神の加護で、諸国民は剣の陰惨な冒険とは無関係に偉大なのである。ドイツも、イギリスも、フランスも鞘のなかには収まりきらない。ワーテルローがサーベルの触れ合いにすぎなかったその時代、ドイツにはブリュッヘルのうえにゲーテが、イギリスではウェリントンのうえにバイロンがいた。思想の広大な上昇こそ、わたしたちの世紀に固有のものであり、この曙のなかで、イギリスやドイツはそれぞれ壮麗な輝きを放っている。彼らは思想によって荘厳なのである。彼らが文明にもたらす水準の向上は彼らに内在するものであり、なにかの事件ではなく、彼ら自身からおのずと生ずる。十九世紀に彼らがもっている高貴なものは、いささかもワーテルローを源泉とするものではない。ひとつの勝利のあとで急速に発展するのは、ただ未開な民族のみである。そのようなものは、嵐によってふくらんだ奔流の束の間の虚栄にすぎない。とりわけわたしたちが生きている時代においては、文明化された国民はただひとりの大将の運、不運によって高められたり、貶められたりするわけではない。人類における諸国民に特有の重みは、戦闘以上のなにかに由来する。さいわいにして、諸国民の名誉、威信、知性、精髄などは、英雄や征服者といった賭博者たちが戦闘という宝くじに賭ける番号ではない。栄光が少なくなれば、そのぶん自由がふえる。太鼓の音がやむと、理性が発言する。これは負けるが勝ちの勝負なのだ。だから、双方ともワーテルローのことを冷静に話すことにしよう。偶然のものは偶然に返し、神のものは神に返そう。ワーテルローとはなにか？　ひとつの勝利か？　違う。一か八かの博打である。この博打でヨーロッパが勝ち、フランスが賭金を払ったにすぎない。だから、なにもわざわざライオン像を建てるほどのこともなかったのだ。

そのうえ、ワーテルローは史上もっとも奇怪な会戦である。ナポレオンとウェリントン。ふたりは好敵手ではなく、両極端である。対立を好む神も、これほど鮮やかな対照と、これほど異常な対決をつくったことはなかった。一方は正確さ、予測、幾何学、慎重さ、安全な退却、周到に配された予備軍、頑なな冷静さ、揺るぎない方法、地形を活用する戦略、各部隊の釣合を重視する戦術、整然とした殺戮、懐中時計で統御される戦争、何事も偶然にまかせないこと、昔ながらの古典的な勇気、絶対的な規律。他方は直観、予知、軍事的な意外性、超人的な本能、炎のような一瞥、なにかは分からないが鷲のようにながめ、雷のようにおそう能力、侮蔑的な激しい気性に秘められた驚異的な技量、奥深い魂のあらゆる神秘、運命との結託、いわば督促されて服従するような川や平原や森や丘、戦場までも威圧する専制者、戦略術に混じりこんでそれを拡大したり、混乱させたりする星占いへの信仰。ウェリントンは戦争のバレーム[2]であり、ナポレオンは戦争のミケランジェロであった。そしてこのたびは、天才が計算に負けたのである。

双方ともだれかを待っていた。ナポレオンはグルーシーを待っていたが、彼は来なかった。ウェリントンはブリュッヘルを待っていたが、彼は来た。

ウェリントン、それは復讐をとげようとする古典的な戦争である。黎明期のナポレオンはイタリアでこの古典的な戦争に出会い、見事に打ち負かしていた。老いた梟は、若い禿鷹をまえに逃げたのである。古い戦術は撃退されたばかりでなく、侮辱されたのだった。この二十六歳のコルシカ人は、いったい何者だったのか？　すべてを敵にまわし、じぶんのほうはなにも持たず、糧食も弾薬も、大砲も靴もなく、軍隊さえもほとんどなく、大集団を相手に一握りの兵をもってヨーロッパ同盟軍におそいかかり、理不尽にも不可能のなかで数々の勝利を手にした、怖いもの知らずのこの華麗な若者は、いったいなにを意味したのか？　ほとんど息つく暇もなく、いつも同じ兵士を持駒として、アルフィンツィ軍のつぎにボーリュ軍を、ボーリュ軍のつぎにウルムザー〔3〕軍を、ウルムザー軍のつぎにメラス軍を、メラス軍のつぎにマック軍をといった具合に、ドイツ皇帝の五つの軍隊をばったばったと粉砕したこの雷のような乱心者は、いったいどこから出てきたのか？　偉人のような厚かましさをもったこの戦争の新参者は、いったい何者だったのか？古風な軍事学派の連中は、敗走しながら彼を破門にした。ここから新武断政治にたいする旧武断政治の、華々しい剣にたいする礼儀正しいサーベルの、天才にたいする定石の信奉者たちの怨恨が生まれた。一八一五年六月十八日、この怨恨が勝利をおさめ、ローディ、モンテベッロ、モンテノッテ、マントヴァ、マレンゴ、アルコレなどのしたにようやくワーテルローと書くことができたのである。大多数の者に心地よい凡庸派の勝利。運命がこのような皮肉に同意したのだ。落ち目のナポレオンは、眼前に若きウルムザーとも言うべきウェリントンを見いだしたのである。

　じっさい、ウルムザーの顔を見たければ、ウェリントンの髪を白くしてやるだけでよい。

　ワーテルローは二流の大将が勝った一流の戦争である。

　ワーテルローの戦いで称賛しなければならないのはイギリスであり、イギリスの毅然とした態度、イギリスの決意、イギリスの血である。そこでイギリスが発揮した素晴らしさは、こう言ってはなんだが、イギリス自身なのである。イギリスの大将ではなく、その軍隊なのだ。

ウェリントンは奇妙にもその恩を忘れ、バサースト卿宛の手紙のなかで、一八一五年六月十八日に戦った彼の軍隊が「ひどい軍隊」だったと述べている。ワーテルローの畝のしたに埋められたあの痛ましい骸骨の群は、これをなんと思うだろうか？

イギリスはウェリントンにたいしてあまりにも謙虚だった。ウェリントンをあんなに偉大にすることは、イギリスを卑小にすることだ。ウェリントンは他のどこにでもいる英雄にすぎない。あの黒い軍服のスコットランド兵、あの近衛騎兵、あのメイトランドやミッチェルの連隊、あのパックやケンプトの歩兵隊、あのポンソンビーやサマーセットの騎兵隊、散弾のしたで風笛を吹いていたあのハイランド兵、あのライラントの大隊、ろくにマスケット銃の扱い方も知らないのに、エッスリンクやリヴォリの戦いの古強者を相手にした、あのひどく若い新兵たち、彼らこそ偉大なのだ。ウェリントンは粘り強く、それが彼の長所であったが、筆者はそのことで彼を貶すつもりはない。しかしながら、彼の軍隊のどんな一歩兵も、どんな一騎兵も彼と同じくらい頑強だったのだ。鉄の兵士は鉄公爵に匹敵するのである。筆者としては、あらゆる称賛をイギリス兵、イギリス軍、イギリス国民に捧げるものである。トロフィーがあるとすれば、それをうけるべきはイギリスである。ワーテルローの円柱も、ひとりの人間の姿ではなく、一国民の像を雲のなかにそびえ立たせるほうが正しかっただろう。

しかしこの偉大なイギリスは、筆者がここで述べていることに苛立つかもしれない。この国は彼らの一六八八年の名誉革命とわたしたちの一七八九年の革命のあともなお、封建的な幻想をいだいている。世襲制や位階制を信じている。力においても栄光においても、どんな人民もおよばないこの人民は、みずからを人民ではなく、国民と見なしている。人民としては、好んで服従し、貴族を頭にいただく。労働者(ワークマン)なら蔑まれることに甘んじ、兵士なら棒で打たれることに甘んじる。インケルマン[4]では、どうやらある軍曹が軍隊を救ったらしいのだが、ラグラン卿によってその名前を記されることはなかった。イギリス軍の位階制度では、将校以下では、どんな英雄も報告書に名前を出すことが許されないのである。

ワーテルローのような会戦で、筆者がなにより感嘆するのは、偶然のもつ驚くべき巧妙さである。夜の雨、ウーゴモンの城壁、オアンの窪んだ道、砲声が聞こえなかったグルーシー、ナポレオンを欺いた道案内、ビューローを適切に導いた道案内など、あの大異変はすべて見事に操作されていたのだ。

全体としてはこう言っておこう。ワーテルローでは戦闘という以上に虐殺があったのだと。

ワーテルローはあらゆる戦闘のうち、あれだけ多くの兵士に比して、戦線がいちばん短い戦闘である。ナポレオンのほうは三千メートル、ウェリントンのほうは二千メートルの戦線。両陣営にそれぞれ七万二千の兵士。このような部隊の密集から虐殺が生じたのである。

つぎのような計算がなされ、比率が作成されている。兵員の損失。アウステルリッツでは、フランス兵十四パーセント、ロシア兵三十パーセント、オーストリア兵四十四パーセント。ワグラムでは、フランス兵十三パーセント、オーストリア兵十四パーセント。モスクワでは、フランス兵三十七パーセント、ロシア兵四十四パーセント。バウツェン[5]では、フランス兵十三パーセント、ロシア・プロシア兵十四パーセント。ワーテルローでは、フランス兵五十六パーセント、連合軍三十一パーセント。ワーテルローの合計は四十一パーセント。すなわち十四万四千の兵士のうち、戦死者六万である。

こんにちワーテルローの平野は、泰然と人間を支える大地特有の静けさを取りもどし、他のどんな平野とも変わらない。

とはいえ、夜になると、幻影を見るような靄が立ちこめ、どこかの旅人がそこを散策し、耳を澄まし、フィリッピの平原[6]をまえにしたウェルギリウスのように夢想するなら、あの破局の幻覚にとらえられるだろう。恐ろしい六月十八日の戦闘がよみがえり、贋の記念の丘は消え、あの凡庸なライオン像は一掃され、戦場がまざまざと現実を取りもどす。歩兵隊の列が平原をうねり、猛り狂った騎兵隊が地平を疾駆する。ぎょっとした夢想家にはサーベルのきらめき、銃剣の火花、爆弾の炎上、雷鳴の凄まじい交錯が見える。墓の底の断末魔の喘ぎ声にも似て、ぼんやりした過去の戦闘の、かすかな喧騒が聞こえる。あの影、あれは敵弾兵たちだ。あの微光、あれは胸甲騎兵たちだ。あの骸骨はナポレオンだ。あの骸骨はウェリントンだ。それらはすべて過去のものだが、それでもまだぶつかりあい、戦っている。峡谷は真っ赤に染まり、木々が震え、雲のなかにさえ狂乱が感じられる。そして暗闇のなかで、モン・サン・ジャン、ウーゴモン、フリシュモン、パプロット、プランスノワなど、ひとを近づけない高地が虐殺しあう幽霊たちを頭にいただいて、おぼろげに立ちあらわれてくる。

第十七章　ワーテルローをよきものと思うべきか？

ワーテルローをすこしも憎まない、きわめて尊敬すべき自由主義の一派がいるが、筆者はその一派にはくみしない。筆者にとってワーテルローとは、自由が呆気にとられた日付にほかならない。こんな卵からあのような鷲が生まれるとは、たしかに予想外なことだったのだ。

この問題を頂点から見れば、ワーテルローは意図的な反革命の勝利である。それはフランスに対抗するヨーロッパであり、パリに対抗するペテルスブルク、ベルリン、ウィーンである。率先行動に対抗する現状維持(スタトウ・クオ)であり、一八一五年三月二十日[1]をとおして攻撃された一七八九年七月十四日であり、御しがたいフランスの騒乱に対抗する君主政体の戦闘準備である。そして二十六年[2]まえから噴火している大勢の人民の熱を冷やすこと、それが君主政体の夢であった。ブランシュウィック家、ナッサウ家、ロマノフ家、ホーエンツォレルン家、ハプスブルク家などとブルボン家との連帯。ワーテルローはその馬の尻に神権を乗せていた。ナポレオン帝国がじっさいに専制的であったために、事の自然な成行きから、王権がやむをえず自由主義を認め、勝者にはまことに残念なことに、ワーテルローから立憲制がしぶしぶ出てきた。これはすなわち革命が真に屈服することなどありえず、摂理にかない、絶対に必然的なものであるがゆえに、ワーテルロー以前にはは旧い王座を打ち壊したナポレオンのなかに、ワーテルロー以後は憲章[3]を発布し、これにしたがったルイ十八世のなかにといったように、つねにふたたびあらわれるということである。ボナパルトは一介の御者[4]をナポリの王位に、一介の軍曹[5]をスウェーデンの王位につけることで、不平等を用いて平等を証明してみせた。ルイ十八世はサン・トゥアンで人権宣言[6]に署名した。革命のなんたるかを知りたいなら、これを進歩と呼べばいい。そして進歩のなんたるかを知りたいなら、これを明日と呼べばいい。明日はどうしようもなく明日の仕事をする。明日は今日からその仕事をする。不思議なことに、明日はつねにその目的に到達する。明日はウェリントンをつかって一介の兵士にすぎなかったフォワ[7]を雄弁家にする。フォワはウーゴモンで倒れたが、演壇で立ちあがる。進歩はそのように事を進めるのである。この職人にとって悪い道具というものはない。この職人はアルプスをまたいだ男ナポレオンも、エリゼ爺[8]のよぼよぼした好人物の患者も、委細かまわず、じぶんの神的な仕事にぴったり合わせてしまう。痛風病みも征服者もひとしく役に立てる。外では征服者を、内では痛風病みをつかうのである。ワーテルローは、剣によってヨーロッパの王座の崩壊を食いとめたが、他方では革命の仕事を継続させる結果しかもたらさなかった。剣士の役割がおわると、今度は思想家の出番だ。ワーテルローが押しとどめようとした世紀は、そのうえを歩き、わが道を行く。あの陰鬱な勝利は自由によって打ち負かされたのである。

結局のところ、また間違いなしに、ワーテルローで勝ったもの、ウェリントンの陰で微笑んでいたもの、おそらくフランスの元帥杖もふくめてということらしいが、ヨーロッパのすべての元帥杖をウェリントンにもたらしたもの、骸骨でいっぱいの土を心も軽く手押し車で運び、ライオン像の丘を築いたもの、その台座に誇らしげにあの日付、一八一五年六月十八日と記したもの、ブリュッヘルを励まして潰走する兵たちを斬りまくらせたもの、モン・サン・ジャンの丘の頂から、獲物をねらうようにフランスのうえに身をかがめていたもの、それは反革命だった。反革命こそが、「分割」というあの忌まわしい言葉をつぶやいたのだ。反革命はパリに行き着き、噴火口を目の当たりにし、その火山灰で足を焦がされるのを感じて意見を変えた。反革命はひとつの憲章という片言にもどったのだった。

ワーテルローには、ただワーテルローのなかにあるものだけを見ることにしよう。自由への意志などまったくない。ナポレオンが期せずして革命的になったのと同様、それに対応する現象によって、反革命は期せずして自由主義になった。一八一五年六月十八日、馬上のロベスピエール、ナポレオンは落馬したのである。

第十八章　神権説の再発

独裁の終わり。ヨーロッパの体制がそっくり崩壊した。

帝国は瀕死のローマ世界とよく似た暗影のなかに沈んだ。人びとは蛮族の時代のような深淵をふたたび見た。ただ一八一五年の野蛮、これを反革命という卑小な名で呼ぶべきだが、その野蛮は息が短く、たちまち息切れし、短期間にとどまった。打ち明けて言うなら、帝国は惜しまれた。しかも、英雄的な人びとによって惜しまれた。もし栄光が王笏となる剣のうちにあるとすれば、帝国は栄光そのものだった。帝国は専制があたえられるかぎりの光を地上に広げた。もっと言えば、薄暗い光を。真の光にくらべれば、それは夜だった。この夜の消滅が日食のような効果をもたらした。

ルイ十八世がパリに帰った。その日、七月八日の輪舞が三月二十日の熱狂を消してしまった。コルシカ人ナポレオンがベアルン人アンリ四世の対語になった。チュイルリー宮殿の丸屋根の旗は白旗になった。亡命者が王座についた。ハートウェル・ハウス[1]の樅のテーブルが、ルイ十四世の百合の花模様の肘掛け椅子のまえに置かれた。ブーヴィーヌやフォントノワ[2]のことが、まるで昨日のことのように話され、アウステルリッツのことは時代遅れになった。カトリックの祭壇と王座が堂々と和解した。十九世紀の社会的安寧のもっとも揺るぎない形式のひとつが、フランスと大陸に確立された。ヨーロッパは正統王党派の白色帽章をつけたのである。トレスタイヨン[3]が有名になった。オルセー河岸の兵舎の正面に、太陽をかたどった石の光線のなかに「万人ニ劣ルコトナシ」という太陽王ルイ十四世の銘句がふたたびあらわれた。皇帝近衛兵がいた場所に赤い建物が建った。カルーゼル広場の凱旋門は時節柄具合の悪いナポレオンの勝利を背負わされ、新しい流行のなかで途方に暮れて、おそらくはマレンゴやアルコラの勝利をいささか恥じていたが、アングレーム公[4]の像でやっと窮地を救われた。マドレーヌの墓地は、一七九三年の恐ろしい共同墓地であったが、ルイ十六世とマリー・アントワネットの骨がそこの塵にまみれていたので、大理石と碧玉でおおわれた。ヴァンセンヌの壕のなかから、ひとつの墓石が掘りだされ、アンギャン公[5]は、ナポレオンが帝位についたのと同じ月に死んだことを人びとに思いださせた。公の死の直後に皇帝の戴冠式をあげさせた教皇ピウス七世は、即位を祝福したときと同じように平然と、皇帝の没落を祝福した。シェーンブルンには四歳の影の薄い子供がいたが、その子供をローマ王[6]

と呼ぶのは不穏当だとされた。これらすべてのことがなされて、これらの王たちがそれぞれの王座を取りもどし、ヨーロッパの支配者だった男は檻に入れられ、旧体制が新体制になった。地上の影と光がところを変えてしまった。それというのも、夏のある日の午後、ある牧童がひとりのプロシア人に、「こちらから行きなさい。あちらではだめですよ！」と言ったからだった。

一八一五年は陰気な四月のようだった。不健康で有毒な現実が新しい外観でおおわれた。虚偽が一七八九年の革命と結婚し、神権が憲章という仮面をかぶった。虚構の立憲制になり、偏見、迷信、底意などが憲章第十四条[7]を中核として、うわべを自由主義で糊塗された。これは蛇の脱皮のようなものだった。

人間はナポレオンによって大きくされると同時に小さくもされた。この華々しい物質の支配下で、理想はイデオロギーという珍妙な言葉をつけられた。未来を嘲笑するのは、偉人の重大な軽はずみである。それでも民衆、つまり肉弾は、その砲手が愛しくて、目で彼をさがしていた。彼はどこにいるのか？　なにをしているのか？　ナポレオンは死んだ、とある通行者がマレンゴとワーテルローの廃兵に言った。「彼が死んだと！」とこの兵士は声をあげた。「よく分かるね、おまえさんに！」民衆の想像力はこの倒された男を神にまつりあげていた。ワーテルロー以後、ヨーロッパの奥底は暗闇になった。ナポレオンがいなくなったことで、長いあいだ、巨大な穴が開いていたようだった。

王たちがその穴のなかに居すわった。これを機に古いヨーロッパが再形成され、神聖同盟（サン・タリアンス）がつくられた。ワーテルローの宿命的な戦場は、そのまえから、ラ・ベラリアンス[8]と言っていたのであるが。

　再建された旧いヨーロッパの存在をまえにして、これに向きあうように新しいフランスの輪郭が描かれた。皇帝に嘲笑された未来が、額に「自由」という星をつけて登場したのである。若い諸世代の熱烈な目が彼のほうに向けられた。奇妙なことだが、みんなが「自由」というその未来と同時に、ナポレオンという過去に夢中になった。敗北が敗者を大きくしたのである。倒れたボナパルトが、立っているナポレオンより高いところにいるように思われたのだ。勝利した連中は怖気をふるった。セント・ヘレナでは、イギリスがハドソン・ローに彼を見張らせ、フランスがモンシュニューに様子を探らせた。彼の組んだ腕が王たちの不安の種になった。ロシア皇帝アレクサンドルは彼を「予の不眠の種」と名づけた。王たちの懸念は彼がうちに秘めていた革命の量からきていた。これがナポレオン的自由主義を説明し、容赦してやる理由になる。この亡霊は旧世界に戦慄をあたえた。国王たちは、地平にセント・ヘレナの岩が見えるので、おちおち統治していられなかった。

　ナポレオンが流刑地セント・ヘレナ島のロングウッドで末期を迎えようとしていたとき、ワーテルローで戦死した六万の人間たちが静かに腐敗していき、彼らの安らぎのようなものが世界に広がった。そこで、ウィーン会議は一八一五年の諸条約を結び、これを復古と名づけた。

　ワーテルローとはこのようなものである。

　だが無限にとって、それがなんであろうか？　あの嵐、あの雲、あの戦争、それからあの平和、あの影などは、ただの一瞬もかの広大無辺の目の光を乱すことはなかった。その目のまえでは、草の茎から茎へと飛びうつるアブラ虫も、ノートル・ダム寺院の塔の鐘楼から鐘楼へと飛翔する鷲も同じなのである。[9]

第十九章　夜の戦場

話をあの宿命的な戦場にもどそう。それがこの物語には必要だからである。

一八一五年六月十八日の夜は満月だった。その明るさがブリュッヘルの猛追撃に有利にはたらいた。逃走兵たちの足跡をくっきりと見せて、この悲惨な集団をプロシア軍の容赦ない騎兵隊の手にゆだね、虐殺を助けた。破局にはときどきこのような、夜の悲劇的な助力があるのだ。

最後の砲弾が撃たれたあと、モン・サン・ジャンの平原には人影がなかった。

イギリス軍はフランス軍の野営地を占領した。敗者のベッドで眠ること、それは勝利につきものの確認である。彼らはロッソムの向こうに露営した。プロシア軍は敗走兵を追跡し、前進をつづけた。ウェリントンはワーテルローの村に行き、バサースト卿への報告をしたためた。

もし「イクラ働イテモ、オマエタチノ身ニハ返ッテコナイ」という詩句[1]がなにかに当てはまるなら、間違いなくワーテルローの村についてである。ワーテルローはどんな役割も果たさず、戦闘から二キロほど離れていた。モン・サン・ジャンが砲撃され、ウーゴモン、パプロット、プランスノワなどが焼かれ、ラ・エ・サントが襲撃され、ラ・ベラリアンスはふたりの勝者が抱擁するのを見た。だが、これらの地名はほとんど知られていない。そして戦闘でなんの役割も果たさなかったワーテルローが名誉を独り占めにしているのである。

　筆者は戦争にへつらう者ではない。機会がくれば、戦争の実相を述べるつもりでいる。戦争にはそれなりにぞっとするような美があり、筆者はすこしもそのことを隠さなかった。だが、戦争にはまた、いくらかの醜悪さがあることも認めよう。その醜悪さのもっとも驚くべきものは、勝利のあとただちに戦死者の持ち物が奪われることである。戦闘のあとにやってくる夜明けは、いつも裸にされた死体のうえに明けそめるのだ。

　だれがそんなことをするのか？　だれがそんなふうに勝利を汚すのか？　勝利のポケットにこっそり忍びこむその忌まわしい手とは、いったいどんな手なのか？　栄光の陰で仕事をするその掏摸とは、何者なのか？　何人かの哲学者、とりわけヴォルテールは、それはまさしく栄光をつかんだ者たちだと言う。ほかにいないとすれば、その連中なのだと。立っている者たちが倒れている者たちから掠奪し、昼の英雄が夜の吸血鬼になる。要するに、じぶんが殺した死体から多少なりとも強奪するのは、じぶんたちの当然の権利なのだ、と彼らは言うのである。だが、筆者はそうは思わない。同じひとつの手で、月桂樹の枝を折りとるのと死者の靴を盗むことなどあってはならないと考えるのだ。

　たしかなのは、勝者のあとにはかならず泥棒が来るということだ。だが、兵士は、とくに現代の兵士は除外しておこう。

　どんな軍隊にも尻尾がある。非難すべきはそれなのである。半分盗賊で半分従僕のコウモリのような人間、戦争と呼ばれる黄昏が生みだすあらゆる種類のコウモリたち、軍服を着ていても戦わない者たち、仮病使いたち、手強い軽症者たち、時に女房連れでちいさな荷馬車に乗って歩きまわり、よそで売り捌くために盗みをはたらくいかがわしい酒保係たち、将校に案内を申し出る物乞いたち、ならず者たち、泥棒たち。昔は行軍する軍隊は——筆者は現代の話をしているのではない——それら全部の者たちを引きつれていた。その結果、専門用語で「落伍隊」と呼ばれていたほどだった。どの軍隊、どの国民もこれらの者たちに責任はなかった。彼らはイタリア語を話しながらドイツ軍についていった。フランス語を話しながらイギリス軍についていった。フェルヴァック侯爵[2]が、チェレゾーレの勝利の夜、わけの分からないピカルディー方言にたぶらかされて味方だと思いこみ、同じ戦場でだまし討ちにされ掠奪されたのも、そのような卑劣漢、フランス語を話すスペインの落伍隊員によってだった。掠奪（マロード）は悪党（マロー）を生みだす。「敵を糧に生きる」という憎むべき格言がこうした害毒を生みだすのだが、これを治すことができるのは、ただ強い規律だけだ。ひとを欺く名声というものがある。ある将軍、それも偉大な将軍がどうしてあんなに人気があるのか、よく分からないことがあるのだ。テュレンヌ[3]は掠奪に寛大だったので兵士から崇められた。許される悪が善意の一部になるのだ。テュレンヌはじつに善良だったので、プファルツ[4]で放火や殺戮を勝手にやらせておいた。指揮官が厳格かどうかで、落伍隊の掠奪者の数も増減する。オッシュやマルソー[5]には落伍隊がまったくいなかった。ウェリントンには——筆者はここで公平を期してあえて言うが——あまりいなかった。

とはいえ、六月十八日から十九日にかけての夜、戦死者は掠奪された。ウェリントンは冷厳だった。現行犯で捕まった者はだれであれ、銃殺せよという命令を出したのである。しかし、掠奪というものはなかなかしぶとい。掠奪者が戦場の片隅で銃殺されているあいだにも、別のところで掠奪がおこなわれていたのである。

平原の月は不気味だった。

真夜中ごろ、ひとりの男がオアンに通じる窪んだ道のほうをうろついていた。というより、這いまわっていた。どう見ても、それはさきほど筆者がその特徴を述べた者たちのひとりであり、イギリス人でもフランス人でもなく、農夫でも兵士でもなく、人間というよりも吸血鬼で、死者の臭いに引きつけられ、窃盗を勝利と心得て、ワーテルローを荒らしにきたのである。男はいくらか軍用外套に似た作業着をまとい、そわそわしながら大胆にまえに進んだり、うしろを振りかえったりしていた。この男は何者だったのか？　おそらくこの男については、昼よりも夜のほうがよく知っていただろう。男は背嚢を持っていなかったが、もちろん、外套には広いポケットがいくつもついていた。ときどき立ちどまっては、だれかに見られていないか探るように、周囲の平野を見まわしていた。急に身をかがめ、地面のうえで黙ったまま、動かないものを動かしては、やがて身を起こし、こっそりと逃げだしていた。その滑るような身のこなし、態度、迅速で不可解な動作などは、ノルマンディー地方の古い伝説で「アルール」と呼ばれている、あの廃墟に出没する黄昏の怨霊を思わせた。

ある種の夜行性の水鳥には、沼のなかでこんなシルエットを見せるものがある。

もしだれかの眼差しがこの靄を注意深く探ってみたなら、いくらか離れたニヴェル街道沿いの、モン・サン・ジャンからブレーヌ・ラルーに抜ける道の角の一軒のあばら屋のうしろに隠れるように停めてある、従軍商人のちいさな荷馬車らしきものに気づいたことだろう。その荷馬車にはタールを塗った柳の覆いがかけられ、荷馬車につながれた飢えた痩せ馬が轡越しに刺草を食べている。そしてこの荷馬車のなかに、ひとりの女らしきものがいて、箱や包みのうえに腰かけている。おそらくその荷馬車とこの徘徊している男のあいだには、なにか関係があったのかもしれない。

闇夜は晴れていた。天頂には雲ひとつない。地上が血潮で赤く染まっていてもかまいはしない。月はずっと白いままなのだから。それこそが天の冷淡さというものである。草原には、散弾で折れているものの、なんとか樹皮にしがみついている木々の枝が、ゆっくりと夜風に揺れている。ほとんど息吹のような風のそよぎに藪が動いている。草むらには魂が旅立っていくような震えがある。

遠くのほうで、イギリス軍野営地の巡察隊や巡回軍医たちが行き来している音がかすかに聞こえてくる。

ウーゴモンとラ・エ・サントは燃えつづけ、西側にひとつ、東側にひとつと、ふたつの大きな火柱を立てていた。地平の丘に巨大な半円形に広がる、イギリス軍の野営の篝火の帯がその火柱に加わり、まるで両端に紅ざくろ石のついたルビーの首飾りがほどけたように見える。

オアンへの窪んだ道での大惨事のことはすでに述べた。あの多くの勇士たちにとって死がどんなものであったか、考えただけでもぞっとする。

もしなにか心底ぞっとするものがあるとすれば、もし夢をも超える現実があるとすれば、それはこんなことだろう。生き、太陽を見、雄々しい力にみちあふれ、健康と喜びに恵まれ、大らかに笑い、目のまえにある輝かしい栄光に向けてまっしぐらに走り、胸に呼吸する肺、鼓動する心臓、理性をうしなわない意志を感じ、話し、考え、希望し、愛し、母親をもち、妻をもち、子供をもち、光明をもっている。ところが、突然あっという間に、ものの一分もしないうちに、深淵のなかに崩れ落ち、転がり、押しつぶし、押しつぶされ、麦の穂や花々や木々の葉と枝が見えても、つかまるものがなにもない。サーベルも無用の長物と感じられ、じぶんのしたには人間を、うえには馬を感じ、空しくもがき、闇のなかでなにかに蹴られて骨を折られ、目玉が飛びでるほど踵で踏まれ、狂ったように馬の蹄をかじり、息が詰まり、わめき、身悶えし、下敷になり、「さっきまでおれは生きていたのに」と思う、そういうことである。

そんな無残な災厄の喘ぎ声が聞こえていたところも、いまや静まりかえっている。窪んだ道の溝もごみごみと積み重なった馬や騎兵の屍体でいっぱいになっている。恐るべき錯綜である。死骸が道路と平原を同じ高さにしてしまい、枡できちんと量った大麦のように、縁とすれすれのところまできている。うえのほうは屍体の山、したのほうは血の川。これが一八一五年六月十八日夜の、あの窪んだ道だった。血はニヴェル街道にまで流れてきて、道をふさいでいた鹿砦のまえで、広い沼となってあふれていた。その場所は現在でも示すことができる。読者も思いだされようが、胸甲騎兵隊の総崩れが起こったのは、その反対側の地点、ジュナップ街道のほうである。重なった死骸の厚さは窪んだ道の深さと釣りあっていた。中央のほうの、窪んだ道が平らになっているところはドロール師団が通った道だが、そこでは死者の層が薄くなっていた。

さきほど読者にちらっと姿を見ていただいたあの夜の徘徊者は、その方面に進んでいた。彼はこの広大な墓地をあさっている。あたりをきょろきょろ見まわし、なんとも浅ましく死者の点検をおこない、足を血に浸からせながら歩いている。

突然、彼は立ちどまった。

数歩前方の、死者の堆積が尽きているところで、この人間と馬の山のしたから指を開いた手が突きだし、月に照らされている。

その手の指になにか光っているものがある。金の指輪だった。

男は身をかがめ、しばらくうずくまっていたが、やがて身を起こしたときには指輪は消えていた。

正確にいえば、彼は身を起こしたのではなかった。怯えきった野獣のような姿勢でそこを動かず、死者の山に背を向け、膝をついて地平をじろじろ見まわし、地面につけた両手の人差指で上半身を支え、頭を凹んだ道の縁のうえに出して、あたりをうかがっていたのだ。ジャッカルの四つん這いの姿勢も、ある種の行動にはお誂え向きなのである。

やがて男は意を決して、立ちあがった。

そのとき、男はぎくりとした。うしろからだれかに捕まえられているのを感じたのだ。

男は振りかえった。さきほどまで開いていた手がふたたび閉じて、彼の外套の裾をつかんでいた。

まともな人間なら怖がるところだが、この男は笑いだした。

「なんだ」と男は言った。「こいつはただの死人じゃねえか。おれにゃ憲兵より幽霊のほうがよっぽどましだ」

そうこうするうちに、その手に力がなくなり、男を放した。墓場のなかでは、努力もたちまち尽きてしまうのだ。

「なんでえ！」と徘徊者はつづけた。「生きていやがるのか、この死人は？　どれどれ見てやろうじゃねえか」

男はふたたび身をかがめ、屍体の山を掘りかえし、じゃまになるものを取りのけ、手を握り、腕をつかみ、頭を引きだし、体を引きあげた。それからしばらくして、男は生気のない、あるいは少なくとも気絶している人間を、窪んだ道の暗闇のなかに引きずっていった。それはひとりの胸甲騎兵で、将校、しかも相当位の高い将校だった。大きな金の肩章が胸甲のしたからのぞいている。この将校は兜をなくしていた。サーベルの猛烈な一撃で傷をうけたその顔は、血だらけだった。もっとも、手足は折れていなかった。ここでこんな言葉をつかうことが許されるなら、なにか幸運な偶然によって、死者たちが飛梁をつくってくれ、おかげで押しつぶされずにすんだのだった。その目は閉じていた。

将校は胸甲にレジオン・ドヌールの銀の勲章をつけている。

徘徊者がその勲章をむしり取ると、勲章は外套のしたの深い穴に消えた。

そのあと、彼は将校の内ポケットを探り、時計があると分かると、それを取った。それからチョッキを探り、財布を見つけて、じぶんのポケットに入れた。

この瀕死者におこなう救助がこういう段階になったところで、将校は目を開き、「ありがとう」と弱々しく言った。

男の手荒い扱いと夜の冷気と自由に吸った空気のおかげで、将校は仮死状態を脱したのだった。徘徊者は答えずに、ふと頭をあげた。平原に足音が聞こえた。どうやら巡察隊が近づいてくるらしい。

将校はなにかつぶやいた。というのも、声にはまだ死の苦しみが残っていたからである。

「どっちが勝ったのか？」

「イギリスですよ」と、徘徊者は答えた。

将校はなおもつづけた。

「わたしのポケットをさがしてくれ。財布と時計が見つかるはずだ。それを取っておいてくれ」

そのことはすでになされていた。

徘徊者は頼まれたことをするふりをしてから、こう言った。

「なにもありませんが」

「盗まれたのだ」と将校はつづけた。「残念だ。あなたに差しあげるつもりだったのに」

巡察隊の足音がしだいにはっきり聞こえるようになった。

「だれかがやってきます」と、徘徊者はもう逃げ腰になって言った。

将校はつらそうに腕を持ちあげ、男を引きとどめた。

「あなたはわたしの命を救ってくれた。どなたですか？」

徘徊者は小声で口早に答えた。

「わたしもあなたと同じくフランス軍の者です。でも、もう行かなくてはなりません。もし捕まったら、銃殺されますから。わたしはあなたの命を救いました。あとはじぶんでなんとかしてください」

「あなたの階級は？」

「軍曹です」

「名前はなんという？」

「テナルディエという者です」

「わたしはその名前を忘れまい」と将校は言った。「そして、あなたもわたしの名前を覚えておかれるといい。わたしはポンメルシーという者です」

第二篇　軍艦オリオン号

第一章　二四六〇一号が九四三〇号になる

ジャン・ヴァルジャンは、また捕まっていた。

痛ましい細部のことは手短にすませたほうが、読者にもありがたいことだろう。筆者としては、モントルイユ・シュル・メールで起こった驚くべき出来事の数か月あと、当時の新聞に発表された囲み記事を書き写すだけにしておこう。

これらの記事はやや簡潔すぎる。思いだされるように、このころはまだ、『ガゼット・デ・トリビュノ』[1]がなかったのである。

最初の記事を『ドラポー・ブラン』紙から借用するが、これは一八二三年七月二十三日の日付のものである。

――最近、パ・ド・カレー県のある郡を舞台に異常な出来事が起こった。県外から来た者でマドレーヌ氏と名乗る人物が、数年前から新しい製法のおかげで当地の古い産業であった黒玉と黒ガラス製造業を復興させていた。この人物はひと財産を築き、またその郡を豊かにし、この功績が認められて市長に任命された。ところが、警察はこのマドレーヌが一七九六年に窃盗罪で刑をくだされたものの、居住指定令を破っているジャン・ヴァルジャンという名の元徒刑囚と同一人物であることを突きとめた。ジャン・ヴァルジャンは再度徒刑場にもどされた。伝えられるところでは、この人物は逮捕されるまえに、預けてあった五十万を超える現金を、ラフィット銀行からまんまと引きだしたという。もっとも、その金は当人が真っ当な商売で稼いだものだと言われている。なお、トゥーロンの徒刑場に再収容されてから、ジャン・ヴァルジャンがどこにその金を隠したのかは不明。

やや詳しい二番目の記事は、同じ日付の『ジュルナル・ド・パリ』紙[2]からの引用である。

——つい先頃、ジャン・ヴァルジャンという名前の釈放された元徒刑囚が、人びとの耳目を集める情状でヴァルダン重罪裁判所に出廷した。この凶悪犯は警察の監視の裏をかき、名前を変えて北フランスのある町の市長に任命されることに成功した。この者はその町で相当な商取引を確立していたのだが、検察当局の粘り強い熱意のおかげで、ついに正体を暴かれ、逮捕された。ある公娼と内縁関係にあったが、女は男の逮捕時にショック死した。この罪人は無双の怪力に恵まれていたため、どうにか逃亡できたものの、逃亡から三、四日して、パりでふたたび警察に取り押さえられた。ちょうど、首都とモンフェルメイユ村（セーヌ・エ・オワーズ県）を運行する小型馬車に乗りこもうとしているときだった。男は三、四日の自由な間隙をついて、わが国の有力銀行のひとつに預金してあった相当の大金を引きだした模様で、その額は六十万とも、七十万フランとも見積もられている。起訴状によれば、男はその大金を当人にしか分からないある場所に埋めたらしいが、いまだ押収されていないという。いずれにせよ、このジャン・ヴァルジャンという男は、八年前公道で強盗をはたらいた廉で、ヴァール県の重罪裁判所に召喚されたところである。被害者はフェルネーの大長老[3]が不朽の詩で言っているような、あの正直な子供のひとりだった。

……毎年サヴォワからやってきて
軽やかな手つきで掃除する
煤のつまったあの長い管を。

この強盗は弁護を求めなかった。巧妙かつ雄弁な検察当局によって、窃盗には共犯者がいたこと、またジャン・ヴァルジャンが南フランスの盗賊団の一味であることが明らかにされたからだ。この結果、ジャン・ヴァルジャンは有罪を宣告され、死刑に処された。国王はその尽きせぬ寛仁さをもって、この刑を終身懲役刑に減刑され、ジャン・ヴァルジャンはただちにトゥーロンの徒刑場に送られた。

ジャン・ヴァルジャンがモントルイユ・シュル・メールで宗教的な習慣をたもっていたことも忘れられていなかった。そこで、いくつかの新聞、なかんずく『コンスティシオネル』紙[4]は、その減刑を聖職者側の勝利として紹介した。

ジャン・ヴァルジャンは徒刑場の番号が変わり、九四三〇号と呼ばれた。

あとになって立ちもどらなくてすむように、ついでに言っておけば、マドレーヌ氏とともに、モントルイユ・シュル・メールの繁栄は消え去ってしまった。あの興奮とためらいの夜、彼が予測していたことがすべて現実になったのだった。じっさい、彼がいなくなったことは「魂が抜けた」にひとしかった。彼の失墜以後のモントルイユ・シュル・メールには、偉大な存在が倒れたあとの、あの利己的な分捕り合戦が起こった。栄華を誇っていたものの、このような致命的な解体は、人間の共同体では毎日生じていることであり、歴史がたった一度しか注目しなかったというのも、それがアレクサンドロス大王の死後だったからである。代理官がみずから王冠をかぶり、現場監督がにわか仕立ての工場主になった。羨望による対抗意識が表面化した。マドレーヌ氏の広大な工場が閉鎖され、建物が廃屋になって、労働者たちが四散した。ある者たちはその地を離れ、別の者たちは職を離れた。以後、すべてが大きくならずに、小さくなり、善のためにではなく、営利のために動いた。中心がなくなり、いたるところに競争と敵意が見られるようになった。マドレーヌ氏がすべてを支配し、指揮していたので、彼が倒れると、各自が私利私欲に走り、組織の精神が闘争の精神に、愨ろさが刺々しさに、万人のための創設者の厚情が互いの憎悪に引きつがれたのである。マドレーヌ氏が結んだ糸が、もつれ、切れた。工程が変造され、製品が濫造され、信用がなくなった。販路が縮小し、注文が減った。賃金が安くなり、工場が行き詰まり、破産がやってきた。やがて貧しい人びとにはなにもなくなって、すべてが霧散した。

国家も、だれかがどこかで押しつぶされたことに気づいた。重罪裁判所がマドレーヌ氏とジャン・ヴァルジャンが同一人物だと認め、徒刑場に追いやってから四年もしないうちに、モントルイユ・シュル・メール郡では、徴税費用が倍増し、ド・ヴィレール氏[5]が一八二七年二月の国会でそのことを非難した。

第二章　悪魔のものとおぼしい二行の詩句が読まれるところ

話を先に進めるまえに、ちょうど同じころモンフェルメイユで起きた奇妙な事実を物語っておくことが時宜にかなっていると思われる。この事実は、おそらく検察当局のある種の推測とかならずしも一致しないわけではないからである。

モンフェルメイユ地方にはとても古い迷信があった。パリ近隣での民衆の迷信はシベリアのアロエほどにも珍しいものだけに、よけいに不思議で貴重な迷信だった。筆者は珍種の植物のようなものなら、なんでも尊重するものである。そこで、以下にモンフェルメイユのその迷信のことを述べることにする。

大昔から、悪魔は財宝を隠すのに森を選ぶと信じられている。女たちが夕暮どきに、森の奥でときどき黒い男を見かけることがたしかにあったようだ。男は荷車引きか樵夫のような顔つきで、木靴を履き、麻布のズボンと上っ張りを身につけ、頭にはボンネットや帽子をかぶっているのではなく、角が生えていることで見分けられたのだという。なるほど、それならよく分かるはずだ。この男は通常、穴を掘るのに忙しい。この男を見かけたとき、採るべきやり方が三つある。ひとつ目は、男に近づき、話しかけることだ。すると、なんのことはない。その男はただの農夫で、黒いのは黄昏どきだからであり、穴を掘っているわけではまったくなく、牝牛たちの草を刈っているだけだと気づく。角かと思ったものは、男が背にしている堆肥用の熊手にほかならず、その歯が夕暮どきの見通しの悪さのため、頭から生えているように見えたのだった。ところが家に帰ると、その者は一週間後に死ぬのである。ふたつ目は、じっと見守り、男が穴を掘り、それを埋めてから立ち去るのを待つことだ。それから、さっと穴倉に駆けよって、掘りかえし、男が置いていったにちがいない「財宝」を盗ってしまう。この場合は、一か月後に死ぬ。そしてみっつ目はその黒い男に話しかけもせず、目もくれず、一目散に逃げ帰ることだ。それでも、一年後に死ぬことになる。

この三つのやり方にはそれぞれ不都合なところがあるのだが、ふたつ目のやり方だと、たとえ一か月のあいだでも、少なくともなにかしらの利益をもたらす。例の財宝を手にすることができるわけだから、一般にはこのやり方が選ばれる。そこで、どんな好機も見逃さない向こう見ずな連中が、黒い男が掘った穴をかなり頻繁に掘りかえし、悪魔の財宝を盗もうとしたという。しかし、この仕事も割に合わないものだったらしい。少なくとも伝説、とりわけトリフォンという名の、ちょっと魔術師がかったノルマンディーの悪僧が、粗野なラテン語で書き残した謎めいた二行詩を信ずるなら、そうである。このトリフォンなる者は、ルーアン近くのサン・ジョルジュ・ド・ボシュヴィル僧院に埋葬されているが、彼の墓のうえで何匹も蛙が生まれているという。

だから、物好きたちは途方もない努力をする。そのような穴倉は、たいていたいへん深く掘れているから、汗をかきかき、掘りかえし、ひと晩じゅう働くことになる。というのも、そんな仕事がなされるのは夜だからだ。シャツを濡らし、ろうそくを燃やし、鶴嘴の刃をこぼし、ようやく穴の底に達して、「財宝」のうえに手を置く。なにが見つかるのか？　悪魔の財宝とはなんなのか？　一スー銅貨、しばしば一エキュ銀貨、一個の石ころ、骸骨、血まみれの死体、時に紙入れのなかの一枚の紙のように四角に折りたたまれた幽霊が見つかるか、時にはなにも見つからないかだ。それが無遠慮な物好きたちに、トリフォンの詩句が告げていることのようだ。

土ヲ掘リ、暗イ穴倉ニ埋メル財宝ハ
一スー、イクラカノ貨幣、石コロ、死骸、幻、無。

こんにちでは、時には弾丸のはいった火薬入れ、時にはもちろん悪魔どもがつかったにちがいない、手垢がつき、赤茶けた古いトランプなどが見つかることもあるらしい。トリフォンはこのふたつの掘出し物のことを書きとめていないが、これは彼が生きていたのが十二世紀であり、悪魔にはロジャー・ベーコン[1]以前に火薬を、シャルル六世[2]以前にトランプを考案するだけの才覚がなかったからである。

もっとも、このトランプで遊ぶと、有り金をすっかりすってしまうし、火薬入れの火薬はといえば、鉄砲を発射させてじぶんの顔まで粉々にするという特性のある代物だった。

ところで、検察当局の手を逃れたジャン・ヴァルジャンが、数日の逃亡期間中モンフェルメイユ周辺をうろついていたと思われる時期のすぐあと、同じ村で、ブラトリュエルという名前の年とった道路工夫が、森のなかで「不審な挙動」をしている人物を目にした。この地方では、ブラトリュエルは刑務所帰りの男だと信じられていた。彼は警察の監視をうけているが、どこにも仕事がないので、当局はガニーからラニーまでの近道の道路工夫として安く雇ってやっていた。

ブラトリュエルは、地元の人びとから胡散くさい目で見られている男で、馬鹿にうやうやしく、へりくだり、だれにでもいち早く帽子をとってお辞儀をし、憲兵のまえでは震えながらお愛想笑いをしているので、盗賊団の一味にちがいないと噂され、夜になれば雑木林の片隅で待伏しているらしいと疑われていた。取柄といえばただひとつ、酒飲みだということくらいだった。

人びとの目についたのは、このようなことであった。

しばらくまえから、ブラトリュエルは道路に砂利を敷いて保全する仕事を早々と切りあげ、鶴嘴を手にして森のなかに行くようになった。黄昏ごろ、まったくひと気のない空地や、ひどく荒涼とした藪などで見かけると、なにかをさがしている様子で、時には穴を掘ったりもしていた。通りがかりの女たちは、最初は彼をベルゼブル[3]だと思ったが、やがてブラトリュエルだと分かっても、それで安心というわけにはいかなかった。そんなふうにひとと出会うと、ブラトリュエルはひどく苛立った。どう見ても、彼が人目を避けて、なにか怪しいことをやっているのは明らかだった。

村ではこんなことが言われていた。――「悪魔があらわれたのは、どうやら間違いない。ブラトリュエルはその悪魔を見て、なにかさがしているんだよ。じっさい、あいつなら魔王の小金だってつかみかねないぞ」不信心者たちが言いそえた。「ブラトリュエルが悪魔を捕まえるか、それとも悪魔がブラトリュエルを捕まえるか、そのどっちかだろうな」老女たちは何度も十字を切っていた。

そのうち、ブラトリュエルの森での怪しげな小細工もやみ、彼はふたたび、真面目に道路工夫の仕事をするようになって、人びとは別のことを話すようになった。

それでも、好奇心を燃やしている者たちが何人か残っていた。彼らはこう考えていたのである。あそこにはきっと伝説になっている架空の財宝ではなく、悪魔の銀行券よりももっと信頼でき、確実なお宝があって、たぶん道路工夫はその秘密の一端を嗅ぎつけたにちがいないと。なかでももっとも「気にかけていた」のは、小学校の教師と安料理屋の主人テナルディエだった。この者はだれとでも仲よくなり、ブラトリュエルとも平気で付き合っていた。

「あいつが徒刑場にいたって？」とテナルディエは言っていた。「なあに、それがどうしたっていうんでえ！　だれがぶちこまれてるのか、いまにだれがぶちこまれることになるか、分かったもんじゃねえんだぜ」

ある晩、小学校の教師はきっぱりとこう言った。昔なら、ブラトリュエルが森に行ってやっていることに、間違いなく司直の手が伸び、やつも白状しなければならなかったことだろうし、必要なら拷問もされたかもしれない。たとえば水責めにでもされれば、ブラトリュエルもとうてい耐えられなかっただろうと。

「だったら、奴を酒責めにしてやろうじゃねえか」と、テナルディエが言った。

ふたりは四苦八苦して道路工夫の爺さんに葡萄酒を飲ませた。ブラトリュエルはしこたま飲んだが、口数が少なかった。彼は見事な名人芸を発揮し、大酒飲みの渇きと裁判官の慎重さを絶妙な案配に組み合わせた。それでも、何度も責め立てたおかげで、彼の口からもれたいくつかの曖昧な言葉をつなぎ合わせ、中身を絞りだしてみた結果、テナルディエと小学校の教師はつぎのようなことをおぼろげにつかんだ。

ある朝、ブラトリュエルが夜明けに仕事に出かけていたところ、森の片隅の藪のしたに、「まるで隠してあるような」シャベルと鶴嘴を見つけてびっくりしたらしい。けれども彼は、それはきっと水運び人のシ・フール爺さんのシャベルと鶴嘴だろうと思い、それっきりそのことは考えなかった。しかし、その日の夕方、大きな木の陰に隠れていたので、彼自身の姿は見られなかったが、道路から森のもっとも深いところに向かう「この辺の者でないことはたしかだが、わしがとてもよく知っておる」男を見かけたらしい。テナルディエはこれを「徒刑場の仲間」だと解したが、ブラトリュエルはその名前を言うことを頑固に拒んだ。男が小包と、大きな箱か小さなトランクのような、なにか四角いものを持っていたので、ブラトリュエルはひどく驚いてしまった。それでも七、八分ほどして、「そいつ」のあとをつけてやろうという考えが浮かんできた。だが、遅すぎた。その男はすでに藪のなかに消え、あたりはすっかり夜陰につつまれていて、ブラトリュエルはそいつに追いつくことはできなかった。そこで彼は、森の外れで見張ってやろうと思いついた。「月が出ていたわな」と彼は言った。二、三時間後、ブラトリュエルはそいつが雑木林からふたたび姿をあらわすのを見かけたが、今度は小さなトランクではなく、シャベルと鶴嘴を持っていた。ブラトリュエルはその男をやり過ごし、近づこうなどとはてんで思わなかった。相手はじぶんより三倍も力持ちで、おまけにおっかない鶴嘴を持っているわけだから、こちらに相手の正体が分かり、またもし相手にそれが知れようものなら、きっと殴り殺されるにちがいないと思ったからだ。せっかく昔の仲間が再会するというのに、これはまた、なんとも悲痛な真情の吐露ではある。しかし、ブラトリュエルにはシャベルと鶴嘴が一条の光になった。彼は朝に見た藪まで駆けつけたが、シャベルも鶴嘴もなくなっていた。それで彼は、そいつは森のなかにはいり、鶴嘴で穴を掘り、トランクを埋めてから、その穴をシャベルでふさいだのだと確信した。しかも、そのトランクは死体を収めるには小さすぎるから、なかには大金がはいっているにちがいないとふんだ。そこで彼の探索がはじまった。ブラトリュエルは、森じゅうをさがし、しらべ、探り、新しく土が動かされたとおぼしきところは片っ端から掘ってみたが、無駄骨だった。

彼はなにも「取りだせ」なかった。モンフェルメイユでは、もうだれひとりそのことを考えなくなった。ただ、気のいいおかみさんたちの何人かが、こう言っていただけだった。「たしかだよ。ガニーの道路工夫がわけもなくあんな大騒ぎをするもんかね。きっと悪魔がやってきたんだよ」

第三章　足輪の鎖が鉄槌の一撃で壊れたのは
あらかじめなにか小細工がしてあったからだ

それと同じ年、一八二三年十月の終わりごろ、トゥーロンの住民たちは、軍艦オリオン号が時化にあったあと、いくつかの損傷箇所を修理するために、港にもどってくるのを見た。オリオン号はのちにブレストで練習艦としてつかわれることになるのだが、当時は地中海艦隊に編入されていた。

この艦艇は、海に手荒く扱われたため、相当な痛手をうけていたにもかかわらず、錨泊地にはいってくるときには威風堂々とした印象をあたえた。どんな旗を掲げていたのか分からないが、その旗のために規則どおり十一発の礼砲で迎えられ、その一発ごとに返礼があったので、合計二十二発の号砲が放たれた。あるひとが計算したところ、王室と軍隊の儀礼、派手な礼儀の交換、礼節のしるしの号砲、錨泊地や城塞の作法、毎日の日出と日没にすべての城塞や戦艦でおこなわれる敬礼、開港や閉港の式典等々、文明世界は二十四時間ごとに十五万発の無駄な大砲を各地で散乱させているという。一発が六フランとして、一日に九十万フラン、一年で三億フランもの大金が煙と消えることになる。これはほんの一例にすぎない。そんなあいだにも、貧しい人びとが次々と飢えで死んでゆくのである。

一八二三年は、王政復古政府が「スペイン戦争の時期」と呼んだ年代だった。

この戦争では、唯一の出来事のなかに多くの出来事と奇妙な事柄がつまっていた。ブルボン家にとっては王室の一大事であり、フランスの家系がマドリードの家系[1]を援助し保護する、いわば長子権を行使することだった。うわべはフランスの国民的伝統への回帰に見えても、これには北方の諸政府への隷従と隷属とが複雑に絡みあっていた。自由派の新聞から「アンドゥハルの英雄」という渾名をたてまつられたアングレーム公[2]は、自由派の空想的なテロと闘っていた異端糾問所のじつに現実的なテロを、その穏和な風采でいささか損なわれこそしたが、堂々たる態度で抑えこんだ。あのサン・キュロット[3]がデスカミサードス[4]の名で復活し、豊かな年金で暮らす上流社会の老婦人たちを大いに怖がらせた。君主制が進歩をアナーキー呼ばわりして阻害した。一七八九年のフランス革命の諸理論がいきなり闇に葬られた。ヨーロッパが、世界じゅうをめぐっていたフランス的理念に「黙れ」と通告した。最高司令官だったフランス皇太子と並んで、カリニャノ公、のちのカルロ・アルベルト[5]が志願兵として赤い毛織りの擲弾兵の肩章をつけ、民衆にたいする王たちの十字軍に加わった。ナポレオン帝政時代の兵士たちは八年の休息後、ふたたび戦場に出たものの、老いぼれ、うらぶれ、しかも正統王党派の白色の帽章をつけていた。三十年まえ、コブレンツ[6]で白旗がそうされたのと同じように、三色旗がひと握りの英雄的なフランス人によって外国で振りかざされた。スペインの修道士たちがわが軍の兵士たちに紛れこんできた。自由と革新の精神が銃剣によって封じこめられ、原則が大砲によって屈服させられた。フランスはその精神によって成しとげたものを、その軍隊によってばらばらにしてしまった。しかも、敵の司令官は買収され、兵士たちは戸惑い、いくつもの都市が数百万の大金で包囲された。軍事的な危険はすこしもなかったが、不意打ちで占領した鉱山のように、いつ爆発してもおかしくなかった。流された血はわずかだが、得られた栄光もわずかであり、ある者たちにとっては恥辱だったが、だれにも栄光はなかった。これが、ルイ十四世の末裔たちによって開始され、ナポレオン麾下の将軍たちに率いられたこの戦争だった。この戦争は偉大な戦争も偉大な政治も後世に思いおこさせないという、悲しい末路を辿ったのである。

いくつかの武勲があったこともたしかである。なかんずく、トロカデロの要塞の占拠は見事な軍事行動だった。だが、くりかえし言うが、結局のところ、この戦争のトランペットはひび割れた音を出し、全体が怪しげで、歴史も認めているように、フランスとしてもなかなかこの偽りの勝利を受け入れられなかったのである。抵抗する任務を帯びた一部のスペイン将校たちがあまりにもやすやすと降伏したのは明らかだから、この勝利からは汚職の臭いも漂ってくるようだ。これでは戦闘に勝利したというよりも、将軍たちを籠絡したようなものであり、勝った側の兵士たちは屈辱を感じながら帰国した。じっさいこれは、軍旗の襞に「フランス銀行」の文字が読みとれるという、国家の沽券に関わる戦争だったのだ。

サラゴサの城壁が凄まじい勢いで頭上に崩れ落ちてきた、一八〇八年のスペイン戦争に参加した兵士たちは、一八二三年にはいともやすやすと城塞が開かれるのを見て眉をひそめ、パラフォックス[7]を懐かしんだ。バレステロス[8]よりもロストプチン[9]を相手にするほうが好ましいというのが、フランス人気質なのである。

さらに重大で、ここで強調しておくべき観点からすれば、フランスで軍国精神を傷つけたこの戦争は、デモクラシーの精神をも損なった。それは隷従化の企てだった。この軍事行動において、デモクラシーの息子であるフランス兵の目的は、他人のために束縛を手に入れてやることだった。とんでもない間違いである。フランスは諸人民の魂を覚醒させるために存在するのであって、その魂を窒息させるために存在しているのではない。一七九二年以来、ヨーロッパのあらゆる革命はフランス大革命なのであり、自由はフランスから輝きでるのである。これは白日のように明らかな事実であり、そんなことも見えないようでは、盲人となんら選ぶところがない！　こう言ったのはボナパルトである。

したがって、高潔なスペイン国民にたいする暴挙であった一八二三年の戦争は、同時にフランス大革命にたいする暴挙だった。このようなおぞましい暴虐をはたらいたのがフランスだったのだ。というのも、解放のための戦争を別にすれば、軍隊のなすことはすべて、力ずくのものなのだから。「消極的服従」という言葉が、そのことをよく言いあらわしている。軍隊とは、力が膨大な無力の合計から生まれるという、奇怪な結合の傑作と言うべきものであり、人類にたいして、人類によって、人類の意に反しておこなわれる戦争は、これによって説明される。

ブルボン家についていえば、一八二三年の戦争は彼らにとって致命的なものとなった。彼らはそれを成功と見なしたが、ひとつの理念を命令によって圧殺してしまうことがどれほど危険なものか、まったく分かっていなかった。彼らは素朴な勘違いをし、犯罪を極度に軽視することが力の要因になると考えて、これをみずからの体制に取りこむことまでした。こうして、奸計の精神が彼らの政治にはいりこんだ。一八三〇年[10]は一八二三年に芽生えたのである。彼らの会議では、スペイン戦役が武力行使と神権発動の論拠になった。スペインにおいて「純然たる王（エル・レイ・ネットー）」を復権させたフランスは、自国においても絶対王政を再建することができるようになった。彼らは兵士の服従を国民の同意と取り違えるという、恐るべき過ちにおちいった。このような信頼感によって王座がうしなわれた。マンチニール[11]の陰でも、軍隊の陰でも寝入ってはならないのである。

話をオリオン号にもどそう。

最高司令官の皇太子に指揮された軍隊が作戦を遂行しているあいだ、ある艦隊が地中海を遊弋していた。ついさきほども述べたように、オリオン号はこの艦隊に属し、海上の事故でトゥーロン港にもどされていた。

港に停泊している軍艦があると、なんとなく群衆を引き寄せ、心を奪うものだ。それはこの軍艦が大きく、また群衆は大きいものを好むからである。

戦列艦とは、人間の才能と自然の力とのもっとも素晴らしい出会いのひとつである。

戦列艦はもっとも重いものともっとも軽いものとでできあがっている。なぜなら、それは物質の三つの形態、すなわち固体、液体、気体を同時に相手にし、この三つと闘わねばならないからである。海底の花崗岩をつかむために十一の鉄の爪があり、雲間の風をとらえるために羽虫より多くの羽と触角がついている。その息は巨大なラッパから出るような百二十門の大砲によって吐きだされ、雷にも堂々と応える。大海原は恐るべき波を一面に起こし、軍艦を迷わせようとするが、軍艦にはその魂、つまり羅針盤があり、これが軍艦に忠告し、つねに北を示してくれる。闇夜には、舷灯が星の代わりをしてくれる。このように、風にたいしては綱と帆があり、水にたいしては木があり、闇にたいしては光があり、広大無辺の海にたいしては羅針盤の針がある。

戦列艦の全体をなす巨大な規模をそっくり思い描くには、ブレストかトゥーロンの港にある、七階建ての屋根付きのドックにはいってみるだけでよい。建造中の軍艦が、いわば鐘型ガラス器のしたにあるように見える。あの巨大な梁は帆桁だ。見わたすかぎり地面に横たわっている、あの太い木の柱はメーンマストだ。船倉の根本から雲間の天辺まで測ってみると、長さが約百二十メートル、根本の直径がほぼ一メートルある。イギリスのメーンマストは喫水線から約六十五メートルの高さにまでなる。昔の海軍は太綱をつかっていたが、いまは鎖である。百門の大砲をもつ軍艦の鎖を積みあげるだけでも、高さ約一メートル三十センチ、横幅約六メートル、奥行約二メートル半の山になる。そしてこのような軍艦を造るのに、どれだけの木が必要になるか？　三千立方メートルだ。さながら海に浮かぶ森と言ってよい。

さらに、ここでよく注意してもらいたいのだが、これは四十年まえの軍艦、それも帆船のことである。当時生まれたばかりの蒸気船はその後、戦艦と呼ばれる驚異に新たな奇跡を付けくわえることになった。現代では、たとえばスクリューのついた折衷式艦船などは表面積三千平方メートルの帆と、二千五百馬力のボイラーとで曳かれるという、驚くべき代物なのである。

これらの新しい驚異のことは別としても、クリストファー・コロンブスやロイテル[12]などの昔の船も、人間の大傑作のひとつである。無限に息つきることがないのと同じく、これらは力つきることがなく、その帆に風をためこみ、果てしなく波が伝播してきても誤ることなく、漂えども君臨するのである。

とはいえ、時には、突風が長さ十八メートルのその帆桁を藁屑のようにへし折り、強風が高さ百二十メートルのそのマストを刺草のようにたわめ、重さ十トンのその錨が、まるでカマスの顎に引っかかった漁師の釣針のように大波に呑まれ、怪物のようなそのいくつもの大砲が哀れっぽく空しい咆哮をあげても、嵐によって空虚と夜陰のなかに持ち去られて、その力も威厳もそれ以上の力と威厳のなかに沈んでいくことがある。

巨大な力が誇示されるが、やがて途方もない無力におちいってしまうたびに、人間は夢見心地になる。港が物見高い連中でごった返すのはそのためであり、彼らはじぶんでもまったくわけの分からないまま、それらの戦争と航海の驚くべき機械のまわりに立っているのである。

だから来る日も来る日も、朝から晩まで、もっぱらオリオン号を見ようと、トゥーロン港の埠頭や桟橋や防波堤が大勢の暇人や、パリでは野次馬と呼ばれる者たちでごった返したのだった。

オリオン号はずいぶんまえから傷んでいた。以前の航海で、貝殻の厚い層が船底に堆積し、ついに速力が半分になるほどだった。そこで前年、いったん引きあげ、その貝殻をこそげ落としてから、また海に出た。だが、貝殻をこそげ落としたさい、船底のボルト締めがゆるんでしまった。スペインのバレアレス諸島の沖で、外装の厚板がだめになって隙間ができ、当時はまだ内張に鉄板がついていなかったので、船が浸水した。そんなところを彼岸嵐におそわれ、左舷の船首と舷窓に穴が開き、前檣の水平留板が破損した。このような損傷をうけたために、オリオン号はトゥーロンにもどっていたのである。

オリオン号は海軍工廠のそばに投錨し、艤装したまま修理されていた。船体は右舷が損傷していなかったが、慣例どおりに厚板張りがあちこち外され、骨組にも風を通していた。

ある朝、この軍艦を見つめていた群衆は、ひとつの事故を目撃した。

乗組員たちは帆桁に帆を張るのに忙しかった。右舷の大トップスルの先端をつかむ役目だった船員がバランスをうしなった。船員がよろめくのが見え、海軍工廠の埠頭に集まった大勢の者たちが、あっと叫んだ。船員は頭から真っ逆さまになって、両手を深海に伸ばしたまま、帆桁のまわりをぐるぐる回った。途中、彼はまず片手で、やがて両手で足場綱をつかむと、そのまま宙吊りになった。真下には目もくらむほど深い海。落下したときの衝撃で、足場綱はブランコのように激しく揺れていた。綱の一端をつかんだ男は、さながら投石器の石のように前後に振れていた。

男を助けにいくのは、身の毛もよだつような危険をおかすことだった。水夫たちは全員、この仕事のために新たに集められた漁師たちだったが、そんな冒険をわざわざ買ってでようとする者などひとりもいなかった。そのうち、その不幸な船員は疲れてきた。顔に浮かぶ苦悩の色こそ見えないものの、手足にはっきり衰弱が見てとれた。両腕をぴんと伸ばしたまま、酷たらしくあちこちに引っ張られている。上に登ろうと努力するたびに、ますます足場綱の揺れが激しくなる。彼は力を無駄にするのを恐れて叫ばない。あとはもう男が綱を放す瞬間を待つばかりで、なんとか男の落ちていく姿を見まいとみんなが顔をそむける。綱の一端、一本の竿、一本の小枝、そうしたものが生命それ自体になる瞬間がある。生きている人間がそこから離れ、熟れた果実のように落ちていくのを見るのは空恐ろしいものだ。

そうこうするうちに突然、山猫のような敏捷さで艤装のなかをよじ登っていくひとりの男の姿が目にはいった。その男は赤い服を着ている。徒刑囚だ。緑の帽子をかぶっている。無期徒刑囚だ。檣楼のところにまで達すると、一陣の風がその帽子を飛ばしてしまい、真っ白な頭が見えた。青年ではなかった。

じつをいえば、徒刑場の労役として艦上で働いていたひとりの徒刑囚がいち早く当直士官のところに駆けつけ、乗組員たちが困惑し、ためらっている最中、そして水夫たち全員が震えあがり、尻込みしているあいだに、この徒刑囚は命がけで船員を救う許可を当直士官に求めていたのである。当直士官がうなずくと、その徒刑囚はじぶんの足輪につながれていた鎖を金槌の一撃で打ち壊し、一本の縄を引ったくると、横静索に飛びついた。この瞬間、どんなに容易く鎖が砕かれたか気づく者はひとりもいなかった。みんながそのことを思いだしたのは、ずっとあとになってからにすぎない。

徒刑囚はまたたく間に帆桁のうえに到達していた。そこで数秒立ちどまり、目で帆桁を測っているようだった。この数秒のあいだにも、風が紐の先につかまっている船員を揺りうごかしているので、じっと見守っていた者たちには、その数秒が数世紀もの長さに感じられた。やっと徒刑囚が空を見上げ、一歩踏みだすと、群衆はほっとひと息ついた。徒刑囚が帆桁を走って横切るのが見えた。先端まで達すると、持っていった縄の一方の端をそこに縛りつけ、もう一方の端を空中に垂らした。それから、その縄を手で伝って降りはじめた。このとき、筆舌に尽くしがたい不安があたりに漂った。奈落のうえに吊りさがっている男が、ひとりではなく、ふたりになるのが見えたからだ。

まるで一匹の蜘蛛が一匹の蠅を捕まえにきたようだった。ただ、ここでは蜘蛛は死でなく、生を運んできたのである。無数の眼差しがこのふたりに釘づけになった。叫び声ひとつ、言葉ひとつなく、ひとつの戦慄だけがみんなの眉をひそめさせていた。みんなの口が思わず息を吞んだ、あたかもこのふたりの気の毒な人間を揺らしている風に、ほんのわずかの息吹でも加えるのを恐れているかのように。

そのあいだ、徒刑囚は船員のそばにうまく滑り降りていた。かろうじて間に合った。もう一分も遅ければ、疲れきって絶望したその男は、深海に落ちていたことだろう。徒刑囚は片手で縄をつかみながら、もう片方の手で男をしっかりつなぎとめた。そしてついに彼が帆桁のうえにふたたび登り、船員を引きあげるのが見えた。徒刑囚はしばらく船員を支えながら体力を蓄えてから、船員を腕にかかえ、帆桁を歩いて横切ってマストの横木のところまで運び、そこから檣楼のなかにはいって、船員の身体を仲間たちの手にわたした。

この瞬間、群衆は拍手喝采した。泣いている年とった監視人もいたし、埠頭の女たちなどは抱きあっていた。そして、胸がつまって昂奮した人びとが、「その男を放免してやれ！」と口々に叫ぶ声が聞こえた。

そのあいだ、徒刑囚のほうは任務の労役にもどるために、ただちにそこから降りはじめた。できるだけ早く着こうとしたのか、徒刑囚は艤装のなかを滑り、下の帆桁のうえを走りだした。みんなの目はそのあとを追ったが、一瞬ぎょっとなった。疲れていたのか、目が回ったのか、徒刑囚がためらい、よろめいているように見えたのだ。突然、群衆が大きな叫び声をあげた。徒刑囚が海に落下したところだった。

その墜落は危険だった。アルジェシラス号というフリゲート艦がオリオン号のそばに停泊していたため、この哀れな囚人はふたつの戦艦のあいだに落ちたのだった。そのどちらかの船底のしたに滑りこんでしまう恐れがあった。四人の男が急いでボートに飛び乗った。群衆は彼らを励ましていたが、だれの心にもふたたび不安が起こってきた。徒刑囚はなかなか海面に浮上してこず、油の大樽にでも落ちたように、波ひとつ立てずに海中に消えたからである。水中を探り、何度潜ってみても、成果がなかった。捜索は晩までつづけられたが、死体さえ見つからなかった。

翌日、トゥーロンの新聞は次の四行を伝えた。「一八二三年十一月十七日——昨日、オリオン号の船上で労役をしていたひとりの徒刑囚が、船員を救助したあと、労務にもどる途中で海に落ちて溺れた。海軍工廠突端にあった基礎杭のしたに巻きこまれたものと推測される。この男の収監番号は九四三〇号、名前はジャン・ヴァルジャン」

第三篇　死者になされた約束の履行

第一章　モンフェルメイユの飲水の問題

モンフェルメイユはリヴリーとシェルのあいだ、マルヌ川とウークル川を隔てる高台の南のはずれにある。いまでこそ一年じゅう白亜の邸宅が建ちならび、日曜ともなると晴れやかな住民たちで賑わうかなり大きな町になっているが、一八二三年のモンフェルメイユには、これほどの数の白い家々も、みちたりた住民たちもいない、森のなかのありふれた村でしかなかった。もちろん、あちこちに前世紀に建てられた別荘も見かけられた。それは豪壮な門構え、縄状の鉄の手すりのバルコニー、閉じた鎧戸の白地にちいさな窓ガラスがいろいろな種類の緑を映している長窓で見分けられた。しかし、だからといってモンフェルメイユが村であることに変わりはなく、毛織物商の隠居も、別荘持ちの訴訟代理人もまだここには目をつけていなかった。静かで感じのいい土地柄で、どの街道筋にもあたっていなかった。人びとは安い生活費で、豊かで安楽な田舎暮らしをしていた。ただ、台地が高いせいで、水の便が悪いことだけが難点だった。

水はかなり遠くまで汲みにいかねばならなかった。ガニー側の村はずれでは、森のなかにある立派な池で水を汲んでいた。教会周辺の、シェル寄りのはずれでは、シェル街道近くにある、ちいさな泉にしか飲水がなく、そこまで行くにはモンフェルメイユから十五分ばかりかかった。

そのため、どの家庭でも水の補給はかなりつらい仕事だった。大家でも、貴族でも、安料理屋のテナルディエ家でも事情は同じで、水汲みを本業にしている爺さんに、手桶一杯につき一リアール[1]支払っていた。この爺さんはモンフェルメイユの水汲み商売で一日八スーほど稼いでいたのだが、夏は夕方の七時まで、冬は五時までしか働かなかった。そこで、いったん夜になり、一階の鎧戸が閉まってしまうと、飲水がない者たちはじぶんで汲みにいくか、水なしですますかのどちらかになった。

これこそ、よもや読者がお忘れでないあの哀れな娘、ちいさなコゼットが恐れていたことだった。コゼットがふたつのかたちでテナルディエ一家に役立っていたことが思いだされよう。ひとつ目は母親から金をふんだくること、そしてふたつ目は一家の雑用をやらせることである。だから、以前の章で読まれたように、母親の送金がまったく途絶えても、テナルディエ一家はコゼットを手元においていた。彼女は一家の女中代わりだった。女中であれば当然、水が必要なとき、汲みに走るのは彼女ということになる。だから、この子は夜に泉まで行くのかと思うとぞっとし、けっして家に水がなくならないよう、いつも気を配っていた。

一八二三年のクリスマス、モンフェルメイユはことのほか賑わいをみせていた。冬の始まりは穏やかで、まだ凍りもしなければ、雪も降っていなかった。パリからやってきた大道芸人たちは、村長から村の大通りに小屋を建てる許可をもらい、行商人の一隊も同じ鷹揚な取扱いにあずかって、教会広場やブーランジェ小路にまで露店を開いた。思いだされる読者もいるだろうが、テナルディエの旅籠兼安料理屋はその小路にあった。このため宿屋や酒場は満員になり、この静かな片田舎もにわかに騒々しく陽気になった。忠実な歴史家であるために、筆者としてはこのようなことまで言っておかなくてはならない。広場に陳列された珍しいもののなかには動物小屋があり、ぼろをまとい、どこから来たのかもしれない薄気味悪い香具師たちが、一八二三年、モンフェルメイユの農民たちにあの恐るべきブラジルの禿鷹を見せていた。王立博物館が三色記章のような目玉をしたこの種の禿鷹を手に入れたのは、ようやく一八四五年になってからにすぎない。博物学者たちはこの鳥をたしかカラカラ・ポリボルスと呼んでいるようだが、アビシデ目ハゲタカ科に属する。村に住むボナパルト派の年配の退役軍人たちがやってきて、この鷹をうやうやしくおがんでいた。香具師たちは、この三色記章こそ、神様が彼らの動物小屋のためにわざわざつくってくださった天下の珍品だと吹聴していた。

そのクリスマスの晩、車引きや行商人など数名の男たちが、テナルディエの宿屋の天井の低い広間でテーブルを囲み、四、五本のろうそくのまわりで酒を飲んでいた。この広間はどこの酒場の広間にもあるようなもので、テーブル、錫の水差し、酒瓶などがあり、酒を飲む者たちもいれば、煙草をふかす者たちもいて、光は乏しいが騒ぎだけは派手だった。それでも、当時の市民階級で流行していたふたつの物、すなわち万華鏡と波形模様のブリキのランプがテーブルにあることで、一八二三年という年が知れた。テナルディエの女房は赤々と燃える火に焼かれている夕食かで、地方ならではのこんな世間話も聞こえてきた。
スペイン戦争とアングレーム公を主な話題とする政治談義のほか、話ががやがやと行き交うなかで、地方ならではのこんな世間話も聞こえてきた。

「ナンテールとシュレーヌ辺じゃ、葡萄酒が大当たりだったっていうね。なんでも、十樽当てこんでいたところに、十二樽も取れたんだとよ。圧搾機にかけると、汁がうんと出たんだと」「けどよ、葡萄は熟れちゃだめなはずだぜ」「あの土地じゃ、葡萄は熟れてから取りいれちゃならない。熟れてから取りいれすると、春に葡萄酒がすっぱくなるんだってよ」「じゃあ、だいぶ弱い酒になるな」「この辺のより、ずっと弱い酒だよ。やっぱ青いうちに取りいれなくちゃな」等々。

そうかと思うと、こんなぐあいに声をあげる粉屋の話も聞こえる。

「わしらがこの袋の中身に責任があるってか？　なかにちいさな粒々があったって、そんなもん、なにが面白くていちいち取りのけられるかってんだ。勝手に臼のしたを通してやればいい話よ。毒麦やら、茴香やら、黒種子草やら、空豆やら、麻の実やら、大麦やら、蒲やら、そのほか得体の知れない物がわんさかはいっているんだぜ。それとは別に、ある種の麦、とくにブルターニュ産の麦は小石だらけだ。ブルターニュの麦ときたら、碾くのがいやになっちまうほどだぜ。縦挽き工が釘のある梁を鋸で挽くみたいなもんだ。そんなわけで最後にできる粉がどうひどいもんか、考えてもみてくれよ。挙句の果てに、粉にケチをつける奴らがいやがる。そりゃないぜ。粉はわしらのせいじゃないってーの」

窓と窓のあいだには、草刈人が地主といっしょにテーブルについていたが、地主が春におこなう牧場仕事の労賃の話をすると、草刈人はこう言った。

「草が濡れていたって、なにも困ることはないですよ。そのほうがかえっていいくらいです。草がよく切れますしね。だんなさん、露はいいものですよ。まあ、そんなことはどうだっていい。でも、あの草、だんなさんのところの草はですね、若くて、まだちょっとばかり刈りにくいんですよ。なにしろ、あんまり柔らかいもので、鎌を当てると寝ちまうんですから」等々。

コゼットはいつもの場所、暖炉のそばの料理台の横木のうえにすわっていた。ぼろぼろの服を着て、素足を木靴のなかに入れ、火のわずかな光を頼りに、テナルディエの子供たちのために毛糸の靴下を編んでいた。生まれて間もない子猫が椅子のしたで遊んでいる。隣の部屋からふたりの子供が笑い、ぺちゃくちゃしゃべる元気な声が聞こえてくる。エポニーヌとアゼルマだ。

暖炉の一隅の釘に、革紐のついた鞭がかかっている。

ときどき、家のどこかにいるとても幼い男の子の叫び声が、酒場のざわめきをつんざいて聞こえてくる。それはテナルディエの女房が、何年かまえの冬に「なんだかよく分からないけど、たぶん寒さのせいで」産んだと言っている、三歳をこえたばかりの男の子だった。母親はその男の子に乳をやったが、まったく可愛がらなかった。幼児のしつこく激しい叫び声がうるさくなると、テナルディエは「おい、てめえのせがれがピイピイ泣いているぜ。なにがほしいのか行ってみてやれ」と言った。それでも、女房は「なんだよ、困った子だね」と言うばかりだった。そこで、見捨てられた子供は、暗闇のなかでずっと泣き叫びつづけていた。

第二章　ふたりの肖像の仕上げ

本書ではこれまで、テナルディエ夫妻の横顔をちらっと見たにすぎない。この夫婦のまわりをめぐって、あらゆる側面からながめてみる時がきたようだ。

テナルディエは五十をこえたところだが、テナルディエ夫人のほうは四十になろうとしていた。女の四十は男の五十に相当する。だから、夫婦間の年齢の釣合がとれていると言えた。

読者はおそらく、初めて登場したときから、この大柄で、赤褐色の髪で、赤ら顔で、脂ぎって、肉づきはいいが、いかつくて、はしっこいテナルディエ夫人のことを、いくらか記憶にとどめられたことだろう。まえにも言ったが、この女は縁日の店先などで髪に小石をぶらさげてふんぞり返っているような、とてつもなく野蛮な女のたぐいだった。家事はベッドの世話、部屋掃除、洗濯、料理、その他なんでもかんでもやってのける。召使いはコゼットひとりきり、まるで象に仕える二十日鼠といったところだ。彼女の声が響くと、窓ガラスも、家具も、人びとも、みな震えた。そばかすだらけの、その馬鹿でかい顔は穴杓子そっくりだ。口髭が生え、これぞ中央市場の運搬人と言えるような男が女の衣裳を着ているみたいだ。罵詈雑言も威勢よく、拳骨一発で胡桃が割れることを自慢にしていた。かつて小説を読んだせいで、女鬼のような面相をしているくせに、ときどき妙にしなをつくってみせなかったら、だれひとり「あれが女だ」などと言う気になれなかったことだろう。ともかく、このテナルディエの女房というのは、魚売り女に柄にもなく気取った女をくっつけたような感じで、話せば憲兵みたいだと言われ、酒を飲めば車引きみたいだと言われ、コゼットを扱う様は鬼畜みたいだと言われていた。ひと休みしているときは、口から歯が一本突きだしていた。

亭主のテナルディエのほうは小柄で、痩せこけ、蒼白く、ぎすぎすして、骨ばり、ひ弱で、一見すると病気に見えるが、じつはすこぶる元気だった。彼のペテンはここからはじまる。いつも用心深く愛想をふりまき、だれにでも、一リアールだって恵んでやらない乞食にたいしてさえ丁重だった。彼はいたちのような狡猾な目つきと、文人のような顔つきをし、アベ・デリル[1]を描いた多くの肖像画に似ていた。いきがって、車引きの連中と酒を飲んだりしたが、だれも彼を酔わせることはできなかった。太いパイプで煙草をふかし、仕事着をはおっていたが、そのしたには古い黒服を着ていた。文学と唯物論に通じていることを鼻にかけ、なんであれ、じぶんの言うことに勿体をつけるためによく口に出す名前がヴォルテール、レーナル、パルニー[2]であり、また、奇妙なことに聖アウグスティヌスだった。彼はひとつの「思想体系」をもっていると称していたが、ひどいペテン師だった。哲学者（フィロゾフ）ではなく、窃学者（フィルゾフ）だ。このような微妙な食い違いはいまでもある。テナルディエが軍務についたと吹聴していたことが思いだされる。彼がいくらか尾ひれをつけて言いふらしたところによれば、ワーテルローでは第六か、第九かの軽騎兵隊の軍曹だったが、死神とも呼ばれる敵の軽騎兵中隊に単身立ち向かい、砲弾が降り注ぐなか、「重傷を負ったある将軍」をわが身でかばい、助けだしたのだという。家の壁に炎が燃えあがる図柄の看板を掛け、店がこの地で「ワーテルローの軍曹亭」という名前になっているのはそのためだ。彼は自由派で、古典派で、またボナパルト派でもあった。以前には、シャン・ダジル[3]に出資したこともある。そうかと思うと、村では、彼が司祭になるために勉強したという噂もあった。

筆者が思うに、彼はただ宿屋の亭主になるためにオランダ[4]で勉強したにすぎない。この雑種の悪漢はどうやら、フランドルではリール生まれのフランドル人、パリではフランス人、ブリュッセルではベルギー人といったふうに、ふたつの国境を都合よく股にかけていたらしい。ワーテルローでの武勲がどのようなものだったかは読者もよくご存じだろう。そこに見られるとおり、彼はいささか事実を誇張していた。栄枯盛衰、紆余曲折、波瀾万丈といったものが彼の独擅場だった。良心が引き裂かれると、生活が支離滅裂になる。先述のとおり、一八一五年六月十八日の激動のあのとき、テナルディエが酒保係兼掠奪者という変種の一味だったのは本当らしい。戦場をうろついて、あっちでは物を売りつけ、こっちでは物をかっぱらいながら、男も女も子供も家族ぐるみでガタガタ馬車で動きまわり、本能的にかならず勝つほうの軍を嗅ぎわけ、行軍する軍隊のあとにつきしたがった。この戦争がおわると、彼が言うには「小金」を手にし、モンフェルメイユに来て、旅籠兼安料理屋を開いたのだという。

この「小金」は、刈入れどきに、死体がまかれている畝で収穫された財布や時計、金の指輪や銀の十字架からなるものだったが、大した金額にはならず、旅籠兼安料理屋の主人になったこの従軍商人も、のんびり暮らすというわけにはいかなかった。

テナルディエの動作にはどこか一本気なところがあって、そんな動作で悪態をつけば兵舎を、十字を切れば神学校を思わせた。なかなかの話上手で、ひとには学があるように思わせていた。

ところが小学校の教師は、彼に「連音の間違い」があることに気づいた。彼は偉そうに客の勘定書をつくってみせたが、慣れた者が見ると、ときどき綴字の間違いが見つかった。テナルディエは腹黒く、強欲で、のらくら者で、抜目がなかった。女中を大事にしすぎるので、彼の女房はひとりも家に置かないことにした。この大女は嫉妬深かった。彼女には、なんとこの痩せて黄色っぽい小男が、世界じゅうの女たちの羨望の的のように思われたのである。

テナルディエはなによりもまず、機転がきいて平衡のとれた男であり、悪党としては穏健な部類に属する。だが、この部類の悪党こそが最悪である。偽善がはいりこむからだ。

テナルディエとて少なくとも女房と同じくらい怒ることがあったが、きわめてまれだった。だが、たまに怒るときには、全人類を恨み、心中に根深い憎悪の猛火をひめ、たえず復讐し、身に降りかかった不幸はすべて目のまえにいる者のせいにし、これまでの人生の失意、破産、災厄などを一切合切、まるで当然の苦情だといわんばかりに、つねに相手かまわず投げつけてやろうとする。また不満の種という種をふつふつと胸にたぎらせ、口や目にほとばしらせるといったたぐいの男だったから、それはなんとも恐ろしいかぎりだった。たまたまそんな逆鱗にふれた者こそ災難である！

そのほかにもいろんな性質があったが、テナルディエはまた注意深く、目端がきき、場合に応じて寡黙になったり、饒舌になったりして、いつも頭の回転が速かった。彼には目を細くして望遠鏡をのぞくのに慣れた水夫の眼差しのようなところがあった。テナルディエはいっぱしの政治家だった。

彼の旅籠兼安料理屋に新たにはいってくる者はだれでも、テナルディエの女房を見て、「あれがこの店の主人か」と言った。間違いである。彼女は主婦でさえなかった。主人と主婦を兼ねているのが亭主だった。立ち働くのが女房で、切り盛りするのが亭主だったのである。亭主はたえず目に見えない磁力のようなものを発して、すべてを取り仕切っていた。ほんのひと言、時にはちょっとした合図で事足りた。それだけで巨象のような女が服従するのだ。女房自身はあまり気づいていなかったが、彼女にとって亭主は、一種別格の至高の存在だった。彼女の生き方にもそれなりに美点があった。たとえば、これはまったくありえない仮定だが、かりに彼女がささいなことで「だんなさん」と意見が合わなかったとしても、それがなんであれ、亭主が悪いなどと人前で口にすることはなかっただろう。よく世間の女たちがするように、議会の用語で「冠を脱がす〔「面目をつぶす」の意〕」と呼ばれる過ちを、「人さまの前で」おかすことはけっしてなかっただろう。たとえふたりの合意が結果として悪しかもたらさなかったとしても、テナルディエの女房の亭主への服従にはどこか諦観のようなところがあった。この騒々しい肉の山というべき女は、吹けば飛ぶような暴君の指先ひとつで操られていたのだ。これは物質が精神を崇拝するという普遍的で偉大な事実を、卑小でグロテスクな側面から見た一例である。というのも、ある種の醜さには永遠の美の深みそのもののなかに、それなりの存在理由があるからだ。テナルディエにはどこか底知れないところがあり、この男の妻にたいする絶対的な支配もそこからくるものだった。彼女には、その男がある時は灯したろうそくのように見え、別の時には鉤爪のように感じられた。

この女はじぶんの子供しか愛さず、じぶんの亭主しか恐れないという、呆れはてた人間だった。

彼女が母親になったのは、たんに哺乳動物だったからにすぎない。そのうえ、彼女の母性愛は娘たちのところで止まってしまい、のちに見るように、息子たちにまで及ぶことはなかった。亭主も亭主で、ただ金持ちになることしか考えていなかった。

とはいえ、彼はちっとも成功に恵まれなかった。この偉大な才能にはそれにふさわしい舞台がなかったのだ。もし一文無しにも破産ということがあるなら、モンフェルメイユのテナルディエは破産しかけていた。スイスあるいはピレネー山中にでもいたら、この一文無しも百万長者になっていたかもしれない。しかし、こんな宿屋の亭主という境遇に置かれても、なんとかやっていかねばならないのだ。

ここでは「宿屋の亭主」という言葉が、限られた意味でつかわれているのであって、ひとつの階層全体に広がるものではないことは、お分かりいただけることだろう。

この一八二三年という年に、テナルディエは取立ての厳しい千五百フランの借金をかかえていて、これが彼の頭痛の種だった。

いくら運命から不当な扱いをうけようと、テナルディエは客の歓待ということをもっともよく、深く、現代風に理解している人間だった。客の歓待は野蛮な民にあっては美徳だったが、文明化された民にあっては商品なのだ、と。おまけに彼は凄腕の密猟者であり、鉄砲撃ちにかけては定評があった。彼は冷たく、静かに笑うことがあったが、このような笑いこそ、とくに危険なのである。

ときどき稲妻のように、宿屋の亭主としての持論が口をついて出てくることがあった。彼には職業的なモットーがあり、これを女房の頭に叩きこむのである。――「宿屋の主人の務めとは」と、ある日彼は低い声で荒々しく女房に言った。「どんなやつだろうと客には食事、休息、明かり、暖炉の火、汚いシーツ、女中、蚤、お愛想笑いを売りつけ、通りがかりの者なら引きとめ、薄っぺらな財布なら空っぽにしてやり、ずしりと重たい財布なら適当に軽くしてやり、家族連れの旅客なら丁重にお泊めし、男からは削りとり、女からは巻きあげ、子供からはむしり取ることだ。開いた窓、閉じた窓、暖炉の片隅、肘掛け椅子、ふつうの椅子、腰掛け、足台、羽布団のベッド、マットレス、藁束、なんでもいいから値段をつける。鏡も姿を映せばどれだけすり減るか心得て、それにも料金をつける。なにがなんでも、ぜったい客に全部払わせるんだぞ、そいつの犬が食う蠅の代金までもな！」

この亭主とこの女房、これは悪知恵と激昂が結びついていっしょになった、見るもおぞましく、恐ろしい夫婦だった。

亭主があれこれ思いをめぐらし、悪事をたくらんでいるあいだ、テナルディエの女房のほうは、目のまえにいない借金取りのことなどまるで考えず、昨日のことも明日のことも心配せずに、ただ目先のことだけにかまけて暮らしていた。

ふたりは以上のような人間だった。コゼットはこのふたりのあいだで二重の圧迫をうけ、石臼で砕かれるだけでなく、やっとこで締めつけられる生き物のようだった。亭主と女房にはそれぞれ違ったやり方があって、コゼットがめった打ちにされるのは女房の仕業であり、冬に素足で歩かされるのは亭主の仕業だった。

コゼットは階段を昇ったり、降りたり、洗濯したり、ブラシで磨いたり、汚いものを擦りとったり、掃除したり、走ったり、汗水をたらしたり、息を切らしたり、重いものを動かしたりと、ごくひ弱だというのに荒仕事をしていた。情けも容赦もない。なにしろ相手は残忍な女、悪辣な男なのだ。テナルディエの安料理屋は蜘蛛の巣みたいなものであり、コゼットはそこに捕らえられ、震えていた。この見苦しい奉公は圧政の極みであり、彼女はさながら蜘蛛に仕える蠅だと言ってよかった。

哀れな子供は、なにをされてもじっと黙っていた。

こうした女の子たちが人生の曙から、丸裸のごく幼い身でこんなふうに大人たちのあいだに置かれていたら、神のもとを離れたばかりのその魂のなかに、いったいなにが起こるのだろうか？

第三章　人には酒が、馬には水がいる

四人の新たな旅人が着いていた。

コゼットは悲しそうにぼんやり考え事をしていた。というのも、わずか八歳にすぎないというのに、すでにさんざんつらい目にあってきたので、まるで老婆のように打ち沈んだ表情で考え事をするようになっていたからだ。

彼女はテナルディエの女房から拳骨で殴られ、瞼が黒ずんでいた。そこでこの女房はときどきこう言うのだった。「目のうえにあんな痣みたいなものをくっつけて、なんて見栄えが悪いんだ

ろうね！」

そのとき、コゼットはこう考えていた。——もう夜だわ、すっかり夜になってしまった。不意にやってきたお客さんたちの部屋の壺や水差しに、大急ぎで水を入れておかなくちゃ。でも、水樽にはもう水がなくなっている。

彼女がすこし安心したのは、テナルディエの店では客があまり水を飲まないということだった。喉が渇いている者もいないではなかったが、その渇きは水樽よりも酒壺のほうを好むのである。グラスを重ねているあいだに、コップ一杯の水を頼む者など、これらの連中には野蛮人のように思われたのだった。だが、その子が身震いした瞬間があった。テナルディエの女房が、竈のうえで煮えたぎっている鍋の蓋を持ちあげ、それからコップをつかんで、せかせかと水樽に近づいたからだ。女房は栓をひねった。子供は頭をあげて、その一挙一動をじっと見守っていた。水はちょろちょろ栓から出てきて、コップを半分みたしただけだった。

「おやまあ」と彼女は言った。「もう水がないじゃないの！」

それからしばらく黙っていたが、子供のほうは息をころしていた。

「ま、いいか！」と女房はコップ半分の水を見ながら言葉をついだ。「これだけありゃ、充分だろ」

コゼットはふたたび仕事に取りかかったが、十五分以上のあいだ、胸のなかから心臓が大きな玉みたいに飛びでそうになるのを感じていた。そんなふうに過ぎてゆく時間を数え、できれば早く明日の朝になってくれたらいいのにと願っていた。

ときどき、酒を飲んでいる客のひとりが街路を見て、こう驚きの声をあげていた。——「竈のなかみたいに真っ暗だぞ!」——あるいは、「こんな時間にランタンなしに表に行くにゃ、猫でもなけりゃ、とっても無理だぜ!」——そのたびに、コゼットは身震いした。

突然、宿に泊まっている行商人のひとりがはいってきて、険しい声で言った。

「うちの馬に水をやってねえな」

「やってますとも」と、テナルディエの女房が言った。

「やってねえと言ってんだろ、おかみさん」と、行商人はつづけた。

コゼットはテーブルのしたから出てきて、

「いいえ、やっていますよ! だんなさん!」と言った。「馬は水を飲みました。手桶から飲んだんです。手桶はいっぱいでした。だって、このあたしが水を持っていって、言葉もかけてやったんですから」

それは事実ではなかった。コゼットは嘘をついていた。

「この小娘ときたら拳みたいにちっちゃいくせに、お屋敷みたいにでっかい嘘をつきやがる」と、行商人は声をあげた。「飲んじゃいねえって言ってるだろ、しらばっくれんな! うちの馬は飲まなかったときにゃ、鼻息が違うんだよ。おれにゃちゃんと分かってるんだ」

コゼットは引きさがらず、不安のあまりかすれ、ほとんど聞き取れない声で付けくわえた。

「でも、馬はたっぷり飲んだんですから!」

「そんなわきゃねえ」と、行商人は怒ってつづけた。「まあ、もういいから、さっさとおれの馬に水をやりな。それで片がつくんだ！」

コゼットはテーブルのしたにもどった。

「そういや、そうだね」とテナルディエの女房が言った。「馬が飲んでいないのなら、飲ませてやらなきゃ」

それから、あたりを見まわして、

「ところで、あいつはいったい、どこに行ったんだろ？」

彼女は身をかがめて、テーブルの反対側の端、飲んでいる客のほとんど足下にうずくまっているコゼットを見つけた。

「こっちに来るんだよ」とテナルディエの女房が言った。

コゼットは隠れていた穴みたいなところから出てきた。

「この野良娘、馬に水を飲ませにいくんだよ」

「でも、おかみさん」とコゼットはしょんぼりと言った。「水がないんです」

テナルディエの女房は通りに面した戸を大きく開けはなった。

「だったら、汲みにいっといで！」

コゼットはうなだれ、暖炉の隅に置いてある空の桶を取りにいった。その桶は彼女より大きくて、子供なら楽々なかにはいれた。

テナルディエの女房は竈のところにもどって、木の匙で鍋の中身を味見しながら、ぶつぶつ言った。

「水なら泉にあるよ。分かりきったことじゃないか。こりゃどうも、玉葱はやめときゃよかったみたいだね」

それから彼女は小銭や、胡椒や、エシャロットなどがはいっている引出しをごちゃごちゃ引っかきまわして、

「ちょっと、ブーちゃん」と付けくわえた。「帰りにパン屋に寄って、大きなパンをひとつ買ってきな。ほら、十五スー玉だよ」

コゼットのエプロンにはちいさな横ポケットがあった。彼女はひと言もいわずに、そのお金をポケットに入れた。

それから、開いた戸をまえに、桶を手にしたまま、じっとしていた。だれかが助けにきてくれるのを待っているようだった。

「さっさと行きな！」と、テナルディエの女房が叫んだ。

コゼットは外に出た。戸はふたたび閉まった。

第四章　人形の登場

思いだされるように、露店の列は教会のところからはじまって、テナルディエの宿屋まで伸びていた。間もなく村人たちが真夜中のミサに行くために通るので、これらの店はいずれも、紙の漏斗のなかで燃えているろうそくで明々と照らされていた。このときテナルディエの店でテーブ

ルを囲んでいたモンフェルメイユの小学校の教師の言葉を借りれば、それには「魔術的な効果」があった。その代わり、空には星がひとつも見えなかった。

ちょうどテナルディエ家の正面に建てられた最後尾の露店が玩具の店で、金ぴか物、彩色ガラス製品、見事なガラス細工などがきらきら輝いていた。店主は最前列に白い布を敷き、そのうえに高さ六十五センチ近い大きな人形を置いていた。その人形はバラ色のクレープのドレスを着て、頭には金色の穂飾りをつけ、髪の毛は本物で、目はエメラルドだった。一日じゅう、この傑作の人形が店先に展示され、十歳以下の通行者たちをうっとりさせていたが、モンフェルメイユには、わが子にこれを買いあたえるほど豊かな、あるいは浪費家の母親はいなかった。エポニーヌとアゼルマはそれをじっと見つめて何時間も過ごしていた。コゼット自身もまた、こっそりとだが、思いきってながめたことがあった。

コゼットは桶を手にして外に出たとき、気持ちが沈み、すっかり打ちひしがれていたけれども、彼女が「王女さま」と呼んでいたその驚くべき人形のほうに目を向けずにはいられなかった。この哀れな子は身がすくんだように立ちどまった。彼女はこれまで、その人形を間近に見たことがなかった。この店の全体が宮殿のように思われ、その人形はただの人形ではなく、まるで夢か幻のようだった。暗く冷たい貧困のなかに深々と呑みこまれたこの不幸な女の子には、それはどこかこの世ならぬ光につつまれてあらわれる喜び、素晴らしさ、豊かさ、幸せだった。コゼットは幼児期に特有の素朴で悲しい洞察力で、じぶんとこの人形とを隔てている途方もない深さを測り、こんな「物」を持てるには、女王さまか、せめて王女さまでなくてはならないと思った。彼女はそのバラ色の美しいドレス、そのすべすべとした美しい髪をしげしげと見つめてこう思った。「どれだけしあわせなんだろう、このお人形さんは！」彼女はこの不思議な店から目を離せなかった。見れば見るほど、目がくらんできた。まるで天国を見ているような気がした。大きな人形のうしろにその他たくさんの人形があったが、それは仙女と妖精たちのように思われ、露店の奥で行き来している商人は、どこか天上の父のように感じられた。

そんなふうに見とれているうちに、彼女はすべてを、頼まれた用事のことさえ忘れてしまっていた。いきなり、テナルディエの女房の金切り声が聞こえて、はっとわれに返った。「どういうことだよ、この馬鹿娘、まだ行ってなかったのかい！　待ってな！　いまそっちに行くから！　どういうことなんだい、なんでこんなところでぐずぐずしてるんだよ！　しょうがない子だね、まったく！」

テナルディエの女房は通りをちらっと見て、うっとりしているコゼットの姿に気づいたのだった。

コゼットは桶を持って、一目散に逃げていった。

第五章　たったひとりの少女

テナルディエの宿屋は村でも教会に近い場所にあったので、コゼットが水を汲みにいかねばならないのはシェル方面の森の泉だった。

彼女はそれ以後、露店商人の陳列品のただひとつもながめなかった。ブーランジェ小路と教会周辺にいるかぎり、煌々とした店が道を照らしてくれていたが、そのうち最後の露店の最後の光も消えてしまった。哀れなこの子は暗闇のなかにいた。彼女はその暗闇深くにはいっていった。ただ、どこか気持ちが落ち着かないので、歩きながら桶の取手をできるだけ揺らしていた。その音が彼女に付き添ってくれた。

道を進むにつれ、闇も深くなった。街路にはだれもいなかった。それでも、彼女はひとりの女に出会った。女は振りかえり、彼女が通りすぎるのを見て、そのままじっと立ちつくし、口を開かずにもぐもぐと言った。「いったいあの子はどこに行くんだろ？　お化けの子供かしら？」それからコゼットに気づいて、「おや」と言った。「ひばりちゃんじゃないの！」

コゼットはそんなふうに、曲がりくねって人影のない迷路を突きぬけていったのだが、シェル方面のモンフェルメイユ村はそこでおわっていた。道の両側に家々、いや、壁でもありさえすれば、かなり大胆に進んでいけた。ときどき鎧戸の割れ目越しにろうそくの明かりが見えると、それが光と命のしるしになってくれた。そこに人びとがいるというだけで安心できたのだ。けれども、さきに進むにつれ、彼女の歩みもついつい遅くなった。最後の家の角を通りすぎると、コゼットは立ちどまった。最後の露店より先に行くのは難しかった。最後の家の先に行くとなると、とうてい無理だった。彼女は桶を地面に置いて、髪の毛のなかに手を突っこみ、ゆっくりと頭をかきはじめた。これは怯え、なにをしていいのか分からない子供たちに特有の仕草だ。ここはもうモンフェルメイユではなく野原だ。目のまえに、ひと気のない黒々とした広がりがある。彼女は絶望して、もうだれひとりいなくなって、獣たちが、もしかすると幽霊たちがいるかもしれないその暗闇をながめた。じっとながめていると、草のうえを歩いている獣たちの声が聞こえ、木立のあいだを動いている幽霊たちの姿がはっきり見えた。そこで彼女は、ふたたび桶をつかんだ。恐怖のあまり、かえって大胆になったのだ。

「なあに、かまいやしない！」と彼女は言った。「水はもうありませんでしたって言ってやろう！」

そして彼女は思いきってモンフェルメイユのほうにもどった。

百歩も進まないうちに、彼女はまた立ちどまって、ふたたび頭をかきはじめた。今度はテナルディエの女房が眼前にあらわれた。ハイエナのような口をし、燃えあがるような怒りを目に漲らせた、見るも恐ろしいテナルディエの女房が。その子は痛ましい視線を前後に投げかけた。どうしよう？　どうなるの？　どこへ行こう？　まえにはテナルディエの女房の幽霊が、うしろには夜と森のありとあらゆる亡霊たちがいる。彼女が尻込みしたのは、テナルディエの女房のまえだった。彼女はふたたび泉に行く道にもどり、走りだした。走って村から出て、走って森にはいった、もうなにも見ず、なにも聞かずに。息が切れて初めて走るのをやめたが、それでも歩くのはけっしてやめなかった。

走りながら、泣きたくなった。

彼女は夜の森のざわめきにすっぽりつつまれていた。もうなにも考えず、なにも見ていなかった。広大な夜がこのちいさな子供に立ち向かってくる。一方はまったくの闇、他方はほんの微粒子だ。

森のはずれから泉まで七、八分しかない。コゼットは昼に何度も通っているので、道を知っていた。不思議なことに、彼女は夜でも迷わなかった。残っている本能がなんとか導いてくれたのだ。けれども彼女は、木の枝や藪のなかになにかが見えてくるのが怖くて、右にも左にも目を向けなかった。そんなふうにして、やっと泉に辿りついた。

それは粘土質の土に水が穿った狭い自然の水槽で、深さが六十五センチほど、まわりに苔や、「アンリ四世の飾り襟」と呼ばれる浮出模様の高い草などがあって、そばに大きな石ころがいくつか敷かれている。そこから小川がさらさらと静かに流れだしている。

コゼットはひと呼吸する間もおかなかった。あたりはひどく暗いが、彼女にはこの泉に来る習慣が身についていた。暗がりのなかで、彼女は左手で泉のうえにかしいでいる樫の若木をさがした。いつもそれが拠り所になってくれるのだ。彼女は一本の枝にさわり、それにぶら下がるようにして体をかがめ、桶を水のなかに沈めた。肝心要のときなので、力が三倍にもなった。そんなふうに体をかがめているあいだ、エプロンのポケットが空になって、中身が泉のなかに消えたことにすこしも注意を払わなかった。十五スーの玉が水のしたに落ちたというのに、コゼットにはそれが見えず、落ちる音も聞こえなかったのである。彼女はほぼいっぱいになった桶を引きあげ、草のうえに置いた。

それがすむと、やにわにじぶんがぐったり疲れているのに気づいた。できればすぐにもどりたかったが、桶に水をみたすのにたいへんな努力をしたために、一歩ふみだすことさえできなかった。どうしてもすわらずにはいられなかった。彼女は草のうえにへたりこみ、うずくまった。目を閉じ、やがてふたたび開いた。なぜだか分からないけれども、ただそうするしかなかったのだ。かたわらの桶のなかで揺れうごいている水は、白い火の蛇のような輪をいくつもつくっていた。頭上の空には、煙の裾に似た黒く広い雲がたれこめていた。沈鬱な闇の仮面がうっすらと、この子のうえにかがみこんでいるようだった。

木星が天の奥底に沈もうとしていた。

この子は名前こそ知らないけれども、じぶんを怖がらせるその大きな星を、途方に暮れた目でながめていた。じっさい、この天体はそのとき地平線のすぐ近くにあり、靄の厚い層を横切っていたため、ぞっとするほど赤みを帯びていたのだ。不気味な深紅に染まった靄はその星を大きく見せ、まるで光り輝く傷口のようだった。

野原から冷たい風が吹いてきた。森はひたすら真っ暗なばかりで、木の葉のそよぐ音ひとつ、夏なら見られるあのうっすらと清々しい微光ひとつない。思わずぎくりとするような大きな枝の束が突っ立っている。貧弱で不格好な叢林が空地でひゅうひゅう音を立てている。高い草が北風のしたで鰻のようにひしめいている。茨は、爪のある長い腕が獲物を捕らえようとするみたいに、身をよじっている。枯れたヒースの小枝が何本か、風に吹かれてすっと飛んでいったが、いずれやってくるなにか恐ろしいものに怯えて逃げていくようだ。どっちを見ても、不気味なものばかりが広がっていた。

暗さはめまいをもたらす。人間には明るさが必要なのだ。昼の光と反対のもののなかにはまりこむ者はだれでも、胸が締めつけられるのを感じる。暗いものを見ると、心が乱れる。日食、夜、どんよりした暗がりのなかでは、どんな強い人間でも不安になる。だれであれ夜、森のなかを震えずに、たったひとりで歩けるものではない。暗闇と木立、このふたつのものは恐るべき厚みである。不分明な深みのなかに、夢のような現実が出現する。およそ考えられないものが、数歩先に、幽霊のようにはっきりと姿を見せる。あたりの空間か、じぶんの頭のなかに、眠りこんだ花の夢のようにぼんやりと、つかみどころがないものが漂うのが見える。地平にはなにか獰猛な挙動をするものがいくつもいる。黒く広大な空虚の匂いをかぐと、怖くなってうしろを向いてみたくなる。夜の空洞、血迷ったいろいろなもの、まえに進むと消えてしまう無言の横顔、おぼろげに見える乱れ髪、ざわめく叢生、蒼白の水たまり、不吉なものに映る不気味なもの、墓のような果てしない沈黙、知られていないがあってもよさそうないろいろな生き物、不思議な傾き方をしている枝、ぞっとするような木々の胴体、長い取手のように震える草。これらのものにたいして、ひとは無力だ。いくら大胆でも、身震いせず、不安が迫ってくるのを感じない者はいない。まるで魂が影と一体になったように、どこかおぞましさを覚える。このように闇が魂に浸透してくると、子供は言いようもなく暗い気分になる。

森とは天啓のようなものである。幼い魂の羽ばたきは、森の怪物じみた丸天井のしたで、死の苦悶のような音を響かせている。

コゼットはじぶんでもなにを感じているのか分からないまま、漆黒の巨大な自然に捕えられているような気がしていた。彼女をおそっているのは、もはや恐怖だけでなく、恐怖よりも怖いなにかであった。彼女はぶるぶる身震いしていた。彼女の心の底まで凍らせている、その戦慄の奇怪さを言いあらわす言葉はない。彼女の目つきは狂暴になっていた。明日もきっと、どうしても同じ時刻に、ここにもどってくることになると感じていたのだ。

そのとき、コゼットは一種本能的に、じぶんでもわけが分からないまま、こんなにも怖い特異な状態から抜けだそうと、大きな声で、いち、に、さん、し、と十まで数えだした。それがおわると、また数えはじめた。そうするうちに、まわりのものが本当に実感できるようになってきた。水を汲むときに濡れた手が冷たいと感じた。彼女は起きあがった。怖さが、こえられない生理的な怖さがもどってきた。彼女はもうただひとつのことしか考えていなかった。逃げること、全速力で森を越え、野原を越え、家のあるところ、窓のあるところ、灯されたろうそくのあるところまで逃げること。彼女はまえにある桶に目を落とした。テナルディエの女房に吹きこまれた恐怖がそれほど強く、水桶を持たずに逃げる気にはとうていなれなかったのだ。彼女は両手で取手をつかみ、ひどく苦労して桶を持ちあげた。

そのようにして十二歩ほど進んだが、桶は水いっぱいで重く、どうしても地面に置かずにはいられなかった。彼女はひと息ついて、また取手を持ち、歩きだした。今度はまえよりもずっと長く歩いた。しかし、また止まらねばならなかった。彼女は数秒ほど休んで、さらに進んだ。老婆のように前かがみに、頭をさげて歩いた。桶の重みでか細い腕がこわばり、冷たくなった。鉄の取手のせいで、とうとう濡れたちいさな手がしびれ、凍えてしまった。ときどき、どうしても立ちどまってしまい、立ちどまるたびに、桶からあふれる冷たい水が、むき出しの脚にこぼれ落ちてきた。こういうことが冬の夜に、森の奥の、人里離れたところで起きていたのだ。しかもこれは、わずか八歳の子供のことなのだ。このとき、こんな悲しい光景を見守っていたのは、神のほかにだれもいなかった。

そして、悲しいかな、彼女の母親も！　というのも、墓場の死者の目さえ開かせるものがこの世にあるからだ。

彼女はなんとも痛ましい喘ぎ声をあげ、ぜいぜい息をしていた。嗚咽に喉が詰まりそうになったが、泣く気にはなれなかった。遠くにいても、それほどテナルディエの女房が怖かったのだ。いつもテナルディエの女房がそこにいると思ってみることが、彼女の習い性になっていたのである。

けれども、そんなふうに歩いていたのでは、いつまでたっても先には進めない。彼女はゆっくり、のろのろと歩いていた。休む時間を減らし、休みと休みのあいだにできるだけ歩いたが、こんな調子ではモンフェルメイユにもどるのに一時間以上もかかってしまい、きっとテナルディエの女房にぶたれるだろうと不安に思った。そんな不安が夜、森のなかでひとりきりでいる怖さと混じりあう。彼女は疲れ果て、精も根もつきていたが、まだ森の外には出ていなかった。ようやく見覚えのある栗の老木近くまで辿りつき、それまででいちばん長い最後の休憩をとって、しっかりからだを休めた。それから、ありったけの力をふりしぼってふたたび桶を持ち、けなげにもまた歩きだした。それでも、この絶望したちいさな女の子は、「ああ、神様！　神様！」と叫ばずにはいられなかった。

そのとき突然、彼女は桶がまったく重くないのを感じた。巨大な手が取手をつかみ、ぐいと桶を持ちあげてくれたところだったのだ。彼女は顔をあげた。黒く、真っ直ぐ立った人影がそばを歩いていた。それはひとりの男で、うしろからやってきたのに、彼女にはその足音が聞こえなかったのだ。その男がひと言もいわず、彼女が運んでいた桶の取手をつかんでくれたのである。人生のあらゆる出会いには、それなりの本能がはたらくものだ。その子は怖がらなかった。

第六章　ブラトリュエルの知力を示すらしいもの

この一八二三年のクリスマスの日、ひとりの男がパリのロピタル大通りのひと気のないところを、ずいぶん長いあいだ歩きまわっていた。男は住まいをさがしている様子で、あのうらぶれた場末のサン・マルソー[1]あたりでもとりわけ質素な家を選んでは、そのまえで立ちどまっていた。じっさい、この男がぽつんと孤立したこの界隈に部屋を借りたことについては、のちに見ることになるだろう。

男は服装から見ても風采から見ても、いわば上品な乞食の典型であって、極端な惨めさと極端な清潔さがいっしょになっていた。これはかなりまれな組合せであって、ものの分かる人には、きわめて貧しい人にたいして覚える尊敬と、きわめて威厳のある人にたいして覚える尊敬との、二重の尊敬の念をいだかせる。男が身につけているのは、ひどく古ぼけてはいるがよくブラシのかかった丸い帽子、織糸が見えるほどすりきれた粗いラシャのフロックコート——色は黄土色だったが、当時はとくに珍奇というわけではなかった――、古風な形のポケットがついたチョッキ、膝のところが白くなった黒の半ズボン、黒い毛の靴下、銅の留金のついた靴といったものだった。亡命帰りの良家の元家庭教師といったところだろうか。真っ白な髪、皺のよった額、紫色の唇、そこかしこに人生の苦労と心労がにじみでている顔を見れば、ゆうに六十歳をこえていると思われたことだろう。だが、ゆっくりしているが、たしかな足取り、身のこなしの一つひとつに形跡をとどめている独特の活力からすれば、五十にもならないと見られてもよかった。額の皺の位置もほどよく、もし注意深く観察する者がいたなら、きっと好感をいだいたにちがいない。唇をぎゅっと結ぶと奇妙な襞ができ、これが厳格にも、謙虚にも見えた。眼差しの奥底にはなんとも言えず沈痛な静けさがあった。左手にハンカチでくるんだ包みを持ち、右手は生垣で切りとった棒のようなもので支えていた。この棒はいくらか念入りに細工されていたため、さほど不格好には見えなかった。節をうまく利用し、赤い蠟をつかって珊瑚の握りのような形にしていたのだ。それは棍棒だったが、まるで杖のように見えた。

この大通りには、とくに冬ともなると、人通りは少なかった。この男は、べつにわざとそうしているわけではなかったが、通行人をさがすというよりも、むしろ避けているようだった。

当時、国王ルイ十八世は毎日のように、ショワジー・ル・ロワ[2]に出かけていた。それは国王お気に入りの散歩道のひとつだった。二時ごろになると、ほとんど判で押したように、国王の馬車と王室の騎馬隊が、全速力でロピタル大通りを通過していくのが見られた。

これがこの界隈の貧乏な女たちにとって腕時計や柱時計の代わりになり、女たちは「二時だよ。

ほらあの方がチュイルリー宮殿にお帰りだ」などと言うのだった。

そこに駆けつける者もいれば、列をつくる者もいた。というのも、王さまのお通りともなれば、いつも大騒ぎになるからだ。しかも、ルイ十八世の出没はパリの街中でかなりの効果があった。さっと通りすぎるだけなのに、一種の威風を放っていた。足の不自由なこの国王は、猛スピードで馬を走らせるのが好きだった。歩けないぶん、走りたがったのだ。膝行しかできないこの王さまは、稲妻にだって喜んで馬を引かせたかもしれない。彼は抜身の剣に守られ、その真ん中をほほんと厳めしく通っていった。鞍敷に大きな百合の枝を描かせた、金ぴかで、どっしりとしたベルリン型馬車が、けたたましく走っていく。ちらっと一瞥する暇もないほどだ。場所の奥の右隅、白繻子のキルティングをほどこしたクッションのうえに、広く、きりりとした赤ら顔、白粉をつけたばかりの鶴のような額、尊大で、険しく、鋭い目、文人のような微笑、ブルジョワ風の平服に、ふさふさしたモールのついたふたつの大きな肩章、トワゾン・ドール勲章、聖ルイ十字勲章、レジオン・ドヌール十字勲章、精霊騎士団の銀の記章、太鼓腹に幅広の青綬などが見える。それが国王だった。パリ市外では、白い羽根のついた帽子をイギリス風の高いゲートルを巻いた膝のうえに置いていたが、市内にもどると、その帽子をかぶって、ろくに会釈もしなかった。民衆を冷淡にながめていたが、民衆のほうも相応のお返しをしていた。国王が初めてサン・マルソー界隈に姿を見せたとき、彼の成果はこの場末の住人のひとりが仲間に言ったこんな言葉だけだった。「あのデブが今度のお上(かみ)だってさ」

そういうわけで、国王が同じ時刻にかならず通ることが、ロピタル大通りの日々の行事になっていた。

ぶらぶら歩きまわっていた黄色のフロックコートの男は、もちろんこの界隈の住人ではなく、たぶんパリの住人でもなかったのだろう。というのも、そのような仔細を知らなかったからだ。二時に、銀モールをつけた近衛兵の騎兵隊に警護された国王の馬車が、サルペトリエール施療院[3]の角を曲がって大通りに出たとき、男は驚き、ほとんどぎくりとしたようだった。側道には他にだれもいなかったので、さっと城壁の角に身を隠した。だが、それでもダヴレ公爵[4]の目にとまった。ダヴレ公爵はこの日、警護隊の隊長として、馬車のなかで国王と差し向かいにすわっていた。彼は陛下にこう言った。「あそこに人相のよくない男がおります」国王の通り道の偵察にあたっていた警察の者たちも、やはり男に目をつけ、なかのひとりが追跡するよう命令をうけた。しかし男は市外のひと気のない路地にもぐりこみ、おまけに日も落ちようとしていたので、警官は男の足跡を見失ってしまった。このことは、その晩のうちに、国務大臣で警視総監のアングレス伯爵[5]殿に提出された報告書で確認される。

黄色いフロックコートの男は警官を巻いてしまうと、足取りを速めながらも、何度も振りかえってもう追跡されていないことを確かめた。四時十五分、つまりもうすっかり日が落ちたとき、ポルト・サン・マルタン座[6]のまえを通りかかった。その日の出し物は『ふたりの徒刑囚』で、劇場の街灯に照らされたそのポスターに男は思わずはっとした。というのも、急ぎ足で歩いていたとはいえ、彼は立ちどまってそのポスターを読んだからだ。それからすぐ、男はプランシェット袋小路に出て、「プラ・デタン」にはいっていった。当時はそこにラニー行きの馬車の切符売場があったのだ。その馬車は四時半に出発する。馬がつながれ、御者に呼ばれた乗客たちが、二輪の乗合馬車の高い鉄の段を急いで昇っているところだった。

男は尋ねた。

「座席はあるか?」

「ひとつだけ、あっしの隣の御者台のうえだがね」と御者が言った。

「それでいい」

「お乗んなさい」

とはいえ、御者はこの乗客のみすぼらしい服装と乏しい荷物をちらっと見て、前金を払わせた。

「ラニーまで行きなさるんで?」と御者が尋ねた。

「そうだ」と男は言った。

馬車は出発した。市門を過ぎると、御者がなんとか話のきっかけをつかもうとしたが、男はぽつりぽつりと答えるだけだった。御者は仕方なく、口笛を吹き、馬に悪態をつくことにした。

御者は外套を着こんでいた。寒かったが、男はそんなことには無頓着のようだった。このようにしてグルネーとヌイー・シュル・マルヌを通りすぎた。

夕方六時ごろ、シェルに着いた。御者は王立修道院のなかに設けられた、車引きたちの旅籠のまえで止まり、馬にひとと息つかせた。

「わたしはここで降りる」と男は言った。

男は包みと棒を取って、馬車から飛びおりた。しばらくすると、もう姿が見えなかった。旅籠にはいらなかったのだ。

数分後、馬車はラニーに向かってふたたび出発したが、シェル方面の街道でその男に出会うことはなかった。

御者は客席の乗客たちのほうに振りむいて、

「ありゃ」と言った。「この辺の男じゃないぜ。だって、このあっしが知らないんだから。一文無しのようだが、銭にはうるさくない。ラニーまで運賃を払ったのに、シェルで降りてしまう。夜で、どの家も閉まっているというのに、旅籠にも行かない。そのうえ、もう姿も見えやしない。土のなかにでも、もぐりこんだんですかね」

男は土のなかにもぐりこんだのではなく、シェル方面の街道の暗がりをさっさと大股で歩いていた。それから教会に着くまえに左に折れて、まるでこの地方に来たことがあるので土地勘がはたらくとでもいうように、モンフェルメイユに通じる村道にはいった。

男はその道をずんずん進んでいった。その道がガニーからラニーに通じる古い並木道と交わるところに着くと、何人かの通行者がやってくる足音が聞こえた。男はあわてて溝に隠れ、通りがかりの者たちが遠ざかっていくのを待った。もっとも、そんな用心はほとんど無用だった。というのも、すでに述べたように、とても暗い十二月の夜だったのだから。空にはかろうじて二、三の星が見えるだけだった。

その地点で、丘は上りになる。男はモンフェルメイユに行く道にもどらず、右にまわって野原を越え、足早に森に着いた。

森にはいると、歩みをゆるめ、一歩一歩ゆっくり進みながら、入念に一本ずつ木をながめはじめた。まるで彼だけが知っている秘密の道をさがし、それを辿っているようだった。一瞬、男は迷ったらしく、ためらうように足を止めた。しかし暗中模索をくりかえしているうちに、いつしかある空地に着いていた。そこには白っぽい大きな石がいくつも積みかさねてあった。男は素早くその石のほうに向かい、まるで点検するみたいに、夜の靄をすかして石をいちいち注意深くしらべた。植物のいぼとも言うべき瘤だらけの大木が一本、石の堆積から数歩の場所にあった。男はその大木のところに行き、まるでいぼをひとつひとつ確かめ数えるように、幹の樹皮に手を這わせた。

そのトネリコの木の真向かいに、剥落して病んだ栗の木があり、そこに包帯代わりの亜鉛の板が釘で打ちつけてあった。

そのあと男はしばらく、その木と石の山にはさまれたあたりの地面を足で踏んでいた。この土壌が最近新たに掘りかえされなかったかどうか、その形跡を確かめているようだった。

それがすむと、方向を定めて、ふたたび森のなかを歩きだした。

さきほど、コゼットに出会ったのはこの男であった。

彼は雑木林を抜けて、モンフェルメイユ方面に向かっていたところ、ちいさな人影に気づいた。その人影は喘ぎながらよたよたし、重荷を地面に置いては、また持ちなおし、ふたたび歩きだしていた。近づいてみると、それが大きな水桶を運んでいるごく幼い子供だと分かった。そこで彼は、その子のところに行って、黙って水桶の取手を持ってやったのである。

第七章　コゼットは暗闇のなかを見知らぬ男と並んで歩く

すでに述べたように、コゼットは怖がらなかった。男は彼女に言葉をかけたが、それは重々しいがほとんど小声だった。

「ねえ、そんなものを運んで、ずいぶん重たいだろう」

コゼットは頭をあげて答えた。

「ええ、おじさん」

「こっちに寄こしなさい」と男はつづけた。「わたしが持ってあげよう」

コゼットは桶を手放した。男は彼女と並んで歩きはじめた。

「ねえ、いくつだい？」

「八歳です、おじさん」

「なのに、こんなものを持って遠くからきたのかい？」

「森の泉からよ」

「で、遠くまで行くのかい？」

「ここからたっぷり十五分くらいのところ」

男はしばらく黙っていたが、やがて唐突に言った。

「じゃあ、お母さんはいないんだね？」

「わかんない」と子供は答えた。

彼女は男に言葉をつぐ暇もあたえず、こう言いそえた。

「いないと思うわ。ほかの子たちにはいるけど、あたしにはいないの」

それから、やや間をおいてつづけた。

「最初からいなかったんだと思う」

男は立ちどまって桶を地面におろし、両手を子供の肩に置いた。そして、暗闇のなかで彼女の顔をながめてみようとした。コゼットの痩せて弱々しい顔つきが、空の蒼白い微光にぼんやり浮きだしていた。

「名前はなんていうのかな？」

「コゼット」

男は電撃に打たれたようだった。男はまた彼女を見つめてから、両手をコゼットの肩からはなして桶をつかみ、ふたたび歩きだした。

しばらくしてから、男は尋ねた。

「ねえ、どこに住んでいるの？」

「モンフェルメイユよ、おじさん知っている？」

「じゃあ、そこに行こうとしているんだね？」

「そうよ、おじさん」

男はまた間をおいてから言った。

「じゃあ、いったいだれなんだい、こんな時間に森に水汲みにこさせたのは？」

「テナルディエのおかみさん」

男は相手に答える声の響きを、なんとかさり気ないものにしようと努めたが、その響きには奇怪な震えがあった。

「なにをやっているのかな、そのテナルディエのおかみさんというのは？」

「あたしの主人よ」と子供は言った。「宿屋をやっているわ」

「宿屋？」と男が言った。「それじゃあ、今晩そこに泊めてもらうことにしよう。案内を頼むよ」

「いまから行くところよ」と子供は言った。

男はかなり速く歩いたが、コゼットは苦もなくついてきた。もう疲れを感じなくなっていたのだ。ときどき彼女は、なんとも言えない安堵感と信頼感を隠さず、その男を見上げるのだった。これまで彼女は神に向かって祈ることを教えられた経験がなかった。それなのに、心のなかでなにか希望と喜びのようなものが天に昇っていくのを感じた。

数分して、男がまた言葉をつづけた。

「テナルディエのおかみさんには、女中がいないのかい？」

「いないわ、おじさん」

「きみひとりしかいないのか？」

「そうよ、おじさん」

ふたたび言葉がとぎれた。コゼットは声を高くした。

「じつは、女の子がふたりいるの」

「どんな女の子だね？」

「ポニーヌとゼルマ」

その子はテナルディエの女房が大切にしているあの小説風の名前を、そんなふうにつづめて呼んでいたのだった。

「ポニーヌとゼルマというのは、どういう子なのかい？」

「テナルディエのおかみさんのお嬢さんたち。おかみさんの娘さんたちだわ」

「で、その娘たちはなにをしているのかい？」

「ああ！」とその子は言った。「あの子たち、きれいな人形をたくさん持っているわ。金ぴかのものや、いろんな持ち物もいっぱいあって、それで遊んで、面白がっているわ」

「一日じゅうかい？」

「そうよ、おじさん」

「で、きみは？」

「あたし？　あたしは働いているわ」

「一日じゅう？」

その子は大きな目をあげたが、目には涙が浮かんでいた。だが、夜なのでその涙は見えなかった。そして、つらそうに答えた。

「そうなの、おじさん」

彼女はしばらく沈黙してからつづけた。

「ときどき、仕事がすんで、いいって言われたら、あたしだって遊ぶこともあるわよ」

「なにをして遊ぶんだい？」

「なんでもできることを、勝手にやっているわ。でも、あたしにはおもちゃがあんまりないの。ポニーヌとゼルマは、あたしにはじぶんたちのお人形で遊ばせてくれないの。あたしには鉛のちいさなサーベルがあるだけ。これっくらいのよ」

その子は小指を出して見せた。

「で、そいつは切れるのかい？」

「そうよ、おじさん」とその子は言った。「サラダや蠅の頭だって切れるんだから」

ふたりは村に着いた。コゼットがこのよそ者の道案内をした。ふたりはパン屋のまえを通ったが、コゼットは持ち帰らねばならないパンのことに、まったく考えがおよばなかった。男はいろいろ質問するのをとうにやめていて、いまや沈んだように黙りこくっている。ふたりが教会をあとにすると、男は戸外に並んでいる露店を見て、コゼットに尋ねた。

「おや、縁日なのか？」

「ちがうわ、おじさん。クリスマスよ」

ふたりが宿屋に近づくと、コゼットはおずおずと男の腕にふれた。

「おじさん？」

「どうしたんだね?」

「家のすぐそばに来たわ」

「それで?」

「今度はあたしにもう一度桶を持たせてくれない?」

「どうして?」

「あの、あたしが持っていないのを見たら、おかみさんにぶたれるから」

男は桶をわたしてやった。しばらくして、ふたりは安料理屋の入口にいた。

第八章　金持ちかもしれない貧乏人を泊める不愉快

コゼットは、玩具屋の店先にあいかわらず陳列されている大きな人形を、ちらりと横目で見ずにはいられなかった。それから戸を叩いた。戸が開いて、テナルディエの女房が手にろうそくを持ってあらわれた。

「ああ!　おまえか、ろくでなしのチビ!　いったい、どうしてこんなに手間取ったんだい!どうせどっかをほっつき歩いていたんだろ、この不良!」

「おかみさん」とコゼットはぶるぶる震えながら言った。「これは、泊まりにこられたお客さんです」

テナルディエの女房はたちまち、仏頂面をくちゃくちゃにしてお愛想笑いをした。宿屋商売に

特有のあざとい急変である。それから新来者をじろじろとながめまわし、

「あなたさまで?」と言った。

「ええ、おかみさん」と、男は帽子に手をやりながら答えた。

金持ちの旅客たちはこれほど礼儀正しくないものだ。この動作を見て、このよそ者の服装と持ち物をひと目で値踏みすると、テナルディエの女房からお愛想笑いが消え、ふたたび仏頂面があらわれた。彼女は素っ気なく言葉をついだ。

「まあ、はいんなよ、じいさん」

「じいさん」はなかにはいった。テナルディエの女房はもう一度一瞥し、すっかりすり切れたフロックコートとちょっと穴の開いた帽子にとくに目をつけると、頭を振ったり、しかめっ面をしたり、目をぱちぱちさせたりして、あいかわらず車引きたちと酒を飲んでいる亭主と相談した。亭主はかすかに人差指を動かして答え、その人差指をとんがらせた唇に当てた。この場合は、「すかんぴん」という意味だ。それを見て女房は声をあげた。

「あら、まあ! ねえ、おまえさん。お気の毒だけど、もう空部屋がないんだって」

「どこでもかまわないですから、泊めてください」と男は言った。「納屋でも、馬小屋でも。ひと部屋借りたのと同じだけ払いますから」

「四十スーだよ」

「四十スー。いいでしょう」

「じゃあ、ご勝手に」

「四十スーだって！」と、ひとりの車引きが小声でテナルディエの女房に言った。「二十スーぽっきりじゃなかったのかい」

「あいつには四十スーなんだよ」とテナルディエの女房も小声で言いかえした。「あたしゃね、それより安く貧乏人は泊めないの」

「まったくだ」と亭主がそっと言いそえた。「あの手の奴らを泊めると、うちの看板に傷がつくんでね」

そのあいだにも、男はベンチのうえに包みと棒を置くと、テーブル席についていた。コゼットはいそいそと葡萄酒の瓶とグラスをテーブルにのせていた。水桶を求めていた商人は、じぶんで運んで馬のところに持っていった。コゼットはふたたび料理台のしたの場所にもどって、また編物をした。

男は手酌で注いだグラスにほとんど唇をつけないまま、異様に注意深く、その子をじっと見つめていた。

コゼットは醜かった。幸せだったら、もっと可愛くなっていたかもしれないのに。この子の暗い顔つきについては、すでにざっと述べてある。コゼットは痩せこけて蒼白かった。八歳になろうとしているのに、人目にはやっと六歳ほどにしか見えなかっただろう。濃い影のようなものが沈みこんでいる大きな目は、泣きすぎたためにほとんど光をうしなっている。口の両端は、受刑者や治る見込みのない病人によく見られるように、日々の不安のために歪んでいる。手は母親がよく見抜いていたように、「しもやけにやられて」いる。いまは火に照らされているために、とがった骨が浮きだし、がりがりに痩せた様子がいやがうえにも目につく。いつもぶるぶる震えてばかりいるので、両膝をぴったり合わせるくせがついている。身につけているものといえば、ぼろ着ばかりで、これでは夏には哀れをさそい、冬にはひとをぞっとさせる代物だろう。からだをおおっているのはウールのぼろ切れでなく、穴の開いた木綿だけだった。あちこちに素肌が見えたが、そのどこからも青か黒の痣がのぞいている。テナルディエの女房に打擲された跡だ。むき出しの脚は赤く、か細い。鎖骨の凹みを見ると、思わずこちらが泣きそうになる。この子の全身、足取り、物腰、声の響き、ひと言ひと言のあいだの間、眼差し、沈黙、どんなささいな動作も、たったひとつの思いをあらわし、示している。ひたすら怖さの一念である。

怖さが彼女のうえに広がり、彼女はいわば怖さにおおわれている。怖さのために、両肘を腰に当て、踵をスカートのしたに引きいれ、できるだけ場所をとらないようにし、必要なぶんしか息をしないようにしている。怖さが彼女のからだの習性と言うべきものになり、それが変わることがあっても、ただその怖さが増すだけのことなのだ。彼女の瞳の底にはびっくりしたような一隅があり、そこに恐怖がすみついている。

だからこの怖さのせいで、コゼットはずぶ濡れになって帰っても、からだを火で乾かしにいく勇気がなく、黙って仕事をつづけたのだった。

この八歳の少女の目はいつもひどく陰気な表情を浮かべ、時には悲痛な感じに見えるので、ひょっとすると、知恵遅れか悪魔にでもなりかけているのではないかと思われた。

さきにも述べたが、彼女は祈るとはどういうことなのか、まるで知らなかったし、教会に足を踏みいれたことなど一度もなかった。「あたしにそんな暇なんかあるものかね」とテナルディエの女房は言っていた。

黄色のフロックコートの男は、ずっとコゼットから目を離さなかった。

「あっ！　ところで、パンはどうしたんだい？」

テナルディエの女房が金切り声をあげるたびに、いつもそうするように、コゼットはいち早くテーブルのしたから這いだしてきた。

彼女はそのパンのことをすっかり忘れていた。そこで、つねにびくびくしている子供がよくやる手をつかった。彼女は嘘をついた。

「おかみさん、パン屋は閉まっていました」

「戸を叩いたらいいじゃないか」

「叩きましたよ、おかみさん」

「それで？」

「開けてくれなかったんです」

「うそか、ほんとか明日になりゃ分かるさ」とテナルディエの女房は言った。「もしうそだったら、思いきり折檻してやるからね。とにかく、あの十五スーを返しとくれ」

コゼットはエプロンのポケットに手を差しこんで、真っ青になった。十五スーの玉がなくなっていたのだ。

「さあ！」とテナルディエの女房が言った。「聞こえなかったのかい？」

コゼットはポケットをひっくり返してみたが、なにもなかった。いったい、あのお金はどうなってしまったのだろう？　不幸な少女は言葉ひとつ見つけられずに、立ちつくしていた。

「おまえ、なくしたとでもいうつもりかい、あの十五スー玉を？」とテナルディエの女房はがなりたてた。「それとも、あたしからくすねようってのかい？」

そう言いざま、彼女は暖炉に吊るされた鞭のほうに腕をのばした。その恐ろしい動作に、彼女は逆に力を取りもどして叫んだ。

「やめてください！　おかみさん！　おかみさん！　もうしませんから！」

テナルディエの女房は鞭をはずした。

一方、黄色いフロックコートの男はチョッキの小ポケットを探っていたが、その挙動に気づいた者はだれもいなかった。もっとも、他の旅客は酒を飲んだり、トランプ遊びをしたりして、ほかのことにはまるで注意していなかったのだが。

コゼットは暖炉の隅で不安そうに身体をまるめ、なかばむき出しの手足を縮め、なんとか身をかばおうとしていた。テナルディエの女房が腕をあげた。

「失礼ですが、おかみさん」と男が言った。「さきほど、このお子さんのエプロンのポケットから、なにかが落ちて、転がるのが見えましたよ。きっとそれでしょう」

そう言いながら、男は身をかがめ、しばらく床をさがすふりをした。「やっぱりそうでした。これですよ」と身を起こしながら言葉をついだ。

それから彼は、一枚の銀貨をテナルディエの女房に差しだした。

「そう、これ、これですよ」と彼女は言った。

「これ」ではなかった。というのも、それは二十スーの銀貨だったのだから。しかし、テナルディエの女房は儲けたと思ったのである。彼女は銀貨をポケットにしまうと、険悪な目つきでその子を睨みつけるだけにして、こう言った。

「もう二度とこんなことがないようにするんだね、こんりんざい！」

コゼットはテナルディエの女房が「あの子の小屋」と呼んでいるもののなかにもどった。そして、見知らぬ旅人にじっと注がれたその大きな目は、これまでに一度もなかったような表情を帯びはじめた。それはまだ素朴な驚きにすぎなかったが、そこにはこの世のこととはとても信じられないといった、どこか啞然とした信頼感が入り混じっていた。

「ところで、夕食はどうします？」と、テナルディエの女房は旅人に尋ねた。

彼は答えず、なにか深々と思案に暮れているようだった。

「いったい、どういう男なんだろう」と彼女は口を開かずに言った。「これはとんでもない貧乏人だわ。夕食代も持っていない。せめて、宿賃くらいは払ってくれるんだろうね？　それにしても、床に落ちた銭を盗もうなんて料簡を起こさなかっただけでも、ありがたかったわ」

そのあいだにドアが開いて、エポニーヌとアゼルマがはいってきた。

ふたりは本当に可愛らしい少女で、村娘というより町娘のようで、とても愛くるしい。ひとりはつやつやした栗毛を三つ編みにし、もうひとりは編んだ長い黒髪を背に垂らしている。ふたりとも活発で、身ぎれいで、ぽっちゃりとし、清純で健やかなので、見ているだけでも楽しい。ふたりは暖かそうに着こんでいるが、母親の手際がよいと見え、厚着をしていても着こなしのよさはすこしも損なわれていない。冬支度のなかにも春を残す工夫があって、ふたりの少女は光を放っていた。そのうえ傍若無人だ。おしゃれにも、朗らかさにも、はしゃぎぶりにも、およそ遠慮というものがない。ふたりがはいってきたとき、テナルディエの女房は、可愛いくてしょうがないのに、わざとたしなめるような口調でこう言った。

「あらまあ！　あんたたち、こんなところまで来て！」

それから彼女はひとりずつ膝に引きよせて、髪の毛を撫でつけてやったり、リボンを結びなおしてやったりしたあと、母親に特有のあの優しい手つきで揺すりながら、こう声をあげた。「ふたりとも、みっともない格好をしているのね！」

ふたりは暖炉の隅に行ってすわった。持ってきた人形を膝のうえでいじくりまわしては、楽しそうにぺちゃくちゃとおしゃべりしていた。コゼットはときどき編物から目をあげて、遊んでいるふたりを羨ましそうにながめていた。

エポニーヌとアゼルマはコゼットのほうを見もしなかった。ふたりにとって、コゼットは犬も同然なのだ。三人合わせても二十四歳にならないこの少女たちは、もうすでに人間社会の縮図をあらわしていた。すなわち、一方には羨望が、他方には軽蔑があるのだった。

テナルディエ姉妹の人形はひどく色あせ、古び、すっかり壊れていたが、それでもコゼットには高嶺の花のように見えた。彼女は生まれてから、どんな子供にでも分かる言い方をすれば、「本物の人形」を持ったことがなかったのだ。

ずっと室内を行ったり来たりしていたテナルディエの女房が突然、コゼットがぼんやりして仕事を休み、遊んでいる少女たちに心を奪われているのに気づいた。

「ほら！　見つけた！」と彼女はどなった。「それで仕事をしてるっていうのかい！　鞭でひっぱたいてでも働かせるからね、このあたしは」

よそ者はじぶんの椅子を離れずに、テナルディエの女房のほうを向いた。

「おかみさん」と、彼はほとんど恐る恐るといった感じの微笑をしながら言った。「まあ、遊ばせてやりなさいよ！」

もしこれが夕食に子羊の股肉でも食べ、葡萄酒の二本も飲んで、「とんでもない貧乏人」の風采をしていない旅客だったなら、そのような願い事は命令にひとしかったことだろう。しかし、あんな帽子をかぶっている男がケチをつけ、あんなフロックコートを着ている男が言い分を通そうとするなど、とうてい許しておけないとテナルディエの女房には思えた。そこで彼女は刺々しくこう言いかえした。

「あの子には働いてもらわなくちゃね。だって、食べてるんだから。なにもしないのに、食べさせてやる筋合なんぞありゃしないだろ」

「あの子はなにをしているんですか？」とよそ者はつづけたが、その声はあいかわらず穏やかで、乞食のような身なりと人足のような肩と際だった対照を見せていた。

テナルディエの女房はしぶしぶ答えた。

「なあに、靴下ですよ。うちの娘たちの靴下がもうなくなって、そのうち裸足で歩くことになりそうなんでね」

男はコゼットの赤く哀れな足をながめ、それからつづけた。

「あの靴下一足が仕上がるのは、いつになるんですか？」

「まだたっぷり四、五日はかかるだろうね、なにしろ怠けもんだから」

「で、編みあがると、その靴下は一足、どれほどの値になりますか？」

テナルディエの女房は彼を馬鹿にしたように一瞥した。

「まあ、安くて三十スーだろうね」

「じゃあ、それを五フランで譲ってもらえませんか？」と男はつづけた。

「なんだって！」と、そばで聞いていたひとりの車引きが野太い声をあげて、ケタケタと笑いこけた。「五フランだって？　いやはや、べらぼうな話だねえ！　五フラン玉だってよ！」

テナルディエの亭主は、ここはいよいよじぶんの出番だと思った。

「よろしいですよ、だんな。もしそれがだんなのご酔狂なら、五フランでその靴下一足おゆずりいたしましょう。なんたって、お客さまのご希望は断れないもんですからね」

「じゃあ、ぜひ即金にしてもらわなきゃ」と、テナルディエの女房はいつものつっけんどんで居丈高な口調で言った。

「わたしはその靴下一足を買いましょう」と男は答え、ポケットから五フランを取りだしてテーブルに置き、こう付けくわえた。「さあ、お支払いしますよ」

それからコゼットのほうを向いた。

「きみの仕事はわたしがもらったよ、さあ、お遊び」

車引きは五フランにぶったまげるあまり、じぶんのグラスを置いたまま駆けつけてきた。

「やっぱり本物だぜ！」と、彼はそれをあらためながら叫んだ。「正真正銘の五フラン銀貨だよ！　偽物じゃねえや！」

テナルディエの亭主は近づいて、その銀貨を無言でチョッキのポケットにしまった。

テナルディエの女房には返す言葉もなかった。そこで唇をぎゅっと嚙んで、憎々しげな顔をした。

それでもコゼットは震えていた。彼女は思いきって尋ねた。

「おかみさん、ほんとですか？　あたし、遊んでもいいんですか？」

「遊びな！」とテナルディエの女房は恐ろしい声で言った。

「ありがとう、おかみさん」とコゼットは言った。

しかし、口ではおかみさんに礼を言いながらも、彼女のちいさな魂は旅人にたいする感謝の気持ちでいっぱいだった。

テナルディエの亭主はふたたび飲みはじめていた。女房はそんな彼の耳元にこう囁いた。

「あの黄色い服の男、あれはいったい何者なんだろうね？」

「おれは見たことがあるぜ」とテナルディエは偉そうに答えた。「あんなようなフロックコートを着た百万長者を何人もよ」

コゼットは編物を放りだしていたが、じぶんの場所から出てこなかった。コゼットはいつも、できるだけ動きまわらないようにしていたのである。彼女は背後の箱からぼろ切れをいくつかと、あのちいさな鉛のサーベルを取りだしていた。

エポニーヌとアゼルマはまわりで起きていることをまったく気にしていなかった。ふたりはたいへん大切な仕事に取りかかったところだった。猫を捕まえたのである。ふたりは人形を床に投げすて、年上のエポニーヌが、ニャアニャア鳴いたり、じたばたしたりする子猫を赤や青のぼろ着と古着でむりやりくるんだりしていた。そんな真剣で難しい仕事をしながら、彼女はあの優しく可愛らしい子供ことば――その愛らしさは、蝶々の羽の壮麗さにも似て、とどめようとすれば、どこかに行ってしまうものなのだが――でこう妹に言っていた。

「ほら、見て。このお人形、そっちのよりずっと面白いわよ。動くし、鳴くし、あったかいもの。ねえ、あんた、これで遊びましょうよ。これはあたしの女の子。そして、あたしは奥さま。あたしが会いにくると、あんたがこの子を見るの。あんたには、だんだんこの子のおひげが見えてくる。そこで、あんたはびっくりするの。それから、お耳が見えてくる。そして、しっぽを見て、またびっくりするの。そしてあんたが、「あら、まあ！」って言うのよ。するとあたしが言うわ、「そうなんですのよ、奥さま。わたくしには、こんな女の子がいるんですの。いまどきの女の子はみんな、こうでございますのよ」って」

アゼルマは感心して、エポニーヌの言うことを聞いていた。

一方、飲んべえたちは卑猥な歌をうたいだし、天井がぐらぐらするほど笑っていた。テナルディエの亭主はけしかけ、じぶんも仲間に加わった。

鳥たちがなんでも集めて巣をつくるように、女の子たちはなんでもつかって人形をつくる。エポニーヌとアゼルマが猫に服を着せているあいだ、コゼットのほうはサーベルに服を着せていた。着せおわると、彼女はそれを腕に抱き、寝かしつけるために、優しく子守歌をうたっていた。

人形は女の子には絶対なくてはならないもののひとつであり、またもっとも可愛らしい本能のひとつでもある。世話をしてやり、身なりを整えてやり、飾りつけてやり、服を着せては脱がせてやり、着替えをさせてやり、いろいろ教えてやり、ちょっと叱ってやり、あやしてやり、甘やかしてやり、寝かしつけてやり、物を人のように思ってやる。女性の未来はそっくりそこにある。夢見ながらおしゃべりし、ちいさな身の回り品や産着をつくり、ちいさなドレスやコルセットやブラジャーを縫うことで、子供が少女になり、少女が大きな娘になり、大きな娘が母親になる。そして最初の子供が最後の人形を引きつぐことになるのである。

人形を持たない少女は、子供のない人妻とほとんど同じように不幸であり、まったく同じように切ないものである。

だからコゼットは、サーベルで人形をつくったのだった。

他方、テナルディエの女房のほうは、ふたたび「黄色い服の男」に近づいていた。

「うちの亭主の言うとおりだ」と彼女は考えたのだ。「ひょっとすると、あれはラフィットさま[1]かもしれない。ああいう変わった金持ちだっているんだから！」

彼女は男のテーブルに来て肘をつき、

「だんなさん……」と言った。

この「だんなさん」という言葉に男は振りむいた。テナルディエの女房はこれまで「おまえさん」とか「じいさん」としか呼んでいなかったからだ。

「ねえ、そうでしょう、だんなさん」と彼女は言葉をつづけ、例の甘ったるいしなをつくったが、これはいつもの物凄い形相以上に見るもおぞましかった。「わたしだって子供には遊んでもらいたいですよ。はなから反対なんかしやしません。でもこれは、心の広いだんなさんに免じて、一回きりですよ。だってねえ、あれは一文無しなんですから。どうしても働いてもらわなくちゃ困るんです」

「というと、あの女の子はおたくのお子さんではないのですか？」と男はきいた。

「ああ、とんでもない！　ちがいますよ、だんなさん！　あれはわたしどもがこうしてお情けで引きとってやった貧乏な子なんです。ちょっと知恵が足りない子でしてね。頭に水でもはいっているんでしょうよ。ごらんのとおり、あんな大きな頭をしてますからね。これでも、あの子には精一杯のことをしてやっているんですが、なにしろ、わたしどもときたらお金持ちじゃありませんからねえ。あの子の里にいくら手紙を書いても、埒があきません。もうかれこれ半年も音沙汰なしですよ。母親が死んだとしか考えられません」

「ほう！」と男は言って、ふたたび思案に暮れた。

「あの母親というのも、ろくな女じゃないですよ」と、テナルディエの女房は付けくわえた。「じぶんの腹を痛めた子供を捨てたんですからね」

このような会話がおこなわれているあいだ、コゼットはまるでじぶんのことが話題になっているのに本能的に気づいたように、テナルディエの女房から目を離さなかった。ぼんやり聞いていたが、ときどきいくつかの言葉の意味が分かった。

一方、ほとんどできあがった酔客たちはますます上機嫌になって、いつもの下品なリフレインを何度もくりかえし歌っていた。それは聖母や幼子イエスなども出てくるなかなか高尚な春歌だった。テナルディエの女房も仲間にはいり、その大笑いに加わっていた。コゼットはテーブルのしたで、暖炉の火をながめていたが、そのじっと動かない目に火影が映っていた。彼女はじぶんでつくった乳飲み子まがいのものをふたたび揺すりはじめた。揺すってあやしながら、小声で歌っていた。「あたしの母さん死んじゃった！　あたしの母さん死んじゃった！　あたしの母さん死んじゃった！」

宿のおかみにしつこく勧められて、黄色い服の男、「百万長者」もついに夕食をとることにした。

「だんなさん、なんになさいますか？」

「パンとチーズ」と男は言った。

テナルディエの女房は、「やっぱり貧乏人だよ、こいつは」と思った。

酔っぱらいたちはあいかわらず例の歌をうたい、テーブルのしたのコゼットもまたじぶんの歌をうたっていた。

突然、コゼットはぴたりと歌いやめた。ふと振りむいた拍子に、猫のために捨てられ、床に取り残されたテナルディエ姉妹の人形が、台所の料理台から数歩のところにあるのに気づいたのだ。

そこで彼女は、その物足りないサーベルの人形をぽとりと落とし、ゆっくりと室内を見まわした。テナルディエの女房は小声で亭主になにか言いながら、小銭を数えている。ポニーヌとゼルマは猫と遊んでいる。客たちは食べるか、飲むか、歌うかしている。だれにも見られていない。彼女は料理台のしたから膝と手で這いだし、もう一度だれにも見張られていないのを確かめてから、さっと人形のほうに忍びよって、それを捕えた。そして素早くじぶんの場所にもどり、じっとすわったが、ただ腕にかかえた人形のうえに影ができるように向きを変えただけだった。こんなふうに人形と遊べる幸せなどめったにないことなので、彼女は激しい喜びにわれを忘れた。ゆっくりと粗末な夕食をたべている旅人をのぞけば、見ている者はひとりもいなかった。

この喜びは十五分ほどつづいた。

しかし、いくら用心をしても、コゼットは人形の脚が一本「どっかに行って」、暖炉の火がその片足を明々と照らしていることに気づいていなかった。影の外にはみ出しているそのバラ色に輝く脚が、ふとアゼルマの目にとまり、彼女はエポニーヌに言った。「あら！　おねえちゃん！」

ふたりの少女は啞然として動きをとめた。あのコゼットが人形をとるなんて！　エポニーヌは立ちあがり、猫は手放さずに、母親のほうに行って、そのスカートを引っ張りだした。

「じゃましないどくれ！」と母親が言った。「なんの用なの？」

「おかあさん」とその子が言った。「ちょっと、見てよ！」

そして彼女はコゼットを指さした。コゼットのほうは、人形を手にした嬉しさにすっかり夢中になって、なにも見えず、聞こえもしなかった。

テナルディエの女房の顔は、この世の恐ろしさと下劣さとが混じりあい、世間で性悪女と呼ばれているもの特有の、あの独特の表情を浮かべた。今度は自尊心が傷つけられたことで、怒りがいっそう凄まじいものになった。あのコゼットが出過ぎた真似をしでかしたのだ。コゼットが「お嬢さまたち」の人形に危害をくわえたのだ。もし農奴が皇太子の大青綬章をつけてみようなどという気を起こしたなら、ロシアの女帝もきっとこれと同じような形相になったことだろう。

彼女は激怒のあまりしゃがれた声で叫んだ。

「コゼット！」

コゼットは、まるで足元の地面がぐらぐら揺れたように身震いをして振りむいた。

「コゼット！」と、テナルディエの女房がくりかえした。

コゼットは、人形をとり、心から大切なものをあきらめるしかないといった感じで、そっと床に置いた。このとき彼女はテナルディエの女房から目を離さずに、両手を合わせ、八歳の子供にあっては言うも恐ろしいことだが、その両手をねじり上げた。それから、その日一日じゅうどんなに怖じ気づいたときも、森を走ったときも、水桶が重かったときも、お金をなくしたときも、鞭を見たときも、テナルディエの女房からひどい言葉を聞かされたときも、必死にこらえていたことをした。とうとう泣いてしまった。彼女はわあわあ泣きじゃくったのである。

そのあいだに、旅人は立ちあがっていた。

「これはいったい、どういうことですか？」と、男はテナルディエの女房に尋ねた。

「見えないんですか？」と、テナルディエの女房がコゼットの足元に転がっている証拠物件を指さしながら言った。

「で、あれがどうしたんです？」と男がつづけた。

「あのろくでなしが」とテナルディエの女房は答えた。「うちの子供たちの人形に勝手にさわったんですよ！」

「それでこんな大騒ぎになるんですか？」と男は言った。「じゃあ、あの子はいつあの人形と遊べばいいんですか？」

「あの汚い手でさわったんですよ！」とテナルディエの女房はつづけた。「あのひどい手で！」

ここで、コゼットのすすり泣きはますます激しくなった。

「うるさいね！」とテナルディエの女房が叫んだ。

男は真っ直ぐ、表通りに面した戸口に行き、戸を開けて、外に出ていった。

男が外に出ると、テナルディエの女房はその隙に、テーブルのしたにいたコゼットに足蹴りをくらわせた。その子はひいひい大きな叫び声をあげた。

戸が開いて、男がふたたびあらわれた。両手にさきに述べた人形、朝から村じゅうの子供たちがじっとながめていた、あの夢のような人形をかかえていた。男はその人形をコゼットのまえに立ててこう言った。

「ほら、これはきみのものだよ」

どうやらこの男は、一時間あまりまえから思案に暮れながらも、それとなくその玩具屋に目をつけていたらしい。店はカンテラやろうそくによって派手に照らされ、まるでイルミネーションのように、酒場の窓越しに見えていたのだ。

コゼットは目をあげた。彼女はその男が人形を持ってじぶんのほうにやってくるのを、まるで太陽がやってくるみたいな思いで見ていたのだった。するとその「これはきみのものだよ」という、信じられないような言葉が聞こえた。彼女は男を見、人形を見た。それからゆるゆると後ずさりして、テーブルのしたの、奥まった壁の片隅に隠れてしまった。

彼女はもう泣いていない。もう叫んでいない。息をするのさえ遠慮しているようだった。

テナルディエの女房、エポニーヌ、アゼルマもそれぞれ身じろぎひとつしていなかった。飲んべえどもでさえ騒ぐのをやめていた。酒場にはしんと厳かな静寂が生じた。石のようになって黙ったテナルディエの女房は、またあれこれ憶測しはじめた。──「あのじいさん、いったい何者なんだろう？　貧乏人なのか？　百万長者なのか？　きっとその両方だ。ていうことは泥棒だわ」

テナルディエの亭主の顔には、なにやら意味深長な皺ができた。動物的な本能が全開するたびによく見られる皺だ。この安料理屋の亭主は人形と旅人とを代わるがわるじっと見つめて、金の袋をかぎつけるみたいに、その男をかぎ分けようとしているようだった。もっとも、これはほんの一瞬にすぎなかった。彼はじぶんの女房に近づき、小声でこう言った。

「あれは安くて三十フランはする代物だぜ。下手なことをするんじゃねえよ。あの男のまえではへいこらするんだぞ」

粗野な本性と素朴な本性には、どちらもがらりと態度を変えるという共通点がある。

「さあ、コゼット」とテナルディエの女房は、優しくしようとすると、かえって意地悪女の酸っぱい蜜のようになってしまう声で言った。「せっかくのお人形をいただかないのかい?」

コゼットは思いきって穴から出てきた。

「コゼットちゃん」とテナルディエの亭主が猫なで声で言った。「だんなさんがおまえに人形をくださるんだよ。さあ、お取り。おまえのものなんだよ」

コゼットはその素晴らしい人形をちょっと怯えながら見つめていた。その顔はまだ涙でびしょびしょだったが、目はまるで夜明けの空のように、喜びの不思議な輝きでみたされていた。そのとき彼女が感じていたのは、もしだれかに「お嬢さん、あなたはフランスの女王さまですよ」といきなり言われたら覚えるかもしれない気持ちといくらか似たものだった。

彼女はその人形にふれると、雷が飛びだしてくるような気がしていた。これはある程度まで事実だった。というのも、いまにもテナルディエの女房に雷を落とされ、――そしてぶたれることになるにちがいないと思っていたからだ。それでも、魅力のほうがまさった。彼女はとうとう人形に近づき、テナルディエの女房のほうを振りむいて、おずおずとつぶやいた。

「おかみさん、いいんでしょうか?」

彼女がこう言ったときの、あきらめたような、怯えたような、うっとりしたような様子は、どんな言葉によっても言いあらわせないだろう。

「もちろんだよ!」とテナルディエの女房が言った。「これはおまえのものだよ。だんなさんがくださったんだから」

「ほんとう、おじさん？」とコゼットは言葉をついだ。「ほんとうですか？　これはあたしのものなんですか、この王女さまは？」

よそ者は目に涙をいっぱい浮かべ、なにか口をきけばかならず泣いてしまいそうになるほど感動しているようだった。彼はコゼットにうなずいてみせ、「王女さま」の手を彼女のちいさな手に置いてやった。

コゼットはまるでその「王女さま」の手で火傷したかのように、さっと手を引っこめた。彼女は床の敷石をながめはじめた。このとき彼女がぺろりと舌を出したことを言いそえておかねばならない。突然、彼女は振りむいて、夢中で人形をつかんで、

「あたし、これをカトリーヌと呼ぶことにするわ」と言った。

それは奇妙な瞬間だった。コゼットのぼろ着が人形のリボンや、鮮やかなピンクのモスリンにふれ、抱きしめたのである。

「おかみさん」と彼女はまた言った。「これを椅子のうえに置いてもいいですか？」

「いいとも」とテナルディエの女房は答えた。

今度はエポニーヌとアゼルマのほうが、羨ましそうにコゼットを見ていた。コゼットはカトリーヌを椅子のうえに置き、そのまえの床にすわって、黙ってじっと動かず、ただただ見つめていた。

「さあ、コゼット、遊んだらどうだい」とよそ者が言った。

「あら！　遊んでいるのよ、あたし」とその子は答えた。

神意によってコゼットのもとにつかわされた格好のこのよそ者、この見知らぬ男は、そのとき、テナルディエの女房にとって、この世でいちばん憎たらしい存在だった。しかし、自制しなければならなかった。なにをするにもいちいち夫を真似るように努め、本心を隠すことに慣れていたとはいえ、これほどの心の動揺となると、さすがに我慢の限界をこえていた。彼女は娘たちをさっさと寝室に行かせてから、コゼットも寝にいかせる「お許し」を黄色い服の男に求めた。――「この子も、今日はずいぶん疲れていますから」と、母親らしい口調で言いそえた。コゼットはカトリーヌを抱いて寝にいった。

テナルディエの女房はときどきじぶんとは反対側の隅っこにいる亭主のところに行ったが、それは「気をしずめるため」だと称していた。夫といくらか言葉を交わしたが、大きな声ではとても言えないことだけに、よけい荒々しい言葉になった。

「あのくそじじい！　いったいどういう腹なんだろ？　あたしたちに迷惑をかけにくるなんて！　あのやんちゃ娘を遊ばせたがるなんて！　おまけにあいつに人形をやるなんて！　四十フランもの人形を、あたしならだれにだって、四十スーでくれてやるあの犬っころにやるなんて！　もうすぐあいつに、ベリー公爵夫人に向かって言うみたいに、陛下〔正しくは妃殿下〕なんて言いだすよ。常識ってものがないのかね？　どっか気でもおかしいのかねえ、あのわけの分からないじじいは？」

「どうしてだい。至極簡単な話じゃねえか」と亭主は言いかえした。「あれが面白えのさ！　おめえだって、あの子に働かせるのが面白えんだろ。やつのほうは、あの子を遊ばせるのが面白えのさ。それがやつの権利だ。お客ってもんは、金さえ払えば好き勝手できる。あのじいさんが博愛主義者だとして、なにが悪い？　たんなる間抜けだとして、おめえにはなんの関係もねえだろ。なにしろやつは金を持ってるんだから、よけいな口出しをするんじゃねえ」

主人としての言葉、宿屋の亭主としての理屈、そのどっちにも反論は許されなかった。

男はテーブルに肘をつき、ふたたび物思いにふける姿勢になった。商人たちも車引きたちも、他の客はみんなちょっと離れたところにいたが、もう歌うのをやめている。彼らは距離をおき、どこか畏怖の念をもって男をじっと見つめている。なんともみすぼらしい身なりをしているこやつは、いともやすやすとポケットから金貨を取りだし、木靴をはいた汚ならしい小間使いの小娘に、惜しげもなく大きな人形を買いあたえている。こやつは大した男だ、きっと相当な古強者にちがいないとでも考えているように。

数時間がたった。真夜中のミサが唱えられ、クリスマスの夜食もおわり、飲んべえたちもいなくなってしまい、酒場は閉店になり、天井の低い広間にも人影がなくなり、暖炉の火も消えたというのに、よそ者はあいかわらず同じ場所に、同じ姿勢でいた。ときどき頭を支える肘を替える。それだけだった。よそ者は、コゼットがいなくなってからというもの、ひと言も口をきいていなかった。

テナルディエ夫婦だけが、客への礼儀上、そして好奇心から広間に残っていた。

「ああやってひと晩すごすつもりかね？」とテナルディエの女房はぶつぶつ言った。

午前二時が鳴ると、彼女もとうとう降参して夫に言った。

「あたしは寝るわ。あとは好きなようにやっとくれ」

亭主は片隅のテーブルにすわって、ろうそくを灯すと、『クーリエ・フランセ』[2]紙を読みだした。

そのようにして、たっぷり一時間が過ぎた。あっぱれな宿屋の主人は少なくとも三回、日付から印刷者の名前まで『クーリエ・フランセ』紙を読んだ。だが、よそ者は身動きひとつしなかった。

テナルディエはあちこち歩きまわり、咳払いし、痰を吐き、洟をかみ、椅子をがたがたさせた。それでも、男はなんの動きも見せなかった。

テナルディエは、「あいつは眠っているのかな?」と考えた。いや、男は眠ってはいなかった。しかし、なにをしても、男をわれに返らせることはできなかった。とうとうテナルディエは縁なし帽を脱いで、そっと近づき、思いきって言った。

「だんなさん、お休みにならないんですか?」

「寝にいく」と言ったのでは言い過ぎだし、なれなれしいように思われたのだ。「お休みになる」のほうが豪勢な感じがするし、敬意もこもっている。こういった言葉には、翌日になると、勘定書の数字をふくらますという摩訶不思議で恐れ入った特性がある。「寝る」部屋は二十スーですむが、「お休みになる」部屋は二十フランになるのである。

「ああ、そうだ!」とよそ者は言った。「もっともだ。馬小屋はどこですか?」

「だんな」と亭主は薄笑いを浮かべて言った。「これからご案内いたします」

彼がろうそくを持ち、男が包みと棒を持つと、テナルディエは二階の寝室に連れていった。その寝室はまれに見る素晴らしさで、家具は総マホガニー、それに舟形の寝台、赤いキャラコのカーテンが掛かっていた。

「ここはなんですか？」と旅人がきいた。

「これはわたしどもの新婚部屋でしてね」と、宿屋の主人は答えた。「わたしどもは別の部屋で寝ることにしていますんで。家内とわたしがここに来るのは、年に三、四回ほどでしょうかね」

「わたしは馬小屋でもよかったんだが」と男がぶっきらぼうに言った。

テナルディエはそんな無愛想な感想が耳にはいらないふりをした。

彼は暖炉のうえにあった真新しいろうそくに火をつけた。炉床には火がほどよく燃えていた。暖炉のうえに銀糸ででき、オレンジの花で飾られた女物の帽子がひとつ置いてあり、それにガラスの鉢がかぶせてあった。

「で、これはなんですか？」と、ふたたびよそ者は言った。

「だんなさん」とテナルディエの亭主が言った。「こいつは家内の婚礼の帽子ですよ」

旅人はそれをながめたが、その眼差しは「では、あんな化け物のような女にも生娘のような花も恥じらう年頃のときもあったのか！」と言っているようだった。

もっとも、テナルディエは嘘をついていた。このあばら屋を借りうけて旅籠兼安料理屋にしたときから、すでにこの部屋はいまのように飾られていたのだが、彼はそこに家具を買い足し、古道具屋でオレンジの花を手に入れて、こうすれば「うちのやつ」にもすこしは淑やかさが加わるだろうし、その結果この店もイギリス人が言うところの「世間体」がたもてるだろうと考えたのである。

旅人が振りかえったとき、主人のほうは消えていた。翌朝、豪勢にふんだくってやろうと思っている男に、あまりなれなれしく、失礼な扱いをしたくないと考え、挨拶もせずにこっそり立ち去ったのだった。

宿屋の亭主はじぶんの部屋に引きこもった。彼の妻は横たわっていたが、眠ってはいなかった。夫の足音が聞こえたとき、彼女は振り向いてこう言った。

「ねえ、あたしはね、明日、あのコゼットをきっとおっぽりだしてやるからね」

テナルディエの亭主は冷静に答えた。

「そりゃあんまりだぜ！」

ふたりはこれ以外に言葉を交わさず、その数分後、ろうそくの火は消えた。

一方、旅人は棒と包みを片隅に置いて、主人が出てゆくと、肘掛け椅子にすわり、しばらく物思いにふけっていた。それから靴を脱ぎ、ふたつのろうそくのうちの一本を取って、もう一本をふっと吹き消し、ドアを押して部屋の外に出てから、なにかをさがすようにあたりを見まわした。彼は廊下を通って階段のところに達した。すると、子供の寝息らしい静かな音がかすかに聞こえてきた。彼はその音に引き寄せられ、階段のしたにしつらえられた、というより階段そのものによってできた三角形の凹みのようなところに達した。その凹みはとりもなおさず階段下にほかならなかった。そこの、埃や蜘蛛の巣のなか、あらゆる種類の古い籠や破片にまじって、ひとつのベッドがあった。もっとも藁がはみ出しているのが見えるほど穴の開いた藁布団、それにその藁布団がのぞけるほど穴の開いた掛け布団をベッドと呼べるとしての話だが。シーツはなく、それがタイルのうえにじかに置いてある。コゼットはこんなベッドで眠っているのだった。

男は近づいて、彼女をじっと見つめた。コゼットは深々と眠っている。服を着たままだった。冬にはできるだけ寒くないように服を脱がないのだ。

彼女は例の人形をしっかり抱きしめていたが、その人形の大きく開いた目が暗がりで光り輝いている。ときどき彼女は、これから目覚めようとするみたいに、大きな溜息をついた。それから、ほとんどけいれんするように人形をぎゅっと抱きしめた。ベッドのかたわらには木靴の片方しかなかった。

コゼットの物置みたいな寝所のそばに、ドアがひとつ開いていて、かなり大きな暗い寝室が目に映った。よそ者はそこにはいった。奥には真っ白なちいさい対のベッドがガラス戸をすかして見える。それはエポニーヌとアゼルマのベッドだった。そのベッドの背後に、カーテンのない柳の揺籠が半分だけ隠れている。そこにはひと晩じゅう泣き叫んでいた男の子が眠っていた。

よそ者はこの寝室がテナルディエ夫婦の寝室に通じているにちがいないと察して、引きかえそうとしていると、暖炉が目にはいった。それはあの馬鹿でかい宿屋用の暖炉で、火があっても申し訳程度、見るからに寒気を催させるような代物だった。この暖炉には火はなく、灰さえもなかった。だが、そこにあるものが旅人の注意をひいた。それはおしゃれな形をした、不揃いの、ふたつのちいさな子供靴だった。旅人はクリスマスの日に暖炉に靴を置いておくという、大昔からの子供たちの可愛らしい慣習のことを思いだした。子供たちはそうしておいて、親切な妖精が贈ってくれる、素晴らしい贈物を暗闇で待つのである。エポニーヌとアゼルマもそうするのを忘れるはずはなく、それぞれじぶんの靴の片方を暖炉に置いていたのだった。

旅人は身をかがめた。

妖精、すなわち母親はすでに訪れたらしく、それぞれの靴に真新しい十スー銀貨が輝いていた。男は身を起こし、立ち去ろうしたが、炉床の奥の、もっとも暗い片隅に、ぽつんと離れてなにかがあるのに気づいた。見ると、それは木靴、半分壊れ、これ以上はないほど粗削りの木でつくられた、灰や乾いた泥だらけのひどい木靴だった。コゼットの木靴だ。いつも騙されてばかりいるのに、けっしてあきらめない子供心のもつ、あのいじらしい信頼感をうしなわず、コゼットもまた暖炉のなかにじぶんの木靴を置いていたのだった。

絶望しか経験してこなかった子供に見られるこのような希望には、どこか崇高で心温まるものがある。

その木靴にはなにもはいっていなかった。よそ者はチョッキを探り、身を折って、コゼットの木靴のなかに一枚のルイ金貨〔二十フラン〕を入れた。

それから彼は足音を忍ばせて部屋にもどった。

第九章　策を弄するテナルディエ

翌朝、夜明けの少なくとも二時間まえに、テナルディエの亭主は天井が低い酒場の広間のテーブルに向かい、ろうそくを近づけて、ペンを片手に黄色いフロックコートを着た旅客の勘定書をつくっていた。

女房は立ったまま、亭主のうえになかばかがんで、亭主のペン先を目で追っていた。ふたりはひと言も言葉を交わさなかった。一方は深々と考え事をし、他方は人間の精神が生みだし、花開かせる奇跡に感心しきって、うやうやしくながめていた。店のなかで物音がしていたが、それは「ひばり」が階段を掃除している音だった。

たっぷり十五分もかけ、いくらか削除したあと、テナルディエの亭主はこんな傑作をものした。

一号室のお客様の勘定書

夕食代……………	三	フラン
部屋代……………	十	〃
ろうそく代………	五	〃
燃料費……………	四	〃
奉仕料……………	一	〃
合計………………	二十三	フラン

奉仕料は間違って「報仕料」と書かれていた。

「二十三フラン！」と女房は声をあげたが、その熱狂にはいくらか、ためらいも混じっていた。

あらゆる偉大な芸術家と同じく、テナルディエの亭主もじぶんの傑作に満足せず、「ふん」と言った。

まるでウィーン会議でフランスに払わせる賠償金の請求書を起草したキャスルレイ[1]のような口調だった。

「テナルディエのだんな、あんたの言うとおりだわ。これくらい当たり前だよ」と、女房はじぶんの子供たちのいるまえで、あの男がコゼットに人形をやったことを思いうかべながらつぶやいた。「そりゃそうだけど、ちょいっと高すぎやしないかい？　あいつ、払わないと思うわ」

テナルディエは例の冷たい笑いを浮かべて言った。

「なに、払うさ」

その笑いは確信と権威の最高のしるしだった。亭主が言うからにはかならずそうなるにちがいない。女房はそれ以上の口出しはやめて、テーブルを並べはじめた。亭主のほうは広間を行ったり来たりしていたが、しばらくして、こう付けくわえた。

「なにしろ千五百フランも借金があるんだぜ、このおれにゃ！」

彼は暖炉の片隅に行ってすわると、脚を暖かい灰のうえにのせて、なにやら思案していた。

「あら、そうだった！」と、女房がつづけた。「今日あのコゼットをたたきだしてやるのを、あんた、忘れちゃいないよね？　あのひとでなし！　あの人形のことを思いだすと、あたしはむかむかするよ！　あいつをもう一日うちに置いておくくらいなら、ルイ十八世と結婚するほうがずっとましだよ！」

テナルディエの亭主のほうはパイプに火をつけ、ぷかぷかやる合間にこう答えた。

「おめえからあの男に勘定書をわたしてくれ」

それから彼は外に出ていったが、広間から出るか出ないかというところに、その旅客がはいってきた。

テナルディエはすぐさま旅客の背後にふたたび姿をあらわし、なかば開いた戸の、女房にしか見えないところにじっと立っていた。

黄色い服の男は、例の棒と包みを手に持っていた。

「まあ、ずいぶんと早いお目覚めで！」とテナルディエの女房が言った。「だんなさん、もうお発ちですか？」

こう言いながら、彼女は困った様子で、勘定書を手のなかでいじくりまわしたり、爪で折目をつけたりしていた。その冷酷な顔にはいつもは見られないわずかな変化があって、おずおずとためらいがちだった。

どこをどう見ても「貧乏人」の風采をしているこの男に、こんな請求書を見せるのは容易でないように思われたのだ。

旅人はなにかに気を奪われ、放心しているようだったが、こう答えた。

「はい、おかみさん、わたしは今日発ちます」

「じゃあ、だんなさん」と彼女はふたたび言った。「モンフェルメイユにはご用で来られたんじゃないんですか？」

「いいえ、ここは通りかかっただけですよ。それで、おかみさん」と言いそえた。「いくらになりますか？」

テナルディエの女房はそれには答えずに、折りたたんだ勘定書を差しだした。

「おかみさん」と彼は言葉をついだ。「このモンフェルメイユでは、商売が繁盛していますか？」

「ぼちぼちですね、だんなさん」と、テナルディエの女房は男がべつに怒ったふうでもないことにびっくりして答えた。

女房は悲しそうに嘆くような口調でつづけた。

「でもねえ！　だんなさん。実情はずいぶんと厳しいんですよ！　ここいらには、小金を持った町人があんまりいませんしね！　ごらんのとおり、ほんとにちいさいところですから。ときたま、だんなさんのように気前がよくて、お金持ちのお客さんにでも来ていただかないと！　わたしどもには出費もいろいろとありますし。ほら、あの小娘、あれだって目の玉が飛びでるほど高くつくんですよ」

「小娘というと？」

「もちろん、ごぞんじの小娘ですよ！　コゼットですよ！　ここじゃ、ひばりなんて呼ばれてますがね！」

「ほう」と男は言った。

彼女はつづけた。

「馬鹿なんですよ、百姓どもは。変な渾名なんかつけてねえ。あの子はひばりというより、コウモリみたいじゃないですか。ねえ、だんなさん、わたしどもは慈善事業に頼ってはいませんが、かといって慈善事業をするわけにもゆきません。稼ぎは雀の涙ほどしかないのに、出てゆくものは半端じゃないですからね。営業税だの、消費税だの、戸数税だの、窓数税だの、付加税だのって！　ごぞんじのように、お上はとんでもなく金を取り立てるんですよ。それに、このあたしには娘たちもいますんで、とてもじゃないけど、人さまの子供なんか養っていられませんよ」

男はつとめて何気ないように装ったが、それでもいくらか震えるような声で言葉をついだ。

「じゃあ、そいつを厄介払いしたらいいじゃないですか？」

「だれを？　コゼットを？」

「そうです」

安料理屋のおかみの粗暴な赤ら顔が、見苦しい晴れやかさでぱっと輝いた。

「ああ、だんなさん！　親切なだんなさん！　あれを引きとってください、あずかってくださ い、連れていってください、持っていってください、砂糖をつけるなりトリュフを詰めるなり、勝手に飲んだり食べたりしてください！　どうかだんなさまに、聖母マリアさまと天国のすべての聖人さま方のお恵みがありますように！」

「じゃあ、これで決まりだ」

「ほんとですか？　連れていってくださるんですか？」

「連れていきます」

「すぐに？」

「すぐに。あの子を呼んでください」

「コゼット！」とテナルディエの女房が叫んだ。

「とりあえず」と男はつづけた。「払いをすませましょう。いくらですかな？」

彼は勘定書を一瞥し、驚きの仕草を抑えきれなかった。

「二十三フラン！」

彼は安料理屋のおかみの顔をじっと見て、もう一度くりかえした。

「二十三フラン？」

このようにくりかえされたふたつの言い方には、感嘆符と疑問符の口調の違いがあった。テナルディエの女房には激突にそなえる時間があった。そこで落着きはらってこう答えた。

「もちろんですとも、だんなさん！　二十三フランですよ」

よそ者は五フラン金貨を五枚テーブルに置いて、

「あの女の子を呼んできてください」と言った。

このとき、テナルディエの亭主が広間の中央に進みでてこう言った。

「だんなのお代は二十六スーだ」

「二十六スーだって！」と女房は声をあげた。

「部屋代が二十スー」とテナルディエが平然とつづけた。「それに夕食代が六スー。あの女の子については、だんなにちょいと相談がある。おめえは席を外してくれ」

　テナルディエの女房は、思いがけない才知のひらめきに目がくらみ、いよいよ真打の登場だと感じて、ひと言も返さずに出ていった。

　ふたりきりになると、テナルディエは旅人に椅子をすすめた。旅人はすわったが、テナルディエのほうは立ったままだった。そしてその顔は人が好さそうで、飾らない奇妙な表情になった。

「だんなさん」と彼は言った。「まあ、お聞きください。わたしはですね、あの子が可愛くてしょうがないんですよ」

　よそ者はじっと彼を見つめた。

「どの子ですか？」

　テナルディエはつづけた。

「いや、妙なもんですな！　情が移るんですよ。あれ、この金はいったいなんですか？　この百スーの銭（ぜに）〔勘定書の二十五フラン〕はどうかお納めください。あれはわたしが大好きな子でしてね」

「だれのことですか？」とよそ者は尋ねた。

「もちろん、わたしらの可愛いコゼットですよ！　だんなさんはあの子を連れていかれたいんでしょう？　そこで、だんなさんは正直なお方と見て、こちらも包み隠さず、本当のことを言わせてもらいますと、わたしは同意するわけにはいきません。あれがいなくなると、淋しいんですよ。あれに会ったのは、ごくちいさなころでしたからね。そりゃ、たしかに、あれには金はかかります。いろんな欠点もあります。わたしどもは金持ちじゃありません。あの子の病気ひとつだけで、四百フラン以上の薬代を払ったことだってあるんですよ！　でも、神様のために、なんとかしてやらねばなりません。父親も母親もいないあの子を、わたしが育てました。わたしだって、あの子やじぶんの生活費ぐらいはなんとか稼げますからね。つまり、手放せないんですよ、あの子は。お分かりでしょう、いとおしいんですよ。わたしはただのお人好しなもんで、これは理屈なんかじゃありません。ただ好きなんですよ、あの子が。家内はきついところもありますが、あれでもあの子が好きなんでしてね。そんなわけで、あれはうちの子も同然になっているのです。あれにはうちで、元気いっぱいおしゃべりしてもらいたいんですよ、このわたしは」

よそ者はあいかわらず彼をじっと見つめていた。彼はつづけた。

「申し訳ありません、お許しください、だんなさん。しかしですね、じぶんの子供をこんなふうに、見ず知らずの方にぽいとくれてやるなんて、ふつうしないもんでしょう。いや、だからといって、だんなさんはご立派で、お金持ちの方ですから、あの子が幸せになるかどうか心配だなんて言っているんじゃないですよ。でも、一応は知っておかなくちゃなりません。これはお分かりになると思いますが、かりにわたしが手放し、あの子がよそに行くことになってもですね、あれがどこに行くかぐらいは知っておきませんと。これっきり別れ別れ、なんてことにはなりたくないですからね。せめて、あれがどなたさまのところにご厄介になるのかぐらいは知っておきたいんですよ。ときどき顔を見にいってやり、育ての父親がちゃんといて、見守っているんだってことを、あの子に知らせてやるためにね。それに、これは世の中にあってはならないことです。なにしろ、わたしはだんなさんのお名前さえ知らないんですよ。だんなさんがあれを連れていかれたら、わたしはこう言うことになるでしょう。——ところで、ひばりは？　あいつはどこに行ってしまったのかな？——ってね。少なくとも、なにかしらの紙切れなり、旅券の端くれなりを見せていただかないことには！」

よそ者は、いわば心の奥底まで見通すといったような眼差しで相手を見つめていたが、やがて重々しく断固とした口調で答えた。

「テナルディエさん、パリから二十キロ程度のところに来るのに、だれが旅券など持ってきますか。わたしがコゼットを連れていくといったら、連れていきます。それだけの話です。あなたはわたしの名前も、住所も、あの子の居場所も知ることはないでしょう。わたしとしては、あの子が生涯二度とあなたがたの顔を見ないようにしてやりたい。あの子の足に絡みついている糸を断ち切って、自由にしてやります。それでいいですか？　悪いですか？」

悪霊や妖怪がなにかのしるしでじぶんをこえる神がいると認めるように、テナルディエは相手がとてつもなく手強い男だと理解した。それは一種の直観だった。慧眼にも、彼はそのことをたちまちはっきりと思い知ったのである。前夜、車引きたちと飲み、煙草を吸い、卑猥な歌をうたいながら、このよそ者を観察し、猫のようにねらい、数学者のように研究してひと晩過ごした。その男をじぶん自身のために、じぶんの楽しみと本能によって見張ると同時に、まるで金で雇われた密偵みたいに探っていた。この黄色の上着の男の身ぶりひとつ、身動きひとつ見逃さなかった。この見ず知らずの男がコゼットにあからさまな関心を示すまえに、テナルディエはそのことを察していた。この老人の深い眼差しがたえずコゼットに向けられるのを見てとっていたのだ。

――なぜあんなに気にするのか？　あの男はいったい何者なのか？　なぜ、財布にたんまり金を持っていながら、あんなにみすぼらしい格好をしているのか？　そんな疑問がつぎつぎに浮かんできたが、答えが見つからず、いらいらしていた。夜のあいだもずっと、そのことを考えていた。あれはコゼットの父親であるはずはない。もしかすると、じいさんかな？　じゃあ、なんですぐに名乗らないのか？　もしなにかの権利があるなら、堂々とそう言うはずだ。いや、もちろん、明らかにあの男にはコゼットになんの権利もない。じゃあ、いったい、あいつは何者なんだ？

――テナルディエは考えあぐね、迷ってしまった。およその見当はついても、なにひとつはっきりと分からなかったのだ。そこで、ともかく会話をはじめてみて、これにはなにか後ろめたい秘密があって、この男は身分を隠したがっているのだと確信すると、じぶんが強気になるのを感じた。しかしいま、このよそ者のきっぱりとし、断固とした答えを耳にして、この謎めいた人物はひたすら謎めいているだけなのだと分かると、じぶんが弱気になるのを感じた。このようなことはまるで予期していなかった。まったくの見込み違いだった。彼はじぶんの考えをもう一度掻き集め、瞬時にまとめあげた。テナルディエはひと目で状況を判断できる男だったのだ。彼はいまこそ、相手のふところに真っ直ぐ飛びこむべき時だとふんだ。彼は偉大な指揮官たちがじぶんだけに分かる決定的瞬間に一気呵成に行動するように、いきなり手の内を見せて、

「だんな」と言った。「わたしは千五百フランもらいたいんでして」

よそ者は脇ポケットから黒革の札入れを取りだし、そこから三枚の紙幣を引きだして、テーブルにのせた。それから、その紙幣を大きな親指で押さえて、安料理屋の主人に言った。

「コゼットを呼んでください」

こういうことが生じているあいだ、コゼットはなにをしていたのだろうか？

コゼットは目覚めるとすぐ、じぶんの木靴のところに駆けつけた。そこに金貨を見つけた。それはナポレオン金貨でなく、王政復古期の真新しい二十フラン金貨だった。その肖像はもう月桂冠ではなく、プロシア風のちいさな弁髪になっていた。コゼットは目がくらんだ。じぶんの運命に有頂天になりかけた。彼女は金貨というものがなにか知らなかったし、一度も見たことがなかった。そこで、まるで盗んだみたいにさっとポケットに隠した。とはいえ、それがたしかにじぶんのものだと感じ、それがどこからきたものかも察した。同時に、恐れでいっぱいの喜びを感じた。嬉しいことは嬉しかったが、なによりびっくりしていた。こんなに素晴らしく美しい物が現実にあるとは思えなかった。人形は彼女を怖がらせたし、金貨も彼女を怖がらせた。こんな豪華なものをまえにして、彼女はかすかに震えていた。ただ、あのよそ者だけが彼女を怖がらせなかった。逆に、安心させてくれた。まえの晩から、何度も驚きながら、また眠りながらも、彼女は子供心に、あんなに年をとり、みすぼらしく、また寂しそうなのに、あんなにもお金持ちで親切なあの男のことをぼんやり考えていた。彼女にしてみれば、森のなかであのおじさんに出会ってからというもの、なにもかもすっかり変わってしまった。空のどんなちいさなツバメより不幸だったコゼットは、母親の陰に、翼のもとに身を寄せることがどういうことか一度も知らなかった。この五年来、つまり物心がついてからというもの、この哀れな子供はずっと震えおののいていた。不幸という手厳しい北風にさらされながら、いつも素っ裸でいたのだったが、いまやじぶんが服をまとっているような気がした。かつて心は寒かったが、いまは暖かだった。もうテナルディエのおかみさんが以前ほど怖くなくなった。もうひとりではなくなった。そばについていてくれる人がいた。

彼女は大急ぎでいつもの仕事に取りかかった。昨晩十五スーの銀貨を落としたのと同じこのエプロンのポケットに、あたしはあのルイ金貨を持っているんだと思うと、ときどきぼうっとなった。なかなかさわってみる気にはなれなかったが、ときどき五分間くらい、じつをいえば舌をぺろりと出しながら、そのことをじっと考えて過ごした。階段を掃除していても手を休め、箒もなにも忘れてしまい、ポケットの奥で輝いているその星をながめるのに気をとられて、そのまま身動きしないこともあった。

テナルディエの女房が彼女のところに来たのは、そんなふうにぼうっとしているときだった。彼女は夫の命令でコゼットを連れにきたのだった。これまでになかったことだが、彼女はぶちもせず、罵りもしなかった。

「コゼットや」と、彼女はほとんど優しく言った。「すぐにおいで」

しばらくして、コゼットは天井の低い広間にはいった。

よそ者は持ってきた包みを取ってほどいた。なかには、ウールのドレス、エプロン、綾織綿布の胴着、ペチコート、三角形の肩掛け、ウールの長靴下、靴など、八歳の少女の衣裳が一式はいっていた。それらはなにもかも黒ずくめだった。

「さあ、きみ」と男は言った。「これをもって、すぐに着替えてきなさい」

空が明け白むころ、戸を開けはじめたモンフェルメイユの住民たちは、パリ方面への道を貧しい身なりの男がひとり、腕に大きなバラ色の人形をかかえた喪服姿の少女に手を貸しながら通りすぎるのを見た。ふたりはリヴリー方面に向かっていた。それがわたしたちの主人公とコゼットだった。

その男を知る者はだれもいなかった。コゼットはもうぼろ着をまとっていなかったので、それと気づかない者たちも多かった。

コゼットは立ち去っていった。だれと？　彼女は知らなかった。どこへ？　彼女には分からなかった。理解できたのはただ、じぶんがテナルディエの安料理屋をあとにしているということだけだった。彼女にさようならを言おうと考える者などだれひとりいなかったし、彼女のほうもだれにもさようならを言おうなどと思わなかった。彼女は憎まれ、憎んでいるその家から出ていくのだった。

このときまで心がずっと締めつけられていた、哀れで優しい女の子！

コゼットは真面目な顔で歩き、大きな目を開いて空を見つめていた。あのルイ金貨は新しいエプロンのポケットに入れておいた。ときどき身をかがめて、ちらりとそれを見てから、おじさんをながめた。なんとなく、じぶんが神様のそばにいるように感じた。

第十章　最善を求めると最悪におわることもある

テナルディエの女房はいつもどおり、亭主の思うままにやらせておいた。彼女はてっきり大した快挙になるとばかり期待していた。例の男とコゼットが立ち去ったとき、テナルディエはそのままたっぷり十五分ほどやりすごしていたが、やがて女房を脇に呼んで、千五百フランを見せた。

「なにさ、これっぱかりかい！」と彼女は言った。

ふたりが所帯をもって以来、女房が亭主のしたことに難癖をつけたのは、これが初めてだった。しかも図星だった。

「まったくだ、おめえの言うとおりだ」と亭主は言った。「おれは馬鹿だった。帽子をくれ」

彼は三枚の紙幣を折りたたんでポケットにねじこみ、大あわてで出ていった。しかし勘違いし、まず右手に道をとった。近所の何人かにきいてみて、やっと彼らの足跡を突きとめた。「ひばり」と例の男はリヴリー方面に向かっているのを目撃されたのだった。彼はその情報にしたがい、大股で歩きながら、こうひとりごちていた。

「あの男はもちろん黄色い服をまとった百万長者だ。そして、このおれは大馬鹿だった。あいつはまず、二十スーくれた、それから五フラン、それから五十フラン、それから千五百フラン、いつだって右から左にくれた。もしかすると、一万五千フランだってくれるかもしれねえぞ。よし、いまに追いついてやる」

それにあの子のためにあらかじめ用意してあったあの衣類の包み、あれだってどこか怪しげだ。あそこにも多くの謎が隠されている。秘密を手にしたときには、手放してはならない。金持ちの秘密は金でいっぱいの海綿みたいなものだから、なんとしてもしぼりとってやらねばならない。――こうした考えが彼の頭のなかで渦巻いていた。「おれは大馬鹿者だった」と彼は言った。

モンフェルメイユから出て、リヴリー方面に行く道が曲がり角になっているところまで達すると、道が高台のうえを遠くまで伸びているのが見わたせる。そこまで辿りつけば、例の男と女の子の姿が見えてくるはずだと計算していた。彼は目が届くかぎり遠くをながめてみたが、なにも見えなかった。彼はさらに人に尋ねてみた。そのあいだにも、時間をくっていた。通りがかりの人びとによれば、彼がさがしている男と子供はガニー寄りの森に向かっていたという。そこで彼は大急ぎでそちらに向かった。

ふたりは彼よりも先に進んでいたが、子供はゆっくりと歩く。それにこの地方のことなら、彼のほうがよく知っている。

突然、彼は足をとめて、じぶんの額をぱちんと叩いた。肝心なものを忘れて、来た道を引きかえそうとしている者がよくやる動作だ。

「銃を持ってくるんだった！」と彼はひとりごちた。

テナルディエは、いうところの二重人格者のひとりだった。このたぐいの人間はときどき、そっとわたしたちのあいだを通りすぎても、生まれつき性格の一面しか表に出ないように定められているので、だれに気づかれることもなく姿を消してしまう。たいていの人間は、そのようになかば隠されたまま生きる運命にある。平穏で変化のない状況では、テナルディエも実直な商人、善良な町人と呼んでさしつかえない人間になれる——じっさいにそうであるとは言わないが——だけのものはすべてもっていた。だが、それと同時に、ある種の条件があたえられ、ある種の激動が生じて、内面に隠されていた性格が表面に出るようなことがあると、悪党になれるだけのものもすべてもちあわせていた。彼は内面に怪物じみたものを隠している商売人だった。悪魔もきっと、ときどきテナルディエの安酒場にやってきて片隅にうずくまり、じぶんがつくりだしたこのおぞましい傑作をまえに、夢心地になるにちがいない。

しばらくためらったあと、彼は「馬鹿な！」と思った。「そのあいだに、やつらは逃げちまうじゃねえか！」

そこで彼は道をつづけ、じぶんのまえを真っ直ぐ見つめ、確信にみちた様子で、しゃこの群を嗅ぎつける狐さながらの嗅覚をはたらかせながら、どんどん進んでいった。

果たして、いくつも池を越えて、ベルヴュ並木道の右手にある大きな林間の空地を斜めに横切ってから、丘をほとんどひとめぐりし、シェル修道院の旧水路の天蓋におおいかぶさるように生えている芝草の小径に差しかかると、彼は灌木の茂みのうえに帽子が置いてあるのに気づいた。この帽子は、これまでさんざん考えてきたあの男の帽子だった。茂みが低かったので、テナルディエにはその男とコゼットがすわっているのがすぐ分かった。子供はちいさいので見えなかったが、人形の頭がのぞいていていた。

テナルディエは間違っていなかった。その男はコゼットをしばらく休ませるために、そこにすわっていたのだ。安料理屋の主人は茂みを回りこんで、さがしていた者たちの眼前にぬっとあらわれた。

「すみませんが、だんなさん」と彼はすっかり息を切らしながら言った。「これはだんなさんの千五百フランです」

そう言いながら、彼はよそ者に三枚の紙幣を差しだした。男は目をあげた。

「どういうことかな?」

テナルディエはうやうやしく答えた。

「だんなさん、これはつまり、コゼットをお返し願いたいということです」

コゼットは震えあがって、おじさんにぴたりと身をくっつけた。

男のほうはテナルディエの目の奥の奥までじっと見すえて、一音ずつ言葉を区切って答えた。

「あなたに・コゼットを・返す?」

「さようでございます、だんなさん。お返しください。じつは、こういうことなんです。ちょっと考えてみましたが、じっさいのところ、わたしにはだんなさんにコゼットをおわたしする権利はないんです。ごらんのとおり、わたしは正直者です。あの子はわたしじゃなく、あの子の母親のものです。母親から預かったのですから、母親にしか返せません。しかし、その母親は死んでしまったと言われるかもしれない。ごもっともです。それなら、この方に子供をわたしてほしいといった内容で、母親の署名のあるなんらかの書類でもお持ちになった方にしか、この子を返すわけにはいきません。これは当たり前のことでしょう」

男はなにも答えずに、ポケットを探った。テナルディエには、紙幣のはいった札入れがふたたびあらわれるのが見えた。安料理屋の主人は嬉しさにぞくぞくしてきた。

「よしよし!」と彼は考えた。「しっかりやんなきゃな。やつはおれを買収する気だぞ!」

札入れを開くまえに、旅人はちらっとあたりを見まわした。この場所にはまったく人影がなかった。森にも谷にもだれひとりいなかった。

男は札入れを開いて、そこからテナルディエが期待していた札束ではなく、ただのちいさな紙切れ一枚を取りだして広げ、それを開いたまま宿屋の亭主に見せてこう言った。

「ごもっともだ。これを読みなさい」

テナルディエはその紙を取って読んだ。

一八二三年三月二十五日　モントルイユ・シュル・メール

テナルディエ様、
コゼットをこの方にお返しください。
細かい費用は全部お支払いします。
どうか宜しくお願いいたします。

ファンチーヌ

「この署名に見覚えがあるだろうね?」と男は言葉をついだ。

それはたしかにファンチーヌの署名だった。テナルディエもそうと認めた。彼は返す言葉もなく、ふたつの激しい悔しさを覚えた。ひとつは期待していた買収金をあきらめた悔しさ、もうひとつは敗北した悔しさだった。男はこう付けくわえた。

「領収書の代わりに、その紙を取っておいてもかまわない」

テナルディエはおとなしく尻尾をまいた。

「あの署名は相当うまく真似てあったな」と、彼は口のなかでぶつぶつ言った。「まあ、しかたねえや！」

そこで彼は、一か八かもうひと頑張りしてみようとした。

「だんなさん」と彼は言った。「結構ですよ。なにしろ、だんなさんがそのお方ですからね。でも、「細かい費用は全部」払っていただきますよ。相当な金額になるんもんで」

男はすっくと立ちあがり、すり切れた袖についている埃をぱっぱと指で払いながら、こう言った。

「テナルディエさん。一月にはこの母親はあなたに百二十フランの借金がありました。二月にあなたは五百フランの計算書を送られた。そして二月末に三百フラン、三月初めに三百フラン受けとりましたね。あれ以来、九か月たちましたから、約束の費用は月十五フランで、しめて百三十五フランになる。ところが、あなたはそれ以前に百フランよけいに取っておられる。だから残額は三十五フランです。これにたいし、先刻わたしはあなたに千五百フラン差しあげたばかりです」

テナルディエは罠の鋼鉄に顎を噛まれ、捕まえられた狼のような気持ちになった。

「この妙ちきりんな野郎、いってえ何者なんでえ?」と彼は思った。

彼は狼のするような仕草をして、ぶるっと体を揺すってみせた。かつて大胆な挙に出て、うまくいったことが一度あったのだ。

「名無しのだんな」と、今度はうやうやしい態度をかなぐり捨て、すごんでみせた。「コゼットを返してもらおうか。それがいやなら、三千フラン出してもらおう。ふたつにひとつだ」

よそ者は静かに言った。

「おいで、コゼット」

男は左手でコゼットの手を取り、右手で地面にあった棒を拾いあげた。テナルディエはその棍棒がやたらに大きいことと、その場に人影がないことに気づいた。

身動きできずに唖然としている安料理屋の亭主をあとに残し、男は子供を連れて森の奥にはいっていった。ふたりが遠ざかっていくあいだ、テナルディエは男のやや曲がった幅広い肩と太い拳骨をじっと見ていた。それから、ふとわれに返り、その目はじぶんの貧弱な腕と痩せこけた手に落ちた。

「おれもよほどの大馬鹿もんだぜ」と彼は思った。「狩りにきたってえのに、銃を持ってこねえとは!」

それでも、安料理屋の亭主は引きさがらなかった。

「あいつがどこに行くのか、なにがなんでも見届けてやるぞ」と言った。

やがて彼は一定の距離をたもちながら、ふたりのあとをつけだした。彼の手にはふたつのものが残っていた。ひとつは皮肉として、ファンチーヌの署名のある紙切れ、もうひとつは残念賞としての千五百フランだった。

男はリヴリーとボンディの方角にコゼットを連れていった。頭をさげ、ゆっくり歩いているが、なにか考え事をし、どこか寂しそうな様子だった。冬なので、森は見通しがよかった。だからテナルディエはかなり遠くにいても、ふたりを見失うことはなかった。男はときどき、うしろを振りかえって、だれかにつけられていないかどうかうかがっていたが、突然テナルディエに気づいた。男はいきなり、ふたりで姿をくらますことができる雑木林のなかに、コゼットといっしょにはいってしまった。

「やられた！」とテナルディエは言い、足を速めた。

草木がびっしり生い茂っていたので、彼はどうしてもふたりに近づかねばならなかった。茂みがもっとも深いところに来ると、男は振りかえった。テナルディエは枝陰に隠れたが、相手に見つからないようにするのはとうてい無理だった。男は不安げに彼を一瞥し、それから首を横に振ると、また歩きだした。安料理屋の亭主もまた男のあとを追った。そんなふうに彼らは二、三百歩ほどあるいた。すると突然、男がまた振りかえり、安料理屋の亭主をちらっと見た。今度はじつに陰険な目つきだったので、さしものテナルディエもこれより先に行っても「無駄足」だと判断して、道を引きかえした。

第十一章　九四三〇号がふたたびあらわれ、コゼットは当たり番号を引く

ジャン・ヴァルジャンは死んだのではなかった。

海に落ちた、というよりも海に飛びこんだとき、さきに見たように、彼は鎖を外していた。彼はもぐったまま停泊中の船舶のしたまで泳いだ。その船舶には一艘の小舟が繋いであった。彼はその小舟のなかで晩までなんとか身を隠していた。夜になると、ふたたび海中に身を投げて泳ぎ、ブラン岬にほど近い海岸まで辿りついた。金がないわけではなかったので、そこで衣服を手に入れることができた。当時、バランキエ周辺の安酒場が脱走囚のために特別に衣類を融通していた。なかなかうまみのある商売だった。それからジャン・ヴァルジャンは、法の監視と社会の制裁を逃れようとするすべての悲しい脱走者と同様に、暗く曲がりくねった道を辿った。彼はボッセ近くのプラドーに最初の隠れ家を見つけた。そこから高アルプス県の、ブリアンソン近くのル・グラン・ヴィラールに向かった。不安にみちた手探りの逃亡、どこが別れ道なのかも知れないモグラの穴みたいな道筋。のちになって、彼が通った足跡がいくらか判明した。エン県ではシヴリュあたりを、両ピレネー県ではアコンのシャヴァイユ部落近くのラ・グランド・ド・ドゥメックと呼ばれている場所を、またペリグーの近くではラ・シャペル・ゴナゲ郡のブリュニーなどを転々としたようだ。彼はパリにやってきた。ついさきほどは、モンフェルメイユで彼の姿が見られた。

パリに着いて最初に気を配ったのは、七歳から八歳の女の子のために喪服を買ってやることで

あり、それから住まいを手に入れることだった。それがすむと、彼はモンフェルメイユに赴いた。

思いだされる読者もいるだろうが、彼はさきに脱走したときも、すでにモンフェルメイユか、その周辺に謎めいた旅をしたことがあり、このことは警察当局にもうすうす知られていた。しかも、彼が死んだと思われていることから、彼にまつわる闇はますます深くなっていた。たまたまパリで、その事実を伝える新聞が手にはいった。彼はほっとし、まるでじぶんがじっさいに死んだような穏やかな気持ちになった。

ジャン・ヴァルジャンは、コゼットをテナルディエ夫妻の鉤爪から救いだしたその日の晩、パリに帰ってきた。夜が更けかかるころ、子供を連れてモンソー市門から町にもどった。そこで馬車に乗って、天文台まえの広場まで行った。広場で降りて、御者に支払いをすると、コゼットの手を取り、ふたりは暗い夜のなかをウルシーヌ通りやグラシエール通りに沿った人影のない裏道を抜けて、ロピタル大通りのほうに向かった。

コゼットにとって、その日はなんとも不思議で、感動にみちた一日だった。ぽつんと離れた寂しい安料理屋で買ったパンとチーズをふたりして生垣の陰で食べた。しばしば馬車を乗り換えた。ところどころは歩きだった。彼女は不平を言わなかったが、疲れていた。ジャン・ヴァルジャンは歩きながら、彼女が何度も引っ張るようになった手でそのことに気づいた。彼は彼女をおぶってやった。コゼットはカトリーヌを持ったまま、ジャン・ヴァルジャンの肩に頭をのせ、やがて眠りこんでしまった。

第四篇　ゴルボー屋敷

第一章　ゴルボー先生

いまから四十年まえには、ひとり歩きの散策者がサルペトリエール界隈の人影のない地区に足を踏みいれ、ロピタル大通りをイタリア市門までのぼっていくと、パリもここまでと言えるような場所に出たものだった。人っ子ひとりいないというわけではなく、人びとの往来もあるにはあった。田舎というほどではなく、いくつもの家や街路があった。かといって町でもなく、通りには田舎の街道みたいに馬車の轍があり、そこに草などが生えていた。またまったくの村でもない。村にしては建物が高すぎた。では、そこはなんだったのだろうか？　住宅地にしては人影もなく、荒涼とした場所なのに住む人がいた。大都会の大通り、パリの通りにはちがいないが、夜は森よりも凄みがあり、昼は墓よりも陰気なところだ。

それは古いマルシェ・オ・シュヴォ〔「馬市場」の意〕界隈だった。

その散策者がこのマルシェ・オ・シュヴォの廃れた四つの壁の先まで思いきって行ってやろう

という気になると、右手の高い壁に囲まれた菜園をあとにして、プチ・バンキエ通りを越え、そして巨大なビーバー小屋にも似たタン皮の山のある牧場を通りすぎることになる。そこからこの向こう見ずな散策者が切株、おが屑、木っ端などが散乱したところに木材が積まれ、そのうえで大きな犬がほえている囲い地を越えたあと、喪に服しているみたいに黒くちいさな門だけを残してすっかり廃墟となり、いまは苔むしているものの春には花盛りになる低い石塀に沿って進む。やがてもっとも人影がない場所の、大文字で「貼紙禁止」とある漆喰の落ちた醜悪な大きな建物を過ぎると、ヴィーニュ・サン・マルセル通りに出ることになる。あまり知られていない一帯だ。そこの、とある工場のそば、庭を仕切るふたつの壁のあいだに、そのころは一軒のあばら屋が見えたものだった。一見したところ農家のように小さく見えるのだが、じつは大聖堂みたいに大きかった。そのあばら屋は切妻が横手の公道に面しているために、狭く見えたのである。家の全容がほとんど表から隠されていた。見えるのは戸口とひとつの窓だけだった。

このあばら屋は二階までしかなかった。

細部をしらべてみると、まず目につくのは、入口の戸は陋屋の戸そのものだが、ガラス窓のほうは、もし粗石でなく切石のなかに穿たれていたら、きっと立派な館のガラス窓になっただろうと思われることだ。

戸口は虫の食った板を寄せ集め、これをざっくり割った薪のような横木でぞんざいに繋ぎとめただけのものだった。この戸口からいきなり一段一段が高い急な階段がつづいているのだが、これも戸と同じ幅で、泥や漆喰や埃にまみれていた。外から見ると、この階段が梯子のように真っ直ぐに昇り、暗がりのふたつの壁のあいだに消えているように見えた。この戸にぶつかる不格好な開口部のうえあたりに狭い野地板が張られ、その真ん中に三角形の採光窓が穿たれているので、戸が閉まっているときには、明かり取りにも覗窓にもなってくれる。戸の内側にはインクに浸した筆で五十二という数字がなぐり書きしてあり、野地板のうえのほうには下手くそな字で五十という数字が書いてある。そのために迷う者もいた。ここは何番地なのか？　戸のうえでは五十番地だと言い、内側では、いや、五十二番地だと言いかえす。三角形の採光窓には、埃の色をした、なんだか分からないぼろ切れが、飾り布のように垂れさがっていた。

窓は広く、充分な高さにあり、鎧戸と大きなガラスがはまった枠がついていた。ただ、この大きなガラスはひび割れしたところがあって、それが巧みに紙を張って隠してあるぶん、かえって目立ちもしていた。鎧戸は留金が外れてがたがたしているため、中に住んでいる人を守るというよりも、むしろ下を通る人びとに不安をあたえた。この鎧戸は横の日除けがところどころなくなり、その代わりというつもりか、無粋にも縦に板が釘で打ちつけてあった。つまり、はじめは鎧戸であったものが、しまいには雨戸になりはててしまったわけである。

このうす汚い様子の戸と、うらぶれているとはいえ、まともな外観をしているこの窓とが同じ家にあるところは、まるで不釣合なふたりの乞食のように見えた。ふたりとも同じぼろ着をまとって並んで歩いているのに、顔つきはまるっきり違い、一方は生まれながらのならず者だが、他方はかつて紳士だったことがうかがえる。

階段は、家に改造した納屋を思わせる、ひじょうに広い母屋に通じていた。この建物の長い廊下が腸管のように伸び、その左右に大きさがまちまちな一連の部屋らしきものがあった。部屋といっても、どうにか住める程度で、個室というより屋台小屋のようだった。これらの部屋はまわりの空地からなんとか明かりがくるだけで、なにもかも薄暗く、物寂しく、生気がなく、陰気で、不気味だった。隙間だらけなので、屋根からは寒々した光がもれてくるし、戸からは凍てつくような北風が吹きこんでくる。この種の住居でとくに面白く、なんとなく興趣があるのは、蜘蛛どもがとてつもなく大きいことだった。

入口の扉の左側、通りに面して、ちょうど人間の頭くらいの高さのところに、昔は明かり取りの小窓だったものが、いまでは壁でふさがれて四角の壁龕になっている。そこは、通りがかりの子供たちが投げこむ石でいっぱいになっていた。

最近この建物の一部が取り壊されたが、こんにち残っているものからだけでも、往年の姿のおよその見当はつく。この建物は全体として築百年以上にはなっていない。百年といえば、教会なら青年期にあたるが、家なら老年だと言える。どうやら人間の住まいは刹那で、神の住まいは永遠であることに特徴があるらしい。

郵便配達夫はこのあばら屋を五十―五十二番地と呼んでいた。だが、この界隈ではゴルボー屋敷として知られていた。その名前の由来を述べておこう。

逸話の標本をつくり、はかなく消え去る日付をピンで記憶にとどめるようなゴシップの収集家なら、前世紀の一七七〇年ごろ、パリのシャトレー裁判所に、ひとりはコルボー〔鳥の意〕、もうひとりはルナール〔狐の意〕という名の検事がいたことを知っている。双方ともラ・フォンテーヌ[1]が用意した名前だった。法曹界の連中がからかうのにこんな格好の機会を見逃すはずもなく、さっそく法廷の廊下で、押韻の数がいささか不揃いな詩句ながら、こんなパロディー詩が流行することになった。

コルボー先生、書類にとまって、
くわえているのは押収物件。
ルナール先生、匂いにひかれ、
だいたいこんな話をした
やあ！　こんにちは、云々。

ふたりの実直な法律家はこんな冷やかしに困りはて、いくら颯爽としようにも、うしろからどっと笑い声があがるので、じぶんたちの名前を厄介払いしようと決意し、思いきって国王に直訴した。この請願がルイ十五世に提出されたのと同じ日、一方に教皇大使、他方に宮廷司祭のラ・ロッシュ・エモン枢機卿が、陛下の御前で双方ともうやうやしく跪き、寝所から降りようとしているデュ・バリー夫人[2]の素足に片方ずつスリッパを履かせていた。笑っていた国王は、さらに笑いつづけ、上機嫌でふたりの司教からふたりの検事のほうに顔を向けて、このふたりの法律家に改名の特赦、あるいはそれに近いものを認めた。コルボー先生は頭文字に濁りを入れて、ゴルボーと名乗ることが国王によって許された。ただルナール先生はそれほど運がよくなく、ルのまえにプをつけてプルナールと名乗ることしか許されなかった。その結果、今度の名前も、まえのとさして変わりばえしないことになった。

さて、このあたりの言い伝えによれば、このゴルボー先生がロピタル大通り五十—五十二番地の建物の持ち主だったという。それどころか、あの記念物みたいな窓をつくったのも彼自身だった。そこで、ゴルボー屋敷という名前がこのあばら屋につけられることになったのである。

五十—五十二番地の真向かいにある大通りの植林のなかに、四分の三ほど朽ちた大きな楡の木がそびえ立っている。ここのほぼ正面からゴブラン市門[3]通りがはじまっている。当時この通りには家がなく、舗装もされておらず、季節によって緑になったり泥まみれになったりする、発育の悪い木が植えられていた。この通りを真っ直ぐに行くとパリの城門に達した。硫酸塩の鼻につく臭いが、近くの工場の屋根からむんむん吹きだしていた。

市門はすぐ近くにあり、一八二三年にはまだ城壁が残っていた。

この市門自体が、さまざまにひとの心に不吉な影を投げかけていた。この道はビセートル施療院[4]に通じていた。帝政時代や王政復古期には、死刑囚が処刑の日にパリにもどるのはこの道からだった。一八二九年ごろ、あの謎めいた「フォンテーヌブロー市門」の暗殺がなされたのもここであった。これは司直が犯人を見つけられず、解明できなかった悲痛な事件で、手がかりも見つけられなかった恐ろしい謎として残った。そこから数歩あるくと、あの運命的なクルールバルブ通りに出る。ここはユルバック[5]が、メロドラマさながら、雷の音とともにイヴリーの羊飼い娘を刺し殺した通りだった。さらに数歩行くと、サン・ジャック市門[6]の梢が刈りとられた、あのおぞましい楡の木立に達する。すなわち、博愛主義者たちが断頭台を隠すのに珍重し、死刑をまえにして尻込みをしたくせに、堂々と死刑を廃止する勇気も、権威をもって存続させる勇気もなかった商人やブルジョワ社会のさもしく、恥ずべきグレーヴ広場である。

三十七年まえには、つねにおぞましい場所として運命づけられていたサン・ジャック広場を別にすれば、この陰気な大通りのうちでもおそらくもっとも陰気な地点は、こんにちでもなお魅力のない、五十―五十二番地のあばら屋に出くわすこの場所であったろう。

こぎれいな家がちらほら見られるようになったのは、その二十五年後にすぎない。物悲しい場所だった。そこでさまざまな不吉な考えにとらえられていると、なるほどじぶんは、丸天井がちらりと見えるサルペトリエール施療院と、柵を隔てて隣合せのビセートル施療院とのあいだ、すなわち女性の狂気と男性の狂気のあいだにいるのだと思えてくる。見わたすかぎり目につくものと言えば、屠殺場、城壁、それに兵舎か僧院に似ている、いくつかのまばらな工場の正面だけだ。いたるところにバラックや石膏のかけら、経帷子のように黒い古壁、屍布のように真っ白な新しい壁、どこまで行っても平行な並木、型どおりの馬鹿でかい建造物、平板な建物、長く寒々とした直線、わびしく不気味な直角。土地の起伏ひとつ、建築の気紛れひとつ、皺ひとつない。全体が冷たく、整然として、見苦しい。およそ均整ほど心を締めつけるものはない。均整とは退屈のことであり、退屈とは悲嘆の基盤そのものなのだ。絶望がつづくと、あくびが出る。苦しみの地獄よりもっと恐ろしいものが考えられるとすれば、それは倦怠の地獄だろう。もしそんな地獄があるなら、ロピタル大通りのこの一隅こそまさに、そこへの通路になるかもしれない。

夜の帳がおりて、まるで明るさというものがなくなるころ、とくに冬、黄昏の北風に楡の木の赤茶けた最後の葉が奪われるころ、闇が深くて星がないとき、あるいは月と風が雲に穴をつくるときなどには、この大通りは突然、ぞっとするような様相を呈した。さまざまな直線が、さながら無限の切端のようになって、闇に沈みこみ消え去っていく。通行者はどうしても、この場所にまつわる数々の不穏当な言い伝えのことを考えてしまう。多くの犯罪がおかされたこの孤立した場所には、どこか身の毛もよだつところがある。この暗がりには罠が仕掛けられているにちがいないと感じ、いろんな形のおぼろげな暗闇がことごとく怪しいものに思えてきて、木々のあいだに見える正方形の長い窪みが墓穴のような気がしてくる。昼は醜悪、夕方は不気味、夜は不吉なところだったのである。

夏の黄昏どきには、楡の木々のした、雨に打たれて黴が生えたベンチにすわった老女たちがあちこちに見られる。このおばあさんたちは好んで物乞いをしていた。

もっとも、古風というより時代遅れと言ったほうがよい有様だったこの界隈も、そのころからすでに変貌の気配を見せはじめていた。この界隈を見たいと思えば、急がなくてはならなかった。毎日のように、全体のどこかの部分がなくなっていこうとしていたからだ。二十年まえからすでにそうだったのだが、こんにちではオルレアン鉄道の始着駅がこの古い場末の脇にあり、この場末の様相を変えている。首都の外れに鉄道の始着駅が設けられるとかならず場末が消えて、町が生まれるからである。民衆の移動のそのような大中心地のまわりでは、強力な機械の轟音に、石炭を食べ、火を吐きだす文明の怪物のような馬の鼻息に、生命の芽にみちた大地が震え、大口を開けて古い人間の住まいを呑みこみ、新しい住まいを外に生みだすようだ。古い家々が崩れ、新しい家々が立ちならぶのである。

オルレアン鉄道の駅がラ・サルペトリエール施療院の敷地に侵入してからというもの、フォッセ・サン・ヴィクトール通りや植物園に沿った、狭く古めかしい通りは、日に三、四度も駅馬車、辻馬車、乗合馬車などの激しい往来に揺れうごき、ある時は家々が左右に追いやられる。というのも、ここで言っておくべき厳然とした事実があるからで、大都市では太陽が家々の正面を南に向かって発育させ、増大させるというのが事実なら、乗物のひんぱんな往来が街路を広くするというのも、やはりたしかなことだからである。新しい生命の兆しが明らかに見える。この古い田舎風の界隈にあるどんなに荒涼とした片隅にも、敷石が姿をあらわし、それほど通行者がいないところでさえ、歩道が這い、延びている。一八四五年七月の記念すべきある朝、アスファルトを煮る黒い大釜が突然煙を出すのが見えた。この日こそ、文明がルルシーヌ通りまで届き、パリがサン・マルソー市外街区にまではいった朝だと言うことができた。

第二章　フクロウとウグイスの巣

ジャン・ヴァルジャンが立ちどまったのは、このあばら屋のゴルボー屋敷のまえだった。彼は野鳥のように、もっともひと気のない場所を選んでじぶんの巣をつくったのだ。

彼はチョッキを探って、一種のマスターキーのようなものを出して戸を開け、入念にその戸を閉めて、コゼットを抱いたまま階段を昇った。階段のうえまで昇りきると、ポケットから別の鍵を出して、ふたつ目の戸を開けた。はいるなりすぐ戸を閉めたその部屋は、かなり広い一種の屋根裏部屋で、床のうえにマットレス、一台のテーブル、それにいくつかの椅子が置いてあった。片隅にはすでに火がはいり、熾が見える暖炉があった。大通りの街灯がこの貧しい部屋の内部をかすかに照らしていた。奥には小部屋があって、そこに十字フレームのベッドがあった。ジャン・ヴァルジャンは子供をそのベッドまで運び、目を覚まさないようにそっと寝かせた。

彼は火打石を打って、ろうそくに火をつけた。これらの物はあらかじめテーブルに用意してあった。それから、前夜のように、うっとりとした目でコゼットをじっと見つめはじめた。その善意と同情の表情は、ほとんど異常に近いものにまでなった。少女は極端に強い者と極端に弱い者にしかない、あの穏やかな信頼感を見せて、じぶんがだれといっしょなのかも知らずに眠りこみ、どこにいるのかも知らずに眠りつづけていた。

ジャン・ヴァルジャンは身をかがめ、その子の手を取って口づけした。

九か月まえ、彼はこの娘の母親の手に口づけしたのだったが、あの母親もまた、眠りこんだところだった。つらく、うやうやしく、胸をえぐるような同じ感情が彼の心をみたした。彼はコゼットのベッドのそばに跪いた。

もうすっかり昼になっているのに、子供はまだ眠っていた。十二月の太陽の蒼白い光線が屋根裏部屋のガラス窓から射しこんで、天井に影と光の長い巣模様を映しだしていた。突然、重い荷を積んだ石切工の荷車が、大通りの車道を通って、嵐の轟音のようにあばら屋を揺らし、上から下まで震わせた。

「はい、おかみさん！」と、はっと目覚めたコゼットが叫んだ。「すぐに！　すぐに行きます！」

それから彼女はベッドのしたに飛びおり、重くかぶさってくる眠気になかば瞼を閉じたまま、壁のほうに腕を伸ばし、

「まあ、どうしよう！　あたしのほうきが！」と言った。

彼女がすっかり目を覚ますと、ジャン・ヴァルジャンのにこにこした顔が見えた。

「あら！　そうだった！」とその子は言った。「おはよう、おじさん」

子供というのは元来、幸福と喜びがそなわっているもので、その幸福と喜びをただちに、造作なく受け入れるのである。

コゼットはベッドのしたにカトリーヌを見つけると、それをつかんで遊びながら、ジャン・ヴァルジャンにいろいろ質問した。――あたしはどこにいるの？　パリって、そんなに大きいところなの？　テナルディエのおかみさんは、ずっと遠くにいるの？　ひょっとして、ここにもどってこないかしら？　等々。突然、彼女は声をあげた。――「なんてきれいなの、ここは！」

それはひどいあばら屋だった。それでも彼女は、じぶんが自由だと感じていたのだ。

「あたし、掃除をしなくちゃならないの？」と、彼女はやっと言葉をつづけた。

「遊んでいなさい」と、ジャン・ヴァルジャンが言った。

その日の昼はそんなふうに過ぎた。コゼットはこれまでの経緯がなにも分からないことを気にするふうもなく、その人形とその年寄りにはさまれて、言いようもなく幸せだった。

第三章　ふたつの不幸が合わさると幸福になる

翌日の夜明けもまた、ジャン・ヴァルジャンはコゼットのベッドのそばにいた。彼はコゼットが目覚めるのをじっと待ち、その寝顔をながめていた。

なにか新しいものが彼の魂のなかに生じてきた。

ジャン・ヴァルジャンはこれまで、なにかを愛したことは一度もなかった。二十五年来、この世でたったひとりだった。一度も父、恋人、夫、友人になったことがなかった。徒刑場では無愛想で、ふさぎこみ、童貞で、無知で、人づきあいが悪かった。この老徒刑囚の心には純真なところがまだいっぱい残っていた。姉と姉の子供たちはぼんやりとかすかな思い出しか残さず、その思い出も、ついにはすっかり消え去った。姉たちと再会しようとできるだけの努力をしてみたが、結局再会できずに、忘れてしまった。人間の本性とはそのようにできているものだ。青春時代のその他の優しい気持ちは、たとえ彼にそのようなものがあったとしても、深い闇のなかに落ちこんでしまっていた。

コゼットに会い、引きとり、連れてきて、自由な身にしてやったとき、彼はじぶんの魂の奥底まで揺すぶられるのを感じた。心中のすべての情熱と情愛がよみがえり、その子のもとに駆けだしていった。彼女が眠っているベッドのそばに行くと、喜びに震えた。彼はまるで母親のように心の底からこみあげてくるものを何度か感じたが、それがなんであるのか分からなかった。というのも、なにかを愛しはじめるときの、崇高で異様なあの心の動きとは、なんとも不分明で快いものだからである。

年老いてなお、初々しい哀れな心よ！

ただ、彼は五十五歳で、コゼットは八歳だったので、彼が全生涯でもちえた愛情がそっくり、一種、得も言われぬほのかな光のなかに溶けこんだ。

これは彼の人生で二度目の清純無垢なものとの出会いだった。かつて司教が彼の地平に美徳の夜明けを見せてくれた。コゼットは愛情の夜明けを見せてくれたのである。

最初の日々はこのような驚嘆のうちに過ぎた。

一方コゼットのほうもまた、いつの間にか別人になっていた。哀れな少女よ！　母親と別れたときには、あまりにもちいさかったので、彼女は母親のことをもう覚えていなかった。なんにでもしがみつく葡萄の若枝のようなどんな子供とも同じように、コゼットもまたなにかを愛そうとしたが、うまくゆかなかった。テナルディエ夫婦も、夫婦のふたりの子供たちも、その他の子供たちも、だれひとり相手にしてくれなかった。彼女は犬を可愛がったが、犬は死んでしまった。それからというもの、なにも、だれも彼女を受け入れてくれなくなった。言うも悲しいことだが、すでに述べたように、彼女は八歳にして冷たい心の持ち主になっていたのだ。これは彼女のせいではない。彼女には愛する能力がなかったわけではない。残念ながら、その機会がなかったのだ！　だからこそ、最初に出会ったその日から、彼女のなかに眠っていた感じたり、考えたりする力が同時に呼びさまされ、このおじいさんを愛しはじめたのだった。彼女はこれまで一度も覚えたことがない感情、すなわち爽快な気分を味わったのだった。

彼女はそのおじいさんが年とっているとか、貧しいとかといった印象さえいだかなかった。このみすぼらしい部屋をきれいだと思ったのと同じく、ジャン・ヴァルジャンを美しいと思った。

これこそ、黎明、幼年、若さ、喜びのもたらす効果である。住む場所と生活の新しさもいくらか関係していた。屋根裏部屋を幸福の色で染める輝きほど心を和ませるものはまたとない。わたしたちはだれでも、過去にそのような夢の部屋を持っているものである。

自然は五十年の年の違いという、遠い隔たりをジャン・ヴァルジャンとコゼットのあいだに設けた。この隔たりを埋めてくれたのが運命だった。運命は抗しがたい力を発揮して、年齢は違っても、悲哀においては同類の、ふたりの根無し草の暮らしをいきなり結びつけた。じっさいに、一方が他方を補ったのである。コゼットの本能が父親を求めていたのと同じく、ジャン・ヴァルジャンの本能が子供を求めていた。ふたりの出会いは、互いに求めているものを見つけたということにほかならない。ふたりの手がふれあったあの不思議な瞬間、ふたつの手はぴったりと結ばれた。ふたりの魂がそれぞれ相手に気づいたとき、双方ともにこれこそじぶんが求めていたものだと認めあい、ひしと抱きあったのである。

もっとも分かりやすく、もっとも完全な意味で言葉をつかうなら、こう言うことができるかもしれない。つまり、いっさいのものから墓のような壁で隔てられていたので、ジャン・ヴァルジャンが「やもめ」であったのと同じく、コゼットは「みなしご」だった。このような身の上であったからこそ、ジャン・ヴァルジャンは神の手でコゼットの父親になったのである。そして、じっさい、シェルの森の奥の、あの暗闇で、ジャン・ヴァルジャンの手にじぶんの手が捕えられたとき、コゼットに生じた不思議な印象は夢や幻でなく、現実だったのである。この子の運命にこの男がはいってきたのは、まさしく神の到来だったのだ。

それにジャン・ヴァルジャンは格好の隠れ家を選んでいた。そこなら申し分なく安全に暮らせるのだ。

彼がコゼットとともに住んでいる小部屋付きの部屋は、窓が通りに面していた。家にはこの窓ひとつしかなく、横と正面からの隣近所の目を気にする必要はなかった。

五十—五十二番地の一階は、うらぶれた物置みたいなところで、野菜づくりの男たちが道具置場としてつかっていたが、どこからも二階には通じていなかった。一階と二階は床で仕切ってあって、揚戸も階段もなく、まるでこのあばら屋の横隔膜のようであった。すでに述べたとおり、二階にはいくつかの部屋と屋根裏部屋があったが、その屋根裏部屋のひとつにジャン・ヴァルジャンの家事をやってくれる老女が住んでいるだけで、あとは空部屋だった。

クリスマスの昼、彼にこの住まいを貸してくれたのは「借家人代表」で、事実上の門番の役をまかされていたこの老女だった。彼は彼女に、じぶんはスペインの国債で破産した年金生活者で、これから孫娘といっしょにここに住むのだと言って身分をいつわった。そして老女に六か月分の家賃を前払いし、さきに見たように、部屋と小部屋の家具の調達をゆだねた。彼らの到着の晩、暖炉に火を入れ、万事用意してくれたのはこのばあさんだった。

数週間が過ぎた。このふたりはその惨めな住まいで幸せな生活を送った。夜明けからコゼットは笑い、しゃべり、歌っていた。子供たちには鳥たちと同じように、それなりの朝の歌があるものだ。

ときどき、ジャン・ヴァルジャンは彼女の霜焼けでひびがはいり、赤らんだちいさな手を取って、口づけしてやることがあった。ぶたれることに慣れていたこの哀れな子は、それがどういう意味なのか分からず、ひどく恥ずかしそうに逃げだすのであった。

ときたま、彼女が真顔になって、じぶんのちいさな黒服をじっと見つめていることがあった。コゼットはもうぼろ着ではなく、喪服を着ていた。彼女は悲惨な暮らしを脱けだし、まともな人生をいきはじめたのだ。

ジャン・ヴァルジャンは彼女に字の読み方を教えはじめた。ときどき、コゼットに綴字を口真似させながら、じぶんが徒刑場で読み方を習ったのは悪事をはたらくためだったことをぼんやりと思いだした。その考えが変わって、いまでは子供に読み方を教えている。だからこの老徒刑囚は、思慮深い天使のような微笑みを浮かべているのだった。

彼はそこに天の配剤、人間ではない者の意志を感じ、われを忘れてあれこれ夢想した。良い考えにも、悪い考えと同じく、それなりの底知れぬ深みがあるのだ。

コゼットに読み方を教え、好きなように遊ばせてやること、それがほぼジャン・ヴァルジャンの全生活になっていた。それから彼は、コゼットに母親のことを話してやり、お祈りをさせた。

彼女は彼を「お父さん」と呼んだのだが、それ以外の名前を知らなかった。

彼は何時間もコゼットが人形に服を着せたり、脱がしたりするのを見守り、小鳥がさえずるように話すのを聞いて過ごした。これ以後というもの、彼には人生が面白いことでみちみちているように見え、人間は善良で正しいのだと思えてきた。心のなかで、だれも、なにも咎めていなかった。この子に愛されているいま、どんなに年をとっても長生きしてやろうと考えるようになった。じぶんの未来が心和む光のようなコゼットによって、すっかり明るくなるのが見えてきた。ただ、どんな善良な人間も自己本位の考えを免れないものである。彼はときどき、コゼットが醜い女になるだろうと思って、ある種の喜びを覚えた。

これはただの私見にすぎないが、筆者の考えを包み隠さず述べておけば、コゼットを愛しはじめたころのジャン・ヴァルジャンが立ちいたった心境では、彼が正しい道を歩みつづけるのに、そのような愛の補給が要らなかったとは言いきれないのである。彼は人間の悪意や社会の貧困を新しい観点から見るようになったばかりであった。新しい観点といっても、ファンチーヌに凝縮された女性の宿命、ジャヴェールに体現された官憲といった、不完全で、どうしても真実の一面しかあらわさない観点だったのだが。彼が徒刑場にもどったのは、善行をしたためだった。今度は新たな悔恨にみたされ、ふたたび嫌悪感や倦怠感にとらえられた。のちになってふたたび輝かしく圧倒的なかたちであらわれてくるとはいえ、あの司教の思い出さえも姿を消しそうになるときもあったにちがいない。ともかく、その聖なる思い出も薄れていった。ジャン・ヴァルジャンがいまにも心がくじけ、ふたたび過ちをくりかえしかねない状態になかったとは、だれが知ろう？　彼は愛することで、ふたたび強くなった。しかし、それでも彼は、コゼットと同じ程度に心もとなかったのだ！　彼は彼女を保護し、彼女は彼を強固にした。彼のおかげで、彼女は人生を歩めるようになった。彼女のおかげで、彼は美徳の道を進みつづけることができた。彼はその子の支柱であり、その子は彼の拠り所になったのである。

ああ、運命の釣合の、なんとはかり知れぬ崇高な神秘よ！

第四章　借家人代表の観察

ジャン・ヴァルジャンは用心して、昼間はけっして外出しなかった。毎晩、黄昏どきになると、一、二時間、時にはひとりで、たいていはコゼットといっしょに散歩をし、大通りのもっとも人影のない側道をさがしたり、夜になると、いちばん近いサン・メダール教会にはいったりした。彼がひとりで出かけるときは、コゼットはばあさんとふたりで家に残っていた。しかし、おじさんといっしょに外出するほうが、この子には嬉しかった。彼女はカトリーヌと差し向かいでうっとりしているよりも、おじさんといっしょに一時間過ごすほうがずっとよかったのだ。彼は彼女の手を取って歩き、優しい言葉をかけてくれた。

コゼットはとても快活になった。

ばあさんは掃除をしたり、食事の支度をしたり、買物に行ったりしていた。

彼らはいつもわずかな火こそ絶やさなかったものの、ひどく金に困っている人びとのように質素に暮らしていた。ジャン・ヴァルジャンは、最初からそこにあった家具をなにひとつ変えなかったが、コゼットの小部屋のガラス戸だけは板張りの戸に替えた。

彼はあいかわらず黄色のフロックコート、黒の半ズボン、古びた帽子を身につけていた。街路では貧民と見間違えられた。ときどき、おばさんたちが振りかえって一スーを恵んでくれることもあった。ジャン・ヴァルジャンはその一スーを受けとり、深々とお辞儀をした。また、ときどき、慈悲を求める気の毒な人に出会うことがあった。そんなとき、彼はうしろを振りかえって、だれにも見られていないのを確かめてから、そっとその不幸な男に近づき、一枚のコイン、しばしば一枚の銀貨を手に握らせてから、さっと遠ざかった。これにはそれなりの不都合があった。彼はこの界隈で「施し物をする乞食」という名で知られるようになったからだ。

年をとった「借家人代表」はむっつりした女で、隣人にたいしてやっかみにみちた好奇心をはたらかせ、ジャン・ヴァルジャンをしつこく観察していたのに、彼のほうはまったく気づいていなかった。彼女はやや耳が遠く、そのせいでよけい口数が多かった。彼女の過去として残っているのは、上に一本、下に一本の歯だけで、いつもその二本の歯をカチカチ鳴らしていた。彼女はコゼットにいろいろ尋ねてみたが、コゼットはなにも知らなかったので、モンフェルメイユから来たという以外に、なにも答えられなかった。ある朝、この詮索好きの口さがないばあさんは、ジャン・ヴァルジャンがいつもと違った様子で、あばら屋の空室のひとつにはいっていくのを目にした。ばあさんは老いた猫のような足取りであとをつけ、すぐそばの戸の割れ目から、じぶんの姿は見られずに、じっくり彼を観察することができた。おそらく用心に用心を重ねたのだろう、ジャン・ヴァルジャンはその戸に背を向けていた。老女には、彼がポケットを探り、小箱と鋏と糸を取りだすのが見えた。それから彼は、フロックコートの裾の裏をほどきはじめ、その口から一切れの黄ばんだ紙を取りだして広げた。老女はそれが一枚の千フラン札だと知ってぎょっとした。この世に生まれてから、そんなものを見たのはこれで二度か、三度目だったのだ。ばあさんはひどく恐れをなして逃げ去った。

しばらくして、ジャン・ヴァルジャンはばあさんに近づき、その千フラン札をくずしにいってくれるように頼み、これが昨日受けとった年金の半期分なのだと言いそえた。

「どこで受けとったんだろう?」と、ばあさんは考えた。「あのひとは晩の六時にしか外に出ていない。そんな時間には国庫の窓口だって開いていないはずだ」

老女はそのお札を両替に行き、あれこれ推測した。この千フラン札はいろんなふうに解説され、尾ひれをつけられ、ヴィーニュ・サン・マルセル通りの口さがないおばさんたちを驚かせて、数々の噂話の種になった。

それから数日後のある日、ジャン・ヴァルジャンは上着を脱いで、廊下で木を挽いていたことがあった。ばあさんは部屋で掃除をしていた。コゼットが挽かれる木を夢中で見ていたので、老女は部屋でひとりきりだった。ばあさんは釘に引っかけられていたフロックコートに目をつけてしらべてみた。裏は縫いなおされていた。ばあさんは熱心にさわってみて、裏と袖付けのあいだに分厚い紙束があるのを感じとった。これはきっと別の千フランの札束にちがいない!

ばあさんはまた、ポケットのなかにいろんな物があることにも気づいた。すでに見た針、鋏、糸だけではなく、大ぶりの紙入れ、大型ナイフ、それになんとも怪しいことに、色違いのいくつものかつらまでも。フロックコートのどのポケットにも、予想外の出来事に備えるなにかしらの道具が隠されているようだった。
このあばら屋の住人たちは、こんなふうに冬の最後の日々を迎えた。

第五章　床に落ちた五フラン金貨が音を立てる

サン・メダール教会のそばの、閉鎖された共同井戸の縁石に、ひとりの貧しい男がうずくまっていた。ジャン・ヴァルジャンは何度もその男に施しをしていた。何スーかあたえずに、その男のまえを通りすぎることはほとんどなかった。時には言葉もかけた。この乞食を羨む者たちは、あれは「警察の手先」だと言っていた。それは七十五歳ほどの年とった教会守で、たえずお祈りの言葉を小声でつぶやいていた。

ある晩、ジャン・ヴァルジャンがコゼットを連れずにそこを通りかかると、その乞食がともされたばかりの街灯のしたにある、いつもの場所にいるのに気がついた。その男はいつものとおり祈っているらしく、全身をかがめていた。ジャン・ヴァルジャンは男のところに行って、慣例となった施しを手に握らせた。乞食はいきなり目をあげて、ジャン・ヴァルジャンをじろりと見つめてから、とっさに頭をさげた。その動きはあっと言う間のことだったが、ジャン・ヴァルジャンはぞっとして身震いした。街灯の薄明かりでいまちらりと見えたのは、老いた教会守の穏やかで屈託のない顔ではなく、どこか見覚えのある恐ろしい顔つきだったように思えたのだ。暗闇で突然、一頭の虎に出くわしたような感じがした。彼はぎくりとして立ちすくみ、息をすることも、話すことも、とどまることも、逃げることもできずに、ぼろ布をかぶった頭を低くしたその乞食をじっと見つめていた。乞食は彼がそこにいることも分からないようだった。この異様な瞬間、ある本能、たぶん自己防衛の不思議な本能によって、ジャン・ヴァルジャンはただのひと言も発しなかった。その乞食はそれまでと同じような体つき、同じようなぼろ着、同じような外見だった。——「なんだ……」とジャン・ヴァルジャンは心中で言った。「おれはどうかしているんだ！ありもしないことを考えているんだ！」——それから彼は、ひどく掻き乱された心を引きずって家に帰った。

さっき見たと思った顔がジャヴェールのものであったとは、さすがにじぶんでも、なかなか認められなかった。

夜、そのことをじっくり考えてみて、彼はあの男になにか尋ねて、どうしてもう一度、顔をあげさせるよう仕向けなかったのかと後悔した。

翌日の夜、そこにもどってみた。乞食はいつもの場所にいた。「やあ、じいさん」と、ジャン・ヴァルジャンは一スーをあたえながら覚悟を決めて言った。乞食は顔をあげ、哀れっぽい声で答えた。——「ありがとうございます。いつもご親切なだんなさま」——それは、たしかに年老いた教会守だった。

ジャン・ヴァルジャンは心からほっとして、笑いだした。

「いったい、おれはどこでジャヴェールを見たというのか？」と彼は考えた。「やれやれ、おれもそろそろ、やきがまわってきたか？」

彼はそのことを考えるのをやめた。

数日後、晩の八時ごろだったろうか、彼はじぶんの部屋で、コゼットに大声で綴字を唱えさせていた。と、そのとき、このあばら屋の戸が開いて、ふたたび閉じる音が聞こえた。ふと妙な気がした。この屋敷に住んでいるのは、彼のほかにばあさんひとりしかいなかったが、そのばあさんはいつも、ろうそくをつかいすぎないように、夜になるとさっさと寝るのだった。ジャン・ヴァルジャンは静かにしているようにコゼットに合図した。すると、だれかが階段を昇ってくる音が聞こえてきた。ひょっとすると、ばあさんがたまたま具合でも悪くなって、薬屋に行ったのかもしれない。ジャン・ヴァルジャンは耳を澄ました。足音はどっしりとして、男の足音のようだった。といっても、ばあさんだってごつい靴を履いている。それに、老女の足音は男の足音にそっくりなものだ。それでもジャン・ヴァルジャンは、ふっとろうそくを消した。

彼はコゼットをベッドにやって、小声でこう囁いた。「ゆっくりおやすみ」それから、彼女の額に口づけしてやっているあいだに、足音はとまってしまった。ジャン・ヴァルジャンは黙ったまま、じっと戸に背を向け、じぶんの椅子から離れず、暗がりのなかで息をひそめていた。かなり時間がたって、なにも聞こえなくなると、彼は音を立てずにそっと振りかえった。そして、目を部屋の戸に向けると、鍵穴をとおして光が見えた。その光は戸と壁の黒さのなかで輝く不吉な星のようだった。もちろんそこには、手にろうそくを持って、聞き耳を立てている者がいたのだ。

数分ほど時が流れ、その光は消えてなくなった。ただ、足音ひとつも聞こえなかったところをみると、戸の向こうで聞き耳を立てていた者は、どうやら靴を脱いできたらしい。

ジャン・ヴァルジャンは服を着たままベッドに身を投げだし、それからひと晩じゅうまんじりともできなかった。

夜明けになって、疲れのせいでうとうとしていた彼は、廊下の奥にあるあばら屋の一室の戸が開いて、ギィーときしむ音で目が覚めた。それから前夜、階段を昇ってきたのと同じ足音が聞こえてきた。足音が近づいてくる。彼はベッドから飛びおり、かなり大きな鍵穴に目を当てた。夜にこのあばら屋に忍びこみ、彼の戸口で聞き耳を立てていた何者かが通りかかるところを、なんとしても見届けてやろうとしたのだ。通ったのは、じっさいひとりの男だったが、今度はジャン・ヴァルジャンの部屋のまえで立ちどまることはなかった。廊下はまだ暗すぎて、顔を見分けることができなかったが、男が階段のところまで達すると、一条の外光がその男を影絵のように浮きだしてくれたおかげで、ジャン・ヴァルジャンには後姿がはっきりと見えた。男は長身で、長いフロックコートを着こみ、腕に棍棒をかかえていた。それはジャヴェールのぞっとするような図体だった。

ジャン・ヴァルジャンは大通りに面した窓からもう一度その姿を見ることもできたが、そうするためには窓を開けねばならなかったから、とてもそんな勇気はなかった。

その男が鍵を持ち、まるでわが家のようにはいったのは明らかだった。だれがその鍵をわたしたのか？　これはいったいどういうことなのか？

朝の七時、老女が掃除にきたとき、ジャン・ヴァルジャンは射すような鋭い眼差しで一瞥したが、なにも尋ねなかった。ばあさんはふだんと変わりなかった。

掃除をしながら、ばあさんが言った。

「だんなさん、昨夜だれかがはいってきたのに気づかれましたか？」

この老女のような年の人間にとっては、この大通りの晩の八時といえば、真っ暗な夜である。

「そういえば、そうだったね」と、彼はできるだけさり気ない口調で答えた。「あれはだれだったのかな？」

「新しい借家人のお方ですよ」と老女が言った。「ほら、今度ここに来た」

「その方はどんな名前だね？」

「あんまりよく知りませんが、なんでもデュモンさんとか、ドーモンさんとか、なんかそんなような名前でしたけど」

「そのデュモンさんとかは、どういう人なんだね？」

老女はずる賢そうなちいさな目で彼をしげしげと見てから、こう答えた。

「年金のある方ですよ、まあ、だんなさんと同じですかね」

老女の言葉には、もしかするとなんの下心もなかったのかもしれない。だが、ジャン・ヴァルジャンのほうは、そこになんらかの邪心があるのは見え透いていると感じた。彼は老女がいなくなると、戸棚にしまっておいた百フランばかりの金をぐるぐる巻きにしてポケットに入れた。彼はお金を掻き回している音が聞かれないように、ずいぶん用心したつもりだったのだが、一枚の五フラン金貨が手から滑り落ち、敷石に転がって大きな音を立てた。

夕暮になると、彼は階下におり、大通りを四方八方、注意深くながめまわした。だれもいなかった。大通りにはまったく人影がなかった。もっとも、木陰に隠れようとすれば、できないこともなかったのだが。

彼は二階にもどって、

「おいで」とコゼットに言った。

彼が彼女の手を引き、ふたりで外に出た。

第五篇　暗闇の追跡に無言の猟犬

第一章　ジグザグの戦略

これから読まれる頁、そしてずっとあとに出てくるはずの頁のために、ここでひとつ断っておかねばならないことがある。

私事にわたらざるをえないのは心外だが、本書の筆者はもう何年もまえからパリにいない。筆者が去ってから、パリは変わってしまった。[1] 新しい都市が出現したが、それは筆者にとって、いわば未知の都市も同然である。筆者がパリをこよなく愛していることは言うまでもない。パリは筆者の心の故里なのだ。さまざまな解体と再建がなされたあとでは、筆者の青春時代のパリ、筆者が大切に記憶にとどめてきたあのパリは、いまや昔のパリである。そのパリのことを、筆者がまだ存在しているかのように話すことを許されたい。筆者が「ある通りにある家がある」と言って読者を導くところには、こんにちでは家も通りもなくなっていることがある。労をいとわない読者は、どうかそれを確かめていただきたい。新しいパリを知らないので、筆者としてはかけがえのない幻想のなかで古いパリを眼前に浮かべながらこれを書いている。かつて故国にいたときに見ていたものがまだ残っていて、なにもかも露と消えたわけではないと夢想するのが心地よいのである。思いのままに故国に行き来している者はだれでも、あの通りはどうでもよく、あの窓、屋根や戸はつまらなく、あの壁はじぶんに関係なく、あの木々はどの木々とも変わらず、じぶんがはいらない家々はないも同然であり、じぶんが歩いている敷石はただの石にすぎないと思いこむ。のちになって、もうじぶんがそこにいないとなると、あの通りは貴重なものであり、あの屋根、窓や戸が懐かしく、あの城壁がなくてはならないものだったこと、あの木々はじぶんの恋人のようなものだったこと、はいらなかったあの家々には毎日はいっていたこと、あの敷石にじぶんの内臓、血、心の一部分を残してきたことに気づく。もはや見えず、おそらくふたたび見ることがないのに、面影をとどめているそれらの場所が、哀切な魅力を帯びはじめ、なにか懐かしいものの出現のようによみがえってくる。聖地を目の当たりにする思いにさせられ、いわばフランスの姿そのものになるのである。それらの場所をあるがままに、あったとおりに愛し、呼びおこし、意固地になって、そこだけはなにも変わってほしくないと願うのだ。というのも、人間は母親の顔と同じように、母国の姿に愛着をもつものだからである。

　そんなわけで、筆者が過去を現在のように語るのをどうか許していただきたい。そう断ったうえで、読者がこのことを覚えておかれるように願いつつ、あとをつづけることにする。

　ジャン・ヴァルジャンはただちに大通りをあとにして、いくつもの裏道にはいりこみ、できるだけひんぱんに進む方角を変え、ときどき来た道を急に引きかえして、あとをつけられていないことを確かめた。

このような策略は追いつめられた鹿に特有のものである。足跡を残しかねない土地では、この策略はとりわけ猟師や猟犬をだまして逆方向にむかわせるのに有効なので、狩猟では「逆逃げ」と呼ばれている。

満月の夜だった。だからといってジャン・ヴァルジャンは、さして困りはしなかった。まだ地平線のすぐ近くにある月は、裏道に影と光の大きな区画をつくってくれていた。ジャン・ヴァルジャンは暗い側の家々と壁に沿ってまぎれこみ、明るい側を偵察することができたが、おそらく暗い側がまったく見えないことにあまり気づいていなかったのだろう。それでも、ポリヴォ通りに隣接するどの小路にも人影がなく、だれもあとを追ってこないと確信することができた。

コゼットはなにも尋ねずに歩いていた。人生の最初の六年間というもの、ひどく苦しんだために、彼女の性格にどこか受身なところが染みついてしまっていたのである。もっとも、これは筆者も一度ならず立ちもどることになる観察だが、彼女はそうと気づくこともなく、このおじいさんの風変わりな様子や、不思議な運命の変遷にも慣れていた。それに、彼女はおじいさんといっしょなら、安心だとも感じていたのである。

ジャン・ヴァルジャンもまた、コゼットと同じように、じぶんがどこに行こうとしているのか知らなかった。彼女が彼を信頼しきっているのと同じように、彼は〈天〉に身をまかせきっていた。彼もまた、じぶんをこえる何者かに手を引かれているような気がしていた。きっとなにか目に見えない存在がじぶんを導いてくれると感じていた。それに彼は、どんな考えも定めていなかったし、どんな予定も、計画ももちあわせていなかった。あれがジャヴェールだという確信さえあるわけでなく、また、たとえジャヴェールだったとしても、そのジャヴェールに彼がジャン・ヴァルジャンだとは分からないかもしれなかった。――おれは変装しているではないか？　おれは死んだと信じられているではないか？　だが、数日まえから、たしかに奇怪なことがいろいろ起こっている。これ以上ぐずぐずしているのは時間の無駄だ。――彼はもうゴルボー屋敷にはもどらないことに決め、巣から追いだされた動物のように、住む場所はさておき、とりあえず隠れ穴をさがしたのだった。

ジャン・ヴァルジャンはいろんな迷路を描くように、ムフタール界隈を歩きまわった。この界隈は、まるで中世の規律と閉門時刻の拘束をいまなお守っているかのように、すっかり寝静まっていた。彼は巧妙な戦略を用い、さまざまなやり方で、サンシエ通りとコポー通り、バトワール・サン・ヴィクトール通りとピュイ・レルミット通りを組み合わせた。そのあたりには、宿を提供してくれる者たちもいたのだが、彼にはこれならと思えるところがなく、そんな宿にはいることはなかった。というのも、ひょっとしてだれかに足跡を気どられていたとしても、そいつはきっと見失ったにちがいないと確信していたからだ。

サン・テティエンヌ・デュ・モン教会の鐘が十一時を打ったころ、ジャン・ヴァルジャンはポントワーズ通り十四番地にある警察署のまえを通りかかった。しばらくすると、先述した本能によって、彼は振りかえった。そのとき彼には、警察署のランタンに明るく照らされた三人の男の姿がはっきり見えた。かなり間近から彼のあとをつけてきたその男たちは、道の暗がりの側にあるランタンのしたを次々と通っていた。そのうちのひとりは警察の建物の通路にはいった。先頭に立って歩いていた男が、どう見ても怪しいように思えた。

「さあ、おいで」と彼はコゼットに言い、急いでポントワーズ通りをあとにした。

彼はひと巡りして、時間でもう閉まっているパトリアルシュのアーケード街をまわり、レペ・ド・ボワ通りとアルバレート通りを大股で歩いて、ポスト通りにはいりこんだ。

そこには十字路があり、いまはロラン中学校があるところでヌーヴ・サント・ジュヌヴィエーヴ通りとつながっている。

(言うまでもなく、ヌーヴ〔新〕・サント・ジュヌヴィエーヴ通りは古い通りであり、またポスト通りには十年に一度も郵便馬車が通らない。このポスト通りというのは、十三世紀には陶器職人たちが住んでいたところで、本当の名前はポ〔壺〕通りである。)

月はこの十字路に鮮明な光を投げかけていた。ジャン・ヴァルジャンはとある戸口に身をひそめ、こう予測していた。もしあの男たちがまだあとをつけてくるようなら、あの明かりを横切るときに間違いなく、はっきり姿が見えるはずだと。

じっさい、ものの三分もしないうちに、男たちがあらわれた。彼らはいまや四人になっている。いずれも長身で、褐色の長いフロックコートを着て、丸い帽子をかぶり、手には太い棍棒を持っている。彼らはその大きな体格や巨大な握り拳と同様に、暗闇を進んでくるその不気味な歩き方によっても不安を掻き立てた。まるで市民に変装した四つの幽霊のようだった。

彼らは十字路の真ん中で立ちどまり、なにか相談するように、一団に結集した。この一団は迷っているらしく、指揮をしているらしい男がジャン・ヴァルジャンがはいりこんだ方向をさっと指し示した。だが別の男がかなり頑固に反対方向を指さしていた。最初の男が振りかえったとき、月が真正面からその顔を照らしだした。ジャン・ヴァルジャンは、それがジャヴェールだと確信した。

第二章　さいわいにもオーステルリッツ橋が車を通している

ジャン・ヴァルジャンにはもはや迷いはなくなったが、さいわいにも、あの男たちの迷いはまだつづいていた。彼はそのためらいの隙に乗じた。彼らは時間をうしなったが、彼のほうはもうけたのだ。彼は隠れていた戸口のしたから外に出て、植物園方面に向かってポスト通りを突っ切った。コゼットが疲れてきたようなので、彼は腕に抱きとり、かかえて歩いた。通行人はひとりもなく、月のせいで街灯はともされていなかった。

彼は歩みを早めた。

しばらく大股で進むと、やがてゴブレ陶器店に着いた。その正面にこう書いてある古い掲示が、月明かりでははっきり読みとれた。

　二代目ゴブレの工場はこちら
　壺に水差し、花瓶、土管に煉瓦

どなたさまもなんでも好きにお選びください
これでもかというほど安価でお譲りします

彼はクレ通り、それからサン・ヴィクトールの泉をあとにして、植物園に沿って低い道を辿り、セーヌ河岸に着いた。そこで振りかえった。河岸にも、通りにも人影がなかった。背後にはだれもいなかった。彼はほっとひと息ついた。

彼はオーステルリッツ橋に来ていた。

当時はまだ通行税があった。

彼は徴税人の番所に行って、一スー出した。

「二スーだよ」と橋番の傷痍軍人が言った。「あんたはそこに歩ける子供を連れているだろ。二人分払いな」

彼はしぶしぶ払った。というのも、じぶんがここを通ったことが分かれば、のちに偵察の手がかりになるかもしれなかったからだ。どんな逃避行も、あくまで隠密にやらねばならないのだ。

ちょうど彼と同時に一台の大きな荷車がセーヌ河をわたり、同じように右岸に行こうとしていた。これが役立った。おかげでずっとその荷車の陰に隠れて橋をわたることができた。

橋の途中でコゼットは足がしびれて、歩きたがった。彼は地面に降ろして、ふたたび手を引いてやった。

橋をわたると、右の手前にいくつかの資材置場があるのに気づいた。彼はそこへ歩いていった。

その場所まで辿りつくには、照らされて遠くからでも見わたされる、かなり広い空地にはいりこむ危険をおかさねばならなかった。彼はためらわなかった。もちろん、彼を追いつめようとしている者たちはとっくにまかれてしまっていたので、ジャン・ヴァルジャンは危険を脱したと思っていた。捜されているのはたしかだが、追われているわけではないのだと。

あるちいさな通り、シュマン・ヴェール・サン・タントワーヌ通りが、壁に囲まれたふたつの資材置場のあいだに通じていた。この通りは狭く、暗いので、彼にはお誂え向きだった。その通りにはいるまえに、彼はうしろをながめた。

彼がいる地点から、オーステルリッツ橋がすっかり見わたせた。

ちょうど四つの人影が橋をわたろうとしていた。

この人影は植物園をあとにして、右岸のほうに向かっていた。

四つの人影は、例の四人の男たちだった。

ジャン・ヴァルジャンはふたたび捕らえられた動物のように身震いした。

彼にはひとつの希望が残されていた。あの男たちは橋にはまだ差しかかっていないから、コゼットの手を引いて、明るく大きな空地を横切ったときには、おそらくじぶんの姿は見られていないだろうということだった。

となれば、目のまえにあるこのちいさな通りにはいりこみ、もし首尾よく資材置場か、野菜畑か、耕作地か、建物のない空地にでも辿りつけば、なんとか逃げきることができる。このようなひっそりした小路なら安心だと思われた。彼はその通りにはいった。

第三章　一七二七年の地図を見よ

三百歩ほど行くと、通りが二股になっているところに出た。道がふたつに分かれ、一方が左に、他方は右に斜めに伸びている。ジャン・ヴァルジャンがいたのはちょうどYの字のふたつの枝のようなところだった。どちらを選ぶべきか？

彼はすこしも迷わず、右手に行った。

なぜか？

左の枝が場末、つまり人びとが住んでいる場所のほうに向かい、右の枝は野原、つまりひと気のないほうに伸びていたからだ。

とはいえ、ふたりの歩みはこれまでより遅くなっていた。コゼットの歩みがジャン・ヴァルジャンの足を引っぱっていたから。

彼はふたたび彼女を抱きかかえて進むことにした。コゼットはおじさんの肩に頭をのせ、ひと言も発しなかった。

彼はときどき振りかえっては、あたりを見まわした。つねに通りの暗い側にいるように心を配った。背後の道は真っ直ぐだった。二度か三度、うしろを振りかえったが、なにも見えなかった。あたりはしんと静まりかえっているので、いくらか安心して歩きつづけた。ある瞬間、いきなり振りかえると、通りすぎた道の、はるか遠くの暗がりに、なにか動くものが見えた気がした。

彼は歩くというよりも、まえのめりの急ぎ足になり、どこかの小路でも見つけ、そこから逃げて、もう一度追手の目をくらましたいと思った。

彼はひとつの壁に突きあたった。

だが、その壁があるからといって、先に進めないわけではなかった。それはジャン・ヴァルジャンが進んできた通りにつづき、斜めに分かれる小路に沿った塀だった。

ここで彼は、ふたたび決断しなくてはならなかった。右手をとるか、左手をとるか。

彼は右をながめた。その小路は納屋だの倉庫だのといった建物のあいだをひとしきり伸びてから、やがて袋小路になっている。その袋小路の奥に高い白壁がはっきりと見えた。

彼は左をながめた。こちらの小路は先が見通せて、百歩ばかり行ったところで一本の通りに通じている。この小路はその間道だったのだ。助かるとすればこの道のほうだった。

ジャン・ヴァルジャンが小路の先にちらりと見た通りに行くため、左にまわろうとした瞬間、向かおうとしている小路と通りの角に、じっと佇んでいる黒い人影がちらっと見えた。

明らかに、そこを見張るために今し方やってきたばかりの男で、通路をふさいで、待ちうけていたのである。

ジャン・ヴァルジャンは後ずさりした。

ジャン・ヴァルジャンがいたパリの一地点は、フォブール・サン・タントワーヌとラペ河岸のあいだだが、最近の工事ですっかり変えられ、ある者に言わせると醜くなり、別の者たちによれば、輝かしく変貌したという区画のひとつであった。耕地、資材置場、古い建物などは消え去っている。こんにちでは、そこに真新しい通り、競技場、サーカス、競馬場、鉄道の始着駅、マザス監獄などがある。進歩にはそれなりの矯正措置がともなうことが、これでお分かりになるだろう。

何事も伝統にしたがい、フランス・アカデミーを「四国民学院」と、オペラ・コミック座を「フェドー座」と頑固に言いつづけていたあの民衆の通り言葉では、ジャン・ヴァルジャンが立ちいった場所はまさに、半世紀まえには「プチ・ピクピュス」と呼ばれていたところだった。サン・ジャック門、パリ門、セルジャン市門、ポルシュロン、ガリヨット、セレスタン、カピュサン、マイユ、アルブル・ド・クラコヴィ、プチット・ポローニュ、プチ・ピクピュス[1]などは、新しいパリのなかで生き残っている古いパリの名称である。民衆の記憶はこうした過去の残骸のうえに漂っているのである。

もっともプチ・ピクピュス地区はほとんど実在しなかったも同然で、界隈らしきものの域をこえたことなどなく、ほとんどスペインの街の修道者風の佇まいだった。道はあまり舗装されず、通りにはあまり家がなかった。これから語ることになる二、三の通りをのぞけば、どこもかしこも塀ばかりで、寂しいところだった。一軒の商店もなければ、一台の馬車も通らない。窓にろうそくが一本灯されているのがぽつりぽつりと見えるだけだ。十時を過ぎると、すべての明かりが消される。あるのは庭、修道院、資材置場、野菜畑。まばらな低い家、それにその家と同じ高さの大きな壁。

前世紀のこの界隈はそのようなものだった。ここはすでに大革命によってひどく傷めつけられていた。つづいて共和政府の市役所当局によって取り壊され、穴を穿たれ、掘りかえされ、瓦礫置場まで設けられた。三十年まえには、この界隈は新しい建物のために削りとられて、消えようとしていた。現在では、まったく抹殺されてしまっている。プチ・ピクピュス地区は現代のどんな地図にも痕跡をとどめていないが、一七二七年の地図にはかなりはっきりと示されていた。この地図はパリではプラートル通りの向かい側のサン・ジャック通りにあるドニ・チエリー書店、リヨンではプリュダンスにあるメルシエ通りのジャン・ジラン書店から刊行されている。プチ・ピクピュスには筆者がさきにY字形と呼んだ通りがあった。これはシュマン・ヴェール・サン・タントワーヌ通りが二股に分かれてできたもので、左に行けばピクピュス小路、右に行けばポロンソー通りという名前になる。Y字のふたつの枝は横木のような道で端がつながっていた。その横木がドロワ・ミュール通りと呼ばれていた。ポロンソー通りはそこでおわっていたが、ピクピュス小路のほうはそこを突きぬけ、ルノワール市場のほうにのぼっていた。セーヌ河から来て、ポロンソー通りの端まで達する者の左手に、ぐっと直角に曲がるポロンソー通り、前方にこの通りの塀、そして右手はドロワ・ミュール通りが伸びて行詰りになっている。そこはジャンロ袋小路と呼ばれていた。

ジャン・ヴァルジャンがいたのはちょうどその袋小路だった。

ついさきほど述べたように、彼はドロワ・ミュール通りとピクピュス小路の角で人目をひく黒い人影に気づいて、後ずさりした。なんの疑いもない。彼はその影法師に見張られていたのだ。

どうすればいいのか？

あとに引きかえす暇はなかった。ついさきほどいくらか離れた後方の暗がりで動いていたのは、きっとジャヴェールとその一隊にちがいない。おそらくジャヴェールはすでにジャン・ヴァルジャンがいまいる道に差しかかっていることだろう。どう見てもジャヴェールはこのちいさな迷路を知りつくしていたらしく、用心に手抜かりがないように、部下のひとりを出口の守りにつかせていたのだ。こうした推測がまぎれもない事実になったとたん、たちまち突風に舞いあがる一握りの埃のように、その考えがジャン・ヴァルジャンの痛ましい頭のなかで渦巻いた。彼はジャンロ袋小路を観察した。そこは遮断されている。ピクピュス小路を観察した。そこには歩哨がいる。その陰気な姿が月光を浴びた白い敷石のうえに黒く浮きだしているのが見える。まえに進めば、その男に出くわす。うしろにもどれば、むざむざジャヴェールの懐に飛びこんでしまう。ジャン・ヴァルジャンはじぶんに網がかけられ、その網がゆっくりと狭まっていくのを感じ、絶望して、天を仰いだ。

第四章　手探りの逃亡

これからつづくことを理解するためには、ドロワ・ミュール小路、とくにポロンソー通りを出て、ドロワ・ミュール小路にはいっていく左手の角を正確に思いうかべねばならない。ドロワ・ミュール小路の右側には、ピクピュス小路までほぼぎっしりと貧相な家が建ちならんでいる。左側にはいくつもの棟からなる厳めしい輪郭の建物がひとつだけあり、棟はピクピュス小路に近づくにつれ、一階か、二階ずつ高くなっている。そのため、ピクピュス小路寄りではひじょうに高いこの建物も、ポロンソー通り寄りではかなり低くなっている。先述した角のところでは、建物は塀の高さまで低くなっている。この塀は通りの際に接して建ってはおらず、一か所、引っこんだ空間があり、そこならふたつの角によって、ポロンソー通り、ドロワ・ミュール通りのどちらから偵察されても、見えないようになっていた。

この切れこんだ空間のふたつの角から、塀は四十九番地と書かれている家までポロンソー通りに沿ってつづいている。また、それよりはるかに区画の短いドロワ・ミュール通りでは、塀はさきに述べた陰気な建物までつづき、そこで切妻になっている。そのため、この通りにももうひとつの引っこんだ角ができていた。この切妻はいかにも陰気に見え、そこにはたったひとつの窓、というより、亜鉛の薄板をかぶせた二枚の鎧戸でしかないのだが、これもずっと閉まっていた。

この場所の状態はきわめて精密に記したものだから、おそらくこの界隈のかつての住民たちの心に、まざまざと鮮明な思い出を呼びさますにちがいない。

切れ込みのところは、とてつもなく大きく粗末な戸のようなもので前面がふさがれ、下よりも上のほうが幅広い縦板を不格好に組み合わせ、長い鉄の帯で斜めにつないであった。脇に通常の大きさの正門があったが、その開口は明らかに、造られてから五十年以上もたってはいなかった。

一本の菩提樹が切れ込みのうえのほうに枝を伸ばし、ポロンソー通り寄りの壁は蔦におおわれていた。

危険が差し迫ったジャン・ヴァルジャンは、だれも住んでいないこの陰気な建物の、なんとなくうらさびれた感じに心ひかれた。彼はざっとその建物を検分し、もしこのなかにうまくはいりこめさえできれば、おそらく助かるだろうと思った。とっさにひとつの考えとひとつの希望が浮かんできた。

ドロワ・ミュール通りに面したこの建物の正面のなかほどには、どの階の窓にもみな、漏斗形の古い鉛の雨樋がついている。中央の導管からそれぞれの雨樋に達している導管が複雑に枝分かれし、建物の正面にまるで木のように浮きでている。この導管がそれぞれ、思いおもいに曲がりながら枝分かれしている様は、さながら古い農家の正面でくねくね身をよじらせている、葉を落とした葡萄の古い幹のようだった。

ブリキや鉄の枝の奇妙なその果樹垣のようなものが、まずジャン・ヴァルジャンの目をひいた。彼は車除けの石を背にコゼットをすわらせてから、導管が敷石に接しているところまで走っていった。うまくすれば、この導管を伝って登り、家のなかにはいることができるかもしれなかった。だが、導管はぼろぼろで役に立たず、かろうじてはめ込みにくっついているだけだった。そのうえ、この静まりかえった住まいの窓という窓には、太い鉄格子がはめてあり、屋根裏部屋までがそうだった。あまつさえ、月光が正面をまんべんなく照らしているのだから、通りの端で見張っている男には、登っていくじぶんの姿が丸見えになってしまうだろう。それに、コゼットをどうすればいいのか？　どうやって彼女を四階建ての家のうえまで引きあげてやるのか？

彼は導管をよじ登るのを断念して、塀沿いに這ってポロンソー通りにもどった。

コゼットを残してきた切れ込みまで達したとき、彼はここならだれにも見られることはないと気づいた。さきほど説明したように、どの方面から見られても、だれの目からも逃れられる地点なのだ。しかも、彼は暗がりにいる。それにふたつの門があった。もしかしたら、それをこじ開けられるかもしれない。上方に菩提樹と蔦が見える塀は、明らかに庭に通じている。その庭でなら、たとえ木々に葉がなくても、せめて身を隠し、一晩くらい過ごせるかもしれない。

時が過ぎてゆく。早くしなければならない。

彼は正門をさわってみただけで、それが内からも外からも閉めきられているのが分かった。それでも希望をうしなわず、もうひとつの大きな門に近づいた。その門はひどく老朽化し、大きいぶんによけいにぐらつき、板は腐り、三つしかない鉄の留金が錆びついていた。虫に食われたこの門なら突きぬけられそうだった。

よくしらべてみると、じつはそれは門でないことが分かった。そこには肘金物も、蝶番も、錠前も、中央の合せ目もなく、鉄のベルトが端から端へとひと続きに打ってあった。板の裂け目から、ぞんざいにセメントで固められた粗石や切石がのぞいていたが、これは十年まえなら通行人がそこで見ることができたはずのものだった。門と見えたものが建物を背にしたただの化粧板にすぎないと知って、彼は落胆した。板を一枚はがすのは造作もなかったが、そんなことをしてみても、壁にぶつかるだけの話だった。

第五章　ガス灯がついていたらできなかっただろう

ちょうどそのとき、いくらか離れたところから、歩調をそろえた鈍い足音が聞こえてきた。ジャン・ヴァルジャンは思いきって通りの一角から外をうかがってみた。七、八人の兵士が隊伍を組んでポロンソー通りに差しかかったところだった。銃剣が光るのが見える。その一隊は彼のほうにやってくる。

背丈の高さで見分けがつくジャヴェールを先頭に、その兵士たちはゆっくりと、用心深く進み、何度も立ちどまっていた。彼らが塀の隅々、門や路地の入口などを虱潰しに捜索しているのは明らかだった。

それはジャヴェールが出くわし、応援を要請したパトロール隊の兵士たちだった。ここまで来ると、さきほど憶測したことに間違いはなかった。ジャヴェールの手下が彼らの隊列にまじって進んでいるのだ。

彼らの歩調に、何度かの停止の時間を考えあわせると、彼らがジャン・ヴァルジャンのいるところまで達するには十五分ほどかかるだろう。恐ろしい瞬間だった。ジャン・ヴァルジャンと、彼のまえに三度目に口を開いているぞっとするような深淵とを隔てているのは、わずか数分でしかない。しかも今度は、徒刑場がただの徒刑場ではなく、コゼットをも永遠にうしなってしまう徒刑場になる。つまりは、墓のなかにも似た暮らしになってしまうのだ。

できることは、たったひとつだった。

ジャン・ヴァルジャンにはこんな特別なところがあった。それは彼がふたつの袋を持っていることで、そのひとつには聖人の考えが、もうひとつには徒刑囚の恐るべき才能がはいっていた。彼は機会に応じて、そのどちらかを探るのである。

いろいろある方策のなかでも、トゥーロンの徒刑場から何度も脱獄したおかげで、彼が梯子も、かすがいもなく、ただ筋力だけを頼りに、首と肩と腰と膝で身を支え、石のわずかな窪みの助けを借りて、切り立った壁を、必要なら七階の高さにまで登るという、信じられない芸当の名人として通っていたことが思いだされるだろう。これはいまから二十年まえ、囚人バットモルがパリのコンシェルジュリ牢獄から脱走して、その中庭の一隅を恐ろしく、また有名にした芸当である。

ジャン・ヴァルジャンは上方に菩提樹が見える塀を目で測った。ほぼ六メートルの高さだった。塀が大きな建物となしている角は、したの部分が三角形の土台の石でふさいであった。これは通行者と呼ばれる糞虫たちが、このお誂え向きの場所で用を足すのを防ぐためだったのだろう。こんなふうに壁の一角を予防のためにふさぐことは、パリではよくなされていた。

この土台の石の高さはほぼ一・六メートルだった。だから、この石のてっぺんから塀のうえまで達するのに越えねばならない距離は、四・四メートルほどでしかなかった。塀のうえには平らな石がのっているだけで垂木はなかった。

困るのはコゼットだった。彼女のほうは壁の登り方を知らなかった。見捨てていくか？　彼はそんなことは夢にも考えなかった。かといって、彼女をかかえて登ることもできなかった。この奇怪な登攀をやってのけるためには、ひとりの男の渾身の力が必要なのである。どんなささいな重みがかかっても、重心を乱し、落ちてしまうに決まっている。

どうしても縄が一本必要だったが、ジャン・ヴァルジャンは持っていなかった。こんな真夜中のポロンソー通りで、どうして縄など見つけることができるだろうか？　このとき、もしジャン・ヴァルジャンが王国を持っていたなら、縄一本のためにその王国を差しだしたことだろう。

どんなに窮まった状況にでも、それなりの閃きというものがあって、その閃きはある時は目をくらませ、ある時には目を開かせる。ジャン・ヴァルジャンの絶望した眼差しが、ふとジャンロ袋小路の街灯の柱に出会った。

この当時、パリの通りにはガス灯というものがなかった。夜になると、離ればなれに置かれた街灯に火がともされるのだが、その街灯は通りの一方の端から他方の端へとわたされ、柱の溝で調節される綱によって、昇ったり降りたりしていた。綱を繰りだす回転木戸は、街灯のしたにある小箱にはめこまれ、その小箱の鍵は点灯夫が持っていた。また綱そのものは、ある高さまで金属の覆いで保護されていた。

ジャン・ヴァルジャンは決死の勢いで一気に通りを越え、袋小路にはいり、ナイフの先で小箱のボルトを飛ばしたあとすぐにコゼットのもとにもどってきた。彼は一本の綱を手にしていた。運命と闘って、なんとか手立てを見つける日陰者は、手早く仕事を片づけるものなのだ。

すでに説明したように、その夜、街灯には火がともっていなかった。したがって、ジャンロ袋小路の街灯も、他の街灯と同じく消えていた。そばを通りかかる者がいても、街灯の位置がいつもと違うことには気づかなかっただろう。

しかしながら、遅い時刻、暗がりにくわえ、ジャン・ヴァルジャンが心配そうな顔をして、いつもと違う動作をして、行ったり来たりするので、コゼットはそろそろ不安になりかけていた。他の子供だったら、とっくに大きな叫び声を出していたことだろう。彼女はただジャン・ヴァルジャンのフロックコートの裾を引っぱっただけだった。近づいてくるパトロール隊の足音が引っきりなしに聞こえ、その音がだんだんはっきりとしてくる。

「お父さん」と彼女はごくちいさな声で言った。「あたし怖い。いったい、だれが来るの？」

「しっ！」と不幸な男が答えた。「あれはテナルディエのおかみさんだよ」

コゼットは身震いした。彼はこう付けくわえた。

「しずかに。わたしにまかせなさい。もしきみが叫んだり、泣いたりすれば、テナルディエのおかみさんに見つかってしまうからね。おかみさんはきみを取りかえしにきたんだよ」

それから彼はなんらあわてもせずに、けっして抜かりがないよう、素早く着実な手際――パトロール隊とジャヴェールがいまにもあらわれるかもしれないときだけに、なおさら驚くべき手際――でネクタイをほどき、コゼットを傷つけないように気を配りながら、体の腋下にそれを巻きつけ、海の男たちが「ツバメ結び」と呼んでいる結び方で縄の端に縛りつけた。縄のもうひとつの端は歯で加え、靴と靴下を塀越しに投げいれて、土台石のうえに登り、それからまるで踵と肘のしたに横木があるみたいに、しっかりとたしかな足取りで塀と切妻の角を昇りはじめた。ものの三十秒もたたないうちに、彼はもう塀のうえに膝をついていた。

コゼットはびっくりしたまま、ひと言も口をきかずに見守っていた。ジャン・ヴァルジャンの指図とテナルディエのおかみの名前に、すっかり縮みあがっていたのである。

突然、あいかわらずとても小声だが、こう彼女に命じるジャン・ヴァルジャンの声が聞こえた。

「塀に背中をつけるんだ」

彼女は言われたとおりにした。

「黙って。怖がらなくてもいいんだよ」とジャン・ヴァルジャンはつづけた。

そして彼女は、地面から体が持ちあがるのを感じた。なにがなんだか分からないうちに塀のうえにいた。

ジャン・ヴァルジャンは彼女を引きよせて背負うと、左手でそのちいさな両手を握って腹這いになり、塀のうえを切妻のところまで這っていった。彼が見抜いていたとおり、そこには建物があり、その屋根は板塀のうえからはじまって、地面のごく近くまで降りていた。ゆるやかな斜面で、菩提樹とはすれすれだった。具合がいいことに、塀の内側の地面が通りの側よりずっと低かった。ジャン・ヴァルジャンには、地面がはるか下方に見えた。

彼が屋根の斜面に達したばかりで、まだ塀のてっぺんから手を放さないうちに、激しい騒ぎが起こって、パトロール隊が到着したことが分かった。ジャヴェールの声がとどろきわたるのが聞こえた。

「袋小路をさがせ! ドロワ・ミュール通りの守りは固めてある。ピクピュス小路もだ。やつは間違いなく袋小路にいるぞ!」

兵士たちはジャンロ袋小路に殺到した。

ジャンヴァルジャンはコゼットを支えたまま屋根を滑り、菩提樹のところに差しかかると、地面に向かって身をひるがえした。怖がっていたのか、勇気があったのか、コゼットはひと言も発しなかった。彼女は手をすこしすりむいていた。

第六章　謎の始まり

ジャン・ヴァルジャンはとても広い、一風変わった庭のようなところにいた。それは冬と夜にながめるために造られたような、寂しい庭のひとつだった。その庭は長方形で、奥には大きなポプラ並木のある散歩道、隅々にはかなり背の高い木があった。中央には開けた平地があって、そこにぽつんと立ったひじょうに高い木、灌木の大きな茂みのように逆立ってよじれている何本かの果樹、野菜畑の区画、鐘型のガラスカバーが月光に輝いているメロン畑、それから古い汚水溜などが見分けられた。あちこちに石のベンチがあったが、苔で黒ずんでいた。小灌木に縁取られた散歩道が何本も暗く真っ直ぐに伸び、その半数は雑草に侵入され、残りは緑の菌糸でおおわれていた。

ジャン・ヴァルジャンの脇には、ついさっき降りるときに屋根がひと役買ってくれた建物と、薪の山があった。薪の背後の塀にぴったり寄せるかたちで古い石像が立っていたが、顔のところが損なわれているので、暗がりにぼんやりとあらわれる、ただの不格好な仮面にしか見えなかった。

建物は廃墟も同然で、取り壊された部屋がいくつも見えたが、そのひとつに物が山と置かれているところを見ると、どうやら納屋としてつかわれているようだった。

ピクピュス小路に面して折りかえしているドロワ・ミュール通りの大きな建物は、直角になったふたつの面をこの庭に向けていた。この内側のふたつの正面は外側の正面よりもさらに陰惨だった。すべての窓に格子がはめてあり、明かりがまるで見えなかった。上部の階には監獄のように窓覆いがあった。ふたつの正面の一方が他方に影を投げかけ、その影が庭に落ちて、黒い敷物のように広がっていた。

他に家は見えなかった。庭の奥は霞と夜のなかに消えていた。とはいえ、もっと先には畑があるらしく、いくつもの壁が交差している様子、それにポロンソー通りの低い屋根がぼんやり見分けられた。

この庭ほど荒涼として物寂しいものを思い描くことはむずかしい。人っ子ひとりいない。時刻のことを思えば当然だが、この場所はたとえ真っ昼間でも、人が歩くようにはできていないようだった。

ジャン・ヴァルジャンがまず気にかけたのは、靴を見つけてふたたび履くこと、それからコゼット連れて物置のなかにはいることだった。逃亡する人間は、けっして完全に逃げおおせたとは思わないものだ。ずっとテナルディエのおかみさんのことばかり考えていた子供のほうも、彼と同じようにできるだけ身をひそめようとする本能をもっていた。

コゼットは震えて、彼にからだをくっつけていた。袋小路や通りをさがしまわるパトロール隊の騒々しい物音、石に銃床がぶつかる音、見張りに立たせた密偵たちに呼びかけるジャヴェールの声、呪詛に混じってよく聞き分けられない言葉などが聞こえていた。

それでも十五分ほどすると、その種の嵐のような怒号も遠ざかりはじめた。ジャン・ヴァルジャンはじっと息をころしていた。

彼はコゼットの口にそっと手を当てていた。

もっとも、ふたりがひっそり身を隠していた場所は不思議なほど静かなので、あれほど猛り狂った恐ろしい騒ぎがすぐ近くで起こっても、不安の影さえ投げかけてこなかった。その塀はまるで、聖書に出てくるあの物言わぬ石でつくられているようだった。

そんな深い静けさのただなかに突然、新しい物音が鳴りひびいた。さきの物音が恐ろしいものだっただけに、なおさら心が奪われる、天上の、神々しい、名状しがたい物音が。それは、暗闇から出てきた賛美歌、夜の暗く恐ろしい沈黙のなかに、輝くばかりの祈りと妙なる調べだった。女性たちの声、だが同時に処女たちの清らかな響きと子供たちの純真な響きとが組みあわさった声、この地上のものではなく、新生児がまだ耳に残し、瀕死の者たちにはすでに聞こえている声。その歌声が庭を見下ろす薄暗い建物から届いてくるのだった。悪霊どもの喧騒が遠ざかっていくこのとき、それは影のなかを近づいてくる天使たちの合唱のようだった。

コゼットとジャン・ヴァルジャンは思わず跪いた。

ふたりにはそれがなにか分からず、じぶんたちがどこにいるのかも知らなかったが、この男とこの子供、この改悛した男とこの無垢な女の子はいずれも、どうしても跪かなくてはならないと感じたのだった。

声は聞こえてくるのに、不思議なことに、建物にはひと気がないように思えた。さながら無人の住まいに響く、超自然の歌声のようだった。ジャン・ヴァルジャンはなにも考えていなかった。もう夜は見えず、青い空が見えた。人間だれしもが内にもっているあの翼が、ぱっと開くのを感じる思いだった。

歌声がやんだ。もしかすると、長くつづいていたのかもしれない。ジャン・ヴァルジャンには、なんとも言えなかったことだろう。忘我の時間というものはいつも、たったの一瞬にすぎないのだから。

すべてが沈黙にもどってしまった。通りにはなにもなく、庭にもなにもなくなった。脅威をもたらしていたもの、安心をあたえていたもの、すべてが消えうせていた。塀のてっぺんにある枯草が風に吹かれ、柔和で物寂しい、かすかな音を立てていた。

第七章　謎の続き

夜の北風が立って、時刻が午前一時と二時のあいだであることを告げていた。哀れなコゼットはなにも言わなかった。彼女がかたわらの地面にすわって、頭を彼にもたせかけているので、ジャン・ヴァルジャンは眠りこんだのだと思った。彼は身をかがめて、彼女を見つめた。コゼットは目を大きく開いて、どこか途方に暮れた様子をしていたので、ジャン・ヴァルジャンとしてはつらかった。彼女はずっと震えていた。

「眠いのかい？」とジャン・ヴァルジャンが言った。

「あたし、ひどく寒いの」と彼女は答えた。

しばらくして、彼女はつづけた。

「あのひと、まだいるの？」

「だれが？」とジャン・ヴァルジャンが言った。

「テナルディエのおかみさん」

ジャン・ヴァルジャンはじぶんがコゼットを黙らせるのにつかった手のことをもう忘れていた。

「ああ、そうだ！」と彼は言った。「あれはいなくなった。もう怖がらなくてもいいんだよ」

子供は胸のつかえが取れたように、ほっと溜息をついた。

地面は湿っていた。納屋は四方八方開けっぱなしで、北風が刻々冷たくなってきた。おじさんはじぶんのフロックコートを脱いで、コゼットをくるんでやった。

「こうすると寒くないだろう？」と彼は言った。

「ええ、お父さん！」

「じゃあ、ちょっと待っていなさい。すぐにもどってくるから」

彼は廃墟の外に出て、大きな建物に沿って歩きだし、すこしはましな隠れ家をさがした。いくつもの戸に出くわしたが、いずれも閉まっていた。一階のすべてのガラス窓に格子がついていた。

気がつくと、建物の内側の角を越えるとすぐ、アーチ型の窓のところに来ているのに気づいた。そこにはいくらか明かりがあった。彼は爪先立って、その窓のひとつを見上げた。それらの窓はいずれもかなり広いホールについている。ホールは床に広い板石が敷かれ、アーケードと支柱で仕切られて、ぼんやりした光と大きな影しか見えなかった。その微光は片隅にともされている終夜灯からくるものだった。ホールには人影がなく、動くものはなにもなかった。とはいえ、じっと見つめていると、板石の床に、経帷子でくるまれた人間の肢体のようなものが見えるような気がした。それが腹這いに倒れ、顔を石につけ、腕を十字に組んで、死んだようにじっとしている。板石を這っている蛇のような姿を見れば、この不気味な形のものは首に縄をつけているようだった。

ホールの内部はかろうじて照らされている場所に特有の靄につつまれ、恐ろしさをいや増している。

その後、ジャン・ヴァルジャンがよく言ったことだが、生涯で何度も不気味な光景に出くわしたけれども、あんな暗いところで、夜、なんとも得体の知れぬ秘儀を執りおこなっている謎めいた人影をかいま見たときほど、身も凍るような、ぞっとする思いをしたことは一度もなかったという。そのものが死んでいるかもしれないと考えるのは身の毛もよだつことだったし、また生きているかもしれないと思うのはなおさらおぞましいことだった。

彼は勇気を出して額を窓ガラスにくっつけ、そのものが動いているかどうか探ってみた。ひどく長く感じられたが、じっさいにはほんのしばらくのあいだ、じっとそこにとどまっていた。横たわったその肢体にはなんの変化もなかった。突然、彼は曰く言い難い恐怖におそわれるのを感じて逃げだした。うしろを見る勇気もなく、ひたすら納屋のほうに駆けだした。頭を向けようものなら、その人影が腕を振りまわしながら、大股であとをついてくるのが見えるような気がしたのだった。

彼は息を切らして廃墟に着いた。膝ががくがくし、腰に汗が流れていた。

じぶんはどこにいるのか？　パリのど真ん中にあのような墓を思わせるわけの分からないものがあることを、いったいだれが、一度でも想像できただろうか？　あの異様な家は、いったいなんなのか？　夜の神秘にみち、天使の声で暗闇にいる人の魂を呼び寄せ、その魂がやってくると、いきなりあのようなおぞましい光景を見せつけ、天上の輝かしい扉を開くと約束しておきながら、墓場の恐ろしい扉を開いてみせる建物！　しかも、じっさいあれはまさしく建物、通りに番号もある家なのだ！　これは夢なんかではない！　そう信じるのに、彼はそこの石をさわってみなければならなかった。

寒さ、心配、不安、この晩のいろんな心の動揺のために、彼はじっさい熱を出し、頭のなかではそうした想念が互いにぶつかりあっていた。

彼はコゼットに近づいた。彼女は眠っていた。

第八章　謎は深まる

その子は頭を石にのせて眠りこんでいた。

彼はそばにすわって、彼女を見つめはじめた。見つめているうちに、すこしずつ落ち着いてきて、心の余裕を取りもどした。

彼ははっきりと、今後みずからの生活の根本となるこのような真実を感じとった。つまり、この子がそばにいてくれるかぎり、じぶんはこの子のため以外にはなにも必要ではなく、この子のせい以外にはなにも恐れなくなるだろうという真実である。彼はフロックコートを脱いでその子にかけてやったくらいだから、じぶんがひどく寒いことさえ感じていなかった。

とはいえ、彼が沈みこんでいる夢想をさえぎるように、しばらくまえから奇妙な物音が聞こえていた。それは鈴を振っているような音だった。庭でそんな音がしているのだ。庭のほうから、その音は弱いながら、はっきりと聞こえていた。夜の牧草地で動物たちが奏でる、ぼんやりとしたかすかな音楽に似ていた。その音に、ジャン・ヴァルジャンは振りかえった。じっとうかがっていると、庭にだれかがいるのが見えた。

ひとりの人間らしい物影がメロン畑の鐘型のガラスカバーのあいだを歩き、まるで地面でなにかを引いたり、広げたりするように規則正しく、からだを持ちあげたり、かがんだり、立ちどまったりしている。どうやら、その者は足が不自由らしかった。

ジャン・ヴァルジャンは、不幸な人びとがいつもびくびくしているときにするように身震いした。不幸な人びとには、あらゆるものが敵意をもち、疑わしく思える。彼らはじぶんたちが人目につくのを容易にするからと言って昼を警戒し、不意を突かれるのを容易にするからと言って夜を警戒する。さきほどの彼は、庭に人影がないことに怯え、今度は庭にだれかいることに怯えているのだ。

彼は架空の恐怖からふたたび現実の恐怖にもどってこう思った。おそらくジャヴェールと密偵どもは立ち去っておらず、通りに監視の者たちを残していったにちがいない。もしおれがあの男に庭で見つけられでもしたら、泥棒と叫んで、おれを連中の手に引きわたすだろう。彼は眠っているコゼットをそっと腕に抱きとり、納屋のもっとも奥まった一角の、使用ずみの家具が積んである山の陰に運んだ。コゼットは身動きひとつしなかった。

彼はそこからメロン畑にいる人物の挙動を観察した。奇妙なのは、鈴の音がその男が動くたびに鳴ることだった。男が近づけば音も近づき、遠ざかれば音も遠ざかる。男がなにか急な動作をすれば、トレモロがその動作にともなう。立ちどまれば、音もやむのである。どう見ても、鈴はその男につながれているようだった。では、これはいったいどういうことなのか？　羊や牛ではあるまいし、ちいさな鈴をぶらさげているこの男は何者なのか？　こんな疑問を胸に、彼はコゼットの手をさわってみた。氷のように冷たかった。

「ああ、これは！」と彼は言った。

彼は小声で呼んでみた。

「コゼット!」

彼女は目を開かなかった。

激しく揺すってみたが、目を覚まさなかった。

「もしかして死んでいるのか!」と彼は言い、頭から足の先まで震わせながら、立ちあがった。

このうえなく恐ろしい考えが入り混じって心をよぎった。いまわしい予感が復讐の女神の群のように人間を包囲し、荒々しくわたしたちの頭脳の仕切を破ってしまう時がある。事がわたしたちの愛する者たちに関わるとなれば、いくら慎重な人間でも、ありとあらゆる狂気の虜になってしまうものだ。寒い夜に戸外で眠らせていれば、命に差しつかえるかもしれないことに彼は思いあたった。

顔面蒼白のコゼットは彼の足元の地面にぐったりと横たわり、身動きひとつしない。彼は彼女の吐息に耳を澄ました。彼女は息をしている。だがその息は弱々しく、いまにも絶えてしまいそうに思われる。

どうしたらこの子を暖めてやれるのか? どうしたらこの子の目を覚ましてやれるのか? それ以外のことはすべて、彼の頭から消えてしまった。彼は血迷ったように廃墟の外に飛びだした。なんとしても、十五分もたたぬうちに、コゼットを火のまえに置き、ベッドのなかに入れてやらねばならない。

第九章　鈴をつけた男

彼は庭にいるのを見つけた男のほうに真っ直ぐ歩いていった。手にはチョッキのポケットにあったひと束の紙幣を持っていた。

その男は頭をさげていたので、彼がやってくるのが見えなかった。大股で数歩進むと、ジャン・ヴァルジャンはその男のところに行き着いた。彼はこう叫びながら男に近寄った。

「百フランだ！」

男はびっくりして目をあげた。

「百フラン稼げるぞ」とジャン・ヴァルジャンはつづけた。「もし今夜の宿を貸してくれるなら！」

月がジャン・ヴァルジャンの怯えた顔をまともに照らしていた。

「おや、あなたでしたか、マドレーヌさん！」と男は言った。

こんな夜更けの、こんな未知の場所で、見知らぬ男から発せられたその名前を耳にして、ジャン・ヴァルジャンは後ずさりした。

どんな覚悟もしていたが、これだけは別だった。彼に話しかけた男は腰が曲がり、足が不自由な老人で、農民風の格好をしていたが、左膝に革の膝当てをし、そこにかなり大きな鈴を吊りさげていた。暗闇に紛れて、顔は見分けられなかった。

ところが、そのじいさんは縁なし帽をとって、全身わなわなと震わせながら声をあげた。

「こりゃまあ、マドレーヌさん！　どうしてここにおられるんじゃ？　いったい、どこからはいってこられたんじゃ？　もしかして、天から降ってこられたんですかの！　べつにおかしくない。もしあなたが降ってこられるなら、そりゃ天からに決まっておる。それにしても、なんという格好をしとられる！　ネクタイも、帽子も、上着もなしとは！　あなたのことを知らない人なら、ぞっとするかもしれませんぞ？　上着もなしとは！　いやはや、きょうびは、聖人さまたちもどうかされたんですかね？　それにしても、いったい、どこからここにはいってこられたんじゃ？」

つぎからつぎと言葉が口をついて出てくるその老人は、田舎風の饒舌でしゃべったが、そこには人を不安にさせるところはまったくなかった。彼の言うことにはいちいち、心底びっくり仰天した老人の人の好さがありありとうかがわれた。

「あなたはどなたですか？　この家はどういうところなんですか？」とジャン・ヴァルジャンが尋ねた。

「こりゃまた、そりゃないでしょう！」と、老人は声をあげた。「わしはあなたにこの場所を世話してもらった者ですわい。ここはあなたに世話をしてもらった家ですわい。なんですか！　このわしに見覚えがないとでも？」

「いや、ない」とジャン・ヴァルジャンは言った。「そもそも、どうしてわたしのことを知っておられるのですか、あなたは？」

「あなたはわしの命の恩人じゃからの」と男が言った。

男が振りむくと、月光によってその横顔が浮かびあがった。そこでやっと、ジャン・ヴァルジャンにもそれがフォーシュルヴァン老人だと分かった。

「ああ！」とジャン・ヴァルジャンは言った。「あんただったのか？　もちろん、見覚えがあるよ」

「そりゃよかったですわい！」と、老人は咎めるような口調で言った。

「で、ここでなにをしているのかね？」とジャン・ヴァルジャンがつづけた。

「ほれ！　メロンを囲っているところですわい！」

じっさい、ジャン・ヴァルジャンが近づいたとき、フォーシュルヴァン老人は筵の先を手に持って、せっせとメロン畑に広げていたのだった。彼はもう一時間ほどまえから庭に出て、そんなふうにかなりの数の筵を敷きおえていた。その作業のために、ジャン・ヴァルジャンが納屋からうかがっていた、あの奇妙な動きをしていたのである。

彼はこうつづけた。

「わしはこう思ったんですわ。月が明るい。これじゃいまに霜がおりるぞ。わしのメロンどもに外套をかけてやろうかいな」——それから彼は、大笑いしながらジャン・ヴァルジャンを見て、こう付けくわえた。「あなたこそ外套を着てこられるべきじゃったな！　じゃが、いったい、どうしてここにおられるんじゃ？」

ジャン・ヴァルジャンはこの男にじぶんが、少なくともじぶんの名前が知られていると感じて、話をつづけるのにも用心してかかった。彼はいろいろと質問した。そこで奇妙なことに、ふたりの役割が逆転してしまい、問いかけるのが闖入者である彼のほうになった。

「ところで、膝のその鈴はなんだね？」

「これですかの？」とフォーシュルヴァンは答えた「これはみんながわしを避けるようにつけているもんじゃて」

「なんだって！　みんながあんたを避けるだって？」

「もちろん！　この家には女しかおらんもんでの。大勢の娘たちがおりますんじゃ。わしに出くわすのが、危ないってことのようですわ。わしだぞ、と鈴が知らせる。そこでわしが来ると、女たちはいなくなるというわけでしての」

「この家は、どういうところなのかね？」

「おやまあ！　あなたこそよくごぞんじじゃろうに」

「とんでもない。わたしは知らない」

「あなたがこのわしをここの庭師にしてくださったんじゃろうが！」

「なにも知らない人間として、このわたしに答えてくれないか」

「じゃったら、言いましょう。ここはプチ・ピクピュス修道院じゃがな！」

ジャン・ヴァルジャンに思い出がよみがえってきた。偶然によって、すなわち神意によって、彼はサン・タントワーヌ界隈のこの修道院に投げいれられたのである。その二年まえ、荷馬車から落ちて足を悪くしたフォーシュルヴァン老人は、まさしく彼の推薦でここに受け入れてもらっていたのだった。彼はじぶん自身に話すようにくりかえした。

「プチ・ピクピュス修道院か！」

「それにしても、まったくの話」とフォーシュルヴァンは言葉をついだ。「マドレーヌさん、いったいどうやってここにはいられたんじゃ？　いくら聖人でも、あなたはやっぱり男ですわ。じゃが、ここには男はいれないことになっているもんじゃて」

「あんたがいるじゃないか」

「いるのはこのわしだけですわ」

「そうはいっても」と、ジャン・ヴァルジャンは言葉をついだ。「わたしはどうしてもここにいなくてはならないんだ」

「困りましたの！」と、フォーシュルヴァンは声をあげた。

ジャン・ヴァルジャンは老人に近づき、重々しい声で言った。

「フォーシュルヴァン老人、わたしはあなたの命を助けた」

「それをさきに思いだしたのは、このわしでしょうがて」とフォーシュルヴァンは言いかえした。

「そこでだ。昔あんたにしてあげたことを、今のわたしにしてもらえまいか」

フォーシュルヴァンは老いて皺だらけの震える両手で、ジャン・ヴァルジャンの逞しい両手を取り、まるで言葉をうしなったように、しばらくじっとしていたが、やがて声をあげた。

「ああ！　もしわしがあなたにちょっとでも恩返しができれば、そりゃ神様のお思し召しというもんじゃ。このわしが！　あなたの命を助ける！　市長さん、なんなりと、この年寄りのじじいに申しつけてくだされ！」

素晴らしい喜びに、この老人は人が変わったようだった。その顔から光が射してくるように見えた。

「わしはなにをしたらいいんじゃ？」と彼はつづけた。

「これから説明しよう。あんたには寝室があるか？」

「わしは離れ小屋を持っとりますんじゃ。あそこの、古い修道院の廃墟のうしろ、だれにも見られない片隅でな。寝室は三つありますわい」

じっさい、その小屋は廃墟のうしろに隠れ、だれの目にもつかないような好位置にあったので、ジャン・ヴァルジャンにも見えなかったのである。

「結構だ」とジャン・ヴァルジャンは言った。「じゃあ、これからふたつのことをお願いする」

「市長さま、どういうことですかいの？」

「第一に、あんたがわたしについて知っていることをだれにももらさないこと。第二に、それ以上の事情を知ろうとしないこと」

「そのとおりにいたしましょう。あなたは正直なことしかできないお方だし、いつだって神様の申し子だったっていうことは、重々承知しておりますんでの。それにここを世話してくださったのもあなたじゃからの。これはあなたに関わることですから、わしにはなんなりと言いつけてくだされ」

「これで決まりだ。じゃあ、いっしょにきてくれ。子供を連れにいこう」

「へえ！」とフォーシュルヴァンは言った。「子供がいるんですかい！」

彼はそれ以上ひと言も付けくわえず、主人についていく犬のように、ジャン・ヴァルジャンのあとにしたがった。

それから三十分もしないうちに、コゼットは心地よい暖炉の炎に暖められ、またバラ色の肌にもどって、老庭師のベッドで眠っていた。ジャン・ヴァルジャンはふたたびネクタイとフロックコートを身につけていた。塀越しに投げこまれた帽子も見つかって拾われた。ジャン・ヴァルジャンがフロックコートを着ているあいだに、フォーシュルヴァンは鈴のついた膝当てを外してしまい、いまではそれは背負い籠のそばの釘に吊るされて壁を飾っていた。ふたりの男はテーブルに肘をついて暖をとっていた。フォーシュルヴァンはテーブルにひと塊のチーズ、麩入りのパン、葡萄酒一瓶、グラスをふたつ置いていた。老人はジャン・ヴァルジャンの膝に手を置きながらこう言った。

「ああ！　マドレーヌさん！　あなたはわしのことをすぐに分からなかったんですのう！　あなたはみんなの命を助けられる。でも、そのあとは助けた者のことなんぞ、すっかり忘れてしまわれるんじゃの！　いやはや！　それはよくないことですぞ！　助けられたほうは、あなたのことを覚えとるんですからの！　あなたってお人は、よくよく恩知らずなお方じゃ！」

第十章　ジャヴェールが獲物を見つけそこなったわけ

わたしたちがいわばその裏面を見たばかりの出来事は、このうえなく単純な状況で現実になったのだった。

ファンチーヌの死の床でジャヴェールに逮捕された日の夜、ジャン・ヴァルジャンがモントルイユ・シュル・メール市の監獄から逃げたときに、警察はこの逃亡徒刑囚がパリに向かったにちがいないと推測した。パリはすべてを呑みこむ大渦巻で、海の中心のように、この世界の中心ではなにもかもが消えてしまう。どんな森も、パリの群衆のようにはひとりの人間を隠してくれない。このことは、あらゆる種類の逃亡者たちに知られていた。彼らはまるで大渦巻に呑みこまれるようにパリに来る。呑みこまれると、助かることもあるのだ。警察もまた、そのことを知っていて、ほかの場所で見失ったものはパリでさがすことにしていた。警察はモントルイユ・シュル・メールの前市長をパリでさがした。ジャヴェールはこの捜索の応援のためにパリに呼ばれた。じっさい、ジャヴェールはジャン・ヴァルジャン再逮捕のために、すこぶる頼もしい助力をした。その折にジャヴェールが見せた熱意と才覚が、アングレス伯爵のもとで警視総監秘書をしていたシャブイエ氏の目にとまった。かつてジャヴェールを庇護していたシャブイエ氏は、今度はモントルイユ・シュル・メールの警部をパリ警察に配置した。そこでジャヴェールは大いに活躍をし、こんな仕事についてつかう言葉としてはどうかとも思われるが、ものの見事に大役を果たした。

彼はジャン・ヴァルジャンのことなど考えていなかった――いつも今日の狼を追いかける猟犬は昨日の狼など忘れてしまうものだ――が、日頃はけっして読まないのに、一八二三年の十二月、ある新聞を読んだ。といっても、王党主義者だったジャヴェールは「大元帥公」のバイヨンヌ凱旋の詳細を知りたかっただけだった。関心のある記事を読みおわると、紙面の下欄にあったひとつの名前、ジャン・ヴァルジャンという名前を目にしてあっと思った。新聞は徒刑囚ジャン・ヴァルジャンの死を告げ、しかもその事実がじつに明白な言い方で公表されていたので、ジャヴェールとしても疑いの余地はなかった。彼は「これは結構な犯罪記録だぞ」と言っただけだった。それから新聞を放りだし、もうそのことは考えなくなった[1]。

　それからしばらくして、セーヌ・エ・オワーズ県からパリの警視庁に幼児誘拐にかんする報告書が送られてきた。この事件はモンフェルメイユ村で、特殊な状況で生じたものだという。報告書によれば、母親によってその地の旅籠の主人に預けられていた七歳か八歳の少女が何者かにさらわれた。その子はコゼットという名前であり、いつ、どことも知れぬ、ある施療院で死んだファンチーヌという女の子供だという。この報告書にざっと目を通すと、ジャヴェールはふっと考えこんでしまった。

　ファンチーヌという名前はよく知っていた。彼はジャン・ヴァルジャンがその女の子供を引きとりにいくので三日の猶予がほしいと言ったとき、大笑いしたことを思いだした。ジャン・ヴァルジャンがパリで逮捕されたのは、ちょうどモンフェルメイユ行きの馬車に乗ろうとしていたときだったことも思いおこした。あの当時、いくつかの情報から見て、ジャン・ヴァルジャンがあの馬車に乗るのは二度目であり、前日にもあの村近くに最初の遠出をしていたということさえ察せられた。というのも、村そのもので彼の姿を見かけた者はひとりもいなかったからだ。彼はなにをしにモンフェルメイユなどに行ったのか？　だれも見抜けなかった。いまや、ジャヴェールにはそれが分かった。ファンチーヌの娘がいたからだ。ジャン・ヴァルジャンはその娘を連れにいこうとしたのだ。ところが、その女の子は何者かにさらわれたところだという。しかし、ジャン・ヴァルジャンは死んでいる。ジャヴェールはだれにもなにも告げず、プランシェット袋小路の、「プラ・デタン」の二輪乗合馬車にのって、モンフェルメイユに旅立った。

彼はそこで謎がすっきり解明されるとばかり期待していたのだが、じっさいにはその謎がいちだんと深まるだけだった。

初めの数日、テナルディエ夫婦は口惜しまぎれに、いろいろ言いふらしていた。「ひばり」がいなくなったことが、村じゅうの噂になった。この話にはたちまちさまざまな説が立てられたが、結局、幼児がさらわれたということに落ち着いた。さきの警察の報告書もそこから出ている。ところが、当初の不機嫌が治まると、テナルディエは持ち前の感嘆すべき本能をはたらかせて、たちまちこう理解するようになった。王室検事をやたらに動かすのは得策ではない。コゼットの「誘拐」のことで訴えると、その結果として、司法当局の鋭い目をまずじぶん、すなわちテナルディエと、じぶんがおかした多くの怪しげな事件に向けることになると。梟がいちばん厭がるのは、ろうそくを持ってこられることである。それにだいたい、じぶんが受けとった千五百フランの件をどうやって切りぬけたらいいのか？　そこで彼は方向転換をはかり、女房の口封じをして、ひとから「さらわれた子供」の話をされると、びっくりしたふりをするようになった。――こっちもなにがなんだかさっぱり分からないんですよ。あの大切な女の子がいきなり「取りあげられた」直後は、たしかに苦情も言ったし、可愛さのあまり、せめてもう二、三日くらいは手元に置いておきたいとも思ったものでしたが。しかし、なにしろあの子を連れにきたのは、じつの「おじいさん」だったんですからねえ。これはこれで、ごく当たり前な話じゃないですか云々。彼がおじいさんのことを付けくわえたのは、正解だった。モンフェルメイユに着いたジャヴェールが引っかかったのはその話だったからだ。おじいさんのおかげで、ジャン・ヴァルジャンのことはどこかにいってしまった。

それでもジャヴェールは、探りを入れるように、テナルディエの話にいくつか質問を差しはさんだ。「そのじいさんというのは何者だ？　どういう名前なんだね？」

テナルディエはこともなげに答えた。

「金持ちの農家の方です。わたしは旅券も拝見しました。たしか名前はギヨーム・ランベールとかおっしゃいました」

ランベールというのは、いかにも人の好さそうな、安心できる名前だ。ジャヴェールはパリにもどった。

「ジャン・ヴァルジャンはたしかに死んでいる」と彼は思った。「おれもよくよく間抜けだな」

彼がふたたびその話をすっかり忘れかけようとしていたとき、つまり一八二四年三月のこと、サン・メダール教区に住み、「施し物をする乞食」と渾名されている風変わりな人物の噂を耳にした。なんでも、この人物は年金生活者で、だれにも正確な名前が知られず、八歳の少女とふたりきりで暮らしているのだが、その少女自身、じぶんがモンフェルメイユから来たというほか、なにも知らないのだという。モンフェルメイユ！　なにかにつけいつも聞かされるその名前が、ジャヴェールの耳をそばだてた。その人物が施し物をした元の教会守の、密偵をかねた乞食の老人は、別の事実を付けくわえてくれた。——あの年金生活者はおそろしく人づきあいが悪い——、——晩にしか外出しない——、——だれとも話をしない——、——ときどき貧乏人には口をきく——、——だれも近づけようとしない。ひどく古い黄色のフロックコートを着ているが、そこには紙幣がいっぱい縫いこんであるので、何百万の値打ちがある。——この最後の話がジャヴェールの好奇心をいたく刺激した。その信じられないような年金生活者を警戒させずに間近で見てやるため、ある日、彼は教会守から古着と居場所を借りて、老いた密偵が毎晩鼻声で祈禱を唱え、祈りの合間にスパイをする場所にすわってみた。

じっさい、その「怪しい男」がそんなふうに変装したジャヴェールのところにやってきて、施し物をした。このとき、ジャヴェールは顔をあげた。すると、ジャン・ヴァルジャンはジャヴェールだと知ってショックをうけた。ジャヴェールのほうも同じく、ジャン・ヴァルジャンだと知ってショックをうけた。

とはいえ、暗がりのために人違いをしているかもしれなかった。なんといっても、ジャン・ヴァルジャンの死は公にされている。ジャヴェールには疑いが、しかも重大な疑いが残っていた。そして、疑いが残っているかぎり、細心な男ジャヴェールとしては、だれの襟首も捕まえるわけにはいかなかった。

彼はゴルボー屋敷までその男のあとをつけ、「ばあさん」にしゃべらせた。わけもないことだった。老女は何百万もの金がフロックコートの裏に縫ってあるのは間違いないと言い、例の千フラン札の話を打ちあけた。あたしは見たんですよ！　さわったんですから！　ジャヴェールは一間を借り、その晩のうちに、そこに身を移した。彼は謎の間借人の声の調子が聞こえないかと期待して、その戸のそばまで行って聞き耳を立てた。しかし、錠前越しにろうそくの明かりを見たジャン・ヴァルジャンは、沈黙を守りとおして密偵の裏をかいた。

翌日、ジャン・ヴァルジャンは急いで家を引きはらおうとしていた。しかし、老女はジャン・ヴァルジャンが落とした五フラン金貨の音に気づき、彼が持ち金を動かしているのを察して、これは引越をするつもりだと考え、あわててジャヴェールに注進におよんだ。夜になって、ジャン・ヴァルジャンが外に出たとき、ジャヴェールはふたりの部下を連れて大通りの木陰で待ちうけていた。

ジャヴェールは警視庁に応援を頼んでいたが、捕らえようとしている個人の名前は明かさなかった。それは彼だけの秘密だった。彼がその秘密を守ったのは、三つの理由からだった。まず、ちょっとでも抜かりがあれば、ジャン・ヴァルジャンに警戒心をいだかせかねないからだった。それから、脱走して死んだとされている老徒刑囚、かつて裁判所の報告書に「この男は極めて危険な人物である」と書かれた罪人を逮捕するのはあっぱれ至極な快挙だから、パリ警察の古参の者たちがジャヴェールのような新参者にそんな花を持たせてくれるわけもなく、だれかにこの徒刑囚を横取りされるのが怖かったからだった。そして最後に、ジャヴェールは芸術家肌で、みんなにあっと言わせるのが好きだったからだ。彼はずっとまえからさんざん話題にされることで新味をなくしてしまう、あの予告された手柄など大嫌いだった。彼はこっそりと傑作を練りあげ、いきなり、どんなもんだ、とみんなに見せつけてやることに執着していたのである。

ジャヴェールは木から木へと、通りの隅から隅へとジャン・ヴァルジャンのあとをつけ、ただの一瞬も見失うことはなかった。ジャン・ヴァルジャンがもっとも安全だと思っていたときでさえ、ジャヴェールの目はじっと彼を見すえていた。

なぜジャヴェールはジャン・ヴァルジャンを逮捕しなかったのか？　まだ疑っていたからだ。

この当時はまさしく、警察が好き勝手な振舞いを許されていなかったことを思いだす必要がある。言論の自由が警察のじゃまになっていたのだ。不当逮捕があると、新聞各紙に暴かれ、その影響が議会にまでおよぶので、警視庁としてはびくびくしていた。個人の自由を侵害するのは重大な行為であった。警官たちは誤捜査を恐れ、警視総監も彼らに責めを負わせた。なにか間違いをおかそうものなら、即刻首になった。もしこんな短い囲み記事が二十種類もの新聞に掲載されたら、パリじゅうにどんな反響をもたらすか想像してもらいたい。「昨日、立派な年金生活者である白髪の老祖父が八歳の孫娘を連れて散歩していたところ、脱獄徒刑囚として逮捕され、警察庁の留置所送りになる！」

そのうえ、ジャヴェールには彼なりに細心なところがあったことをくりかえし述べておこう。良心の勧めが総監の勧めに加わっていたのだ。彼はじっさいに疑っていたのである。

ジャン・ヴァルジャンは背を向けて、暗がりを歩いていた。

悲しみ、懸念、不安、気落ち、夜間に逃げまわり、パリで当てもなく、コゼットとじぶんのための隠れ家をさがさなくてはならないという新たな不幸、じぶんの歩調を子供の歩調に合わせる必要、そういったことが重なって、知らずしらずのうちに、ジャン・ヴァルジャンの歩きぶりは変わり、身のこなしにもめっきり老けこんだ気配を漂わせていた。それでジャヴェールに体現される警察までも見間違えかねず、そしてじっさいに見間違えたのであった。軽々にそばには近づけないこと、亡命した老家庭教師みたいなあんな身なりをしていること、テナルディエがあの子の祖父だと供述したこと、彼がてっきり徒刑場で死んだと信じていることなどが疑念に拍車をかけ、その疑念がジャヴェールの心中でますます深まっていたのである。

一瞬、いきなり身分証明類の提出を求めてやろうかとも考えた。しかし、もしその男がジャン・ヴァルジャンでなく、また実直な年金生活者で好人物のおじいさんでもないとすれば、パリの闇世界の陰謀に深く、また巧みに関係しているやくざ者か、見えすいた古い手口だが、別のいろんな才能を隠すために施し物をしている、危険な一味の親分かなにかにちがいなかった。そいつには手下や共犯者もいるだろうし、いざとなったら逃げこむ隠れ家もあるだろう。あんなふうに何度も回り道をするところを見れば、どうもただの老人ではないらしい。あんまり早く逮捕すれば、「金の卵を産む雌鶏を殺す」ことになる。待っていたところで、なんの不都合があろうか？ジャヴェールは男がけっして逃れられないと確信していた。だから彼は、その謎の人物についてそんなふうに自問自答し、かなりぼんやりした様子で歩いていたのである。

彼が完璧にジャン・ヴァルジャンだと見抜いたのはかなり遅く、ポントワーズ通りで、とある居酒屋からもれだしている強い光のおかげだった。

この世には心の底から身震いするものがふたつある。じぶんの子供と再会した母親と、獲物を見つけた虎である。ジャヴェールはそのとき心の底から身震いした。

間違いなくあの恐るべき徒刑囚ジャン・ヴァルジャンだと知るとすぐ、彼は仲間が三人しかいないことに気づいた。そこでポントワーズ警察署に応援を求めた。

棘のある棒を握る者は、手袋をはめるものである。

そのために遅れたのと、ロラン十字路で警官たちと打ち合わせるために立ちどまったことで、彼はあやうく足取りを見失いそうになった。けれども、ジャン・ヴァルジャンは追手とじぶんとのあいだに河をはさみたがるにちがいないと、とっさに見抜いた。彼はまるで狩猟犬が地面に鼻をつけて正しい道筋を嗅ぎつけようとするみたいに、頭をかしげ、じっと考えこんだ。ジャヴェールは持ち前の本能の命ずるままに、一直線にオーステルリッツ橋に向かった。橋番のひと言で事情が呑みこめた。——「小娘を連れた男を見なかったか?」「二人分の料金を払わせてやりましたよ」と橋番が答えたのだ。ジャヴェールはちょうどいいときに橋にさしかかり、ジャン・ヴァルジャンがコゼットの手を引いて対岸の月に照らされた空地を横切るのが見えた。彼がシュマン・ヴェール・サン・タントワーヌ通りにはいりこむのも見えた。ジャヴェールは落し穴のような位置にあるジャンロ袋小路のことと、ピクピュス小路からはドロワ・ミュール通りしか出口がないことを思いうかべた。彼は猟師たちの言うところの「斥候を出した」。つまり、警官のひとりを大急ぎで回り道させて、その出口を固めさせたのだ。たまたま砲兵工廠の部署にもどろうとしているパトロール隊が通りかかったので、出動を要請し、付き添ってもらった。このような勝負では、兵士が切札になる。もっとも、猪を仕留めるには猟師の才覚と犬の力が必要なのはいうまでもないのだが。これらの手筈を整えると、ジャヴェールはジャン・ヴァルジャンが右手にジャンロ袋小路、左手に警官、うしろにこのジャヴェール自身がいるのだから、もう捕らえられたも同じだと感じ、嗅ぎ煙草を一つまみやった。

それからいよいよ勝負に取りかかった。悪魔が天に昇るような一瞬だった。凄まじい一瞬だった。もう捕まえたのだからこっちのものとばかり、彼は男を好き勝手に泳がせておいた。しかし、逮捕の瞬間はできるだけ遅らせたかった。こっちの手に落ちたと信じている男が自由に動いているのを見ることが嬉しくて、蠅を好きに飛びまわらせておく蜘蛛や、鼠を好きに走りまわらせておく猫のような快感を覚えながら、じっくり見守っていた。爪をもつ猛獣や猛禽には途方もない快楽がある。それはぐいと鷲づかみにした獲物がやみくもにあがくことだ。じわじわと息の根を止めるのは、なんと気持ちのいいことか！

ジャヴェールは悦に入っていた。網の目はしっかり結んである。成功は間違いなし。あとはただぎゅっと手を握りしめてやるだけだ。

味方がついているのだから、ジャン・ヴァルジャンがいくら力持ちで、逞しく、必死になろうと、抵抗するなど思いもよらないことだ。

ジャヴェールはゆったりと進み、通る道の隅々まで、まるで泥棒のポケットを探るみたいに隈なくさがした。

蜘蛛の巣の真ん中に着いたとき、蠅はもういなかった。

彼の激昂がいかばかりだったか、想像に難くない。

彼はドロワ・ミュール通りとピクピュス小路の見張り番に尋ねた。持ち場で平然としていた警官は、男が通るのをまったく見かけなかったという。

鹿でも時に姿をくらます、つまり猟犬の群に追いつめられながらも逃げてしまうことがある。こんなときにはどんな手練れの猟師でもどう言っていいか分からなくなる。かのデュヴィヴィエ、リニヴィル、デプレといった連中でも言葉をうしなうのだ。この種の失策をやらかしたとき、アルトンジュはこう叫んだ。「ありゃ鹿じゃない、魔法使いだぜ」ジャヴェールもさぞかしそう叫びたかったことだろう。

がっかりした彼はしばらく、絶望し怒り狂った。

ナポレオンがロシア遠征で失敗し、アレクサンドロスがインド遠征で失敗し、カエサルがアフリカ遠征で失敗し、キュロス[2]がスキュティア遠征で失敗したのはたしかであり、ジャヴェールがジャン・ヴァルジャンとの闘いで失敗したのもたしかである。おそらく彼が元徒刑囚を本人と認めるのにためらったことが悪かったのかもしれない。彼なら最初のひと目で分かったはずだ。そもそもあのあばら屋であっさりと簡単に逮捕してしまわなかったのが悪かった。ポントワーズ通りではっきり彼だと分かった時点で捕らえなかったのが悪かった。ロラン十字路で月明かりを浴びながら部下と打合せなんぞしていたのが悪かった。たしかに、他人の意見は有益であり、信用できる犬たちの意見を知ったり尋ねたりするのは、いいことかもしれない。だが、相手が狼や徒刑囚といった油断のならない獲物なら、猟師はいくら用心しすぎてもしすぎることはないはずなのだ。ジャヴェールは一群の猟犬に筋道をつけてやることに気をとられるあまり、かえってこちらから獲物に臭いを送って警戒させ、まんまと逃げられたのだった。とくに悪かったのは、オーステルリッツ橋で足跡を見つけたとき、あれほどの男を糸の先で捕まえておくという、とんでもなく子供じみた遊びに興じたことだった。彼はじぶんの力を過信し、ライオンを鼠みたいな玩具にできると思った。それでいながら、応援を頼まねばならないと判断したときには、じぶんの力を弱く見すぎていた。致命的な用心、貴重な時間の無駄。ジャヴェールはこうした失敗をしたが、かつてこの世に存在したもっとも老練で厳正な密偵のひとりであることに変わりはなかった。彼は言葉の完全な意味で、狩猟でよく言う「利口な犬」だった。だが、いったい完全無欠な者などどこにいるだろうか？

偉大な戦略家にもそれなりの翳りがあるものだ。

とんでもない失策はしばしば、太い綱と同じで、無数の糸からできあがっている。縒り糸の糸を一本一本ほぐすように、すべての決定的なちいさな原因を個別に取りだしてみるがいい。すると、その原因が一つひとつ糸のように切れてしまい、「なあんだ、これだけのことか！」ということになる。それらをいっしょに編んで縒り合わせてみると、途方もない間違いになる。アッチラ[3]は東ローマの皇帝マルキアヌスと西ローマの皇帝ウァレンティアヌスのあいだでためらい、ハンニバルはカプアでぐずぐずし、ダントン[4]はアルシ・シュル・オーブで眠っていた。

ともあれ、ジャン・ヴァルジャンに逃げられたことに気づいたとき、ジャヴェールは分別をうしなわなかった。法律違反の徒刑囚がそう遠くにいけるはずもないと確信して、監視を強化し、張込みや待伏の態勢を整え、夜じゅう隈なくさがしまわった。彼が最初に見つけたのは街灯がめちゃくちゃにされ、綱が切れていることだった。貴重な手がかりではあったが、それがかえって彼を惑わせ、すべての捜査をジャンロ袋小路に片寄らせてしまった。この袋小路にはかなり低い壁がいくつもあって、それぞれ庭に面していた。それらの庭の周囲は荒地のまま放置され、広大な土地につづいていた。もちろんジャン・ヴァルジャンはそこに逃げたにちがいない。じじつ、もし彼がジャンロ袋小路をもっと先に行っていたら、きっとそうしたにちがいなく、それで身の破滅になっていたことだろう。ジャヴェールはまるで針の一本でも見つけるように、それらの庭や土地をさがしまわった。

夜明けになって、彼はふたりの辣腕の部下を監視に残し、まるで泥棒に捕まった密偵みたいに恥ずかしそうに、こそこそ警視庁に引きあげた。[5]

第六篇　プチ・ピクピュス

第一章　ピクピュス小路六十二番地

半世紀まえにピクピュス小路六十二番地にあった正門は、どこにでもある正門とまったく変わりないものだった。この正門は人を引きこむようにいつもなかば開かれ、すこしも陰気臭くないふたつのものを見せていた。すなわち葡萄の木がからみついている塀に取り囲まれた中庭と、そこをぶらぶら歩いている門番の顔である。奥の塀の上方には大きな木々が見られた。太陽の光が中庭を明るく照らし、一杯の葡萄酒で門番の機嫌がよいときなどは、ピクピュス小路六十二番地のまえを通る人びとは、自然と浮き浮きした気分になったものである。とはいえ、そこはさきに見たように、元来陰気な場所だった。

入口だけは微笑んでいても、家は祈り、泣いていた。

門番のところを通りすぎることができれば——といっても、これは「開け、胡麻！」の呪文を知っていなければならないのだから、そう簡単な話ではないのだが——ともかく首尾よく門番に通してもらえれば、右手のちいさな玄関にはいることができる。この玄関はふたつの壁にはさまれてじつに狭く、一度にひとりしか通れない階段に通じている。この階段にべったり塗られたカナリア色とチョコレート色の副木を気にせずに昇り、最初の踊場を過ぎ、二番目の踊場を過ぎると、ようやく二階の廊下に出る。ここでもテンペラの黄色と副木のチョコレート色が泰然とした執拗さでつきまとう。階段と廊下は立派なふたつの窓から明かりをとっている。廊下には曲がり角があって、そこから先は薄暗くなる。この難所を切りぬけ、数歩ばかり進むと、開け放たれているぶん、なおさら神秘的に感じられるドアのまえに出る。ドアを押すと、およそ二メートル四方の小部屋にはいる。その小部屋はタイル張りで、きれいに掃除され、清潔で、ひんやりし、壁には緑色で花模様が描かれた、ひと巻十五スーの南京紙が張ってある。ほんのり白く、どんよりした日の光が、いくつものちいさなガラスをはめこんだ大きな窓から射しているが、その窓は左にあって、部屋の幅いっぱいにとってある。のぞいてみても、人の姿はない。耳を澄ましても、足音ひとつ、囁き声ひとつ聞こえない。壁はむき出しで、椅子ひとつない。

さらにながめてみると、ドアの向かいの壁に三十センチ平方ほどの四角の穴がひとつ見える。その穴には黒く、節くれだち、頑丈そうな、交差した碁盤縞の鉄格子がはまっている。いや、碁盤縞というよりもむしろ、四センチ足らずの対角線の網目と言ったほうがいいかもしれない。南京紙に描かれた緑色のちいさな花模様が落着きはらい、整然と鉄の碁盤縞ぎりぎりまでのびている。そんな陰気な取合せでも、花模様はべつだん怖じ気づいたり、動転したりはしていない。かりに見事に痩せこけ、その四角の穴から出入りできる生き物がいたとしても、この格子に妨げられたことだろう。これは物体をけっして通さないが、目を、すなわち精神を通す格子だ。どうやら、そのつもりでつくられたものらしい。というのも、格子のすぐうしろの壁にはブリキ板がはめこまれていて、そのブリキ板に穴杓子の穴よりも細かな穴が無数に開けられているからだ。このブリキ板の下部に郵便箱の口そっくりな穴が打ちぬかれている。呼鈴の仕掛けにつけた紐の飾りリボンが、格子のはまったその穴のしたに吊るしてある。

その飾りリボンを動かすと、呼鈴が鳴って、人の声がすぐそばで聞こえてくるので、ぎくりとする。

「どなたですか?」と、その声は尋ねる。

それは女の声、静かな、哀切なほど静かな声だ。

ここでもまた、呪文をひとつ知っていなければならない。そうでないと、その声はふいに黙ってしまい、壁の向こうはぞっとするような墓の暗がりではないかと思えるくらいに、ぷっつりと口を閉ざしてしまう。

その呪文を知ってさえいれば、その声は引きつづきこう言うだろう。

「右手におはいりください」

そこで右手の窓の向かい側に、ガラスの框がつき、灰色に塗ったガラス戸があることに気づく。掛金をあげてドアを越えると、まだ仕切格子をおろさず、シャンデリアも灯されていない劇場の桟敷席にはいるのと、まったく同じような印象をうける。じっさいそこでは、まるで芝居小屋の狭いボックス席にいるような気分になるのだ。狭いガラス戸からぼんやりとした日光が射すだけで、家具はといえば、古い二脚の椅子とすっかり網目がほどけた靴のどろ落ししかない。本物のボックス席のように、前方には肘の高さまで黒木の台がついている。このボックス席にも格子がはまっているが、ただそれがオペラ座のものと違っているのは、金箔のついた木ではなく、恐ろしくもつれた奇怪な鉄棒の格子だということである。この格子が固く握った拳のように壁に埋めこんである。

最初の数分が過ぎると、目は地下倉のような薄明かりにも慣れ、格子の向こうを見ようとするが、せいぜい十六、七センチ先までしか届かない。そこで、蜂蜜入りの香料パンみたいに黄色に塗られた横木でしっかり補強された、黒い鎧戸の障害に出会う。この鎧戸はそれぞれ継目のところで長い薄板に分かれ、格子を幅いっぱいに隠し、いつも閉まったままである。しばらくすると、その鎧戸のうしろから、こう呼びかける声が聞こえてくる。

「ここにおります。どんなご用件でしょうか?」

それはひとに愛される、時には崇められる声だ。しかし、姿は見えない。かろうじて息する音が聞こえるだけだ。墓の仕切越しに話しかけてくる降霊の声かとも思われる。

めったにないことだが、こちらが一定の望ましい条件を備えているなら、鎧戸の狭い薄板が一枚、目のまえに開かれ、何者かの降霊が出現に変わる。格子の陰、鎧戸のうしろに、眼差しが格子にさえぎられないときだけ、ひとりの人間の顔が見えるのだ。といっても、見えるのは口と顎だけで、残りの部分は黒いヴェールにおおわれている。黒い頭巾と黒い屍衣をまとったおぼろげな姿が、かすかにかいま見える。その顔は話しかけてくるが、こちらを見ることも、微笑むこともけっしてない。

うしろから差しこむ光によって、こちらからは相手が白く見え、相手からはこちらが黒く見えるようになっている。この光がひとつの象徴になるのだ。

とはいえ、貪欲な目は、開かれた窓口から、どんな眼差しもうけつけないその場所のなかに潜ろうとする。するとたちまち、喪服を着たその姿は深い広がりにつつまれてしまう。目はその広がりを探り、その姿の出現のまわりにあるものを見透かそうとする。だが、すぐになにも見えないことに気づく。見えるのはただ夜、空無、暗闇、墓の匂いに入り混じった冬の靄、一種の恐ろしい平安、なにも、吐息でさえも掬えない沈黙、なにも、幽霊でさえも見分けられない影だけなのだ。

見えるもの、それは修道院の内部なのである。

これが常時聖体礼拝のベネディクト会女子修道院[1]と呼ばれる、陰気で厳格な施設の内部だった。さきほどのボックス席みたいなところは面会室であった。最初に話しかけたあの声は、壁の向こう側、四角い窓口のそばに、まるで二重の庇みたいに鉄の格子と無数の穴の開いたブリキ板に守られ、いつも黙ってじっとすわっている受付担当の修道女の声であった。

格子付きのボックス席が沈んでいた暗がりは、面会室にこそ世間に面した窓がひとつあるものの、修道院に面した窓はひとつもないせいだった。俗人の目は、この聖なる場所をなにひとつ見てはならないのである。

しかし、このような影をこえるなにかがあった。光があった。この死のうちにも生があった。

この修道院がどこよりも世間から隔離されていたとはいえ、筆者はそのなかにはいりこみ、読者をなかに導いて、節度をわきまえながらも、かつて物語作者たちが一度も見たことがなく、したがって一度も語ったことがない事柄をこれから述べることにしよう。

第二章　マルタン・ヴェルガの修道院別院

一八二四年には、この修道院はすでに何年もまえからピクピュス小路に存在し、マルタン・ヴェルガの別院のベルナルド会修道女の修道会であった。

したがって、このベルナルド会修道女はベルナルド修道士たちのようにクレルヴォー修道会に帰属するのではなく、ベネディクト会修道士たちのようにシトー派修道会[1]に帰属するものであった。言いかえれば、彼女たちは聖ベルナルドゥスではなく、聖ベネディクトゥスに帰属していたのである。

古文書をすこしでもかじったことがある者ならだれでも知っていることだが、マルタン・ヴェルガは一四二五年、ベルナルド・ベネディクト女子修道会を創設し、本部をサラマンカに、支部をアルカに置いた[2]。この修道会はヨーロッパのあらゆるカトリック教国にその枝を広げていた。

ある修道会が別の修道会に接木されるのは、西方教会ではべつに特別なことではない。ここで問題になっている聖ベネディクトゥス会だけに話を限っても、マルタン・ヴェルガの別院を数えなければ、この会には四つの修道会が帰属している。イタリアのモンテカッシーノとパドヴァのサンタ・ジュスティーナのふたつ、フランスのクリュニーとサン・モールのふたつの修道会がそれである。さらに九つの修道会がこれに帰属している。つまりヴァロンブローサ会、グラモン会、ケレスティヌス会、カルマドリ会、カルトゥジオ会、ユミリエ会、オリヴァトゥール会、シルヴェストラン会、それにシトー会である。というのも、シトー会は他の会の幹ではあるが、聖ベネディクトゥスの新芽みたいなものにすぎないからである。シトー会は一〇九八年、ラングル教区のモレーム大修道院長だった聖ロベルトゥスが創立したものである。ところが、スビアコの荒野に引きこもった悪魔（彼は年とっていた。隠者になったのだろうか？）が、十七歳の聖ベネディクトゥスによって、その住まいである古いアポロンの神殿から追いはらわれたのは、五二九年のことだったのである。

素足で歩き、胸当てに柳の横帯をつけ、けっして腰をおろすことがないというカルメン会修道女の規則についで、もっとも厳しい規則がマルタン・ヴェルガのベルナルド・ベネディクト女子修道会の規則である。彼女たちは黒衣に胸当てをしているが、聖ベネディクトゥスの厳命により、この胸当ては顎のところまでである。袖のゆったりしたサージの服、ウールの大きなヴェール、胸のうえで四角に切られ、顎のところまできている胸当て、目の位置まで垂れている頭巾（バンドウー）。それが彼女たちの服装である。白い頭巾をのぞいて、黒ずくめだ。修練女も同じ服装だが、白ずくめである。修道立願をした修道女はそのほかにロザリオを脇につける。

マルタン・ヴェルガのベルナルド・ベネディクト女子修道会は聖体の常時礼拝を実践していたが、これは聖体会の修道女と呼ばれているベネディクト会修道女たちと同じであり、この修道女たちには今世紀初め、タンプルにひとつ、ヌーヴ・サント・ジュヌヴィエーヴ通りにもうひとつと、パリにふたつの施設があった。ただ、ここで話題にしているプチ・ピクピュスのベルナルド・ベネディクト女子修道会は、ヌーヴ・サント・ジュヌヴィエーヴ通りやタンプルの修道院に閉じこもった聖体会の修道女とはまったく別の会だった。規則に多くの違いがあったが、服装にも違いがあった。プチ・ピクピュスのベルナルド・ベネディクト女子会修道女は黒の胸当てをつけているが、聖体会やヌーヴ・サント・ジュヌヴィエーヴ通りの聖ベネディクトゥス会修道女は白の胸当てをしているうえに、胸に高さ八センチくらいの金メッキの銀か銅の聖体をつけていた。プチ・ピクピュスの修道女たちはそのような聖体を身につけていなかった。常時聖体礼拝だけはプチ・ピクピュスとタンプルの施設に共通のものだったが、この両会はあくまでまったく別々の会だった。常時聖体礼拝の実践にかんしてのみ、聖体会の修道女とマルタン・ヴェルガのベルナルド女子修道会の修道女は類似していた。イエス・キリストの幼年期および生と死、聖母マリアなどに関わるすべての神秘の研究や賛美についてはまったく対立し、時には敵対さえするというのに、両会は相似ていた。これはちょうど、フィリッポ・デ・ネーリ[3]がフィレンツェに創立したイタリアのオラトリオ会とピエール・ド・ベリュルがパリに創立したオラトリオ会との対立・敵対のようなものだ。パリのオラトリオ会はフィリッポ・デ・ネーリが聖人にすぎないのに、ベリュルが枢機卿だったとして、格上だと称していたのである。

話をマルタン・ヴェルガのスペイン風の厳しい規則にもどそう。この会のベルナルド・ベネディクト女子会修道女たちは、一年じゅう肉食をせず、四旬節やその他特別に定められた日々に断食し、すこし眠るとすぐ起きだして朝の一時から三時まで聖務日課書を読み、朝課の祈りをし、季節を問わずサージの毛布にくるまって藁布団のうえで寝て、入浴せず、けっして暖炉の火を灯さず、金曜日ごとに苦行をし、無言の行を守り、きわめて短い休息時間のときにしか話をせず、聖十字架称賛式の九月十四日から復活祭までの六か月のあいだ褐色の厚地（ブール）の肌着をつけている。この六か月というのも規則をゆるめたもので、本当は一年間つけていなければならないのである。だが、このブールの肌着は夏の暑さのなかでは耐えがたく、熱を出したり、神経性のけいれんを起こしたりする者が続出した。そこで、慣行を制限する必要が生じたのである。そのように規則をゆるめても、九月十四日になって修道女たちがその肌着をまとうと、三、四日は熱を出した。服従、貧窮、貞潔、囲いのなかの平和。それが修道女たちの誓いであり、この誓いが規則によっていちだんと堅固にされていたのだった。

修道院長は投票（ヴォワ）する資格があるので「有権修道女（メール・ヴォカル）」と呼ばれる上級修道女たちによって、参事会において三年の任期で選ばれる。二度しか再選できないために、ひとりの修道院長は長くて九年しか在職できない。

修道女たちはけっして男性の祭式執行司祭に会うことはない。司祭の姿はいつも高さ二メートルあまりに張られたサージの布で隠されているからだ。説教師が説教のために礼拝堂にいるときには、彼女たちはヴェールで顔を隠す。いつも小声で話し、目を伏せ、顔を垂れて歩く。ただひとりの男性だけが修道院にはいることができる。司教区の大司教である。

たしかに別にもうひとりの男性がいるにはいるが、これは例の庭師だから、男性といっても老人である。それでも、彼はずっと庭にひとりでいて、修道女たちが気づいたらすぐに避けられるように、いつも膝に鈴をつけているのだ。

彼女たちは一も二もなく、言われるとおりに修道院長にしたがう。教会法に定められた、完全に自己放棄する服従である。「きりすとノ御声ニタイスルヨウニ、ソノ身ブリ、最初ノ合図デ、職人ノ手ニアルやすりノヨウニ、タダチニ悦楽ト忍耐ト盲目的服従ヲモッテスベキデアリ、マタドンナモノデモ特別ノ許可ナシニ読ンダリ書イタリシテハナラヌ」のである。

彼女たちはめいめい順番に「つぐない」というものをおこなう。償いとはこの地上でおかされるあらゆる罪、あらゆる過ち、あらゆる乱れ、あらゆる違反、あらゆる不正、あらゆる犯罪のために祈ることである。「つぐない」をする修道女は、夕方の四時から朝の四時まで、あるいは朝の四時から夕方の四時まで、ぶっつづけに十二時間も両手を合わせ、首に縄をつけて、聖体のまえの石に跪いている。疲労に耐えられなくなると、床に顔をつけ、両腕を十字に組んで、腹ばいに伏せる。これだけが安らぎである。このような姿勢で、彼女たちは世界の罪人たちのために祈るのである。これは崇高なまでに偉大な行為だ。

この行いが上方にろうそくが燃えている柱のまえでなされるので、「つぐないをする」とも「柱につく」とも区別なしに言われている。修道女たち自身は謙遜から後者のほうを好んでいた。この表現には責苦と屈従の観念がふくまれているからである。

「つぐないをする」のは、全身全霊を打ちこむ勤めである。「柱についている」修道女は、うしろに雷が落ちても、振りかえりもしないことだろう。

そのうえ、聖体のまえにいつも跪いている修道女がもうひとりいる。この姿勢は一時間つづくことになっている。彼女たちは歩哨に立つ兵士みたいに交代する。これが常時聖体礼拝というものである。

修道院長や上級修道女たちはたいてい特別な重々しさを帯びた名前を持っているが、それは聖女や女性殉教者ではなく、イエス・キリストの生涯の各時期にちなんだ名前である。ナティヴィテ〔降臨〕修道女、コンセプシオン〔受胎〕修道女、プレザンタシオン〔奉献〕修道女、パッシオン〔受難〕修道女など。とはいえ、聖女の名前が禁止されているわけではない。

彼女たちの姿を目にしても、口以外のものはけっして見えない。全員黄色い歯をしている。修道院に歯ブラシを持ちこんではならないからだ。歯をみがくことは梯子の上に昇ることであり、その下には霊魂の破滅が待ちうけているのである。

彼女たちはなんについても「わたしの」などとは言わない。じぶんのものはなにも持たず、なんにも執着してはならないのだ。彼女たちはなんにつけても「わたしたちの」と言う。たとえば、「わたしたちのヴェール」、「わたしたちのロザリオ」というように。もし肌着のことを話しているなら、「わたしたちの肌着」とさえ言うかもしれない。ときどき時禱書とか、聖遺物とか、祝別されたメダルといった物に愛着を覚えることがある。ある物に執着していることに気づくと、彼女たちはそれを他人にあたえねばならない。アビラの聖テレサ[4]のつぎのような言葉を思いだすからだ。ある貴婦人が彼女の修道会にはいろうとして、「テレサさま、わたくしがたいへん大切にしている聖書を取りにいかせます。どうかお許しくださいませ」と言った。――「ああ！　あなたはなにかに執着しておられる。それならどうか、わたくしどものところにおはいりにならないでください」と聖テレサは言いわたしたという。

だれであれ、ひとりで閉じこもり、「じぶんのところ」とか、「じぶんの部屋」を持つことは禁じられている。彼女たちは開けはなたれた個室で暮らしている。彼女たちが近づくと、ひとりが「祭壇のご聖体が称えられ、崇められますように！」と言う。すると相手が「永遠に」と答える。ある修道女が別の修道女のドアを叩くときにも同じ儀式がなされる。ドアにふれるかどうかというときに、もう向こう側から優しい声で「永遠に」と、せっかちに言うのが聞こえることもある。どんな慣行とも同じく、それが習慣によって自動的なものになるのである。時にはある修道女が挨拶の文句を言う暇もなく、相手に「永遠に」と言われることもある。もっとも、「祭壇のご聖体が称えられ、崇められますように！」というのは、かなり長たらしい文句ではあるが。

聖母訪問修道女会では、はいってくる者は「アヴェ・マリア」と言い、はいられたほうは「グラティア・プレナ」[5]と言う。これが彼女たちの「こんにちは」だが、なるほど「優美さたっぷり」[6]な挨拶ではある。

毎日一時間ごとに、修道院の教会堂の鐘は三つずつ余分に打たれる。これを合図に、修道院長、上級修道女、立願修道女、助修女、修練女、志願修道女らは話も、行いも、あるいは考えもぴたりとやめ、たとえばそれが五時なら、みんな一斉にこう言う。「五時に、またいかなる時刻にも、祭壇のご聖体が称えられ、崇められますように！」また、八時なら、「八時に、またいかなる時刻にも……」と、こんなふうにその時刻に応じて唱えるのである。

考えを断ち切り、それをつねに神に向けることを目的とするこの慣行は、多くの修道会に見られるものだが、ただ文句が変わるだけである。たとえば、幼きイエズス会ではこんなふうに言う。「いまこの時に、またいかなる時刻にも、イエスさまへの愛がわたしの心を燃えあがらせますように！」

いまから五十年まえ、修道院にはいったマルタン・ヴェルガのベルナルド・ベネディクト女子会修道女たちは重々しい朗唱で、つまり純粋なグレゴリオ聖歌風に、しかも聖務のあいだじゅう精いっぱい声をあげて祈りを唱えていた。ミサ典書の星印のところでは休止を入れ、小声で「イエス・マリア・ヨセフ」と言う。死者のための祈りではずっと低い調子になるので、女性たちの声がかろうじて死者に届くかどうかというほどになる。そのため、胸が掻きむしられるほど悲痛な効果が生まれるのである。

プチ・ピクピュスの修道女たちはじぶんたちの共同墓地として主祭壇のしたに地下埋葬所をつくらせていた。ところが、彼女たちが言うところの「政府のお偉方」は、この地下埋葬所に棺を入れることを許さなかった。したがって、彼女たちは死ぬと修道院から出るのであった。このことがまるで、なにか不当なことのように、彼女たちをひどく苦しめ、意気をくじいていた。

わずかな慰めとして、彼女たちは特別な時刻に、旧ヴォジラール墓地の特別な場所に埋葬されることが許された。そこは昔、彼女たちの所有地であった土地の一隅だったからである。

木曜日には、この修道女たちは日曜日と同じように歌ミサや晩課その他すべての聖務日課に参列する。そのうえ、世間の人びとにはほとんど知られていないが、ローマ教会がかつてフランスで濫発し、いまでもスペインやイタリアで濫発しているちいさな祭式を余すところなく細心におこなっているから、礼拝堂にとどまる時間は際限もないくらいだ。彼女たちの祈りの数と長さについては、彼女たちのひとりが述べているつぎのような言葉を引くのが、いちばん分かりやすいだろう。「志願修道女のお祈りは恐ろしいほどです。修練修道女のお祈りはさらにたいへんです。そして立願修道女のお祈りともなると最悪です」

週に一度、参事会の集まりがある。修道院長が主宰し、有権上級修道女たちが陪席する。修道女が一人ひとり順番にやってきて、石に跪き、全員のまえで声高に、その一週間におかした過ちや罪を告白する。それぞれの告白のあと、有権上級修道女たちが相談し、大声で苦行を科す。

やや重大な過ちはすべて声高な告白をしなければならないが、そのほかのささいな罪には「過失告白（クルプ）」と呼ばれるものがある。過失告白をするというのは、祈りのあいだ修道院長のまえで腹ばいになってひれ伏すことである。受刑者は「わたしたちの母」としか呼んではならない修道院長が祈禱席の木をぽんと叩いて、立ってもよいと知らせるまで、ひれ伏しているのだ。ごくささいなことでも過失告白がおこなわれる。ガラスを壊したとか、ヴェールが裂けたとか、礼拝にうっかり数秒遅れたとか、礼拝堂で音符をひとつ間違えたとか等々、それだけでも過失告白をする。過失告白はまったく自主的なもので、じぶんを裁き、じぶんを苦しめるのは「過失ある者（クパブル）」自身なのである（ここで「過失ある者 coupable」という言葉は語源的に〔過失告白 coulpe という〕本来の地位を取りもどすことになる）。祭日や日曜日には四人の聖歌隊の修道女がいて、四つの見台のついた大きな譜面台のまえで詩篇を詠唱する。ある日、聖歌隊の修道女が「エッケ〔「見よ」の意〕」

ではじまる詩篇を歌いだして、「エッケ」ではなく、うっかりその三音符「ド、シ、ソ」と大声で言ってしまった。彼女はこの不注意のせいで、礼拝のあいだずっと過失告白をさせられた。この過失が重大だったのは、教会参事会がどっと笑いこけたからだった。

ひとりの修道女が面会室に呼ばれるとき、たとえ修道院長だろうが、口しか見えないように、ヴェールをさげることを思いだされるだろう。

修道院長だけが院外の者と言葉を交わすことができる。他の者たちは近親者だけに、しかもごくたまにしか会うことができない。ある修道女が俗世で知ったとか、愛したとかといった外部の人物が会いにくるとなると、たいへんな交渉が必要になる。そしてそれが女性であれば、ときどき許可されることがある。当の修道女がやってきて、鎧戸越しに話すのだが、その鎧戸は母親か姉妹にしか開かれない。男性にたいしてはけっして許可がおりないことは言うまでもない。

以上のようなことが、マルタン・ヴェルガによって厳格にされたベネディクト女子修道会の規則であった。

この修道女たちは他の修道会の娘たちがしばしばそうであるように、すこしも陽気ではなく、バラ色の頬をしているわけでもなく、瑞々しくもない。みんな蒼白く、まじめくさった顔をしている。一八二五年から一八三〇年までに三人の修道女の気が狂った。

第三章　厳しさ

この会では志願修道女は少なくとも二年、しばしば四年間の年期がある。そのあとの四年は修練女となる。誓願の終了が二十三歳もしくは二十四歳まえに告げられることはめったにない。マルタン・ヴェルガのベルナルド・ベネディクト女子修道会は寡婦の入会を認めない。

彼女たちは個室で人知れず多くの苦行をおこなうが、そのことをけっして他言してはならない。修練女が誓願式をおこなう日には、もっともきれいな衣裳を着せられ、白バラで頭を飾られ、髪の艶を出し、カールされてから、ひれ伏す。そのうえに黒いヴェールがかぶせられ、死者のためのミサが歌われる。このとき、修道女たちは二列に分かれ、一列が誓願者のそばを通りながら、嘆くような調子で、「わたしたちの修道女はお亡くなりになりました」と言うと、もう一列があたりに響きわたるような声で、「いまはイエス・キリストのなかに生きておいでです！」と答える。

この物語が進行している時代、修道会には寄宿舎が備わっていた。この寄宿舎はだいたい裕福な貴族の娘たちのもので、なかでもド・サン・トレール嬢、ド・ベリセン嬢、それにトールボットというカトリックでは有名なイギリスの令嬢などが目をひく。これらの娘たちは、四方壁に取り囲まれて修道女たちに育てられ、ひたすら世間や世相を恐れながら成長していく。そのうちのひとりが筆者にこう言ったことがある。「街の敷石を見ただけで、わたくしは頭から爪先まで震えたものですわ」彼女たちは白衣に白の縁なし帽、胸には銀メッキか銅の聖霊飾りをつけていた。いくつかの大祭日、とくに七月二十九日の聖マルタの日などには、格別な好意と最高の幸福のしるしとして、修道女の服装をし、一日じゅうベネディクト女子会のミサとお勤めをすることが許された。初めのころは、修道女たちがみずからの衣服を貸してやっていた。ところがそれが俗っぽいというので、修道院長は禁止してしまった。そのように衣服を貸すのは志願修道女だけということにされたのである。注目すべきは、おそらく修道院における入会勧誘の下心から、また子供たちにまえもって聖衣の着心地を味わわせてやるために大目に見られ、奨励されていたそのように芝居がかったものが、寄宿生にとっては本当に幸せで、かけがえのない気晴らしになったことだ。娘たちはごく単純に面白がっていただけだった。「もの珍しさで、あの子たちは気分が変わった」のである。幼年時代の無邪気な理屈だが、手に灌水器を持ち、譜面台のまえに四人並んで、何時間も立ったまま歌う至福というものは、わたしたち俗人にはなかなか理解できないことである。

難行、苦行をのぞけば、生徒たちは修道院のすべてのしきたりを守っていた。世間にもどって結婚してから何年にもなるというのに、だれかがドアをノックするたびに「永遠に！」と大あわてで言う習慣が抜けきらなかった若い女性もいる。寄宿生たちも、修道女と同じく、面会所でしか両親に会えなかった。母親でさえもじぶんの娘にキスをしてやることはできなかった。この点についての厳格さがどれほどのものであるかは、以下に述べるとおりである。ある日、ひとりの娘が三歳年下の妹の訪問をうけた。娘は泣いていた。というのも、できれば妹にキスをしてやりたかったが、だめだと言われた。そこで、せめて妹が口づけできるように、格子越しにじぶんのちいさな手を差しだしてやる許可を請うた。それも、とんでもないことだと言わんばかりに、拒否されたのである。

第四章　愉しさ

この娘たちはそれでも、この厳粛な修道院の楽しい思い出をたくさんもっている。

子供たちがこの修道院で輝く時間があった。休憩時間の鐘が鳴る。扉の蝶番がギィーと鳴って開かれる。鳥たちが言う、「よし！　子供たちだぞ！」屍衣のように十字形に仕切られたその庭に、若さが洪水のようにあふれこむ。晴々とした顔、白い額、明るい光にみちた無邪気な目など、あらゆる種類の曙光が、この暗闇に散乱する。詩篇詠唱、鐘の音、弔鐘、合図の鈴、さまざまな聖務のあと、突然、蜂の羽音よりも心地よい少女たちのさざめきがわき起こるのだ。歓喜の巣箱が開き、めいめいがじぶんの蜜を持ち寄ってくる。みんなが遊び、名前を呼びあい、思いおもいに集い、走りまわる。白く、美しい、ちいさな歯が隅々でさんざめく。遠くから、いくつものヴェールが笑い声を監視している。影が光を見張っているのだが、そんなことはお構いなし！　みんな輝き、笑っている。あの陰惨な四方の壁さえも目がくらむ瞬間があるらしく、これほどの歓喜を反映してか、ほんのり白くなって、蜜蜂の群の心地よい渦巻に立ち会っている。まるで喪の悲しみを突きぬけるバラの雨のようだ。少女たちは修道女が見ていてもお構いなくはしゃぎまわる。完徳の眼差しも無垢の妨げにはならないのである。この子供たちがいるおかげで、あれほど多くの峻厳な時間のなかにも、純真な時間が生まれる。小さな子供たちは跳ねまわり、大きな子供たちは踊っている。この修道院では、遊びにも天国が混じっている。これほど晴れやかで瑞々しい魂ほど、心を奪い、高貴なものはまたとない。ホメロスならペロー[1]といっしょにここに来て笑ったかもしれない。その暗い庭にも若さ、健康、大騒ぎ、叫び声、夢心地、楽しみ、幸福などがあった。この有様を見れば、ヘカベから、ラ・メール・グラン[2]までのどんな老婆も、叙事詩の老婆やおとぎ話の老婆も、王宮の老婆や藁屋の老婆も、きっと気持ちが明るくなったことだろう。

これほど魅力にあふれ、夢いっぱいの笑い声を起こさせる「子供ことば」が聞かれるのは、おそらく他のどこでもなくこの修道院だろう。五歳の子供がある日、こんな声をあげたのは、四方を陰気な壁に囲まれているこの場所なのである。――「修道女さま、さきほど上級生に言われました。わたしがここにいるのはあと九年と六か月だけですって。なんて嬉しいことでしょう！」

つぎのような忘れられない対話があったのも、やはりそこだった。

上級修道女――なぜ泣いているの、あなた？

子供（六歳）泣きじゃくりながら――わたしがアリクスさんに、フランスの歴史を知っていると言ったのです。すると、アリクスさんが、知っているわけはないでしょうと言いました。でも、わたしは知っているんです。

アリクス（上級生、九歳）――いいえ、この子は知りません。

上級修道女――それはどうしてなの？

アリクス——この子はこう言ったのです。このご本をどこでも開けて、そこに書いてあることをきけば、答えましょうって。

——それで？

——この子は答えられませんでした。

——おやまあ、あなたはなにをきいたの？

——この子の言ったように、適当にご本を開いて、最初に見つかった質問をしたのです。

——それはどんな質問でしたか？

——「このあとどうなるの？」という質問でした。

寄宿舎のある婦人が飼っている、すこし食いしん坊のインコについて、こんな深い観察がなされたのもここであった。

「あら、お利口だわ！　ジャムをつけたパンの皮まで食べるなんて、まるで人間みたい！」

つぎの告白は七歳の幼い罪人が忘れないようにと、あらかじめこの修道院の敷石のひとつに書いておいたのを写したものである。

「主よ、わたくしは貪欲であったことを認めます」

「主よ、わたくしは姦通したことを認めます」

「主よ、わたくしは目をあげて男の方々を見たことを認めます」

バラ色の口をした六歳の少女が考えついたこんなおとぎ話を、四歳から五歳までの青い目をした少女たちに聞かせてやったのも、ここの庭の芝生のベンチだった。

「むかしむかし、ある国に三羽のちいさなオンドリがいました。この国には花がいっぱいありました。オンドリたちは花をつんで、ポケットにいれました。そのあと、また花をつんで、おもちゃ箱にいれました。その国にはオオカミが一匹いました。森もたくさんありました。オオカミは森のなかにいました。それでオオカミは、ちいさなオンドリたちを食べてしまいました」

さらにこんな別の詩もつくられた。

「棒がぱちんと打たれました。

猫を打ったのはポリシネル〔人形劇などで悪役の道化〕

それはよいことでなく、わるいこと。

そこで奥さまポリシネルを牢屋にいれました」

修道院が慈善で育てていた捨子の少女が、こんな聞き分けのいい悲痛な言葉を口にしたのもそこだった。彼女は他の子供たちがじぶんの母親のことを話しているのを聞いていたが、ある片隅でこうつぶやいた。

「じゃあ、このあたしが生まれたとき、お母さんはいなかったんだわ！」

いつも鍵の束を持ってせかせかと廊下を行き来しているアガート修道女という太った受付係がいた。「最上級生」たち──十歳以上──は、その受付係のことをアガトクレス[3]と呼んでいた。

食堂は細長い四角の部屋なので、飾り迫縁のついた、庭と同じ高さの回廊からしか光がはいらなかった。そのため、薄暗く湿っぽくて──子供たちが言うには──「虫でいっぱい」だった。周囲の四方八方からぞろぞろと虫が集まってきた。四隅のそれぞれには、寄宿生の言葉で、独特の生き生きした名前がつけられていた。蜘蛛の隅、毛虫の隅、わらじ虫の隅、コオロギの隅。コオロギの隅は台所のそばにあって評判がよかった。そこは他のところと違って寒くなかったのだ。これらの名前が食堂から寄宿舎に持ちこまれ、昔のコレージュ・マザラン〔現コレージュ・ド・フランス〕の「四国民学院」のように、それぞれの寄宿生を四つの国民に分けるのに役立っていた。どの生徒も食事の時間にすわる食堂の隅に応じて、四国民のひとつに属するのである。ある日のこと、大司教閣下が視察に訪れ、ちょうど見まわっていた教室に、素晴らしいブロンドの髪をした、血色のよい美少女がはいってくるのを目にした。彼はそばにいた、瑞々しい頬と褐色の髪をした別の魅力的な寄宿生に尋ねた。

「あれはだれですか?」

「蜘蛛でございます、閣下」

「ほう!　ではあれは?」

「コオロギでございます」

「じゃあ、あちらのは?」

「毛虫でございます」

「なるほど、そういう、きみ自身は?」

「わたくしはわらじ虫でございます、閣下」

この種のどんな修道院にも、それぞれ特色がある。今世紀の初頭、エクアン〔4〕はほとんど荘厳とも言える暗いところで幼い娘たちを育てる、優雅で厳格な場所のひとつだった。エクアンでは聖体行列に加わるために、生徒たちを処女組と花組に分けた。また「天蓋組」と「香炉組」というのもあった。前者は天蓋の紐を持ち、後者は聖体に香をたく。花はもちろん花組の受持ちだった。四人の「処女組」は行列の先頭を歩いた。この晴れの日の朝、寝室ではこんなふうに尋ねる声が聞こえることも珍しくなかった。

「だれが処女になるの？」

カンパン夫人[5]は、行列の先頭を歩く十六歳の「上級生」にたいして、しんがりをつとめることになった七歳の「下級生」が言ったこんな言葉を引用している。「あなたは処女なのね。でも、あたしはそうじゃないわよ」

第五章　気晴らし

食堂の扉のうえのほうに、「純白の主の祈り」と呼ばれている、つぎのような祈りの言葉が黒い太文字で書かれていた。これには人びとを真っ直ぐ天国に連れていくという功徳があった。

「神がつくられ、神がとなえられ、神が天国に置かれたささやかな純白の主の祈り。夕べ、就眠に赴くと、三人の天使がわたしの寝床に見いだされたり（原文のまま。以下同様）。ひとりは足元に、ふたりは枕元にあり、中央に聖母マリアさまがおわされ、やすまれよ、なにも疑うことなく、と言われたり。神さまはわたしのおん父、聖母マリアさまはわたしのおん母、三人の使徒はわたしの兄弟、三人の乙女はわたしの姉妹。わたしの体は神さまの産着でつつまれ、殉教の聖女マルグリットの十字架がわたしの胸に刻まれている。聖母マリアさまはデウスの死を悼まれ、野に行き、聖ヨハネさまに出会われた。聖ヨハネどの、どこからまいられた？　みどもは「アヴェ・サルス」からまいりました。それなら、デウスさまにお会いになりませなんだか？　デウスさまは十字の木のうえにおわし、脚が垂れ、手に釘を打たれ、白い茨の冠をかぶっておられまする。この祈りを夕に三度、朝に三度となえる者は、ついに天国に行くであろう」

一八二七年には、この独特の祈禱文は三度の塗り直しでほとんど壁から消えていた。いまでは、当時の少女、現在は老女の何人かの記憶のなかに消えうせてしまっている。

壁に掛かった大きなキリストの十字架像が、この食堂の装飾を補っていた。たしかさきにも述べたと思うが、そのたったひとつの扉は庭に開かれていた。ふたつの狭いテーブルには、それぞれふたつの木のベンチがあり、食堂の端から端へと二列の長い平行線をなしていた。壁は白く、テーブルは黒かった。この二種の喪の色だけが修道院で取り替えてもいい色なのである。食事は味気なく、寄宿生の食べ物も簡素だった。肉と野菜を混ぜたもの、あるいは塩漬けの魚の一皿。それでも贅沢なほうだった。とはいえ、寄宿生だけに許されるこの簡単な献立もじつは例外的なものであった。子供たちは週番の修道女の監視をうけながら、黙って食べていた。ときどき、規則に反して一匹の蠅が飛んでやろうという気を起こして、ぶんぶん羽音を立てたりすると、この週番の修道女は木表紙の本をぱたんと音を立てて、開いたり閉じたりした。この沈黙は十字架像の足元にあるちいさな聖書台から大声で読みあげられる聖者伝で味つけされていた。読むのはその週の当番の上級生だった。むき出しのテーブルにはニスを塗った鉢がとびとびに置いてあり、生徒たちはそこでじぶんの容器や食器を洗っていた。ときどき、固い肉とか悪くなった魚などのゴミ屑を捨てる生徒がいたが、これは罰せられた。その鉢は「水盤」と呼ばれていた。沈黙を破った女の子は「舌の受難」をおこなった。どこでか？　床のうえである。その子は敷石をなめるのであった。あらゆる喜びの終わりである埃が、おしゃべりの罪をおかした、そのちいさく哀れなバラの花びらを罰する役目を負わされたのである。

修道院には、「たった一部」しか印刷されなかった本があったが、これを読むことは禁じられていた。それは聖ベネディクトゥスの戒律で、どんな俗人も目にしてはならないという奥義なのである。「ワレワレノ戒律ヤ制度ハイッサイ外部ニ漏ラシテハナラヌ」

ある日、寄宿生はこっそりその本を盗みだし、一心に読みはじめたが、いつ見つかるかとびくびくして、何度もあわてて閉じていたので、読書はしばしば中断された。そんな重大な危険をおかしてまで得られた楽しみも、べつにどうというほどのものではなかった。ただ少年のおかす罪についてのわけの分からない数頁だけが、「いちばん面白い」くらいだった。

少女たちは何本かの痩せ細った果樹のある、庭の小径で遊んでいた。監視が厳重で、処罰が厳格であったにもかかわらず、風が樹木を揺すったあとなどには、彼女たちはときどき、青いリンゴ、傷んだ杏、虫のついた梨などをこっそり拾うことができた。筆者の目のまえに一通の手紙があるので、この手紙に語ってもらうことにしよう。これは二十五年まえ、元の寄宿生で、現在はパリでもっとも優雅な婦人のひとりである某公爵夫人が書いた手紙だが、原文をそのまま引用する。「梨やリンゴはできるだけ隠しておきます。お夕食のまえに、ヴェールをベッドのうえに置きにいくとき、それを枕のしたに押しこんでおくのです。そして夜になるとベッドで食べます。どうしようもないときには、ご不浄でいただくのです」これが彼女たちのもっともわくわくする快楽のひとつだった。

一度、これもまた大司教殿が修道院を訪問されたときのことだが、少女のひとりで、モンモランシー家の血筋のブシャール嬢が、大司教殿に一日の休暇をお願いしてみるから賭をしようと言いだした。これはこの峻厳な修道院ではとんでもないことだった。賭は成立したものの、その賭に加わった寄宿生のだれひとり、そんなことができるとは信じていなかった。いよいよその時がきて、大司教が寄宿生のまえをお通りになると、みんながなんとも言えないほどびくびくしているのに、彼女はつかつかと列を離れてこう言った。「閣下、どうか一日のお休みをくださいませ」ブシャール嬢はすらりと背が高く、潑剌とし、世にも美しいバラ色の可愛い顔をしていた。ケラン閣下[1]は、にっこり笑ってこう言われた。「いったいどうして一日なんだね！　なんなら三日でどうかな。わたしは三日の休みを認めよう！」修道院長にはどうしようもなかった。なにしろ、大司教殿がじきじきにそう言われたのだから。修道院にとっては言語道断な話だが、寄宿生には大きな喜びだった。その影響は読者の判断におまかせしよう。

とはいえ、この気むずかしい修道院も、世間の恋愛生活、劇、果ては小説までもが入りこめないほど閉ざされていたわけではない。そのことを示すために、ここではただ、じっさいにあったことが間違いないひとつの事実を手短に述べるだけにしておこう。もっとも、この事実それ自体は筆者が語っている物語とはなんの関係もなく、ただの一筋の糸によってもつながりはない。この事実に言及するのは、読者の心のなかでこの修道院の全容を仕上げていただくためである。

さて、その当時、この修道院には修道女ではないが、たいへんな敬意をもって遇され、アルベルチーヌ夫人と呼ばれている謎めいた人物がいた。彼女は気が狂っていて、世間では死んだことにされているというほかに、なにも知られていなかった。噂では、この話の裏には立派な結婚に必要な財産相続の取決めの問題がからんでいたという。

この女性は三十をこえたかこえないかの、かなりの美女で、栗色の髪をし、黒い大きな目でいつもなにかをぼんやりながめていた。はたして、なにかが見えていたのだろうか？　それを疑う者たちもいた。彼女は歩くというよりも、すっと滑るような感じで、けっして口をきかなかった。息をしているのかどうかさえ覚束なかった。鼻孔は最期の息を引きとったあとみたいに、ほっそりと蒼白かった。手にさわると、雪みたいだった。それでも幽霊に似た奇怪な魔力があった。彼女がはいってくると、みんなが寒くなるのである。ある日、ひとりの修道女が、彼女が通りかかるのを見て、別の修道女にこう言った。「あのひと、死んだことになっているのね」――「もしかすると、じっさいにそうじゃないかしら」と相手が答えた。

アルベルチーヌ夫人については、いろんな話があった。夫人は寄宿生たちの尽きない好奇心の的だった。礼拝堂には「円窓」と呼ばれる階上席があった。アルベルチーヌ夫人がお勤めに列席するのは、円状の開口部、つまり「円窓」がついているだけのこの階上席からであった。彼女はいつもそこにひとりでいた。というのも、二階にあるこの階上席からは、説教師や祭式執行司祭といった男性の姿を見ることができ、そのことは修道女たちには禁止されていたからだった。ある日、位の高い若い司祭が演壇に立った。ロアン公爵[2]という貴族院議員で、一八一五年、レオン大公であった時代に近衛騎兵の将校を勤めたあと、やがて枢機卿になり、ブザンソンの大司教になったが、一八三〇年以後に他界した人物である。ロアン殿がプチ・ピクピュスの修道院で説教をするのは、それが初めてだった。ふだんアルベルチーヌ夫人が説教やお勤めに列席するときは、静かに落着きはらい、身動きひとつしなかった。だがその日、彼女はロアン殿の姿を認めるや、なかば立ちあがり、しんと静まりかえった礼拝堂のなかで、「まあ！ オギュスト！」と高い声をあげた。列席者たちはみな仰天して振りかえり、説教師も目をあげたが、アルベルチーヌ夫人はふたたび身動きしなくなった。外の世界の息吹、生命の微光がその生気がなく、冷ややかな顔のうえを通りすぎたのだが、やがてすべてが消えうせて、狂女はふたたび屍になってしまった。

しかしながら、その二語は修道院のなかでしゃべることができるすべての者たちの噂話の種になった。この「まあ！ オギュスト！」という言葉に、いかに多くのことがふくまれ、示されていることか！ じっさいロアン殿はオギュストという名前だった。ロアン殿を知っているからには、アルベルチーヌ夫人が上流階級の出であることは明らかだった。あんな立派な貴族をあんなふうに親しげに呼ぶからには、彼女自身が上流社会で高い位置にあることも明らかだった。またその「呼び名」を知っているからには、彼となにかの関係、たぶん親族関係かもしれないが、どちらにしてもたしかに親密な間柄にあったのも明らかだった。

ショワズル夫人とセラン夫人という、やたらに厳しいふたりの公爵夫人が、しばしばこの修道院を訪れていた。彼女たちがそこに出入りできたのは、たぶん「高貴ナル淑女」の特権のおかげだったが、寄宿生たちからはひどく嫌われていた。このふたりの老女が通りかかると、哀れな娘たちは全員震えおののき、目を伏せるのであった。

ロアン殿はまた、じぶんでは知らないうちに、寄宿生たちの関心の的になっていた。のちに司教職につくことになる彼は、当時パリの大司教総代理になったばかりであった。プチ・ピクピュスの修道女たちの礼拝室の聖務日課にかなりひんぱんにミサを唱えにくるのが、彼の習慣のひとつになっていた。サージのカーテンがあるせいで、修道院に閉じこめられた若い娘たちはだれひとり彼の姿を見ることができなかったが、彼は穏やかで、ちょっとか細い声をしていたので、彼女たちはいつしかその声を覚え、聞き分けられるようになった。彼は近衛騎兵だったこともあるし、たいへんおしゃれだという評判であった。髪型も素敵で、きれいにカールした栗色の髪を頭のまわりに垂らしていた。素晴らしい黒の幅広のバンドをしめ、黒のスータンは世にも優雅に仕立てられていた。そこで彼は十六歳の乙女たちのありとあらゆる夢想を独り占めにすることになったのだった。

外界のどんな物音もこの修道院にはいりこむことがなかった。しかしながら、ある年、フルートの音が聞こえてきた。これは大事件で、当時の寄宿生たちはいまでもそのことを覚えている。それは近所の何者かが吹いているフルートだったが、いつも同じ曲、いまとなってははるか昔の曲「わがゼチュルベよ、来たりてわが魂の主になりたまえ」だった。この曲が日に二度も三度も聞こえてきたのだ。

少女たちがそれを聞いて何時間も過ごすので、上級修道女たちは動転し、さんざん知恵をしぼって、罰を雨と降らせた。そんなことが数か月もつづいた。寄宿生たちは全員、多少なりともその見知らぬ男に恋をし、それぞれじぶんがゼチュルベになるのを夢見ていた。フルートの音色はドロワ・ミュール通りの方面からきていた。少女たちはあんなにも優美にフルートを吹きながらも、そうとは知らずに、彼女たち全員の魂を掻き乱している「青年」の姿を、たとえ一秒でも見るか、かいま見るか、のぞき見るかするためなら、なんでも捨て、どんな危険もかえりみず、どんなことでもしでかしたことだろう。なかには通用門から抜けだし、ドロワ・ミュール通りに面した建物の四階まで昇り、そこの格子窓から見ようとした者もいた。だがだめだった。ひとりなどは頭上の格子越しに腕を差しだして白いハンカチを振った。さらに大胆なのがふたりいて、なんとか屋根までよじ登る手立てを見つけ、危険をおかしてやっとその「青年」を見ることに成功した。ところが、それは盲目の落ちぶれた亡命貴族の老人で、屋根裏部屋暮らしのその老人が、退屈しのぎにフルートを吹いていたのだった。

第六章　小修道院

プチ・ピクピュスのこの構内には、まったく別々の三つの建物があった。修道女たちが住んでいる大修道院、女子生徒たちが泊まっている寄宿舎、それに小修道院と呼ばれている建物。小修道院は庭付きの別棟で、ここでは、フランス大革命によって破壊された修道院の生き残りである、いろんな修道会のさまざまな老修道女たちが共同生活をしていた。これは黒、灰色、白などあらゆる色、可能なかぎりのあらゆる共同体、あらゆる系統の寄せ集めであり、もしこんな言葉の組合せが許されるなら、一種の雑色修道院と呼んでいいかもしれない。

ナポレオン帝政になってから、革命によって追い散らされ、途方に暮れたこのような哀れな娘たちがやってきて、ベルナルド・ベネディクト女子会修道女の翼のもとに保護されることが許された。政府は彼女たちにささやかな年金をあたえたので、プチ・ピクピュスの修道会は、熱心に彼女たちを受け入れていた。これは奇妙なごちゃまぜであり、めいめい勝手にじぶんの戒律を守っていた。ときどき寄宿生たちは大きなお楽しみとして、彼女たちを訪れることが許された。そのため、少女たちの記憶に、とりわけサント・バジール修道女、サント・スコラスティック修道女、ジャコブ修道女などの思い出が残されることになった。

これらの避難者のひとりは、まるでわが家に帰ってきたようなものだった。それはサン・トール修道会の修道女で、この修道会のたったひとりの生き残りだった。サン・トール修道婦人たちの元の修道院は十八世紀初頭からこのプチ・ピクピュスの建物にあったのだが、のちになってマルタン・ヴェルガのベネディクトゥス修道会のものになったからである。この聖女はあまりに貧しく、みずからの修道会の素晴らしい衣裳、つまり緋色の肩衣に白の修道服を着ることができなかったので、それをうやうやしく小型のマネキン人形に着せてやり、ひとに見せて得々としていたが、死んだとき、これをこの修道院に遺贈した。一八二四年には、この修道会の修道女はひとりしか残っていなかったわけだが、こんにちではその人形だけが残されている。

これらの立派な修道女たちのほか、アルベルチーヌ夫人のように、世俗の老婦人が何人か、この小修道院に隠遁する許可を修道院長から得ていた。そのなかにはボフォール・ドプール夫人やデュフレーヌ公爵夫人がいた。もうひとり、洟をかむときに立てる物凄い音しか修道院で知られていない夫人がいた。寄宿生たちはこの人のことをヴァカルミ夫人〔「やかまし夫人」の意〕と呼んでいた。

一八二〇年か一八二一年ごろ、当時『アントレピッド〔大胆不敵の意〕』誌という小雑誌を編集していたジャンリス夫人[1]がプチ・ピクピュス修道院の部屋にはいりたいと言ってきた。オルレアン公の推薦であった。修道院では、蜂の巣を突いたような騒ぎになった。上級修道女たちは震えおののいた。ジャンリス夫人は小説を書いたことがあったからだ。ところがジャンリス夫人は、じぶんはだれよりも小説が大嫌いで、いまや熱烈な信仰の境地に達しているのだときっぱり言いきった。神とオルレアン公の加護のおかげで、彼女は修道院にはいった。ところが六か月か八か月すると、庭に木陰がないという理由で、さっさと修道院を出ていってしまった。修道女たちは大喜びした。たいへんな年齢だったとはいえ、彼女はまだハープを、しかもとても上手に弾いたという。

修道院を立ち去るとき、彼女は部屋にじぶんの痕跡を残していった。ジャンリス夫人は迷信家でラテン学者だった。このふたつの言葉は夫人の面影をかなりよくあらわしている。数年まえまで、彼女がお金や宝石類をしまっていた部屋のちいさな戸棚の内側に、このような五行のラテン語の詩句が貼ってあるのが見られたものだった。その詩句は黄色い紙に赤インクで手書きされたもので、夫人が言うには、泥棒を怖じ気づかせる功徳があるとのことである。

値打ノ違ウ三ツノ体ガ、十字架ノ木ニ架ケラレタリ。

でぃすますトげすます、ソノ間ニ聖ナル力。
天上ヲ仰グハでぃすます、低俗ヲ思ウハ不幸ナルげすます。
至高ナル力ヨ、我等ト我等ノ財産ヲ、守リタマエ。
コノ詩句ヲトナエヨ、盗賊ニ汝ノ財産ヲ盗ラレヌタメニ。

十六世紀のラテン語で書かれたこの詩句は、キリストが磔にされたカルヴァリオの丘のふたりの盗賊が、一般に信じられているようにディマスとゲスタスであるのか、それともディスマスとゲスマスであるのかという問題を引きおこす。この詩の綴りだとすると、前世紀にジェスタス子爵〔ラテン語読みでは「ゲスタス子爵」〕が、じぶんはあの悪党の子孫だと称していたのと辻褄が合わなくなるのだが。ちなみに、この詩がもっているというありがたい功徳は、援助修道会の金科玉条[2]になっている。

この修道会の教会堂は大修道院と寄宿舎を画然と区切るように建てられているが、もちろん寄宿舎、大修道院、そして小修道院との共有だった。さらに通りに面した検疫所の入口みたいなところから、一般の人びとがはいることも許されていた。しかし、修道院に住む女性たちのだれひとりにも外部の人間の顔が見えないように、すべてがしつらえられていた。聖歌隊席が巨大な手で捕まえられ、折り曲げられたかのように、ふつうの教会と違って祭壇のうしろに伸びているのではなく、さながら祭式執行者の右側にある暗い部屋か洞窟みたいになっている教会を想像してもらいたい。そして、先述のとおり、その部屋が高さ二メートルほどのカーテンによって閉ざされている様を思い描いてもらいたい。それからこのカーテンの陰のなか、木の共唱祈禱席の左に聖歌隊の修道女、右に寄宿生、奥に助修女と修練女をぎっしり詰めこんでもらいたい。そうすれば、お勤めに列席するプチ・ピクピュスの修道女についておよその考えが得られるだろう。聖歌隊席と呼ばれるこの洞窟は、廊下ひとつで修道院に通じていた。教会堂は庭から日の光を採っていた。修道女たちが規則によって沈黙を命じられている聖務に列席するとき、一般の人びとは聖職者席の折りたたみ椅子の板がパタン、パタンと上下する音で、やっと彼女たちがそこにいることが分かるのだった。

第七章　この暗がりの人影

一八一九年と一八二五年を隔てる六年のあいだ、プチ・ピクピュスの修道院長はブルムール嬢だった。会員名をイノサント修道女と言った。彼女は『聖ベネディクトゥス会聖人列伝』の著者マルグリット・ド・ブルムールの一族の出だった。彼女は再選されていた。小柄で太った六十歳ばかりの女性で、さきに引いた手紙では「ひびのはいった壺みたいに歌った」とされている。とはいえ、すぐれた女性であり、修道院のなかで唯一陽気な気質で、そのために慕われていた。

イノサント修道女は、この会のダシエ[1]とも言うべき祖先のマルグリットの血を引いて、文才があり、物知りで、経験に富み、有能で、歴史を好み、ラテン語に打ちこみ、ギリシャ語に詳しく、ヘブライ語に通じ、ベネディクト会修道女というよりも、ベネディクト会修道士のようであった。

副院長はほとんど盲目の年とったスペイン人の修道女で、シネレスと言った。

主だった有権修道女（メール・ヴォカル）たちのなかにはこのような修道女たちがいた。会計係のサン・トノリーヌ修道女、修練長のサント・ジェルトリュード修道女、修練副長のサン・タンジュ修道女、香部屋係のアノンシアシオン修道女、修道院中ただひとり意地悪だった看護係のサン・トギュスタン修道女。それから、まだうら若く、素晴らしい声をしていたサント・メクチルド修道女（ゴーヴァン嬢）、フィーユ・ディユ修道院とギソールとマニーのあいだにあるトレゾール修道院にいたことがあるレ・サンジュ修道女（ドルーエ嬢）[2]、サン・ジョゼフ修道女（コゴルド嬢）、サント・タデライッド修道女（ドヴェルネー嬢）、ミゼリコルド修道女（苦行に耐えられなかったシフエンテス嬢）、コンパシオン修道女（大金持ちだったので、規則外で六十歳のとき入会を許されたラ・ミルチエール嬢）、プロヴィダンス修道女（ロディエール嬢）、一八四七年に修道院長になったプレザンタシオン修道女（シグエンツァ嬢）、そして気が狂ったサント・セリニュ修道女（彫刻家セラッキの妹）、やはり気が狂ったサント・シャンタル修道女（シュゾン嬢）など。

また、もっとも美しい修道女たちのなかに二十三歳の魅力的な娘がひとりいたが、彼女はブルボン島〔現在のレユニオン島〕出身で、ローズ騎士[3]の末裔にあたり、俗世ならローズ嬢と呼ばれただろうが、ここではアソンプシオン修道女と呼ばれていた。

サント・メクチルド修道女は聖歌と聖歌隊をまかされていたが、そこに好んで寄宿生をつかっていた。いつも完全な一音階、つまり十歳から十六歳までの七人の少女を声と背丈が釣りあうようにうまく選び、年齢順に小さいほうから大きいほうまで一列に並ばせて、立ったまま歌わせるのだった。これは見る人びとに、さながら少女たちの牧笛、天使たちでつくられた生けるパン[4]の笛のような印象をあたえたものだった。

寄宿生たちからもっとも好かれていた助修女は、サン・チュフラジー修道女、サント・マルグリット修道女、まだ子供のサント・マルト修道女、そしてその長い鼻でみんなを笑わせていたサン・ミシェル修道女だった。

これらの女性たちはみな、生徒たちに優しかった。修道女たちはじぶん自身にしか厳しくなかったのだ。暖炉の火をたくのは寄宿舎に限られ、食事も修道院の食事にくらべると工夫されていた。そのほかにも、さまざまな配慮がなされていた。ただ、生徒が修道女のそばを通りかかり、言葉をかけても、その修道女はけっして返事をしてくれないのだった。

そのような沈黙の規律があったために、こんな事態が生じた。修道院全体で、人間から言葉が取りあげられ、生命のない物体に言葉があたえられたということだ。話すのが、ある時は教会堂の鐘だったり、またある時には庭師の鈴だったりした。受付係の修道女の脇に置かれ、修道院じゅうに聞こえる、とてもよく響く呼鈴がさまざまな鳴り方によって、一種の音響信号機みたいに具体的な生活のすべての行動を指示し、必要があれば、院内のしかじかの者を面会室に呼びだした。どんな人物、どんな事物にもそれぞれの音色があった。修道院長には一つと一つ、副院長には一つと二つの音が鳴り、六つと五つは授業がはじまるという予告だった。四つと四つはジャンリス夫人専用の音で、かなりひんぱんに聞かれた。「あれは四人の悪魔〔「大騒ぎする人」の意もある〕だわ」と、一部のうるさい女の子たちが言っていた。十と九つが鳴らされるときは、一大事の知らせだった。一大事というのは「囲いの門」が開かれるということで、門を何本も逆立てた、おどろおどろしいその鉄板が開かれるのは、大司教さまが来られるときに限られていた。

すでに述べたように、大司教と庭師をのぞいて、どんな男性もこの修道院にはいれなかった。寄宿生たちはそのほかにふたりの男性の姿を見ていた。ひとりはバネス神父という、老齢で醜男の施設付きの司祭で、彼女たちはその姿を聖歌隊席の格子越しに見てもよかった。もうひとりは図画の先生のアンシオー氏であり、すでにわたしたちが読んだ手紙の数行では「アンショ氏」と呼ばれ、「ひどい猫背の老人」とされている。

これですべての男性がいかによく選別されているか分かる。

以上のようなことが、この奇妙な施設なのであった。

第八章　心ノツギハ石

精神的な形態を粗描したあと、今度は手短に物質的な外形を述べておくのも無益ではあるまい。もっとも、読者はすでにいくらかは知っておられるのだが。

プチ・ピクピュス＝サン・タントワーヌ修道会はポロンソー通り、ドロワ・ミュール通り、ピクピュス小路、それにいまではなくなっているが、昔の地図ではオマレと呼ばれていた小路からなる広大な台形のほとんど全体を占めていた。この四つの通りがちょうど堀のように台形を囲んでいたわけである。修道院はいくつかの建物とひとつの庭からなっていた。主な建物の全体をとらえれば、雑多な建築様式を並べたものであり、これを鳥瞰すると、まるで地面に絞首台を倒した形にそっくりだった。絞首台の大きな支柱はピクピュス小路とポロンソー通りのあいだにはさまったドロワ・ミュール通りの区間全体を占めていた。ちいさな腕木は高く、灰色で、格子のついた厳めしい正面にあたり、これがピクピュス小路に面していた。六十二番地の正門はその端にあった。この正面の中ほどに、埃や灰で白っぽくなった古いアーチ型の低い門があって、蜘蛛が巣をはるほどだったが、この門が開かれるのは日曜日の一、二時間と修道女の棺が修道院を出るといった、きわめてまれな場合に限られていた。そこが教会堂への一般用の入口だった。絞首台の肘にあたるところに四角の広間があり、これは配膳室としてつかわれ、修道女たちは「食糧貯蔵室」と呼んでいた。大きな支柱にあたるところは、上級修道女や修道女、それに修練女たちの部屋であり、小さな腕木にあたるところは調理室、回廊と背中合せの食堂、それに教会堂であった。六十二番地の門と閉ざされたオマレ小路の角とのあいだに寄宿舎があったが、これは外部からは見えなかった。台形の残りの部分は庭であり、この庭はポロンソー通りの地面よりずっと低かった。そのため、塀は外側より内側のほうがうんと高かった。庭はやや中高になっていて、中央の丘の頂に先のとがった円錐形の立派な樅の木が一本あった。それが盾の円い槍受けの中心のようになって、そこから四本の大きな散歩道が出ていた。また、その散歩道から分岐して、八つのちいさな散歩道が二本ずつ出ていた。だから、もし囲いが円形だったら、これらの散歩道の実測図は車輪のうえに十字架を置いたような形になっただろう。これらの散歩道はいずれも、庭のひどく不揃いな塀の部分に達しているので、長さがまちまちだった。また、これらの散歩道に沿ってスグリの木が植わっていた。奥には、高いポプラの並木道がドロワ・ミュール通りの角にある旧修道院の廃墟から、オマレ小路の角にある小修道院までつづいていた。小修道院のまえには、「小庭園」と呼ばれている庭があった。これら全体にひとつの中庭、内部の住居部分がつくるあらゆる種類の角、監獄の塀、ただひとつの遠景および近景として、ポロンソー通りの向こう側を縁取っている屋根の、黒く長い線をくわえるなら、四十五年まえのプチ・ピクピュスのベルナルド会修道院がどのような有様だったかすっかり思い描けるだろう。この神聖な家はまさしく、「一万一千の悪魔のポーム球技場」と呼ばれ、十四世紀から十六世紀にかけて有名だったジュ・ド・ポーム球技場[1]のあった場所に建てられたのだった。

なお、これらの通りはすべて、パリでももっとも古い通りであった。ドロワ・ミュールやオマレといった名前はじつに古く、そんな名前のついた通りはさらに古い。かつてオマレ小路はモグー小路と、ドロワ・ミュール〔真っ直ぐな壁の意〕通りはエグランチエ〔野バラの意〕という名前であった。というのも、人間が石を切って壁をつくるまえに、神は花々を咲かせていたからである。

第九章　頭巾をかぶって過ごした一世紀

筆者はかつてのプチ・ピクピュス修道院の詳細を述べているところであり、またこの隠れた避難所の窓のひとつをあえて開けてしまったのだから、もうすこしだけ脇道にそれることを許していただきたい。この余談は本書の根本とは無縁なものだが、修道院というものがそれぞれ独自の様相をしていることを理解させてくれるという意味で、特徴があり有益なのである。

小修道院にはフォントヴロー大修道院〔1〕から来た百歳になろうかという老女がいた。この老女は、革命まえにはルイ十六世治下の司法大臣だったド・ミロメニル氏〔2〕とか、昵懇だったというデュプラ裁判長夫人などのことをよく口にした。なにかにつけてこのふたりの名前を持ちだすのは、彼女の楽しみであり、見栄でもあった。フォントヴロー大修道院のことを大げさに誉めたたえ、あそこは町みたいだったとか、修道院にいくつも街路があったなどと言っていた。

　彼女はピカルディー訛りで話したので、寄宿生たちをさんざん楽しませていた。毎年、彼女は仰々しく誓願をあらため、誓いを立てるときに司祭にこう言うのであった。「聖フランッチェスコ閣下がそれを聖ユリアヌス閣下にささげたまい、聖エウセビオス閣下が聖プロコピウス閣下にささげたまい……そしてわたくしは、神父さま、あなたさまにさげたまう」すると寄宿生たちが笑った。といっても、それはよくあるようにケープのしたで笑う〔「忍び笑いをする」の意もある〕のではなく、ヴェールのしたでこっそり笑うのであった。この可愛らしく押し殺したちいさな笑いは、有権上級修道女たちの眉をひそめさせた。

　別の機会に、この百歳の老女はいろんな話をして聞かせた。彼女は「わたしの若いころは、ベルナルド会の修道士たちは近衛兵にもひけをとりませんでしたよ」と言った。話している女性はたしかに一世紀〔百歳〕だったが、話されていたのは十八世紀のことだった。またシャンパーニュやブルゴーニュ地方の四種の葡萄酒の風習の話もした。大革命以前には、貴顕の士、たとえばフランスの元帥、王侯、直臣貴族などがシャンパーニュやブルゴーニュ地方のある町をお通りになるときには、その町の団体が歓迎の演説をしにきて、ゴンドラ形の銀の酒杯を四つ捧げ、そのなかに四種類の異なった葡萄酒を注いだ。第一の杯には「猿の葡萄酒」、第二の杯には「ライオンの葡萄酒」、第三の杯には「羊の葡萄酒」、第四の杯には「豚の葡萄酒」という銘が書かれていた。この四つの銘は酔漢がおちていく四つの段階をあらわしていた。第一段の酔いはひとを愉快にし、第二段の酔いは怒りっぽくし、第三段の酔いはぐったりさせ、第四段の酔いは正体をなくさせるというのである。

彼女はなにか不思議な物を戸棚に入れ、鍵をかけて大事にしていた。フォントヴロー大修道院の戒律では、そのことは禁じられていなかったのだ。彼女はその物をだれにも見せたがらなかった。また、戒律で禁じられていたわけでもなかったので、その物をしげしげと見たくなるたびに自室に閉じこもって、身を隠していた。廊下を歩く足音が聞こえると、皺くちゃの手でいち早くその戸棚を閉めた。だれかにその物の話をされても、いつもはすすんで話をするのに、じっと押し黙っていた。このこともまた、修道院で手持ちぶさたか、退屈している者たちがあれこれ取り沙汰する種になった。百歳にもなる老女の宝物にまでなる、それほど貴重な秘蔵の物とは、いったいなんなのだろうか？　もしかすると、なにかの聖なる書物なのか？　あるいは、この世にふたつとないロザリオみたいな物なのか？　はたまた、正真正銘の聖遺物なのか？　いろんな憶測がなされたが、分からなかった。老女が死んだとき、おそらく予定の時刻よりずっと早いにちがいなかったが、みんなが駆けつけて戸棚を開けてみた。その品物は、聖体皿のように三枚の布につつまれたファエンツァ産の陶器の皿で、巨大な注射器を持った薬局生たちに追いかけられながら飛んでいるキューピッドを描いたものだった。大勢の追手たちがしかめ面をしたり、変な格好をしたりしている。この可愛らしいちいさなキューピッドのひとりは、もう注射器に刺し貫かれている。このキューピッドはじたばたし、ちいさな羽を動かしてもう一度飛ぼうとしているが、道化者は悪魔のような笑いを浮かべている。この寓意は、愛も下痢に負けるということである。ちなみに、このじつに珍しい皿は、もしかするとモリエールに着想をあたえる名誉に浴したかもしれないが、一八四五年九月まで存在し、ボーマルシェ大通りの骨董屋で売りに出されていた。

その気のいい老女は、外部からのどんな訪問もうけたがらなかった。というのも、「面会室があんまり寂しすぎる」からだと言っていた。

第十章 常時聖体礼拝の起源

ちなみに、さきに筆者がおよその様相を示そうとした、そのほとんど墓のような面会室は、まったくここだけのもので、他の修道院ではこれほど厳粛だったわけではない。とくにタンプル大通りの修道院は、別の修道会に属していたが、黒い鎧戸の代わりに褐色のカーテンが掛かり、面会室そのものも、板張りの客間になっていた。その窓は白モスリンの布で優美に飾られ、壁にはいろいろな額が掛けてあった。ヴェールをつけていないベネディクト会修道女の肖像が一枚、花束の絵が数枚、それにトルコ人の頭の絵[1]まであった。

タンプル大通りの庭には、フランスでもっとも美しく高いと言われていた栃の木があり、これは十八世紀の庶民のあいだでは「王国のあらゆる枥の父」という評判をとっていた。

すでに述べたことだが、タンプルのこの修道院にいたのは常時聖体礼拝のベネディクト会修道女たちで、同じベネディクト会修道女といっても、シトー派に属するベネディクト会修道女とはまったく別だった。この常時聖体礼拝の修道会はさほど古くはなく、二百年以上も昔にさかのぼるわけではなかった。一六四九年、パリのふたつの教会、サン・シュルピスとサン・ジャン・アン・グレーヴで、数日の間隔をおいて二度も聖体が冒瀆された。めったにない恐ろしいこの瀆聖行為は町じゅうを震撼させた。サン・ジェルマン・デ・プレの修道院長兼総代理殿が聖職者全員に厳かな行列を命じ、教皇大使が司式した。しかし、これくらいの贖罪では、ふたりの尊敬すべき奥方、すなわちブーク侯爵夫人であるクルタン夫人とシャトーヴィゥ伯爵夫人の気がおさまらなかった。「いとも厳かな祭壇の聖体」にたいしてなされたこのような侮辱は、いくら一時のものであっても、このふたりの清らかな心から離れず、どこかの女子修道院における「常時聖体礼拝」によってしか罪の償いができないと思われた。そこでふたりは、前者が一六五二年に、後者が一六五三年に、ベネディクト会修道女で、サン・サクルマンという会員名をもつカトリーヌ・ド・バール修道女に、そのような敬虔な目的で聖ベネディクトゥス会の修道院を創立するための相当な寄進をおこなった。この創立の最初の許可はサン・ジェルマンの大修道院長ド・メッス閣下から、「元金を六千リーヴルとし、年に三百リーヴルを支払えない女子は入会できないという条件で」、カトリーヌ・ド・バール修道女にあたえられた。サン・ジェルマンの大修道院長のあと、国王が特許状をあたえた。そして一件書類、つまり大修道院長ならびに国王の特許状は、一六五四年に会計院と高等法院の承認を得たのである。

以上のようなことが、パリの常時聖体礼拝のベネディクト女子修道会創立の起源であり、法的な承認の経緯である。最初の修道院は、ブーク夫人とシャトーヴィウ夫人の寄進で、カセット通りに「新築」された。

これで分かるように、この修道会の修道女たちはシトー派のいわゆるベネディクト会修道女たちとけっして混同してはならないのである。この修道会はサン・ジェルマン・デ・プレ大修道院長の所属なのであり、この点では、聖心女子会がイエズス会の総長に属し、慈善修道会がラザリスト会の総代表に属するのと同じなのだ。

この会はまた、筆者がその内部を述べたプチ・ピクピュスのベルナルド会修道女たちともまったく異なっている。一六五七年、教皇アレクサンデル七世は教皇特別書簡によって、プチ・ピクピュスのベルナルド会修道女たちに、サン・サクルマンのベネディクト会修道女と同じく、常時聖体礼拝をおこなうことを許可した。しかし、だからといって、このふたつの修道会が別々のものであることに変わりはなかった。

第十一章　プチ・ピクピュスの終焉

王政復古の初期からすでに、プチ・ピクピュスの修道院は衰えはじめていた。これはこの会全体からするとほんの一部にすぎない。この会は十八世紀以後、他の宗教団体と同じように消えてゆく。瞑想は祈りと同じく人類共通の欲求だが、大革命がふれたすべてのものと同様、瞑想も変わってしまい、かつては社会の進歩に敵対していたが、これからは進歩に好意的なものになっていくだろう。

プチ・ピクピュスの修道院でも、急速に人数が減っていった。一八四〇年に、このちいさな施設は消え去り、寄宿舎もなくなってしまった。もう老女も、少女もいなくなった。老女たちは死に、少女たちはどこかに行ってしまった。「彼女ラハ飛ビサッタ」のである。

常時聖体礼拝の規律はあまりにも厳格なので、だれでも怖じ気づいてしまうのだ。神に召されたといった使命感が遠のいて、修道会は欠員を補充できなくなった。一八四五年には、まだちらほらと助修女たちがいたものの、聖歌隊の修道女となると、ひとりもいなかった。四十年まえには、修道女は百人近くいたが、十五年まえにはたった十八人になった。現在では、いったい何人いるのだろうか？　一八四七年には、修道院長は若かった。これは選択の幅が狭まったというしるしだ。その修道院長は四十歳でしかなかった。人数が減るにつれ、疲労が増し、めいめいの仕事がますますつらくなる。そうなれば、聖ベネディクトゥスの重い戒律を担うのは、いずれも痛々しいほど前かがみに肩を落とした十二人くらいになってしまうのは目に見えていた。重荷は容赦なく、大勢にも少数にものしかかる。それがあまりにも重かったので、担う者を押しつぶす。その結果、彼女たちは死んでいく。本書の筆者がまだパリに住んでいたころ、ふたりが死んだ。ひとりは二十五歳で、もうひとりは二十三歳だった。二十三歳のほうは、ユリア・アルピヌラのように、「ワタシハココニ眠ル、二十三年生キテ」[1]と言ったかもしれない。このような衰退のために、修道会は女子教育をあきらめてしまったのだった。

筆者はこの異常で、知られざる、暗い施設のまえを通りかかって、そのなかにはいらずにはいられなかった。また筆者のあとにしたがい、たぶん何人かの役に立つかもしれないと思いつつ、ジャン・ヴァルジャンの悲しい物語を語るのに耳を傾けてくださる人びとにも、そこにはいっていただいた。わたしたちはこうして、いまではなんとも珍奇に思われるあの古めかしい掟の遵守一辺倒の共同体を一覧した。これはなるほど閉じた庭、「閉ジタル庭園」[2]である。筆者はこの特異な場所のことを詳しく、だが敬意をもって、少なくとも詳しさと敬意が両立するように話してきたつもりだ。筆者にはすべてを理解できないが、なにも侮辱などするつもりはない。筆者は死刑執行人を称賛するにいたったジョゼフ・ド・メーストルと、十字架像を冷笑することまでしたヴォルテールとの中間に位置している。

ついでに言っておけば、ヴォルテールの論理は辻褄が合わない。なぜなら、彼がカラス[3]を弁護したのであれば、イエスをも弁護すべきだったからである。また、超人間的な受肉を否定する者たちにとって、十字架像はなにをあらわしているのか？　むりやり殺された賢者ではないのか。

十九世紀においては、宗教的観念は危機にさらされている。ひとはある種の事柄を忘れる。それも結構だ。もしあることを忘れても、別のことを学ぶなら。人間の心に空白があってはならない。ある種の破壊がなされる。破壊も悪くはないが、それはそのあとに再建がなされるという条件があっての話だ。

さしあたっては、もう存在していないものを研究することにしよう。たとえ、それを避けるためだけでも、そのことを知っておかねばならないのである。過去の偽造はいつわりの名を名乗り、好んで未来を自称する。過去という亡霊はおのれのパスポートを偽造しがちである。その罠をよく知っておこう。警戒しよう。過去は迷信という素顔をもち、偽善という仮面をもっている。その素顔を暴き、仮面を剝いでやろう。

修道院というものには複雑な問題がある。それを断罪する文明という問題、それを保護する自由という問題である。

第七篇　余談

第一章　抽象的概念としての修道院

本書は無限を主人公とする劇である。

人間は脇役なのだ。

だから、途中にたまたま修道院があったので、そこにはいらざるをえなかったのである。なぜか？　修道院というものは東洋にも西洋にも、古代にも近代にも、異教にも仏教にも、マホメット教にもキリスト教にも本来備わっているのであり、人間によって無限に当てられる光学器械のようなものだからである。

ここは特定の概念をむやみに述べ立てる場所ではない。とはいえ、しかるべき節度や制約を心得つつ、時には憤慨さえ覚えながら、こう言っておかなくてはならない。わたしたちが人間のうちなる無限に出会うたびに、正しく理解しているかどうかは別にして、敬意の念にとらえられるのだと。ユダヤ教会にも、回教寺院（モスク）にも、仏塔にも、アメリカ原住民の小屋のなかにも、わたしたちが忌み嫌う醜悪な側面と感服する崇高な側面がある。人間の精神にとってなんという瞑想だろう！　なんという底知れぬ夢想だろう！　人間という壁に反映する神の姿とは！

第二章　歴史的事実としての修道院

歴史、理性、真理の観点からすれば、修道院制度は断罪される。

修道院が一国にあふれていると、通行の妨げになり、建物がやたらに場所をとり、労働の中心がなければならないところに怠惰の中心ができてしまう。修道者の共同体は社会という大きな共同体にとって、樫の木についた宿り木、人体にできた疣のようなものである。修道院が栄え、肥え太ると、国が貧しくなる。文明の端緒においては善きものであり、精神的なものによって人間の獣性を減らすのに有益であった修道院制度も、人民の活力をはぐくむには悪しきものとなる。そのうえ、この制度がたがゆるみ、だらしのない時期にはいってもなお模範をあたえつづけようとするために、清純な時期には有用だったのとまったく同じ理由で、今度は有害になってしまうのである。

修道院生活はもはや時代的な役割をおえてしまった。近代文明の初期の教育として有益だった修道院も、文明の増大の妨げになり、その発展に有害になった。制度および人間形成の様式としての修道院は、十世紀には善きものであったが、十五世紀には疑問の余地があるものになり、十九世紀では憎むべきものになっている。修道院という疫病はイタリアとスペインという、ふたつの素晴らしい国をほとんど骨格まで蝕んでしまった。何世紀にもわたって、前者はヨーロッパの光であり、後者はヨーロッパの輝きだったのに、現在では一七八九年のフランス革命という健全で強烈な衛生法のおかげで、ようやく快癒に向かいつつある。

修道院、とくに今世紀初頭になってもまだイタリア、オーストリア、スペインなどで出現しているような古めかしい女子修道院は、中世のもっとも暗いところが凝縮された場所のひとつである。僧院、そのような僧院はもろもろの恐怖の交差点なのだ。いわゆるカトリックの僧院は死の黒い光にみちみちている。

とりわけスペインの修道院は陰惨である。そこでは、薄暗がりのなか、靄が立ちこめる丸天井、影のせいでぼんやりとした丸屋根のしたに、どっしりした巨大な祭壇が、まるで大聖堂のようにそびえ立っている。暗闇のなかに、白い特大のキリスト十字架像が鎖で吊りさげられている。黒檀の台のうえに大きな象牙のキリスト像がいくつも、裸のまま横たわっている。血まみれというより、血を流しているその姿は、ひとをぞっとさせるが荘厳である。肘は骨が見え、膝頭はすりむけ、傷口は肉をむき出しにしている。銀の茨の冠をいただき、金の釘を打たれ、額にはルビーの血のしずくが垂れ、目にはダイヤモンドの涙が浮かんでいる。そのダイヤモンドやルビーは濡れているように見え、下方の暗がりでは、それをながめながらヴェールをかぶった女たちが泣いている。この女たちは苦行衣と先端にとがった鉄がついている笞で脇腹を傷つけ、柳の胸当てで乳房を押しつぶし、祈りで膝の皮がむけている。これはじぶんがキリストの妻だと思いこんでいる女たち、熾天使[1]だと思いこんでいる幽霊たちだ。この女たちはなにかを考えているのだろうか？　そうではない。なにかを望んでいるのだろうか？　そうではない。だれかを愛しているのだろうか？　そうではない。生きているのだろうか？　そうではない。彼女たちの神経は骨になり、骨は石になっているのだ。彼女たちのヴェールは闇夜で縫われ、そのヴェールのしたでする息は、どこか悲痛な死の呼吸に似ている。亡霊のような女修道院長が彼女たちを聖化し、恐怖をあたえる。そこには無垢が残忍なものとしてある。スペインの古い修道院とはそのようなものである。すなわち、恐ろしい献身の隠れ家、処女たちの巣窟、残酷な場所。

カトリックのスペインはローマ以上にローマ的であり、スペインの修道院はことさらカトリック的な修道院であった。そこでは東洋が感じられた。天国の後宮監督官ともいうべき大司教は、神に捧げられたこのハーレムに差錠をかけて見張っていた。修道女はハーレムの女であり、司祭は宦官であった。熱烈な信仰をもつ女たちは夢想のなかで選ばれて、キリストの肉体をわがものにしていた。夜になると、裸の若い美青年が十字架からおりてきて、独房の女たちを恍惚とさせた。イエス・キリストをサルタンとするこの神秘的な愛妾たちは、高い壁によって現世のあらゆる楽しみから遠ざけられていた。外に目を向けることからしてすでに不貞だった。修道院では、「終身牢（イン・パセ）」が革袋の代わりになった。東洋では海に捨てるものを、西洋では地下に捨てたのである。双方で、女たちは身悶えしていた。一方には波、他方には墓穴、あちらには溺死する女、こちらには生き埋めにされる女。ぞっとするような対比だ。

こんにち過去の支持者たちはそのようなことを否定できないので、笑ってすませようとする。歴史が明らかにすることを削除し、哲学が解説することを無効にし、あらゆる厄介な事実や暗い問題を回避するという、便利で奇怪なやり方が流行るようになった。利口な者たちは「空理空論の教材」と言い、馬鹿者たちは「空理空論の実習」とくりかえす。ジャン・ジャック・ルソーが空理空論家であり、ディドロが空理空論家であり、カラス、ラ・バール、シルナン[2]らにかんして、ヴォルテールが空理空論家であったなどという。最近、だれが言いだしたのか、タキトゥス[3]までも空理空論家であり、ネロが犠牲者で、「あの哀れなホロフェルネス[4]」が同情に値するというのである。

とはいえ、事実を覆すことは容易でなく、事実は頑強である。ブリュッセルから三十二キロほどのところに、ヴィレール大修道院がある。ここはだれでも中世を手にとって見られるところなのだが、昔は修道院の中庭だった牧場にある地下牢の穴と、ディール川の岸辺にあって半分は地下、半分は水面下の四つの石牢を筆者はこの目で見たことがある。それこそが修道院の「終身牢」だった。石牢のそれぞれには、鉄の扉の残りと便所と格子のある明かり取りがある。この明かり取りの外側は川の面から約六十五センチ、内側は床から約二メートル上方にある。外側では深さ約一メートル三十センチほどの川が壁沿いに流れているわけである。地面はいつも濡れている。「終身牢」にいる者のベッドはこの濡れた地面なのである。この石牢のひとつに、壁に取りつけられた首架の断片が残されている。もうひとつの石牢には四枚の花崗岩でできた四角い箱のようなものがあるが、これは横たわるには短すぎ、立っているには低すぎる。このなかにひとりの人間を入れ、うえに石の蓋をしていたのである。そんなものがそこにあり、それが見え、それにさわってみることもできるのだ。こんな牢獄、こんな石牢、こんな鉄の肘金物、こんな首架、川がすれすれに流れているこんな明かり取り、墓のようだが、入れられるのが死者ではなく、生きた人間だという違いがある、花崗岩の蓋でおおわれるこんな石の箱、泥でしかないこんな地面、こんな便所の穴、じめじめとしたこんな壁。これらがどうして空理空論だと言えようか！

第三章　どんな条件で過去を尊重できるか

かつてスペインにあったような、また、こんにちチベットにあるような修道院制度は、文明にとっては結核のようなものである。それは生命をぴたりととめてしまう。ただたんに、人口を減らしてしまうのだ。蟄居は去勢にひとしい。それはヨーロッパにおける疫病だった。これにあれほどひんぱんに良心にくわえられた暴力、無理強いされた使命感、修道院を足場とする封建制度、一家の余計者を修道院にばらまく長子相続制度、先述のような残虐行為、「終身牢」、沈黙を強いられた口、がんじがらめにされた頭脳、永遠の誓いという牢屋に入れられた多くの知性、魂を生きたまま埋葬するにひとしい着衣式などをくわえてみよう。また国民の損害に個人の責苦をくわえてみよう。そうするとだれでも、頭巾とヴェールという、人間の発案にかかるこのふたつの屍衣をまえにして、戦慄を覚えることとだろう。

とはいえ、ある点、またあるところでは、哲学や進歩などにとんとお構いなく、修道院の精神は十九世紀のまっただなかにも生きのび、こんにちでは苦行が奇妙に復興して、文明世界を驚かせている。古びてしまった制度がなおも永続しようとする頑迷さといったら、まるで悪臭のする香水がひとの髪を求めようとする執拗さ、傷んでしまった魚がそれでも食べられたいと願う自惚れ、子供服が大人に着てもらおうとする妄執、生者に接吻しようともどってくる死者の深情けになど似ている。

この恩知らず！　と着物が言う。悪天候のとき、おれはおまえを守ってやったではないか。なんでもうおれが要らないと言うのか？　おれはわざわざ大海から来てやったのだぞ、と魚が言う。あたしはバラだったのよ、と香水が言う。おれはおまえを愛していたのだぞ、と屍体が言う。おれはおまえたちを文明化してやったではないか、と修道院が言う。

これには、たったひとつの答えがあるだけだ。「昔はね」

死滅したものを無限に永続させ、死体の防腐保存によって人間を支配することを夢見たり、通用しなくなった教義を復活させたり、聖遺物箱にふたたび金箔をつけたり、修道院の漆喰を塗りかえたり、聖遺物を祝福しなおしたり、迷信を新しくしたり、狂信をまた煽ったり、灌水器や剣の柄を取りかえたり、君主制や軍国主義を再建したり、寄生者の数をふやすことで社会が救済されると信じたり、過去を現在に押しつけたりするなど、じつに奇怪千万なことに思える。とはいえ、そんな理論にも理論家たちがいるのだ。この理論家たちはなるほど才人にちがいないが、ずいぶん単純なやり方しか知らず、彼らが社会秩序、神権、道徳、家族、先祖崇拝、古代の権威、神聖な伝統、正当性、宗教などと呼ぶ釉薬を過去にかけているにすぎない。それでいて、ますますさかんにこう叫ぶのである。「さあさあ、みなさん、これをどうぞ！」このような論理は古代人たちにも知られていた。腸卜官たちが実践していたのがそれだった。彼らは黒い牡牛に白墨をこすりつけて、「これは白い」と騙っていた。つまりは「白ヌリノ牛[1]」だと。

筆者としては、もし過去が死ぬことに同意するなら、過去のあれこれを尊重し、どこでも大目に見るつもりでいる。だが、もし過去が生きていたいと願うなら、これを攻撃し、殺そうとするだろう。

迷信、信心狂い、えせ信心、偏見などは怨霊であるが、怨霊だとはいえ、生につきまとい、はかない幻の身で歯をもち、爪をもっている。だから、取っ組み合いをして締めつけてやらねばならない。戦争をしかけ、たゆみなくこの戦争をつづけねばならない。というのも、亡霊との永遠の闘いをせざるをえないのは人間の宿命のひとつだからである。影法師の喉元を捕え、打ちのめすのは難しいことなのだ。

十九世紀のまっただなかにあって、フランスの修道院は昼の光に面と向かった梟の中学校みたいなものだ。修道院は一七八九年、一八三〇年、一八四八年があった都市[2]のどまんなかで堂々と苦行の現行犯におよび、パリにローマを花開かせようとするが、時代錯誤も甚だしい。通常のときなら、時代錯誤を解消させ、息の根をとめるには、修道院にその成立年代を言わせてみるだけでよい。だが、わたしたちはけっして通常の時期にいるわけではないのだ。

闘おう。

闘おう。だが、区別しよう。真理の本質とはぜったい度をこさないことである。真理にはなにを誇張する必要があるだろうか？　破壊すべきものと、たんに光を当てて眺めてみるべきものとがある。好意的でまじめな検証とは、なんという力になるものだろうか！　光だけで充分なところに炎を持ちこまないようにしよう。

そこで、いまが十九世紀であるからには、一般的な問題としても、アジアやヨーロッパ、インドやトルコなど、すべての国民においても、筆者は苦行のための幽閉生活には反対する者である。修道院を語るのは沼地を語るにひとしい。それが腐るのは自明だし、澱んでくると不健康であり、発酵する毒気は人びとに熱を出させ、衰弱させる。それがふえるのは、モーセのいわゆる「エジプトの災い[3]」である。あのヒンズー教の苦行者、仏教の坊主、イスラム教の托鉢僧、ギリシャ正教の修道士、回教の隠者、ビルマの仏教僧、イスラム教の修道僧などがやたらに数をなし、うじ虫のように増殖することを思うだに、筆者はぞっとする。

そう断ったうえでも、宗教の問題はやはり残る。この問題にはいくつか神秘的、ほとんど恐るべき側面があるのだ。そこで、この宗教というものをじっくりながめてみることを許していただきたい。

第四章　原則から見た修道院

人間は集い、共同で暮らす。どんな権利によってか？　結社の自由権によってである。

彼らはじぶんのところに閉じこもる。どんな権利によってか？　じぶんの戸を開け閉めするという、どんな人間ももっている権利によってである。

彼らは外に出ない。どんな権利によってか？　自由な移動の権利によってであるが、これには当然ながら自宅にとどまる権利もふくまれる。

そこで、じぶんたちの場所で、彼らはなにをしているのか？

彼らは話し、目を伏せている。彼らは仕事をしているのだ。世俗を、都を、色欲を、快楽を、虚栄を、自尊を、利益をあきらめ、粗いウールか麻の服を着ている。彼らのうちのただひとりも、なんであれ、どんな私有財産も持っていない。持っているものは、みんなにあたえてしまう。そこにはいるときには、豊かだった者が貧しくなる。貴族、紳士、領主などと呼ばれていた者が、農民であった者と同等になる。部屋はどれも同じものだ。みんなが同じ剃髪にされ、同じ修道服を着、同じ黒パンを食べ、同じ藁のうえで眠り、同じ遺灰のうえで死んでいく。同じ袋を背負い、同じ縄を腰に巻いている。素足で歩くのが決まりなら、みんなが素足で歩く。たまたまそこに王侯がひとりいたとしても、この王侯も他の者たちと同じように影が薄い。称号などもはやなく、姓さえも消えてしまう。彼らには名しかない。みんなが平等に洗礼名をいただき、身を屈している。地上の家族を解体し、彼らの共同体のなかで精神の家族を形成している。彼らにはこれらの人間以外に親族はいないのだ。彼らは貧者を救助し、病者を看護する。じぶんたちが服従する者を選び、互いに「わが兄弟」と言いあう。

読者は筆者の言葉をさえぎって、こんな声をあげるだろう。「それこそ、理想の修道院ではないですか！」

筆者が理想の修道院のことを考慮するには、そんな修道院もありうるというだけで充分なのである。

前篇で、筆者が尊敬のこもった口調である修道院のことを話したのは、そのためである。中世やアジアを退け、歴史・政治的な問題を棚にあげ、戦闘的な論争の必要を別にしたうえで、修道院がぜったいに自発的なものであり、賛同する者しか閉じこめないという条件のもとに、純粋に哲学的観点からなおしばらく、修道院的な共同体を注意深く、ある点では謙虚な態度でまじめに考察してみよう。共同体があるところには自治体があり、自治体があるところには権利がある。修道院は〈平等〉と〈友愛〉という文句の産物である。ああ！　自由とはなんと偉大なものだろう！　そしてなんと見事な変容をもたらすものだろう！　自由があるだけで修道院を共和国に変えるのに充分なのである。

つづけよう。

しかし、四方を壁に囲まれているこれらの男たち、あるいは女たちは、法衣をまとい、平等で、互いに兄弟・姉妹と呼びあう。それはよろしい。だが、彼らはまた別のこともおこなっているのか？

そうだ。

なにを？

彼らは暗がりをながめ、跪き、両手を合わせている。

それはどういうことか？

第五章　祈り

彼らは祈っているのだ。

だれに？

神に。

神に祈る、この言葉はなにを意味しているのか？

わたしたちの外部に無限があるのだろうか？　この無限は単一であり、内在的なもので、不変のものだろうか？　それが無限であるからには、かならず実体的なものなのか？　もし知性が欠けているなら、そこで有限になるのだから、かならず知性的なものなのか？　この無限がわたしたちのうちに本質という観念を呼びさますのに反して、わたしたちはじぶんに存在という観念しかあたえられないのだろうか？　言いかえれば、無限が絶対者であるのに反して、わたしたちはその相対物なのだろうか？

わたしたちの外部に無限があると同時に、わたしたちの内部にも無限があるのではなかろうか？　このふたつの無限（なんと恐ろしい複数だろうか！）は互いに重なりあっているのではないだろうか？　第二の無限はいわば第一の無限のしたにあるのではないか？　第一の無限の鏡、反映、反響、もうひとつの深淵と同心円を描く深淵なのではないのか？　この第二の無限にもまた知性があるのではないだろうか？　それは考えるのか？　愛するのか？　意欲するのか？　もしこのふたつの無限に知性があるなら、それぞれの無限にはなにかを意欲する原則があることになり、下方の無限のうちに自我があるのと同様、上方の無限にも自我があることになる。この下方の自我が魂であり、この上方の自我が神である。

思いをこらすことによって、下方の無限を上方の無限とふれあわせること、これが祈ると呼ばれることである。

人間の精神からなにひとつ取りさげないようにしよう。取り除くのは悪いことだ。改変し、変化させることこそが必要なのだ。人間のある種の能力は〈未知〉に向けられている。思考、夢想、祈りがそうである。〈未知〉とは大洋のようなものである。良心とはなにか？〈未知〉の羅針盤である。思考、夢想、祈り。これらは神秘の偉大な威光である。これらを尊重しよう。魂のこの荘重な照射はどこに向かうのか？影へ、つまりは光へ向かうのである。

デモクラシーの偉大なところは、人間性についてなにも否定せず、なにも否認しないことである。〈人間〉の権利の近くには、少なくとも脇には、〈魂〉の権利があるのだ。

狂信を粉砕し、無限を崇拝すること、これが掟である。わたしたちは〈創造〉の木のしたにひれ伏し、星辰にみちたその広大な枝を打ちながめるだけにとどめていてはならない。わたしたちにはひとつの義務がある。人間の魂に専念し、奇蹟に反対して神秘を擁護し、不可解なものを崇めて不条理なものを打ちすて、説明できないものについては、必要なものだけを認め、信仰を健全にし、宗教から迷信を取り除く、つまり神から害虫を駆除するという義務である。

第六章　祈りの絶対的な正しさ

祈り方は、それが誠実なものであるかぎり、どんなものでもかまわない。手にしている本を裏返しにして、無限のなかにはいることだ。

周知のように、無限を否定する哲学がある。また、太陽を否定する哲学もあるが、これは精神病理学的に分類ずみで、盲目と呼ばれている。

わたしたちにはないある感覚を真理の源泉に仕立てあげるのは、盲人のなんとも見上げた図々しさというべきである。

奇妙なのは、この手探りの哲学が神を見る哲学にたいしてとる、高慢で、見下すような、おためごかしな態度である。まるでモグラがこう声をあげているのを聞く思いがする。「あいつらが太陽、太陽などというのを見ると、かわいそうになるよ！」

有名で有力な無神論者がいることは、筆者とて知っている。この者たちも結局はみずからの力によって真理に引きもどされるのだから、無神論者であることに確信があるわけではない。彼らにとってはただ定義の問題にすぎないのだ。いずれにしろ、たとえ彼らが神を信じていないとしても、高邁な精神の持ち主であるなら、神の存在そのものを証明しているのである[1]。

筆者は彼らの哲学を仮借なく形容しているが、哲学者であるかぎり彼らに敬意を払っている。つづけよう。

また、なんともお見事と言うほかないのは、彼らがいとも気軽に空疎な言葉だけで満足することである。やや濃霧が染みついた北方のある形而上学派などは、〈力〉という言葉を〈意志〉という言葉に代えることによって、人間の悟性に革命をもたらしたと思いこんだものだった[2]。

「植物は生長する」と言わないで、「植物は意欲する」などと言う。じっさい、もしこれに「神は意欲する」と付けくわえてやれば、豊かなものになるだろうに。なぜか？　こうなるからだ。すなわち、植物は意欲する、ゆえに植物には自我がある。宇宙は意欲する、ゆえに宇宙には自我がある、ということである。

筆者はこのような学派とは逆に、何事も先験的（ア・プリオリ）には拒絶しない者だが、この学派によって受け入れられている植物のなかの意志という考えは、この学派によって否定されている宇宙のなかの意志という考えよりも、ずっと認めがたいと思われる。

無限、すなわち神の意志を否定することは、無限を否定するという条件でしかなされえない。このことについては、筆者がすでに示したところである。

無限を否定することは、真っ直ぐにニヒリズムに帰着する。万事が「精神の一概念」になってしまう。

ニヒリズムが相手では、どんな議論も可能でなくなる。というのも、ニヒリズムの論理では話相手が実在するかどうかは疑わしく、みずからが実在することにさえ確信がないのだから。

ニヒリズムの観点に立てば、おのれ自身がみずからにとって「精神の一概念」になってしまうこともありうるのだ。

ただ、ニヒリズムは「精神」という一語を発するだけで、おのれが否定するものすべてを、そっくり認めていることに気づいていない。

とどのつまり、なんでも「否（ノン）」の一語に帰結させる哲学による思考には、どんな道も開かれないのだ。

「否」にたいする答えは、ただひとつ「諾（ウィ）」しかない。

ニヒリズムには効力がない。

虚無は存在しないし、ゼロも存在しない。すべてがなにかであり、無というものはないのだ。人間はパンで生きる以上に、肯定で生きるのである。

見て示すこと、それでさえ充分ではない。哲学はひとつのエネルギーでなければならないのだ。哲学は人間を改善するための努力であり、その努力の結果でなければならない。ソクラテスがアダムのなかにはいり、マルクス・アウレリウス[3]を生みださねばならない。言いかえるなら、至福の人間から叡智の人間を出現させねばならないのだ。エデンをリュケイオン[4]に変えねばならない。学問は強心剤でなければならない。ただ享楽すること、それはなんと悲しい目的、なんと貧しい野心だろうか！　犬畜生でも享楽する。考えることこそが、魂の真の勝利である。人間たちの渇きに思考を差しだし、彼ら全員に妙薬としての神の概念をあたえ、彼らのうちで良心と学問とを和解させ、その神秘的な照合によって人間を正しくすること。これが本当の哲学の役割なのだ。道徳とはもろもろの真理の開花のことである。ひとは静観によって行動に導かれる。絶対は実際的なものでなければならない。理想は人間の精神にとって息ができ、飲めて、食べられるものでなければならない。「取れ、これがわたしの体だ、わたしの血だ[5]」と言う権利があるのが理想というものである。叡智は神聖な聖体拝受である。この条件において、叡智は不毛な学問愛であることをやめ、人類の結合の唯一最高の様式になり、哲学であった叡智が宗教になるのである。

哲学は神秘のうえに建てられ、そこから気ままに神秘をながめて、ただ好奇心に便利な結果しかもたらさない、たんなる張出し窓であるべきではない。

筆者としては、いずれ別の機会に持論を述べることにし、ここではただ、このように言っておくにとどめる。すなわち、ふたつの原動力としての、信じ、愛するという力がなければ、人間を出発点とも、進歩を目的とも理解できないということである。

進歩は目的であり、理想は典型である。

理想とはなにか？ それは神である。

理想、絶対、完全、無限。これらは同じ言葉である。

第七章　非難するときに必要な用心

歴史と哲学は永遠の義務であるとともに、ごく単純な義務でもある。要するに、ユダヤ教の大祭司カヤバ、司法官ドラコン、立法者となるトルマルキオン、皇帝チベリウス[1]などを打倒することである。これは明白で、直截で、分かりやすく、なんの曖昧なところも残さない。だが、世間を離れて生活する権利は、たとえそれなりの不都合や悪弊があるにせよ、承認され、配慮されることを求めている。共住苦行生活はたしかに人間の問題なのだ。

修道院という、誤謬でありながらも無垢の、迷妄でありながらも善意の、無知でありながらも献身の、責苦でありながらも殉教の場所について話すときには、ほとんどの場合、肯定すると同時に否定しなければならない。

修道院、これはひとつの矛盾である。目的は救済だが、手段は犠牲である。修道院とは、結果として最高の自己犠牲となる最高の利己主義である。

君臨するために退位するというのが、どうやら修道院制度の標語らしい。

修道院では、苦行するのは享楽するためだ。死に宛てて為替手形を振りだす。修道院では、地上の闇のなかに天上の光を当てにする。修道院では、地獄は天国を相続する前金として受けとられる。

ヴェールや修道服の着用は、永遠という見返りのある自殺なのである。

このような問題で、揶揄は適切ではない。ここでは、善も悪も、すべてが真面目なのである。正しい人は眉をひそめることはあっても、けっして意地悪くせせら笑うことはない。筆者は怒りに理解を示すことがあるが、悪意を是認することはない。

第八章　信仰(フォワ)、掟(ロワ)

あと二言、三言。

筆者は教会が策謀にみちているときには非難するし、世上権に貪欲な教権を軽蔑する。しかし、どこであれ思慮のある人間を敬う。

筆者は跪く人に敬意を払う。

なにかしらの信仰は人間にとって必要である。なにも信じない者は不幸なるかな！

なにかに没入するのは、なにもしないということではない。目に見える仕事と目には見えない仕事があるのだ。

瞑想することは耕作することであり、思考することは行動することである。組んだ腕も働いているのであり、合わせた手も仕事をしているのだ。天を見つめるのもひとつの活動なのである。タレス[1]は四年間じっとしていたが、哲学の基礎を築いたのである。

筆者には、苦行者は暇人ではなく、隠者は怠け者ではない。

〈影〉に思いをこらすことは真剣な事柄である。

これまで述べたことをなんら否定することなく、筆者はたえず墓を想起することが生者にふさわしいことだと信じている。この点については、司祭と哲学者は意見を同じくしている。「死なねばならない[2]」。このようにラ・トラップの大修道院長はホラティウスに呼応しているのである。みずからの人生に墓の存在をある程度加味すること、これが賢者の掟、苦行者の掟なのだ。この関係では、苦行者と賢者は一致する。

物質的な成長というものがあるが、これは筆者が望むものである。また精神的な偉大さというものもあり、これも筆者が尊重するものである。

無思慮で性急な精神の持ち主はこう言う。

「あんな者たちが神秘のかたわらにじっとしていて、なんになるというのか？　彼らはなんの役に立つのか？　いったい、なにをしているのか？」

ああ！　筆者を取りまき、筆者を待ちうけている闇をまえにして、それが広大に拡散すると、じぶんがどうなるのか分からない。そんな筆者としては、こう答えるしかない。おそらく彼らの魂がなしていること以上に崇高な活動はまたとないのだと。そしてこう付けくわえる。おそらく、これほど有益な仕事もまたとないのだと。

筆者にとって、問題のすべては祈りに加味される思考の量にある。

けっして祈らない者たちのために、つねに祈る者たちがどうしても必要なのである。

祈るライプニッツ[3]は偉大である。礼拝するヴォルテールは立派である。「ぅぉるてーる神ノタメニコノ教会ヲ建立ス[4]」。

筆者は個別のいろいろな宗教には反対だが、宗教そのものには賛成する。

筆者は各種の祈禱の惨めさと祈りの崇高さを信じる者のひとりである。

なおまた、過ぎゆくこの時期、さいわいなことに十九世紀に痕跡を残すことはないこの時期、多くの人間たちがうつむき、気高い魂を忘れているこの一時期に、生きている多くの者たちが享楽することのみを道徳と心得て、手っ取り早く歪んだ物質的事柄ばかりに気を取られているなかで、あえておのれの意志で祖国から亡命する者はだれであれ筆者は畏敬する。[5]修道院にはいるとは諦観を意味するが、的外れな犠牲でも犠牲であることに変わりはない。重大な誤りを義務として受けとること、そこにもそれなりの偉大さがあるのだ。

それ自体としてとらえ、理念的に考えて、あらゆる側面を公正に見極めるまで真理のまわりを回ってみるならば、修道院、とくに女子修道院には疑いもなくある種の尊厳がある。というのも、わたしたちの社会のなかで、女性こそがもっとも苦しんでいるからであり、この修道院への亡命には抗議の意味合いがあるからだ。

いまいくらか輪郭を示した、あれほど厳格で陰鬱な修道院の生活は、生活とは言えない。なぜなら、そこに自由がないのだから。墓でもない。それは時がみちた行いではないのだから。そこは奇怪な場所であり、まるで高い山の頂から、一方では現世の深淵が、他方では来世の深淵が見えるようなところだ。そこはふたつの世界を隔てる狭く靄のかかった境界であり、両方から同時に明るくされたり、暗くされたりしている。そこでは生の弱々しい光が死のぼんやりとした光に入り混じっている。そこは墓場の薄明かりなのである。

筆者はこれらの女性たちが信じていることを信じられないまま、彼女たちと同じように信仰によって生きている。だからこれまで、一種うやうやしく愛情のこもった畏怖、どこか羨望にみちた憐憫を覚えずには、身をおののかせながらも信じきっているこの献身的な女性たちを見つめることができなかった。これらの謙虚で高貴な女性たちは、あえて神秘の淵ぎりぎりのところで生き、閉じられた世俗と開かれていない天上のあいだで、見えない光明に目を向けて、じっと待っている。その光明のありかを知っていると考えることだけを幸福と信じ、奈落と未知を切望しながら、不動の闇をまじまじと見つめ、跪き、物狂おしく、われを忘れ、震えながら、彼女たちはある時には永遠の深い息吹になかば身を起こしているのだ。

第八篇　墓場は死人を選り好みしない

第一章　修道院にはいる方法について

ジャン・ヴァルジャンがフォーシュルヴァン一流の言い方によれば「天から降ってきた」のは、そのような建物のなかであった。

彼はポロンソー通りの角になっている庭の塀を乗りこえた。真夜中に聞こえてきたあの天使たちの賛美歌は、修道女たちが歌う朝課だった。暗がりにかいま見たあのホールは礼拝堂だった。床に横たわっているのが見えたあの亡霊はつぐないをしている修道女だった。妙に驚かされたあの鈴の音は、フォーシュルヴァン老人が膝につけていた庭師の鈴の音だったのだ。

さきに見たように、いったんコゼットを寝かしてやると、ジャン・ヴァルジャンとフォーシュルヴァンはよく燃える柴の束のまえで、一杯の葡萄酒とひと切れのチーズで夜食をとった。それから、このあばら小屋にあったたったひとつのベッドをコゼットがつかっていたので、ふたりはそれぞれ藁束のうえに身を投げだした。目をつむるまえに、ジャン・ヴァルジャンはこう言った。

「これからは、なんとしてもここに置いてもらわないと」

この言葉は一晩じゅうフォーシュルヴァンの頭を離れなかった。じつをいえば、ふたりとも眠れなかったのだった。

ジャン・ヴァルジャンはじぶんの正体が見破られ、ジャヴェールに追われる身になっているのを感じ、パリにもどろうものなら、コゼットともども身の破滅だとよく分かっていた。ひょんな風の吹きまわしでこの修道院に舞いこんだのであってみれば、ジャン・ヴァルジャンにはただ、ずっとここに居すわることしか考えられなかった。というのも、彼のような立場にある不幸な人間にとって、この修道院はいちばん危険であると同時にいちばん安全な場所だったからだ。いちばん危険というのは、ここにはどんな男もはいってはならない以上、もし見つかりでもしたら、たちまち現行犯になってしまうからだ。そうなれば、ジャン・ヴァルジャンにとっては、修道院と監獄の距離はたった一歩に縮まることになる。いちばん安全というのは、もしなんとかここに迎えられ、置いてもらうことができるなら、いったいどんな人間がこんなところまでさがしにくるだろうか？　住んではならない場所に住む、それこそが救いになるのだ。

フォーシュルヴァンのほうはさんざん頭をひねっていた。彼はまず、事の次第がまったく理解できなかった。あんな塀があるのに、マドレーヌさんは、いったいどうやってここに来たのか？　修道院の塀はそうやすやすとまたげるものではない。どうやって子供連れでここに来ることができたのか？　腕に子供をかかえながら、切り立った壁を登れるものではない。あの子供は何者なのか？　ふたりはそろってどこからやってきたのか？

修道院に来て以来、フォーシュルヴァンはモントルイユ・シュル・メールの噂をいっさい耳にしなくなったし、あそこでなにがあったのかまるで知らなかった。マドレーヌさんは質問を撥ねつけるような調子だし、なんにしても「聖人に質問などしてはならないものだ」とフォーシュルヴァンは思った。彼の目にはマドレーヌさんは依然として威厳をたもっていた。ただ庭師は、ジャン・ヴァルジャンがふともらした言葉から、こんな難儀なご時世だからマドレーヌさんはきっと破産し、借金取りに追われているにちがいないと考えた。あるいはなにか政治的な事件にでも関わって、身を隠そうとしているのかもしれない。こちらのほうがフォーシュルヴァンの気に入った。もともと彼は多くの北フランスの農民たちと同じく、根っからのボナパルト支持者だったからだ。マドレーヌさんが身を隠すために修道院を避難所に選んだのなら、ずっとここにいたいと望むのも当たり前ではないか。しかし、なんとも説明がつかず、フォーシュルヴァンが何度もくりかえし頭をかかえてしまうのは、マドレーヌさんがここにいる、しかもこの子といっしょにいるということだった。フォーシュルヴァンはふたりに会い、触れもし、話も聞いたが、これが現実のこととはとても信じられなかった。ところが、その不可解なことが、げんにいま、彼のあばら小屋で出現しているのである。フォーシュルヴァンはあれこれ当て推量してみたものの、結局「なんたって、マドレーヌさんはわしの命の恩人じゃからの」という以外に、なにも分からなかった。この確信だけですっかり胆が決まった。彼は秘かに思った。「よし、今度はわしの番じゃ」そして心のなかでこう言いそえた。「馬車のしたにもぐりこみ、わしを引きだしてくれたとき、マドレーヌさんはあれこれ考えたりしなかったじゃろうが」彼はマドレーヌさんを救おうと決心した。

それでも彼は、ああでもないこうでもないと自問自答した。

「わしにはあんなに尽くしてくれたが、あのあと泥棒になっていても、やっぱりあの人を救うのか？　それでも救う。殺人犯になっていても、やっぱり救うのか？　それでも救う。聖人だから救うのか？　もちろん救う」

それにしても、あの人にずっと修道院にいてもらうというのは、なんという難問だろうか！

こんな空想に近い試みをまえにしても、フォーシュルヴァンは一歩たりともあとに引かなかった。この哀れなピカルディーの農民は、梯子としてはみずからの献身、善意、そしていまは高邁な意図に役立つ田舎風の古い狡知しか持ちあわせていないのに、修道院というどうにもならない難所と聖ベネディクトゥスの戒律という険しい急斜面をよじ登ってやろうとくわだてた。フォーシュルヴァン爺さんは、これまでの人生を自己中心主義で押しとおしてきたのだが、生涯の終わり近くになって、足も不自由になり、体も弱り、もはや世間になんの関心もなくなった老人だった。そんな男だからこそ、ひとに感謝することがたまらなく心地よく、なすべき善行を目前にして、まるで死に際にかつて一度も味わったことのない上等な葡萄酒にありつき、それを貪るように飲み干すみたいに、その善行に飛びついたのである。また、ここ数年来、修道院で吸ってきた空気のせいで、彼の一徹な気質もゆるみ、ここらあたりでなにかひとつくらい、ひとのためになることをすべきかもしれないとも思いはじめていた、と付けくわえてもよいだろう。

そこで彼は、マドレーヌさんに一身を捧げる決心をしたのだった。

筆者は今し方彼のことを「哀れなピカルディーの農民」と呼んだ。この形容は正しいが、不完全である。物語がここまで差しかかったので、フォーシュルヴァン老人の人物像について、いささか述べておくことが有益だろう。彼は農民だったが、かつては公証人だった。そのために彼の狡知に難癖が加わり、純朴さに洞察力が加わった。いろいろな事情があって事業に失敗し、公証人から荷車引き兼労務者に身を落とした。しかし、馬には働いてもらわなくてはならないので、さんざん悪態をついたり、鞭を当てたりしていたけれど、彼のうちには公証人らしさが残っていた。生まれつき才気があって、言葉を間違えなかった。村ではまれなことだが、話がうまかった。そこで他の農民たちは、あいつは帽子をかぶった旦那みたいにしゃべる、などと言っていた。じっさいフォーシュルヴァンは前世紀の的外れで軽率な語彙で、ラ・フォンテーヌが「半町人、半百姓」と呼んだたぐいの人間だった。この譬えがお城から藁屋までに落ちて、平民を分類するときのレッテルになると「少々田舎者で、少々都会人」とか「ごま塩」などと言われる部類に属していた。運命の悪戯でひどい目にあい、くたびれはて、すり切れたような哀れな老人ではあったが、とっさに判断ができ、すすんで事にあたれる人間だった。これは貴重な資質であり、こういう人間はけっして悪人にはなれない。彼の欠点も美点も――というのも、彼にはその両方があったからだが――ただうわべだけだった。要するに、よくよく見れば好感をもたれる人物だったのだ。その年老いた顔には、ともすれば額に寄って、悪意とか愚鈍さを示すようないやな皺はひとつもなかった。

明け方、ずっと物思いにふけっていたフォーシュルヴァンが目を開けると、マドレーヌさんが見えた。マドレーヌさんはじぶんの藁の束にすわって、眠っているコゼットをながめていた。フォーシュルヴァンは半身を起こしてこう言った。

「さて、あなたはもうここに来てしまわれたんじゃ。今度は、いったいどうやってはいり直すおつもりじゃ？」

この言葉はいまの状況をよく要約するものだけに、ジャン・ヴァルジャンは夢想から覚めて、はっとわれに返った。

ふたりの老人は相談した。

「まず」とフォーシュルヴァンは言った。「この部屋から外に一歩も出ないでくだされ。女の子もあなたも。庭に一歩でも足を入れりゃ、わしらはもうおしまいになりますでな」

「そのとおりだ」

「マドレーヌさん」とフォーシュルヴァンはつづけた。「あなたはとても具合がいいとき、つまりとても悪いときに来られましたの。ここのご婦人のひとりがかなり重態でしての。それで、わしらにはあまり目が向かないわけですわ。その方はどうやらもうだめらしい。四十時間のお祈りがあげられてますからの。修道院じゅうがそわそわして、みんなそのことばかり気にしておりますのじゃ。この世を去ろうとしておられるのは、ひとりの聖女でしての。もっとも、わしらはみんな、ここでは聖人なんですがの。ご婦人がたとわしの違いは、みなさんは「わたくしの部屋」と言われますが、わしのほうは「じぶんのねぐら」と言うことぐらいですわい。いまに死に瀕した者のための祈禱がはじまるはずじゃ。それから、死者のための祈禱になる。今日に限っては、ここでゆっくりしておられても大丈夫じゃろ。じゃが、明日のこととなると責任はもてませんでな」

「しかし」とジャン・ヴァルジャンは指摘した。「この小屋は壁の窪みにあって、廃墟みたいなものの陰に隠れているじゃないか。木もたくさんあるから、修道院からは見えないだろう」

「それに、修道女のみなさんはここにはぜったい近づかれませんからの」

「それなら？」とジャン・ヴァルジャンは言った。

その「それなら」を強調する疑問符が意味するのは、ずっとここに隠れていてもかまわないような気がするということだった。フォーシュルヴァンはその疑問符にこう答えた。

「女の子たちがいるもんでの」

「どんな女の子だね？」

フォーシュルヴァンが口を開き、いま言ったばかりの言葉の意味を説明しようとしたとき、鐘がひとつ鳴った。

「あの修道女さまがお亡くなりになったんじゃ」と彼は言った。「あれが弔鐘ですわい」

それから彼は、その鐘の音を聴くようにとジャン・ヴァルジャンに合図した。

二度目の鐘が鳴った。

「これが弔鐘ですわい、マドレーヌさん。鐘は二十四時間、遺体が教会を出るときまで、一分ごとに鳴りつづけるはずじゃ。えーと、そう、つまり連中がここで遊ぶんですわ。休み時間に、ボールが一個ころころ転がってくるだけで、あの子たちは、禁止されておるというのに、こちらにさがしにきて、あちこち、なんでもめちゃめちゃにしてしまうんですわい。ありゃ、手に負えないいたずらっ子どもでしての、あのお嬢ちゃんたちときたら」

「それは、だれのことかね？」

「娘たちですわ。まあ、あなただってじきに見つかってしまいますわ。あの子たちは叫ぶじゃろう。まあ！　男の人だわ！　ってな。だが、今日はそんな危険はないじゃろう。休み時間がないですからの。一日じゅう、お祈りでしょうな。ほら、鐘の音が聞こえるでしょうが。さっきも言ったとおり、なんといっても、毎分一回なんですから。これが弔鐘というものなんですわ」

「分かった、フォーシュルヴァン老人。寄宿生がいるんだね」

そしてジャン・ヴァルジャンは心中ひそかにこう思った。

「それならコゼットの教育には打ってつけかもしれないぞ」

フォーシュルヴァンが声をあげた。

「そうなんですわ！　もし女の子たちが出てきた日には！　あなたのまわりで、きゃあきゃあわめきますぞ！　それからさっさと逃げていきますすじゃろう！　ここでは、男だということは、ペスト患者と同じことでしてな。ほら、こんなふうに、わしも猛獣みたいに、脚に鈴をつけられておりますわい」

ジャン・ヴァルジャンはさらに突きつめて考えるようになった。

「この修道院ならおれたちも助かるかもしれないな」と彼はつぶやき、やがて声を高くしてこう言った。

「そう、むずかしいのは、どうやってここにとどまるかということだね」

「いや、ちがうんじゃ」とフォーシュルヴァンが言った。「どうやってここから出るかということですわい」

ジャン・ヴァルジャンは心臓の血が逆流するのを感じた。

「ここから出る！」

「そうですわ、マドレーヌさん。はいり直すには、まずここから出なくてはならんちゅうことですわ」

そしてフォーシュルヴァンは、弔鐘の鐘がひとつ鳴るのを待ってから、こうつづけた。

「こんなふうに、あなたがここにおられるのを見られてはならんのじゃ。あなたはどこから来られたんですかい？　わしにとっては、天から降ってこられたというだけでよろしい。あなたをよく知っておりますからの。でも、修道女さんたちとしては、門からはいってきてもらわなきゃ困るんですわ」

突然、先刻とは違う鐘のややこしい音が聞こえた。

「ああ」とフォーシュルヴァンは言った。「あれは有権上級修道女たちを呼ぶ音ですわ。だれかが亡くなると、いつも参事会が開かれるんじゃ。あの方は夜明けに亡くなったんじゃな。ひとが死ぬのは、だいたい夜明けですからの。ところであなたは、はいってこられたところから出るというわけにはいかんのですかい？　いや、これはなにもあなたを問いつめるわけではないんじゃが、いったいどこからはいってこられた？」

ジャン・ヴァルジャンは蒼くなった。あの恐ろしい通りにまた降りてゆくと考えるだけでも身震いした。虎がうようよしている森から逃れ、やっとの思いで外に出たと思ったら、あの場所にもう一度もどるよう親友に勧められるといった状況を想像していただきたい。ジャン・ヴァルジャンは界隈に警察が打ち揃ってうごめいている様を思いうかべた。偵察している警官たち、いたるところにいる見張りの者たち、じぶんの襟首をつかもうとする恐ろしい拳、それから間違いなく十字路にいるジャヴェール。

「無理だ！」と彼は言った。「フォーシュルヴァン老人、わたしが天から落ちてきたということにしてもらえないだろうか」

「もちろん、わしはそう信じとる、信じますわい」とフォーシュルヴァンは言いかえした。「わしにはそんなことを言わんでくだされ。神様があなたの手を取られ、間近に見られて、それから手を放されたんじゃ。ただ、あなたを男の修道院に入れたいと願っておられたのに、手元が狂ってしまったということじゃな。あれあれ、また鐘じゃ。今度は門番に区役所へ知らせにいけという合図ですわ。区役所から検死の医者に知らせてもらい、死人が出たことを確かめてもらうわけじゃな。これはすべて、ひとが死んだときのしきたりでしての。それでも、ここのご婦人方はこんな検診があんまりお好きじゃないんですわ。なにしろ、医者なんて輩は、なんにも信じちゃおらんからの。ヴェールを持ちあげてみる。時には別のものまで持ちあげるんですからの。それにしても今度ばっかしは、ずいぶんと早く知らせるもんじゃな！　なにかあったんですかの？　あなたのお子さんはずっと眠ったきりですな。お名前は？」

「コゼット」

「おたくのお嬢さんで？　いわば、あなたのお孫さんというわけですかいの？」

「そうだ」

「この子には、ここから出るのは簡単なことですわい。わしには中庭に面した通用門があるから、トントン叩くと、門番が開けてくれるってわけでしての。わしが籠を背負って、この子をなかに入れる。そして外に出る。フォーシュルヴァン爺さんが背負い籠をして外に出る、これはまったく簡単な話ですわ。あなたはこのお子さんに静かにしているよう言ってくだされ。上からシートをかけますんでの。わしにはシュマン・ヴェール通りで果物屋をやっておる友達のばあさんがおるんじゃ。そのばあさんに一時預けましょうや。ばあさんは耳が遠いし、それにあそこにはちいさなベッドもあるんでな。わしはばあさんの耳に、これはわしの姪だ、明日まで預かってくれと怒鳴ってやる。そうすると、このお子さんはあなたといっしょにもどれるわけじゃ。というのも、わしのほうでおふたりがもどれるようにしておきますんでな。なんとしても、そうしなくちゃならんじゃろう。けどあなたのほうは、どうやってここから出られますかの？」

ジャン・ヴァルジャンは頭を横に振った。

「わたしはだれにも見られてはならないのだ。問題はそこだよ、フォーシュルヴァン老人。コゼットみたいに、背負い籠にはいり、シートをかぶってわたしが外に出られるような手立てを見つけてもらえまいか」

フォーシュルヴァンは左手の中指で耳の裏をかいていたが、これは深刻な困惑のしるしだった。

ふたりとも三度目の鐘に気をとられた。

「これは検死の医者が帰るという合図ですわい」とフォーシュルヴァンが言った。「あの医者はちょっと見て、こう言ったんですわ。この方は死んでおられる。よろしい、と。医者が天国への旅券を査証すると、こんどは葬儀屋が棺を届けてくるんじゃ。死んだのが上級修道女だと、上級修道女たちが棺に入れ、ふつうの修道女なら、修道女たちが棺に入れる。そのあと、わしが棺の釘を打つ。それもわしの庭仕事のうちでしての。庭師というのはちょっと、墓掘人みたいなところがあるってわけですわ。棺は教会堂の天井の低い広間に置かれる。そこは街路に通じておるんじゃが、検死の医者のほか、男はだれもはいれはせん。わしは男の数にはいっていないんですわ、わしと、それから葬儀人なんぞは。わしが棺に釘を打つのはその広間ですわ。葬儀人連中は棺を取りにきて、馬に鞭を当てて、さあ行こう、がんばれ！　となる。こんなふうにして天国に行くわけじゃな。なかが空っぽの箱を持ってきて、そこになにかを入れて持ちかえる。これが葬式、つまり「深キ淵ヨリ」という死者への祈りなんですわい」

水平に射してくる一条の日の光が、眠っているコゼットの顔にそっとふれ、かすかに口を半開きにしたコゼットは、まるで光を飲んでいる天使のような表情になった。ジャン・ヴァルジャンは彼女に視線を注いでいて、もうフォーシュルヴァンの話を聴いていなかった。

耳を傾けられないからといって、口をつむぐ理由にはならない。人の好い老庭師は、平然としてくどくどと話をつづけた。

「ヴォジラール墓地に墓穴が掘られる。いまにあれを、あのヴォジラール墓地を廃止するって話がありますがの、あれは法規違反の古い墓地で、形も一様でなく、近くなくなるそうなんじゃ。残念なことですわい。なんたって、あれは便利ですからの。わしにはあそこに友達がいましての。メチエンヌ爺さんという、墓掘人ですわ。ここの修道女さんたちにはひとつ特権があって、それは夕暮にあの墓場に運ばれるということですわ。これには県の特別な許可があっての。それにしても、昨日からいろんなことが起こりますな。クリュシフィクシオン[1]修道女がお亡くなりになる。そしてマドレーヌさんが……」

「埋葬される」と、ジャン・ヴァルジャンは悲しげに微笑しながら言った。

フォーシュルヴァンはその言葉尻をとらえて言った。

「そうですとも！　本当に埋葬されたみたいなものですわ、もしここにずっと腰を据えられるんならの」

四番目の鐘が鳴った。フォーシュルヴァンは釘にかけておいた鈴のついた膝当てをさっと取り、じぶんの膝につけた。

「今度はわしの番ですわい。修道院長さまのお呼びじゃ。どれ、この留金の針先でまた痛い思いをしてきますかの。マドレーヌさん、じっとしていてくだされよ。わしを待っていてくだされよ。きっとなんか新しいことがありますんでな。もしおなかが空いたら、そこに葡萄酒とパンとチーズがありますからの」

そして彼は「ただいままいります！　ただいままいります！」と言いながら、あばら小屋を出ていった。ジャン・ヴァルジャンは、ねじれた脚が許すかぎり速く、横目にメロン畑を見ながらあわてて庭を横切ってゆく老人を見送った。

それから十分もしないうちに、フォーシュルヴァン老人は、行く手の修道女たちを鈴で追い散らして、あるドアをそっとノックした。すると穏やかな声が「永遠に」、つまり「おはいりなさい」と答えた。

そのドアは用事があるときだけ庭師を入れる面会室のドアだった。面会室は教会参事会室の隣にあった。修道院長は、面会室にあるたったひとつの椅子にすわって、フォーシュルヴァンを待っていた。

第二章　困難に直面するフォーシュルヴァン

動揺したり深刻な様子になったりするのは、なにかの危機があるとき、ある種の性格の人間やある種の職業、とりわけ司祭と聖職者に特有のことである。フォーシュルヴァンがはいったとき、そのふたつの形の憂慮が修道院長の容貌に刻まれていた。この修道院長はあの愛想がよく学識のあるブルムール嬢、すなわちイノサント修道女であり、ふだんは陽気な人柄だった。

庭師はおどおどと挨拶して、その小部屋の入口でじっとしていた。ロザリオをつまぐっていた院長は、目をあげて言った。

「ああ！　あなたでしたか、フォーヴァンさん」

修道院ではそんなふうにつづめた名前がつかわれていたのである。フォーシュルヴァンはまた挨拶をくりかえした。

「フォーヴァンさん、わたくしがあなたを呼んでもらいました」

「ここにおります、院長さま」

「お話があります」

「ええ、じつはわたしのほうでも」と、フォーシュルヴァンは内心びくびくしながら大胆に言った。「わたしのほうでも申しあげたいことがございますもので」

院長は彼をじっと見た。

「ああ！　わたくしになにか伝えたいことがあるんですね」

「ひとつお願いが」

「じゃあ、話してください」

元公証人のフォーシュルヴァン爺さんは、図々しい部類の農民だった。ある種の巧妙な無知はひとつの力になる。相手がうっかりすると、まんまと術中にはまるのである。修道院に住みついて二年あまりになるフォーシュルヴァンは、この共同体で結構うまく立ちまわってきた。いつもひとりきりで、ぼんやり庭仕事をやりながら、ただ好奇心をはたらかせることばかりしてきた。彼は行ったり来たりするご婦人方から離れていたので、目のまえに見えるのは人影の動きだけだった。ところが注意力と洞察力を注ぎこんだおかげで、それらの亡霊に身体をあたえることができるようになり、彼にとって死者も同然だったその者たちが生きた存在になった。彼は視覚が発達する聾者と聴覚が鋭くなる盲人のようになった。さまざまな鐘の音の意味を聞き分けようと懸命に努力し、そうできるようになった。その結果、この謎めいて物言わぬ僧院で彼の知らないものはなにひとつなくなった。このスフィンクスはどんな秘密をも彼の耳元でしゃべってくれたのだ。フォーシュルヴァンはすべてを知りながらも、すべてを押し隠していた。それが彼の秘訣だった。修道院の者たちはみな彼のことを愚か者だと思っていたが、これこそ宗教にあってはたいへんな美点になる。有権上級修道女たちはフォーシュルヴァンを重宝がっていた。彼は詮索好きだが、口が堅かった。だからみんなに信頼された。そのうえ几帳面で、果樹園や菜園のことなど用向きがはっきりしているときにしか外出しなかった。そのような控え目な態度も計算のうちだったが、ふたりの男だけには勝手にしゃべらせておいた。ひとりは修道院の門番で、そのおかげで面会室の詳細を知った。もうひとりは墓掘人で、そのおかげで埋葬の珍しい事柄を知った。こうして彼は修道女についてふたつの知識を手に入れた。ひとつは生について、もうひとつは死について。だが、彼はその知識をみだりに利用しようとはしなかった。この修道会は彼を大事にしていた。年寄りで、脚が悪く、なにも見ようとせず、どうやら耳もちょっと遠いらしい。これはなんと好都合なことだったろう！　彼は代えようにもおいそれと代わりが見つからない人物になっていた。

この老人は、じぶんがまわりの者たちの受けがいいのを百も承知で、院長にたいしても自信たっぷりに、かなりまわりくどいものの、深謀遠慮を隠した田舎風の長広舌をはじめた。じぶんの年齢のこと、体が不自由なこと、これからは老いも倍になって体にこたえてくること、しなければならない仕事がふえること、庭が大きいこと、たとえば、月の光のせいでメロン畑に藁を敷いてやらねばならなかった昨夜のように、たびたび夜明かししなければならないことなどを、延々と述べ立てた。そして最後にこう言いだした。――じつは、わたしには弟がいまして（ここで院長はちょっと体を動かした）。いや、弟はけっして若くはありません（院長はまた体を動かしたが、今度はほっとしたような動きだった）。そこで、もしみなさんがよいと言われるなら、この弟に同居してもらい、手伝ってもらえればと思うのです。弟は腕のたしかな庭師ですから、修道院でも立派に勤め、このわたしなんぞよりずっとしっかりしたお勤めを果たしてくれましょう。そうでない場合、つまり弟が兄のわたしと同じようにここに受け入れていただけないとなれば、年をとってすっかり腰の曲がったこの老体では、今後とうてい満足のいく仕事ができそうもないという気がいたします。そこで、まことに申し訳ないことではありますが、わたしにどうかお暇をいただきたいと存じます。ああ、それから、弟にはちいさな娘がいるもので、いっしょに連れてきます。そうしますと、その子はこの建物のなかで神様に守られて育つことになりましょう。そして、ことによったら――これは分かりませんが――いつの日か修道女になるかもしれません。

彼が話しおえると、修道院長は指のあいだでロザリオをつまぐるのをやめて、彼にこう言った。

「いまから晩のあいだに、頑丈な鉄棒を手に入れてもらえますか？」

「なにをするためで？」

「梃子にするためです」

「はい、承知しました、院長さま」

院長はそれ以上ひと言も付けくわえずに立ちあがり、隣の部屋にはいった。そこは参事会室で、かならずや有権上級修道女たちが集まっているはずだった。

フォーシュルヴァンはひとり残された。

第三章　イノサント修道女

十五分ほど経った。修道院長がもどってきて椅子にすわった。

ふたりとも話しながら、なにか気が気でならないといった様子だった。筆者としては、はじまったふたりの会話を速記のかたちで、できるだけ追いかけてみることにする。

「フォーヴァンさん？」

「院長さま？」

「礼拝堂をごぞんじですね？」

「わたしには、ミサや聖務日課をきくための小部屋がございます」

「お仕事で聖歌隊席にはいったことがありますね？」

「はい、二度か三度ほど」

「石を持ちあげてもらいたいのです」

「重いやつで？」

「祭壇の横にある敷石です」

「地下室をふさいでいる石でございますか？」

「そうです」

「まさにこんなときこそ、男がふたりいるとよろしいかと」

「男の方と同じくらい力のあるアサンシオン修道女が手伝ってくれます」

「女の方はけっして男のようなわけにはゆきません」

「あなたのお手伝いができるのは、女ひとりしかいません。めいめいできるかぎりのことをしてください。マビヨン師が聖ベルナルドゥスの書簡を四百十七篇公刊されたのに、メルロヌス・ホルティウスが三百六十四篇しか公刊しなかったからといって、わたくしはメルロヌス・ホルティウスをすこしも軽蔑いたしません」[1]

「わたしも同じでございます」

「功績とは、めいめいの力に応じて働くことです。修道院は作業所ではありません」

「そして女は男ではございません。わたしの弟のほうが力持ちです！」

「それに梃子もあります」

「ああいう扉に合う鍵といえば、それしかありませんね」

「石には引き輪がついています」

「それではその引き輪に梃子を通しましょう」

「石は回転して開く仕掛けになっています」

「それでは、院長さま。わたしが地下室を開けましょう」

「それに聖歌隊の四人の修道女が立ち会います」

「それで、地下室が開いたら？」

「また閉めなければなりません」

「それだけでございますか？」

「いいえ」

「どうか、なんなりとお命じください、院長さま」

「ねえ、フォーヴァンさん、わたくしたちはあなたを信頼しているのですよ」

「わたしはなんでもいたすためにここにいるのです」

「それから、何事も黙っているためにです」

「はい、院長さま」

「地下室が開いたら……」

「わたしが閉めます」

「でも、そのまえに……」

「なんでございましょうか、院長さま？」

「あるものをなかに降ろしてもらいます」

しばらく沈黙があった。修道院長はためらうように、下唇をとがらせ、顔を歪ませてから沈黙を破った。

「フォーヴァンさん？」

「院長さま？」

「今朝ひとりの修道女が亡くなったのをごぞんじでしょう」

「いいえ」

「では、鐘の音が聞こえなかったのですか？」

「庭の奥ではなにも聞こえないもので」

「本当ですか？」

「わたしを呼ぶ音を聞き分けるのがせいぜいでして」

「あの方は夜明けにお亡くなりになりました」

「それに、今朝は、風向きが反対だったものでして」

「クリュシフィクシオン修道女です。福者でした」

修道院長は黙り、まるで心のなかで祈りを唱えるように口を動かしてから、つづけた。

「三年まえ、クリュシフィクシオン修道女が祈られている姿を見ただけで、ジャンセニストのベチュンヌ夫人が正統カトリックに改宗されました」

「ああ、なるほど、いまになってやっと弔鐘が聞こえます、院長さま」

「修道女たちがあのお方を教会堂の隣の霊安室にお運びしました」

「さようでございますか」

「あなた以外の男はだれもその部屋にはいれませんし、またはいってはなりません。このことによくよく留意してください。ひとりの男が死んだ女たちの部屋にはいってみるのも、それはそれで結構なことじゃありませんか！」

「もっとたびたび！」[2]

「え？」

「もっとたびたび！」

「あなたはなにを言っているのですか？」

「もっとたびたび、と」

「なによりももっとたびたび、なんですか？」

「院長さま、わたしは、なによりももっとたびたび、と申しているのではありません。ただ、もっとたびたび、と言っているのです」

「おっしゃることが分かりません。どうしてあなたは、もっとたびたび、と言うのですか？」

「院長さまと同じことを言うためでございます」

「でも、わたくしはもっとたびたび、とは言いませんでしたよ」

「そうは言われませんでしたが、わたしは院長さまと同じことを言おうとして、そう申したのです」

そのとき九時の鐘が鳴った。

「朝の九時に、またいかなる時刻にも、祭壇のご聖体が称えられ、崇められますように！」と院長が言った。

「アーメン」とフォーシュルヴァンは言った。

鐘はいいときに鳴ってくれた。おかげで「もっとたびたび」の話は打ちきられた。もし鐘が鳴っていなければ、修道院長とフォーシュルヴァンはなかなかその言葉のもつれから脱けだせなかったことだろう。

フォーシュルヴァンは額をぬぐった。

修道院長はたぶんお祈りなのだろうが、また口のなかでなにやらつぶやいたあと、やがて大きな声を出した。

「生前、クリュシフィクシオン修道女は何人も改宗させられました。死後には、いろんな奇蹟を起こされることでしょう」

「もちろん、そうでございましょう」と、フォーシュルヴァンは言葉尻を合わせて、以後二度としくじらないように答えた。

「フォーヴァンさん、この修道院はクリュシフィクシオン修道女によって祝福されました。なるほど、ベリュル枢機卿のように清らかなミサを唱えながら息を引きとり、「サラバコノ供物ヲ」[3]という言葉を口にしながら魂を神にお返しするのは、だれにでも許されることではありません。しかし、それほどの至福にはいたりませんでしたが、クリュシフィクシオン修道女はとても立派な最期をとげられました。ご臨終まで意識をしっかりたもっておられました。わたくしたちに話し、天使たちに話しておいででした。わたくしたちには最後の指示をなされました。もしあなたがもうすこしだけ信仰が深く、あの方のお部屋にいらっしゃったら、あなたの不自由な脚にさわって治してくださったかもしれませんね。あの方は微笑んでおられました。神のもとで甦られたのだとみんなが感じました。あの方のご臨終には天国を思わせるものがございました」

フォーシュルヴァンはこれで弔辞がおわったのだと思い、

「アーメン」と言った。

「フォーヴァンさん、故人の願いはかなえてあげなくてはなりません」

修道院長はロザリオをいくつかつまぐった。フォーシュルヴァンは黙っていた。院長はつづけた。

「わたくしはこの問題について、「わが主」に仕え、修道生活に専念され、見事な成果をおさめられた聖職者の方々に相談しました」

「院長さま、庭よりここのほうが弔鐘の音がよくきこえますな」

「それに、あの方はたんなる死者ではなく、聖女です」

「それはあなたさまも同じで、院長さま」

「あの方は二十年まえから、ピウス七世教皇さまの特別のお許しで、じぶんの棺でお休みになっておられました」

「ブオナパルト皇……に冠をさずけられた教皇でございますね[4]」

フォーシュルヴァンのような如才ない人間にしては、そんな思い出話をしたのはうかつだった。さいわいなことに、すっかりじぶんの考えに気をとられていた修道院長には、それが聞こえなかった。院長はつづけた。

「フォーヴァンさん?」

「院長さま?」

「カッパドキアの大司教ディオドルスは、じぶんの墓にたったひと言、ミミズという意味のラテン語「アカルス」と書いてもらいたいと望まれ、そのとおりにされました。そうでしょう？」

「そうでございます、院長さま」

「アクィラの大修道院長で福者のメッツォカーネは絞首台のしたに埋葬されることを望まれ、そのとおりにされました」

「本当にそうでした」

「テヴェレ河口のポルトの大司教聖テレンティウスは、じぶんの墓に通行人たちが唾を吐いてくれるよう願って、親殺しの墓につけるのと同じしるしをみずからの墓石に刻むことを命じられました。死者の言葉にはしたがわなくてはなりません」

「そうなりますように」

「フランスのロッシュ・アベイユ近くに生まれたベルナール・ギドニスの遺体は、この方がスペインのトゥイの司教であられたのに、カスティーリャ国王の反対を押しきって、ご本人の遺志のとおり、リモージュのドミニコ会の教会に運ばれました。これに反対できるでしょうか？」

「いいえ、とんでもないことで、院長さま」

「この事実はブランディヴィ・ド・ラ・フォスが証明しています」

沈黙のまま、またすこしロザリオがつまぐられた。修道院長は言葉をついだ。

「フォーヴァンさん、クリュシフィクシオン修道女は二十年間お休みになっていたお棺で埋葬されます」

「ごもっともです」

「つまり眠りをつづけられるということです」

「では、わたしとしてはそのお棺に釘を打つわけですね」

「そうです」

「そして、葬儀屋のお棺はつかわないということですね？」

「そのとおり」

「わたしは、このありがたい修道院のご命令どおりにいたします」

「四人の聖歌隊の修道女がお手伝いします」

「お棺に釘を打つのを、でございますか？　そんな必要はありません」

「いいえ。棺を降ろすのを」

「どこに？」

「地下室です」

「どの地下室ですか？」

「祭壇のしたにある地下室です」

フォーシュルヴァンはぎくりとした。

「祭壇のしたにある地下室ですか！」

「祭壇のした、です」

「ですが……」

「鉄棒があるでしょう」

「はい、ですが……」

「引き輪をつかって鉄棒で石を持ちあげてください」

「ですが……」

「死者にはしたがわなくてはなりません。礼拝堂の祭壇の地下室に埋葬されて、けっして汚れた土地のなかには行かないこと、死んでもじぶんが生きているときにお祈りをしたところにとどまること、それがクリュシフィクシオン修道女の最期の願いでした。あの方はそのように頼まれました。つまり、命じられたのです」

「ですが、それは禁止されております」

「人間によって禁止されていても、神によって命令されていることです」

「もしこれがひとに知れましたら？」

「わたくしたちはあなたを信頼しています」

「そりゃ、もう、わたしはこの壁の石みたいなものですから」

「参事会が開かれました。いまわたくしがあらためて相談し、まだ会議をつづけられている有権上級修道女のみなさんは、クリュシフィクシオン修道女がお望みどおり、祭壇のしたにあるじぶんのお棺で埋葬されると決められました。考えてもみてください、フォーヴァンさん、もしここで奇蹟が起こるとしたら！　この修道院にとって、なんという神の栄光でしょう！　奇蹟というものは墓から生まれるのですよ」

「ですが、院長さま、衛生委員会の役人が……」

「聖ベネディクトゥス二世は、お墓のことではコンスタンチヌス・ポゴナトゥス[5]に抵抗されました」

「しかし警察の巡査が……」

「コンスタンチウス帝国治下のガリア地方にはいってきた六人のドイツ人王のひとりコノデメールは、聖職者が宗教にのっとり、祭壇のしたに埋葬される権利をはっきりと認めました」

「ですが、警視庁の警視が……」

「十字架のまえでは、世俗などなにものでもありません。シャルトルー会の第十一代総会長のマルタンは、この修道会にこんな格言をあたえられました。「世ハ変ワレドモ十字架ハ立ツ」」

「アーメン」とフォーシュルヴァンは平然と言った。いつもラテン語が出てくるたびに、彼はそんなふうに難局を切りぬけてきたのである。

あまりにも長いあいだ沈黙してきた人間には、ともかくだれか聞き手がいてくれるだけで充分なのである。ある日、出獄した古代の雄弁術教師ギムナストラスは、全身に両刀論法や三段論法がぎっしり詰まっていたので、最初に出会った木のまえで立ちどまり、その木に向かって長広舌をふるい、なんとか説得しようとたいへんな苦労をしたという。ふだんは沈黙の堰に押しとどめられ、貯水池があふれそうになっていたので、修道院長は立ちあがり、さながら水門が開かれたように、滔々とまくしたてた。

「わたくしの右にはベネディクトゥスが、左にはベルナルドゥスがおられます。ベルナルドゥスとは、どんな方でしょうか？　クレルヴォーの初代大修道院長です。ブルゴーニュ地方のフォンテーヌは、あの方が誕生されるのを見たというので祝福された土地です。父上はテスラン、母上はアレートと申されました。最初はシトー会に、最後はクレルヴォー会に行かれました。大修道院長に叙せられたのは、シャロン・シュル・ソーヌの大司教ギョーム・ド・シャンポー殿によってです。七百人の修道士を擁し、百六十の修道院をお建てになりました。一一四〇年のサンスの教会会議でアベラール[6]を論破され、ピエール・ド・ブリュイとその弟子や〈使徒派〉と呼ばれていたその他の正道を踏み外した者たちを打ちのめされました。また、アルノー・ド・ブレスをやりこめ、ユダヤ人たちを殺したラウル修道士を縮みあがらせられました。一一四八年のランスの教会会議を主宰され、ポワチエの大司教ジルベール・ド・ラ・ポレを処罰され、エオン・ド・エトワルを処罰され、王族たちの争いを調停され、ルイ若年王[7]を啓発され、教皇エウゲニウス三世に助言され、テンプル騎士団を統制され、十字軍を説かれ、生涯に二百五十の奇蹟をなされ、一日で三十九もの奇蹟を起こされました。ベネディクトゥスとは、どんな方でしょうか？　モンテカッシーノの総大司教、修道院の神聖さの第二の確立者、西方のバシレイオス[8]ともいうべき方です。この方の修道会から四十人の教皇、二百人の枢機卿、五十人の総大司教、千六百人の大司教、四千六百人の司教、四人の皇帝、十二人の皇后、四十六人の王、四十一人の王妃、三千六百人の列聖者が生まれ、もう千四百年まえから存続しています。一方に聖ベルナルドゥス、もう一方に衛生委員会の役人！　一方に聖ベネディクトゥス、もう一方に廃棄物の検査員！　国家、廃棄物、葬儀、法規、役人、そんなものはわたくしたちのあずかり知ることでしょうか？　どんな通りがかりの人でも、わたくしたちの扱われ方を見たら、きっと憤慨するでしょう。わたくしたちには、みずからの亡骸をイエス・キリストに捧げる権利さえもないのですよ！　あなたが言われる衛生委員会などは、革命が考えだしたものです。神様が警視に服従する。これがいまの世紀なのです。お黙りなさい、フォーヴァン！」

フォーシュルヴァンはこんな激しい叱責をうけて、なんとも居心地が悪かった。修道院長がつづけた。

「修道院のお墓への権利はだれにとっても、なんの疑いもありません。この権利を否定するのは狂信者やさ迷える者だけです。わたくしたちは恐ろしい混乱の時代を生きています。知るべきことを知らず、知るべきでないことを知っているのです。みんな汚れて不信心です。この時代には、偉大このうえもない聖ベルナルドゥスと、十三世紀に生きていた、いわゆる〈清貧カトリック会〉のある善良な聖職者ベルナールを区別できない人びともいます。甚だしいのは、ルイ十六世の断頭台とイエス・キリストの十字架をくらべるという冒瀆さえおかす者がいることです。ルイ十六世はひとりの国王にすぎませんでしたよ。だから、ひたすら神様のことを心にかけましょう！　もはや正しい人も不正の人もいません。ヴォルテールの名前は知っていても、セザール・ド・ビュス[9]の名前を知っている者はいません。しかし、セザール・ド・ビュスが福者だったのに、ヴォルテールは不幸な人間でした。まえの大司教、ペリゴール枢機卿はシャルル・コンドランがベリュルのあとをつぎ、フランソワ・ブルゴワンがコンドランのあとをつぎ、ジャン・フランソワ・スノーがブルゴワンのあとをつぎ、サント・マルト神父がジャン・フランソワ・スノーのあとをついだことさえ知っておられませんでした[10]。コトン神父[11]の名前は知られていますが、それはオラトリオ会の創立を推進した三人のひとりだからでなく、新教の国王アンリ四世[12]の罵りの的になったからです[13]。聖フランソワ・ド・サル[14]が社交界で人気があったのは、賭事でいかさまをしたからです。それにみんなが宗教を攻撃します。なぜでしょうか？　悪い司祭がいたからです。ガップの司教サジテールはアンブランの司教サローヌの兄弟でしたが、ふたりともあのモモル[15]の軍門に下ったのです。それがなんだというのです？　そんなことがあったとしても、聖マルタン・ド・トゥール[16]が聖人になられ、じぶんのマントの半分を貧者に分けあたえられたことに変わりはないでしょう？　みんなが聖人を迫害します。真理に目を閉ざします。暗闇が習慣になっているのです。もっとも獰猛な動物は盲目の動物です。だれひとり地獄のことを本気で考えないのです。ああ、なんと意地悪な民衆！　こんにち、王の名においては、革命の名においてを意味します。みんなが、生きている人にたいしても、死んでいる人にたいしても義務を忘れているのです。聖人のように死ぬことは禁止され、お墓のことは市民の問題とされています。これにはぞっとします。聖レオ二世教皇[17]は二通の特別書簡を書かれました。一通はピエール・ノテールに、もう一通は西ゴート族の王に宛てたもので、死者に関わる問題で太守の権威や皇帝の至上権と闘い、これを排除しようとされたものです。シャロンの司教ゴーチエは、この点にかんしてブルゴーニュ公オトンに反抗しました。旧時代の司法官たちは結局、それに同意しました。昔はわたくしたちも教会参事会で発言していたものです。この会の総会長でシトー大僧院長はブルゴーニュの高等法院の世襲の評定官だったのです。わたくしたちは、わたくしたちの死者を好きなように処置いたします。そもそも聖ベネディクトゥスのご遺体だって、五四三年三月二十一日土曜日にイタリアのモンテカッシーノでお亡くなりになったのに、いまはサン・ブノワ・シュル・ロワールと呼ばれている、フランスのフルリー大修道院に葬られているではありませんか？　これはすべて異論のないことでしょう。わたくしは詩篇だけを上手に朗唱する者たちを好まず、お祈り一辺倒の者たちを憎み、異端者たちを忌みきらいますが、それ以上に呪わしいのは、だれであれ、わたくしの説に反対する者たちです。アルノー・ウィオン、ガブリエル・ビュスラン、トリテーム、モーロリキウス、リュック・ダシュリー師[18]らの書かれたものを読みさえすれば分かります」

修道院長はひと息つき、それからフォーシュルヴァンのほうに向きなおった。

「フォーヴァンさん、よろしいですか？」

「結構でございます、院長さま」

「あなたを当てにしてもいいですね？」

「お言いつけどおりにいたします」

「よろしい」

「わたしは一身をこの修道院に捧げております」

「分かりました。あなたはお棺を閉じてください。修道女たちがお棺を礼拝堂に運びます。死者へのミサが唱えられます。それから、みんなが修道院にもどります。十一時から十二時のあいだに鉄棒を持ってきてください。万事極秘のうちにおこなわれます。礼拝堂には四人の聖歌隊の修道女、アサンシオン修道女、それにあなたしかいません」

「それから、柱につかれる修道女さま」

「その者は振りかえりません」

「でも、音は聞こえるでしょう」

「その者は聴きません。それに、修道院でなにを知られても、世間は知りません」

ここでまた、しばらく間があったが、修道院長はつづけた。

「鈴は外してきてください。柱の修道女に、あなたがいることに気づかせるのは無用です」

「院長さま？」

「なんですか、フォーヴァンさん？」

「検死のお医者はもう来られたのですか？」

「今日の四時にみえるはずです。検死の医者を呼ぶ鐘はもう鳴らしましたよ。じゃあ、あなたにはどんな鐘の音も聞こえないのですか？」

「じぶんが呼ばれる音にしか注意しておりませんので」

「それで結構、フォーヴァンさん」

「院長さま、少なくとも二メートルはある梃子が要りますよ」

「どこで手に入れるのですか？」

「鉄格子のあるところに、鉄棒がないわけはありません。わたしは庭の奥にたんまり鉄屑を持っております」

「夜十二時の十五分くらいまえですよ。忘れないでください」

「院長さま？」

「なんですか？」

「もしこれと同じような他の仕事がございましたら、力持ちの弟がいますよ。トルコ人みたいに強い奴です！」

「できるだけ手短にやってください」

「わたしではとても、手短にというわけにはゆきません。なにしろ、体が不自由なものですから。だからこそ、手伝いが要ると申しているのですよ。なにしろ、わたしは足が悪くて、満足に歩けないものでして」

「足が不自由なのはべつに悪いことではありません。むしろお恵みです。対立教皇グレゴワールと闘い、ベネディクトゥス八世を復位させたハインリッヒ二世皇帝[19]は〈聖人〉と〈足の悪い人〉というふたつの渾名（シュルノン）がありました」

「ふたつの立派な外套（シュルトウ）とは結構なことで」とフォーシュルヴァンはつぶやいたが、じっさい耳がすこし遠かったのだ。

「フォーヴァンさん、いま考えたのですが、一時間はたっぷりかかりますね。それでも多すぎるということはありません。十一時には鉄棒を持って主祭壇のそばにいてください。十二時にミサがはじまります。その十五分まえに、なにもかもすっかりおわっていなければならないのです」

「わたしは修道院への真心の証になんでもいたします。承知しました。わたしはお棺に釘を打っておきます。十一時きっかりに礼拝堂にいましょう。聖歌隊の修道女のみなさんも、アサンシオン修道女もそこにおられましょう。男がふたりおれば、もっとよろしいのでしょうが。まあ、仕方ありません！　わたしは梃子を持ってきます。わたしどもが地下室を開け、お棺を降ろし、地下室を閉めます。そのあとは、もうなんの跡形も残りません。当局もなんの疑いももちますまい。院長さま、これですっかり片づくのですね？」

「いいえ」

「まだなにかありますか？」

「空のお棺が残ります」

ここではたと行きづまった。フォーシュルヴァンは思案した。修道院長も思案した。

「フォーヴァンさん、お棺をどうしましょうか？」

「土に埋めてしまいましょう」

「空のまま？」

また沈黙があった。フォーシュルヴァンは左手で、厄介な問題を追いはらうような仕草をした。

「院長さま、天井の低い部屋でお棺に釘を打つのはわたしです。わたし以外のだれもはいってきません。わたしがお棺に喪の衣をかけましょう」

「ええ、でも葬儀屋の者たちがお棺を霊柩車に乗せたり、墓穴に降ろしたりするときに、きっとなかが空っぽなことに気づくでしょう」

「ああ！　「こんちく……」」とフォーシュルヴァンは声をあげた。修道院長は十字を切ろうとして、じっと庭師を見つめた。「しょう」という言葉は彼の喉にとどまった。

彼は早くその罵りの言葉を忘れてもらおうと、あわてて方策をでっちあげた。

「院長さま、棺のなかに土を入れましょう。それで、だれかがいるのと同じことになります」

「なるほどそうですね。土は人間と同じようなものですから。そんなふうに空のお棺を始末するわけですね?」

「どうか、おまかせを」

それまで、憂色の濃かった修道院長の顔がやっと愁眉を開いた。彼女は上司が部下を引きさがらせるあの合図をした。フォーシュルヴァンがドアに向かい、外に出ようとしていたとき、修道院長は優しく声を高くして言った。

「フォーヴァンさん、わたくしはあなたに満足しています。明日、埋葬がすんだら、弟さんを連れてきなさい。それから、娘さんも連れてくるよう、弟さんに伝えてください」

第四章　ジャン・ヴァルジャンは まるでアウスティン・カスティィリェーホを読んだみたいだ

足の悪い人間がいくら大股で歩いても、独眼の人間が流し目を送るのと同じことで、すぐには目的に達しない。そのうえ、フォーシュルヴァンは思案に暮れていたので、庭の小屋にもどるのに十五分近くもかけてしまった。コゼットは目を覚ましていた。ジャン・ヴァルジャンが彼女を火のそばにすわらせていた。フォーシュルヴァンがはいってきたとき、ジャン・ヴァルジャンは壁に引っかけてある庭師の背負い籠を見せながら、コゼットにこう言っているところだった。
「ねえ、コゼット、よく聞くんだよ。わたしらはこの家から出なくちゃならない。でも、また
ここにもどってきて、それからは安心して暮らせるんだよ。ここのおじいさんがきみをあのなか
に入れて背負っていってくれる。きみは、よそのおばあさんの家でわたしを待っていてくれるね。
すぐに迎えにいくから。ただし、テナルディエのおかみさんにまた捕まえられたくなかったら、
とにかくずっと黙って、なにも言うんじゃないよ！」
コゼットは真剣な面持ちでうなずいた。
フォーシュルヴァンが戸を押す音に、ジャン・ヴァルジャンは振りかえった。
「どうだった？」
「話は上首尾でしたがの、事はなにひとつすんでおらんのじゃ。わしはあなたがたをなかに入
れる許可をもらいましたがの。しかし、あなたがたを入れるまえに、出ていってもらわなくちゃ
ならんのじゃ。そこのところがなんとも厄介な問題でしてな。お子さんのほうは、お安いご用な
んですがの」
「あんたが運んでくれるんだろう？」
「でも、ずっと黙っていてくれますかな？」
「それは請けあう」
「でも、あなたが、マドレーヌさんのほうがの？」
それからしばらく不安の入り混じった沈黙があったが、やがてフォーシュルヴァンが声をあげ

た。

「やっぱり、はいられたところから出ていってもらうんじゃな!」

ジャン・ヴァルジャンは最初の時と同じように、「無理だ」と答えるだけにとどめた。

フォーシュルヴァンはジャン・ヴァルジャンというよりも、じぶん自身に話すように、こうぶつぶつ言った。

「もうひとつ困ったことがあるんですわ。わしはなかに土を入れましょうと言ったんじゃが。ところが、つらつら考えてみるに、死体の代わりに土を入れたら、やっぱり同じようなわけにはいかんじゃろが。そいつはうまくないですわい。土はずれたり、なかで動いたりする。きっと連中もそれに感づく。そうでしょうが、マドレーヌさん。そうなれば、当局にも気づかれますわい」

ジャン・ヴァルジャンは相手をまじまじと見て、てっきりうわごとを言っているものとばかり思った。

フォーシュルヴァンがつづけた。

「いったいどうやったら、ちく……しょう、あなたがここから出ていかれるんじゃ? しかも、明日じゅうに万事片づけておかねばならん! わしがあなたがたを連れていくのは明日なんですわ。院長さまがお待ちになっているんでの」

それから彼は、ジャン・ヴァルジャンにあれこれ説明した。これはじぶん、フォーシュルヴァンが修道院のためにおこなうある業務にたいする見返りであること。葬儀に参加するのはじぶんの仕事のうちで、棺に釘を打ち、墓地で墓掘人の手伝いをすること。今朝死んだ修道女はそれまでベッド代わりにつかっていた棺のなかで屍衣につつまれ、礼拝堂の祭壇のしたにある地下室に埋葬されるよう願っていたこと。これは警察の規則では禁じられているが、今度の死者はだれもその遺志に逆らえない死者のひとりであること。修道院長と有権上級修道女たちは故人の願いをかなえてやりたいと思っていること。当局には申し訳ないが、これればかりは致し方がないこと。彼、フォーシュルヴァンは故人の部屋で棺に釘を打ち、礼拝堂の敷石を持ちあげ、死者を地下室に降ろす手筈になっていること。そのお礼に院長さまがじぶんの弟を庭師として、姪を寄宿生としてこの修道院に受け入れてくださること。弟とはマドレーヌさんであり、姪とはコゼットだということ。院長さまは明日の夕方、墓場での見せかけの埋葬がおわってから、弟と姪を連れてくるように言われたこと。しかし、もしマドレーヌさんが外にいなければ、マドレーヌさんをここに連れてくるわけにはいかないこと。これが第一の厄介な問題であること。それから、さらにもうひとつ厄介な問題があって、それは空の棺のことだという。

「なんのことだね、その空の棺というのは？」と、ジャン・ヴァルジャンが尋ねた。

フォーシュルヴァンは答えた。

「役所の棺のことですわい」

「どんな棺だね？　そしてどんな役所だね？」

「ひとりの修道女が死ぬとしますわな。そんときには、市の検死医がやってきて、死んだ修道女がひとりいる、と言うわけですわ。そこで当局が棺を送ってきますのじゃ。その翌日、棺を引きとって墓場に運ぶために、当局は霊柩車と葬儀人をよこすってわけですな。葬儀人たちがやってきて、棺を持ちあげてみると、なかになにもないってことになるわけですわ」

「なにかを入れてやればいいじゃないか」

「死人を？　あいにく、わしには手持ちがないもんでの」

「そうじゃない」

「じゃあ、なにを？」

「生きた人間だよ」

「生きた人間じゃって、だれを？」

「わたしだよ」とジャン・ヴァルジャンが言った。

すわっていたフォーシュルヴァンは、まるで椅子のしたで爆竹が破裂したみたいに立ちあがった。

「あなた、ですって！」

「なにが悪い？」

ジャン・ヴァルジャンは冬空の微光のように、たまにしかやってこない微笑を浮かべていた。

「ほら、フォーシュルヴァン、クリュシフィクシオン修道女が死んだとあんたが言ったとき、わたしが付けくわえただろう、そしてマドレーヌさんが埋葬されるって。これからそうなるんだよ」

「おや、笑っておられる。本気の話ではないんじゃな」

「いたって本気だよ。ここから出なければならないんだろう？」

「そりゃ、まあ」

「わたしはまた背負い籠とシートを用意してもらえないかとも言っただろう」

「それで？」

「つまり今度の場合、背負い籠が樅の木で、シートが黒い布になるというわけだ」

「だいいち、布は白ですわ。修道女の方々は白衣で葬られるんでの」

「仕方ない。白衣にすることにしよう」

「マドレーヌさん、あなたって人は、まったく変わったお人ですわい」

徒刑場の粗暴で向こう見ずな思いつきと言うほかない、そのような想像力が周囲の静穏な環境から飛びだして、彼が「修道院の平々凡々な毎日」と呼んでいるものにはいりこんでくるのを見るのは、フォーシュルヴァンにとって、サン・ドニ通りのどぶ川でカモメが魚をつついているのを見る通行人にも似た驚きだった。

ジャン・ヴァルジャンはつづけた。

「問題は人目につかずに、ここから出ることだろう。これはひとつの手立てではないか。だが、まず教えてもらいたい。どういう手順になっているのか？　その棺はどこにあるのか？」

「空っぽのやつですかの？」

「そうだ」

「向こうの、霊安室と呼ばれているところですわ。ふたつの架台のうえにあって、喪の覆いがかかっておりますんじゃ」

「棺の長さはどれくらいだ?」

「だいたい二メートルほどで」

「霊安室というのは、どういうものなんだ?」

「一階にある一室で、庭に面して格子付きの窓があるのじゃ。この窓には外から閉める鎧戸があっての。それからふたつの戸。ひとつは修道院に通じ、もうひとつは教会堂に通じておりますんじゃ」

「どんな教会堂だね?」

「通りの教会堂、だれでもはいれる教会堂じゃが」

「あんたはそのふたつの戸の鍵を持っているのか?」

「いいや。わしは修道院に通じる戸の鍵を持っとりますが、教会堂に通じる鍵を持っとるのは門番なんですわい」

「門番はいつその戸を開けるのか?」

「棺を取りにくる葬儀人を通すときだけですわ。棺が出てしまうと、戸はふたたび閉まりますわ」

「だれが棺に釘を打つのだ?」

「わし、で」

「だれが喪の布を棺にかけるのか?」

「わし、で」

「あんたひとりか？」

「警察の検死医をのぞけば、ひとりの人間もはいれませんわ。そのことは壁のうえにも書かれておりますわい」

「今夜、修道院でみんなが寝静まったとき、わたしをその部屋に隠してもらえないだろうか？」

「そりゃ無理ですわ。じゃが、わしには霊安室の隣にある暗くちいさな物置がありますんで、その物置にならば隠してあげられますな。そこは葬儀用の道具を入れておくところで、わしが管理しておるもんで、鍵も持っておりますんでの」

「明日、何時に霊柩車が棺を引きとりにくるのか？」

「午後三時ごろじゃ。埋葬は夜になるちょっとまえにヴォジラール墓地でおこなわれますのじゃ。ここから近い場所じゃないもんでの」

「わたしはその物置に夜と午前ずっと隠れていることにしよう。そこで食べ物だが？　きっと腹が空くだろう」

「わしがお届けしますわい」

「二時に、わたしを入れた棺の釘を打ってもらえないだろうか？」

「まさか、そんなことは！」

「なあに！　金槌を取って、板に釘を打つだけのことじゃないか！」

くりかえし述べておくが、フォーシュルヴァンにはとてつもないと思えることでも、ジャン・ヴァルジャンには朝飯前だった。これまでジャン・ヴァルジャンは最悪の隘路を何度もくぐりぬけてきた。かつて囚人であった者はだれでも、逃げ口の幅に応じて身を縮める技を心得ている。逃げねばならない囚人は生死を分ける危機に瀕した病人に似ている。脱走とは治癒のことである。治るためなら、受け入れられないものなどあるだろうか？　荷物のような木箱に入れられ、釘を打たれて運ばれること、箱のなかで長いあいだ生きつづけ、空気がないところで空気を見つけ、何時間もずっと息を節約し、死なない程度に息をつめていること、それがジャン・ヴァルジャンの悲しい特技のひとつだった。

もっとも、棺のなかに生きた人間がいるという、この徒刑囚の方策はまた皇帝の方策でもある。アウスティン・カスティリェーホ[1]を信ずるなら、これは退位後ラ・プロンベスという女性と最後にもう一度会いたくなったカール五世[2]が、サント・ユステの修道院に彼女を引きいれ、出してやったときに用いた方法だったという。

すこしわれに返ったフォーシュルヴァンが声をあげた。

「ですが、息はどうやってなさいますんじゃ？」

「それはなんとかするさ」

「あの箱のなかで！　わしなら考えただけでも、息がつまってしまいそうじゃの」

「あんたは錐を持っているだろう。それで口のまわりのあちこちにちいさな穴を開けてもらおう。それから、うえの板にあまりきつく釘を打たないでもらいたい」

「そりゃいいですとも！　じゃが、もし咳やくしゃみが出たら」

「脱走する者は、咳もくしゃみもしないものだよ」

それからジャン・ヴァルジャンはこう言いそえた。

「フォーシュルヴァン老人、きっぱり胆を決めねばならないのだ。ここで捕まるか、それとも霊柩車で外に出るか」

だれでも、猫がなかば開いた両開きの戸のあいだで立ちどまり、うろうろしたがるのに気づいたことがあるはずだ。その猫に、「まあ、いいから、はいれよ！」と言わなかった者がいるだろうか。目のまえでなにか出来事が起きようとしているのに、ぐずぐずしているうちにいきなり運命に打ちのめされ、万事休してしまうかもしれないというのに、いつまでもふたつの解決策のあいだでうじうじ決断できない性癖の人間がいる。あまりにも慎重な人間たちは、まるで猫みたいであるため、また猫と同じだから、ときどき大胆不敵な人間以上の危険をおかすことになるのだ。フォーシュルヴァンもそのようなためらいがちな性質の人間だった。けれども、心ならずもジャン・ヴァルジャンに丸めこまれ、こうぶつぶつ言った。

「まったく、ほかに手立てはありませんわい」

ジャン・ヴァルジャンは言葉をついだ。

「ただひとつわたしが心配なのは、墓場でどうなるかということだ」

「そのことなら、わしはちっとも心配しておりませんのじゃ」と、フォーシュルヴァンは声をあげた。「あなたが棺からかならず脱けだしてみせると思っておられるなら、わしはきっとあなたを墓穴から引きだしてみせますわい。墓掘人はわしの仲間の飲んべえでして、メチエンヌ爺さんといいますんじゃ。墓掘人は死人を墓穴に入れますが、わしは墓掘人をじぶんの子分にしていますんでの。墓場でどうなるか、これからお話ししますわ。みなは黄昏どきのちょっとまえ、墓場の格子扉が閉まる四十五分まえに着きますわ。霊柩車は墓穴まで進んでいきますんじゃ。わしはそのあとについていきますわ。それが仕事ですからの。わしはポケットに金槌、鑿、釘抜きを入れておきますわい。霊柩車が着いたら、葬儀人どもが棺のまわりを縄で結び、あなたを墓穴に降ろしますわ。司祭が祈りを唱え、十字を切って、聖水を振りかけて、さっさと帰ってしまいますわな。わしはメチエンヌ爺さんとふたりっきりで取り残されるというわけですわい。なにせ、爺さんはわしの仲間なんでの。ふたつにひとつで、爺さんは酔っぱらっているか、いないかのどっちかですわ。もし酔っぱらっていなければ、まだ居酒屋の「ボン・クワン」亭が開いているうちに、一杯やりにいこうや、と言ってやるだけですわ。そして、奴を連れだし、酔っぱらわせてしまうんじゃ。なに、メチエンヌ爺さんを酔っぱらわせるのは、赤子の手をひねるようなもんですわい。なにせ、いつも下地ができているんでの。それから奴をテーブルのしたに寝かせ、証明書を奪ってから墓にもどるんじゃ。しかも、奴を置いてきぼりにして。そうなると、あなたの相手はわしだけになる。もし奴が酔っぱらっていたら、こう言ってやりますわ。もう行きな、わしがあんたの仕事をやっておくから。そこで、奴が行ってしまうと、わしはあなたを墓穴から引きあげようという、まあそんな寸法ですわい」

ジャン・ヴァルジャンが手を差しのべると、フォーシュルヴァンはいかにも農民らしいほろりとした感情もあらわに、その手に飛びついた。

「これで決まりだ、フォーシュルヴァン老人。万事うまくいくだろう」

「どんな邪魔もはいらなければ、じゃがな」とフォーシュルヴァンは思った。「もし、とんでもないことにでもなったら！」

第五章　飲んべえでも不死身とは限らない

翌日、メーヌ大通りを行き来するじつにまばらな通行者たちは、どくろ、脛の骨、涙などで飾られた旧式の霊柩車が通ると帽子を取った。この霊柩車には白い布でおおわれた棺があり、そのうえにまるで両腕をぶらりと垂らした巨大な女の死者みたいな、黒の大きな十字架が広げられている。そのあとにラシャを張った四輪馬車が一台つづいていたが、そこには白い祭服を着た司祭がひとりと赤の椀形の帽子をかぶった侍者の姿が見える。黒の飾り布のある灰色の制服を着た葬儀人がふたり、霊柩車の両脇を歩いている。そのうしろに跛行する作業着姿の老人がつづいている。葬列はヴォジラール墓地のほうに向かっていた。

その老人のポケットから金槌の柄と、鏨の刃と、二本の触覚のような釘抜きの柄がはみ出して見える。

ヴォジラール墓地はパリの墓地のなかでも例外だった。そこにはいくつか独特の習わしがあって、たとえば正門と中門とがあったが、この界隈に昔から住んでいる人びとは古い言葉に執着があるので、騎手門と徒歩門と呼んでいた。さきにも述べたとおり、プチ・ピクピュスのベルナルド・ベネディクト女子修道会の修道女たちは晩方、特別の一隅に埋葬される許可を得ていた。この土地がかつてこの修道会の所有地だったからだ。そこで、墓掘人たちは夏なら夕方、冬なら夜中に墓場で仕事をするので、特別な規則にしたがうことになっていた。この当時、パリの墓地の門は夕暮に閉められたが、これは市の条例に定められた措置だった。だから、ヴォジラール墓地も他の墓地と同様、この条例にしたがっていた。騎手門と徒歩門は隣りあった鉄格子で、その脇に建築家ペロネが建てた小屋があって、墓場の番人が住んでいた。だから、太陽が廃兵院の丸天井のうしろに隠れてしまうと、この鉄格子の門は容赦なく閉められた。もしこのとき、どこかの墓掘人が墓場のなかで手間取っていようものなら、外に出る手立てとしてはただひとつ、役所の葬儀係が発行している墓掘人証明書を見せるしかなかった。番人小屋の窓の鎧戸に郵便箱のようなものがつくられていた。墓掘人がその証明書を箱に投げこむと、証明書が落ちる音を聞いた番人が門の開閉紐を引く。すると徒歩門が開くことになっていた。もし墓掘人が証明書を持っていないときには、みずから名前を名乗る。横になってときどき眠っている番人は起きあがり、墓掘人の顔を確かめてから、鍵で門を開けてやる。そこで墓掘人は外に出ることになるが、この場合には十五フランの罰金を払わねばならなかった。

この墓地は規則に外れる奇妙なところが多々あったので、行政上の統一を乱していた。そこで一八三〇年からほどなく廃止になった。東墓地と言われるモンパルナス墓地がそのあとを引きうけたが、ヴォジラール墓地のそばにあった例の居酒屋のほうも引きついだ。この居酒屋はマルメロの実すなわちクワンを描いた板を屋根にのせ、角は一方は客のテーブルに、他方は墓に向き、「ボン・クワン」の看板を掲げていた。

ヴォジラール墓地は色あせた墓地と言ってもよいものだった。廃れきって、いたるところに黴が生え、花ひとつ咲かなくなっていた。金持ちたちはヴォジラール墓地に葬られるのをいやがった。貧乏臭かったからだ。さいわいにもペール・ラシェーズがある！　ペール・ラシェーズに葬られるのは、マホガニーの家具を持つようなものだ。そこならすこしはしゃれた感じになる。ヴォジラール墓地のほうは由緒ある囲い地で、古いフランス庭園ふうに木が植えられていた。真っ直ぐな小径、柘植、ニオイヒバ、柊などの木々、アララギの老木におおわれた古い墓、背の高い雑草。そこの夕暮は悲痛な感じがした。また、物の輪郭がひどく不気味に見えた。

白い布と黒い十字架のある霊柩車がヴォジラール墓地の並木道にはいったとき、日はまだ落ちていなかった。霊柩車のあとを追ってきた、足の不自由な老人はフォーシュルヴァンにほかならなかった。

祭壇のしたにある地下室にクリュシフィクシオン修道女を埋葬すること、コゼットを外に連れだすこと、霊安室にジャン・ヴァルジャンを忍びこませることなどが、万事とどこおりなくおこなわれ、なんの支障もなかった。

ついでに言っておけば、クリュシフィクシオン修道女を修道院の祭壇のしたに埋葬することは、筆者にはまったく赦されるべきことに思える。それは過ちであっても、義務による過ちなのだ。修道女たちはなんの不安も覚えなかったばかりでなく、心のなかで喝采しながらそれを執りおこなった。修道院では「政府」と呼ばれるものは、教権への介入、それもいつもいかがわしい介入にすぎない。まずは戒律であり、法規など二の次なのだ。人間たちよ、好きなだけ法律をつくるがよい。ただし、それはおまえたちだけのものだ。カエサルへの通行税は神に納める通行税の残りにすぎない。君主も徳義にくらべれば無きにひとしいのだから。

フォーシュルヴァンは霊柩車のあとを足を引きずって歩きながら、すこぶる満足していた。ふたつの秘め事、双子のような陰謀、ひとつは修道女たちとの共謀、もうひとつはジャン・ヴァルジャンとの共謀、ひとつは修道会のため、もうひとつは修道会にそむく陰謀が、ふたつとも成功したのだ。ジャン・ヴァルジャンの落着きは心強い安心感をあたえ、それが他人にも伝わった。フォーシュルヴァンはもはや成功を疑っていなかった。残る仕事はなにほどでもなかった。この二年来、彼はあのぽっちゃりした顔の墓掘人、お人好しのメチエンヌ爺さんを十回も酔っぱらわせてきた。じいさんを操り、思いどおりのことをやらせ、じいさんにじぶんの意志や気紛れを引っかぶらせていた。メチエンヌの頭がフォーシュルヴァンの帽子に寸法を合わせてくれるのだ。そのくらいフォーシュルヴァンは安心しきっていた。

葬列が墓場に通じる並木道にはいったとき、フォーシュルヴァンは嬉しそうに霊柩車をながめ、ごつい両手をこすりあわせながら小声で言った。

「さあ、いよいよ茶番がはじまるぞ!」

突然、霊柩車が止まった。鉄格子の門に着いたのだ。埋葬許可書を提示しなければならなかった。葬儀屋の男が墓場の門番と話をつけていた。いつも一、二分ほどかかるこのひそひそ話のあいだに、見知らぬ男がひとりやってきて、霊柩車のうしろのフォーシュルヴァンのそばに陣取った。どこか労働者風の男で、広いポケットのついた上着をはおり、腕に鶴嘴をかかえている。

「あんたはだれかね?」と彼は尋ねた。

男が答えた。

「墓掘人だよ」

胸に砲丸をまともにくらって、それでもまだ生きている者がいたら、きっとフォーシュルヴァンのような顔つきになったことだろう。

「墓掘人だって!」

「そうだ」

「あんたが!」

「おれがさ」

「墓掘人はメチエンヌ爺さんだぞ」

「そうだった」

「なに!　そうだったと?」

「爺さんは死んだよ」

フォーシュルヴァンはどんな心づもりもできていたが、まさか墓掘人が死ぬなどとは思いもよらなかった。とはいえ、それは事実で、墓掘人たちといえども、やはり死ぬ。他人の墓穴をせっせと掘っているうちに、じぶんの墓穴も掘ってしまうのである。

フォーシュルヴァンはぽかんとしたままだったが、やがてこうぼそぼそ言うのがやっとだった。

「でも、まさか、そんなことはないじゃろう!」

「でも、やっぱりそうなのさ」

「じゃが」とフォーシュルヴァンは弱々しくつづけた。「墓掘人は、メチエンヌ爺さんなんだがの」

「ナポレオンのあとはルイ十八世、メチエンヌのあとはグリビエ。おい、田舎の爺さん、おれはグリビエって名前だ」

すっかり蒼ざめたフォーシュルヴァンは、そのグリビエをじっと見つめた。

長身で、痩せこけ、蒼白の、どこまでも陰気な男だ。まるで医者になり損ねて墓掘人になったような風采をしている。

フォーシュルヴァンはげらげらと笑いこけた。

「いやはや！ 妙なことがあればあるもんじゃ！ メチエンヌ爺さんが死んだ。だがちびのルノワール爺さん万歳！[1] というわけか。あんた、ちびのルノワール爺さんて、なんのことだか知っているかの？ 鉛板に六スーも投げてやりゃ飲める赤葡萄酒の小瓶のことじゃ。シュレーヌの小瓶じゃよ！ 本物のパリのシュレーヌ酒じゃ！ ああ、まったくなんてこった、メチエンヌ爺さんが死んだと！ 腹が立つのう。あれはいい奴じゃった。じゃが、あんたもまた、いい奴じゃの。図星じゃろ、ご同輩？ いっしょに一杯やりにいこうじゃないか、すぐに」

男は、「おれは勉学をした人間だ。なにせ、中学三年までおえたんだ。酒なんぞ一滴も口にしない」

霊柩車はふたたび動きだし、墓地の大並木道を走っていた。

フォーシュルヴァンは歩調をゆるめていた。彼は不具だからというより、不安のため足を引きずっている。墓掘人は彼のまえを歩いている。

フォーシュルヴァンは思いもかけなかったグリビエをもう一度じっと観察した。若いのに爺むさく、痩せているのに力持ちのような男だ。

「ご同輩！」とフォーシュルヴァンは叫んだ。

男が振りかえった。

「わしは修道院の墓掘人での」

「おれの同僚というわけか」と男は言った。

無学だとはいえ、とても鋭敏なフォーシュルヴァンには、相手がどこか凄みのある、口の達者な男だと分かった。

彼はもぐもぐと言った。

「そうか、メチエンヌ爺さんは死んじまったんか」

男は答えた。

「そのとおりだ。神様は満期に達した手形帳をくってみられた。すると、今度はメチエンヌ爺さんの番だった。そこで、メチエンヌ爺さんは死んだってわけさ」

フォーシュルヴァンは釣られるようにくりかえした。

「神様は……」

「神様とは」と、威厳をもって男が言った。「哲学者にとっては永遠の父、ジャコバン党員にとっては最高存在のことだ」

「お互い、知合いになったらどうだろうかの?」

「もうなっているよ。あんたは田舎者、おれはパリッ子だよ」

「いっしょに飲まなきゃ、知合いとは言えんもんじゃろが。杯を空にする者は心も空にする、っての。まあ、わしといっしょに飲みにいこうや。いやとは言わせないぜ」

「まずは仕事、仕事だよ」

フォーシュルヴァンは、これで身の破滅だと考えた。葬列は修道女たちの一隅に通じるちいさな並木道まで、車輪をあと何回かまわすだけでいいところにきているというのに。

墓掘人が言葉をつづけた。

「田舎の爺さん、おれには養わなくちゃならないガキが七人もいる。ガキどもが食わねばならないから、おれは飲んではならないのだ」

それから彼は、真面目な人間が名文句を発するときの満足感を見せてこう言った。

「やつらの飢えはおれの渇きの敵、というわけさ」

霊柩車は糸杉の木立をまわって、大きな並木道をあとにし、小さな並木道に方向を取り、地面に乗りいれ、藪のなかに突っこんでいった。これは墓がすぐそばにあるということを意味していた。フォーシュルヴァンは歩調をゆるめていたが、霊柩車の速度をゆるめることはできなかった。さいわいにも、冬の雨のせいで地面が湿って柔らかだったので、泥が車輪にべとついて、進行をのろくしていた。

フォーシュルヴァンは墓掘人に近づいて、

「アルジャントゥイユのちょっといける葡萄酒があるんじゃが」とつぶやいた。

「村の爺さん」と男がつづけた。「おれはもともと墓掘人なんかになるはずじゃなかったんだ。父親は陸軍幼年学校の守衛をやっていた。おれを文学の道に進ませたかった。ところが、いろんな不幸が重なって、株でひどい目にあった。おれは物書きになるのをあきらめねばならなかった。それでも、代書人だぜ」

「それじゃ、あんたは墓掘人じゃないんか？」と、フォーシュルヴァンは、かなり頼りないその小枝にしがみつくように問いかえした。

「一方は他方のじゃまにならない。おれは兼業しているのさ」

フォーシュルヴァンにはその最後の言葉が分からなかった。

「飲みにいこうじゃないか」と彼は言った。

ここでひとつ注意しておくべきことがある。フォーシュルヴァンは、どれほど不安だろうと、ひとを飲みに誘っておいて、だれが支払いをするのかという、その肝心な一点についてだけは明言しないのであった。これまでは、フォーシュルヴァンが誘っても、支払いはメチエンヌ爺さんがしていた。もちろん、飲みにいこうという誘いは、新しい墓掘人の登場という新たな状況がもたらした結果にほかならないので、この誘いはなにがなんでも必要だった。しかしこの老庭師は、もちろんわざと、いわゆるラブレーの十五分[2]のことは伏せておいた。彼、すなわちフォーシュルヴァンとしては、いくら動揺していても、自腹を切るつもりなどさらさらなかったのだ。

墓掘人のほうは見下すような微笑を浮かべながら、こうつづけた。

「なんたって、食っていかなきゃならないものでね。それでおれはメチエンヌ爺さんの跡目を引きついだわけよ。学級をだいたいおえれば、みんな哲学者だ。おれは手仕事に腕仕事を付けくわえたわけさ。おれにはセーヴル通りに代書人の露店だってあるんだぜ。知っているだろう、雨傘市場っていうのを？　クロワ・ルージュ亭の料理女どもが、おれを頼ってわんさとくる。おれは兵隊に宛てた女どもの思いの丈を立板に水といったぐあいに書いてやる。朝に恋文を書き、夕べに墓穴を掘る。これが人生ってものなのさ、田舎のおじさんよ」

霊柩車は進んでいる。フォーシュルヴァンは、心配のあまり、まわりの四方八方をながめた。額から大粒の汗が垂れていた。

「だがよ」と墓掘人はつづけた。「ふたりの恋人に仕えるわけにはいかないだろ。どうしたって、筆か鶴嘴か、そのどっちかを選ばなくちゃならない。鶴嘴は手を痛めるしなあ」

霊柩車が止まった。布を張った馬車から侍者が降りた。そのあとに司祭がつづいた。霊柩車のちいさな前輪のひとつが盛土のうえにすこしばかり乗っていた。盛土の向こうには開いた墓穴が見える。

「さあ、いよいよ茶番がはじまるぞ！」と、打ちひしがれたフォーシュルヴァンがくりかえした。

第六章　四枚の板のあいだで

だれが棺のなかにいたのか？　読者も知っておられるように、ジャン・ヴァルジャンである。ジャン・ヴァルジャンはそのなかで生きていられるように気持ちを整え、辛うじて息をしていた。

なんとも奇怪なことだが、心さえ安らかになれば、他のことがどれほど楽になるものか分からない。ジャン・ヴァルジャンがあらかじめ考えておいた策謀がことごとくうまくゆき、前夜から事が順調に進んでいた。フォーシュルヴァンと同じく、彼もまたメチエンヌ爺さんを当てにしていた。事が上首尾におわることを疑っていなかった。これほど危ない橋をわたるのに、これほど心が落ち着いていることも、かつてなかった。

棺の四枚の板から、どこか恐ろしいような平安がかもしだされていた。彼は死者の休息みたいなものが、じぶんの落着きのなかに加わってきたような気がした。この棺の底から、じぶんが死を相手に演じる凄まじいドラマの局面のすべてをたどることができたし、またじっさいにそうした。

フォーシュルヴァンが上板の釘を打ちおえてほどなく、ジャン・ヴァルジャンはじぶんが運ばれ、やがて馬車が走るのを感じた。揺れが少なくなったので、敷石から踏み固められた地面、すなわち街路から大通りに出たのだと感じた。鈍い音で、オーステルリッツ橋をわたっているのだと察した。最初の停車時間で、墓場のなかにはいったのだと分かった。二度目の停車時間で、いよいよ墓穴だと思った。

突然、何本もの手が棺をつかむのが感じられ、しばらくすると板のうえでなにかがザラザラこする音が聞こえた。棺のまわりを縄で結わえて穴に降ろすのだと分かった。やがて彼は、目がくらむような気がした。きっと葬儀人と墓掘人が棺の傾きを変え、足よりも頭のほうを先に降ろしたのだろう。じぶんの身体が水平になって動かなくなるのを感じて、やっとわれに返った。穴の奥底にふれたところだった。なんとなく冷気を感じた。

彼の上方で、冷たく厳かな声が立ちのぼった。一語一語とらえられるほどゆっくりしたラテン語の言葉が連ねられるのが聞こえたが、その意味は理解できなかった。

「地ノ埃ノウチニ眠ル者ラモ、ヤガテハ目ヲ覚マスデアロウ。アル者ハ永久ノ命ノウチニ、マタ、アル者ハ汚辱ノウチニ、常ニ眼ヲ開イテ見ルタメニ」

少年の声が言った。

「ワレ深キ淵ヨリ」

厳かな声がまた言った。

「主ヨ、彼女ニ永久ノ安息ヲ与エタマエ」

少年の声が応じた。

「絶エザル光ガ彼女ヲ照ラシマスヨウニ」

彼にはじぶんをおおっている板が、雨の滴のようなもので柔らかく叩かれるのが聞こえた。きっと聖水にちがいなかった。

彼はぼんやりとこう考えた。——これもいずれおわる。そのうち司祭も行ってしまうだろう。フォーシュルヴァンはメチエンヌを飲みに連れていく。おれはひとり取り残されるだろう。やがてフォーシュルヴァンがひとりでもどってきて、おれは外に出ることになる。まあ、たっぷり一時間はかかる仕事だろうな。

厳かな声がまたした。

「彼女ガ安ラカニ憩ワレマスヨウニ」

すると少年の声が応じた。

「アーメン」

耳をそばだてていたジャン・ヴァルジャンには、遠ざかっていく足音のようなものが聞こえた。

「さあ、連中は行ってしまったぞ」と彼は考えた。「おれはひとりきりだ」

突如、彼の頭上に落雷に似た物音がした。それは棺のうえに落ちてくるシャベルの土の音だった。

二度目の土が落ちてきた。彼が呼吸をしていた穴のひとつがふさがれてしまった。三度目の土が落ちてきた。それから四度目が。どんなに強い男より強いものがある。ジャン・ヴァルジャンは気をうしなった。

第七章　「証明書(カルト)をなくすな」という言葉の起源が見つかるところ[1]

ジャン・ヴァルジャンがはいっていた棺のうえで起こっていたのはつぎのようなことであった。

霊柩車が遠ざかり、司祭と侍者がふたたび馬車に乗って立ち去ったとき、墓掘人からじっと目を離さなかったフォーシュルヴァンには、その男が身をかがめて、土の山に突っこんであったシャベルをつかむのが見えた。

そこでフォーシュルヴァンは一大決心をした。

彼は墓掘人と墓穴のあいだにすっくと立ち、腕を組んで言った。

「わしのおごりじゃ！」

「なんだって、田舎の爺さん？」

墓掘人はびっくりして答えた。

「わしのおごりじゃよ！」

「なにが？」

「葡萄酒じゃ」

「なんの葡萄酒だ？」

「アルジャントゥイユじゃわい」

「どこにあるんだ、アルジャントゥイユというのは？」

「ボン・クワン亭じゃわい」

「とっとと失せろ！」と墓掘人は言った。

そして彼はシャベルの土をひとすくい棺に投げこんだ。

棺はうつろな音を立てた。フォーシュルヴァンはふらふらし、いまにもじぶん自身が墓穴に落ちてしまいそうに感じた。彼は叫んだが、その声には、もう窒息したような喘ぎ声が混じっていた。

「ご同輩、ボン・クワン亭が閉まらないうちに！」

墓掘人がふたたびシャベルに土をすくった。フォーシュルヴァンはつづけた。

「わしがおごるわい！」

そして、墓掘人の腕をつかんだ。

「まあ、聞いてくれ、ご同輩。わしは修道院の墓掘人じゃ。あんたの手助けにここに来ておるんじゃ。これは夜中にだってやれる仕事だぜ。だから、まず一杯やりにいこうや」

そう話し、その必死のごり押しにしがみつきながらも、彼はふとこんな不吉なことを考えた。

「たとえこいつが飲むとしてもだ！　果たして酔っぱらってくれるものかどうか？」

「田舎者」と墓掘人が言った。「あんたがどうしてもと言うなら、いいぜ。いっしょに飲んでやろうじゃないか。ただし作業のあとだぜ、まえは絶対だめだ」

そして彼はシャベルに弾みをつけた。フォーシュルヴァンはそれを引きとどめて言った。

「六スーのアルジャントゥイユじゃよ！」

「ああ、やれやれ」と墓掘人は言った。「あんたは鐘つき男か。口を開けばカンコン、カンコン。ほかのことは言えないのか。さあ、とっとと消えやがれ」

そして二杯目のシャベルの土を放りこんだ。

フォーシュルヴァンはじぶんでも言っていることが分からない状態になって、

「まあ、飲みにいこうや」と叫んだ。「こりゃ、わしのおごりなんじゃから！」

「この子を寝かしつけたらな」と、墓掘人は言った。

彼は三杯目の土を投げこんだ。

それから土にシャベルを差しこんで、付けくわえた。

「ほら、今夜はもうじき冷えこむぜ。もしなにもかぶせずに、このまま置きっぱなしにしたら、この女、うしろから叫んでくるぞ」

このとき、墓掘人がシャベルに土をすくおうとして身をかがめると、上着のポケットがぽっかり開いた。

気が狂ったようなフォーシュルヴァンの視線がそのポケットにぶち当たり、ぴたりとそこに止まった。

太陽はまだ水平線に隠されていなかった。かなりの光があり、そのぽっかり開いたポケットの底に、なにか白いものが見分けられた。

ピカルディーの農民の目がもちうるかぎりの閃光が、きらりとフォーシュルヴァンの瞳をよぎった。ある考えが浮かんだところだった。

土のシャベルにすっかり心を奪われている墓掘人に気どられないように、彼はうしろから墓掘人のポケットに手を突っこみ、そのポケットの底にあった白いものを抜きとった。

墓掘人は四杯目の土を墓穴に放りこんだ。

彼が五杯目の土をすくおうとして振りかえったとき、フォーシュルヴァンは落着きはらって言った。

「ところで、新参者、あんたは証明書(カルト)を持っとるかの?」

墓掘人はぴたりと動作を止めた。

「なんの証明書だ？」

「そのうちお天道さまが沈んじまうぞ」

「結構じゃないか。お天道さまにはナイト・キャップをかぶってもらおう」

「墓場の格子門が閉まっちまうぞ」

「それがどうした？」

「あんたは証明書を持っとるか？」

「ああ、おれの証明書か！」

そして彼はポケットを探った。

片方のポケットを探ってから、もう片方のポケットを探った。それからズボンのポケットに移って、片方をしらべ、もう片方をひっくり返した。

「あれ、ないな」と彼は言った。「おれの証明書がない。ひょっとして忘れてきたのかな」

「罰金十五フランだぞ」とフォーシュルヴァンが言った。

墓掘人は緑色になった。蒼白い人間が血の気をうしなうと緑になる。

「ああ、こん畜生、糞垂れ！」と彼は声をあげた。「罰金十五フランだと！」

「百スー三枚だわい」

墓掘人は思わずシャベルをぽとりと落とした。

いよいよフォーシュルヴァンの出番がきた。

「まあまあ」とフォーシュルヴァンは言った。「新米さんよ、あきらめるのは早い。なにも首を吊って、この墓をつかわせてもらおうって話じゃない。十五フランは十五フランだが、その気になりゃ払わなくてもいい手があるんじゃ。わしは古参で、あんたは新米だ。わしはいろいろコツやら、駆引やら、ごまかしやら、裏技やらを知っとる。友達として忠告してやる。はっきりしているのはひとつ、お天道さまが沈むってことじゃ。もう丸天井にかかっとる。五分後に門は閉まるじゃろう」

「そうだな」と墓掘人は答えた。

「いまから五分のうちに、あんたには墓穴をいっぱいにし――この忌まわしい墓穴はまだほとんど空っぽじゃよ――、格子門が閉まる刻限のまえに外に出る時間はないじゃろう」

「そのとおりだ」

「そうなりゃ、十五フランの罰金だて」

「十五フラン」

「だが、あんたには時間がある……――あんたはどこに住んどる?」

「市門のすぐそば。ここから十五分のところだ。ヴォジラール通り八十七番地さ」

「あんたには、このまま突っ走れば外に出る時間はある」

「まったくだ」

「いったん格子門の外に出たら、一目散に家に帰り、証明書を取ってもどってくるんじゃな。そうすりゃ、墓場の門番が門を開けてくれるじゃろう。証明書さえありゃ、罰金も払わなくてすすむしの。そのあと、死体を埋葬してやりゃええ。わしのほうはさしあたって、死体が逃げださないように見張っていてやるわ」

「あんたは命の恩人だ、村のお人」

「さっさと行きなされ」とフォーシュルヴァンは言った。

墓掘人は感謝のあまり気が狂ったようになって、彼の手を取ってぶんぶん揺すると、走り去った。

墓掘人が茂みのなかに消えたとき、フォーシュルヴァンは足音が聞こえなくなるまで耳を澄ましてから、やっと墓穴のほうに身をかがめて小声で言った。

「マドレーヌさん！」

答えはなかった。

フォーシュルヴァンはぶるぶる震えた。彼は墓穴に降りるというよりも、なかに転がるようにして、棺の頭に飛びついてこう叫んだ。

「もしもし？」

棺のなかは静まりかえっていた。

フォーシュルヴァンは震えるあまり息ができないまま、冷たい鏨と金槌をつかんで、上板をはね飛ばした。目を閉じ、蒼白なジャン・ヴァルジャンの顔が黄昏のなかにあらわれた。

フォーシュルヴァンの髪の毛が逆立った。彼は立ちあがったが、やがて墓穴の壁を背にへたりこみ、いまにも棺のうえにくずおれそうになった。彼はジャン・ヴァルジャンをじっと見つめた。

ジャン・ヴァルジャンは蒼ざめ、身じろぎせずに横たわっている。

フォーシュルヴァンは吐息のような低い声でつぶやいた。

「死んどる！」

それから身を起こし、握った拳が両肩にぶつかるほど激しく両腕を組んで叫んだ。

「これがわしの人助けか、このわしの！」

そしてこの気の毒な爺さんはすすり泣きだした。こう独言をいいながら。というのも、独言は不自然だというのは間違いだからである。強烈な動揺はしばしば声高く話をするものなのだ。

「こいつはメチエンヌ爺さんのせいじゃ。なんで死んだんじゃ、あの馬鹿たれは？　よりによって、なんでこんなときに、くたばらなきゃならんかったんじゃ？　あいつがマドレーヌさんを死なせたんじゃ。ああ、マドレーヌさん！　あの方は棺のなかにおられる。すっかりやられちまって。もうおしまいじゃ。——それに、だいたい、こいつはむちゃくちゃな話じゃろうが？ああ、どうしたらええ！　この人は死んじまった！　それにあのちいさな娘。いったい、このわしにあの娘をどうしろって言うんじゃ？　果物屋のばあさんは、なんて言うじゃろうか？　まさか、こんなお人がこんなふうに死んじまうなんて、とんでもない話じゃ！　この方がわしの荷馬車のしたに潜りこんでくれたのかと思うとたまらん！　マドレーヌさん！　マドレーヌさん！もちろん、この人は窒息したんじゃ、わしがさんざん言っておいたというのに。この人はわしの言うことを信じられなかったんじゃ。まあ、なんともひどい悪ふざけがあったもんじゃわい！あの人、あんな善良な人、神様のおつくりになった善人のなかでも、いちばんの善人が死んじまったんか！　それから、あの娘！　ああ！　だいいち、わしは向こうには帰れん、このわしは！　ここに残ってよう。なにしろ、こんなことをしでかしたんじゃから！　ふたりの年寄りが、揃いもそろってこんな馬鹿なことをやらかしたんじゃ。じゃがいったい、この方はどうやって修道院にはいられたんじゃ？　それがそもそも事の始まりじゃった。あんなことをしてはならんのじゃ。マドレーヌさん！　マドレーヌさん！　マドレーヌ！　マドレーヌさま！　市長さま！　この方には聞こえない。こうなったからには、ご自身でなんとかしてくだされよ！」

そして彼は髪を掻きむしった。

遠くの木立でギィーと鋭い音がした。墓場の格子扉が閉まったのだ。

フォーシュルヴァンはジャン・ヴァルジャンのうえに身を傾けた。と、突然彼は、はね返されたように、墓穴の地所いっぱいにあとずさりした。ジャン・ヴァルジャンが目を開けて、彼をながめているではないか。

死んだ人間を見るのは恐ろしいものだが、生きかえった人間を見るのも、それにおとらず恐ろしいものだ。フォーシュルヴァンはこんな激しい感情の起伏に動転し、石のように固まり蒼白になって、狼狽した。じぶんをながめているジャン・ヴァルジャンをながめながらも、相手が生きた人間なのか、それとも死んだ人間なのかも分からなかった。

「眠りこんでいた」とジャン・ヴァルジャンが言った。

それから彼は上体を起こした。

フォーシュルヴァンはがくんと膝をついた。

「ああ、びっくりした！　なんという怖い目に！」

それから彼は立ちあがって叫んだ。

「マドレーヌさん、ありがとうございます」

ジャン・ヴァルジャンは気をうしなっていただけだった。外気にふれてわれに返ったのである。

喜びとは怖さの引潮のことだ。フォーシュルヴァンはわれに返るのに、ジャン・ヴァルジャンとほとんど同じことをしなければならなかった。

「じゃあ、死んでおられなかったんじゃな！　まったく、あなたってお人は、なんとも気が利いたことをしてくださいますのう。わしがあれほどお呼びしたので、正気にもどられたんじゃな。あなたの目が閉じているのを見たとき、わしは言いましたさ。そうか、この方は窒息されたのか、となな。わしは猛烈に頭がおかしくなって、拘束衣を着せられる精神異常者になるところでしたわい。もしあなたに死なれたら、このわしにどうしろと言われるんじゃ？　それにあの娘さんのこと！　果物屋のばあさんには、なにがなんだかさっぱり分からなかったことじゃろう。子供をかかえこむ、で、おじいさんは死んじまったと言われてものう！　なんて話だ。いやはや、なんて話なんじゃ！　ああ！　あなたは生きていてくださったんですな。これほどありがたいことはないわい」

「寒いな」とジャン・ヴァルジャンは言った。

そのひと言でフォーシュルヴァンはすっかり、差し迫った現実に立ちもどった。われに返ったといっても、このふたりの男はみずからそうとは気づかないうちに心が乱れ、あたりの不吉な物狂おしさからくる、どこか異様な気分に染まっていたのだ。

「さあ、早くここを出ましょうや」とフォーシュルヴァンは叫んだ。

彼はポケットを探り、用意してきた水筒を取りだして、

「まあ、とりあえずひと口やってくだされ」と言った。

その水筒は外気がやりかけた仕事の仕上げをしてくれた。ジャン・ヴァルジャンはブランディーをごくりと飲んで、完全にじぶんを取りもどした。

彼は棺の外に出て、フォーシュルヴァンが棺の蓋に釘を打ちなおすのを手伝った。

三分後、ふたりは墓穴の外に出た。

もっともフォーシュルヴァンは落ち着いていて、心に余裕があった。墓場は閉まっているし、墓掘人のグリビエがひょっこりあらわれる気遣いもない。あの「新米」はじぶんの住まいに帰って、一生懸命に証明書をさがすだろうが、あいつの家で見つかるはずはぜったいない。なにしろ、それはこのわし、フォーシュルヴァンのポケットのなかにあるんだからな。証明書がなければ、あいつも墓場にもどってこられるはずがないと。

フォーシュルヴァンはシャベルを持ち、ジャン・ヴァルジャンは鶴嘴を持って、ふたりで空の棺の埋葬をおこなった。

墓穴を埋めてしまうと、フォーシュルヴァンはジャン・ヴァルジャンに言った。

「さあ、行きましょうや。わしがシャベルを持ちますんで、あなたは鶴嘴を持っていってくだされ」

夜の帳がおりてきた。

ジャン・ヴァルジャンは身動きするのも、歩くのもすこしつらかった。あの棺のなかで、体をこわばらせ、いくぶんかは屍体になっていたからだ。四枚の板のあいだで、死の硬直にとらえられた彼には、いわば墓からの解凍が必要だったのである。

「あなたはかじかんでおられるんじゃ」とフォーシュルヴァンは言った。「わしの脚がまがっているのは残念ですわい。互いに足の裏をぶつけあって、暖めあうこともできんとはな」

「なあに」とジャン・ヴァルジャンは応じた。「四歩も歩けば、脚も元にもどるさ」

ふたりは霊柩車が通ったのと同じ並木道から立ち去った。閉じた格子扉と門番の小屋のまえに達すると、フォーシュルヴァンは手に持っていた墓掘人の証明書を箱に投げいれた。番人が開閉紐を引いて、扉が開き、ふたりは外に出た。

「なにもかもうまくいきましたわい」とフォーシュルヴァンは言った。「なんともいい考えじゃったの、マドレーヌさん!」

ふたりは世にも楽々とヴォジラール市門を越えた。墓場の周囲ではシャベルと鶴嘴が立派な旅券になるのだ。

ヴォジラール通りには人影がなかった。

「マドレーヌさん」と、フォーシュルヴァンは目を家々に向け、まえに進みながら言った。「あなたはわしより目がいい。だから、八十七番地になったら教えてくだされ」

「まさにここだよ」とジャン・ヴァルジャンは言った。

「この通りには人っ子ひとりおりませんな」と、フォーシュルヴァンはつづけた。「その鶴嘴をわしにくだされ。そしてここでしばらく待っていてくだされ」

フォーシュルヴァンは八十七番地の建物のなかにはいり、貧乏人はいつも屋根裏部屋に住むものだという直観に導かれて、いちばん高いところまで昇り、暗闇のなか、むさ苦しい家の戸をノックした。

ある声が答えた。

「どうぞ」

それはグリビエの声だった。

フォーシュルヴァンはドアを押した。墓掘人の住まいはこの種のあらゆる不幸な人間たちの住まいと同じように、家具もなく雑然とした陋屋だった。荷造り用の木箱——たぶん棺——が簞笥の、バター壺が水瓶の、藁束がベッドの、床石が椅子やテーブルの代わりをしていた。片隅の古絨毯のぼろ切れのうえに、ひとりの痩せた女と大勢の子供たちがひと塊に寄りそっていた。この哀れな室内に、さんざんひっくり返されたような跡が残っている。まるで「ここだけの」地震が起こったみたいだった。蓋は取りのけられ、ぼろが散らばり、水差しが壊され、母親が泣き、子供たちもきっとぶたれたのだろう。われを忘れ、血眼になって引っかきまわした跡だった。墓掘人が気でも狂ったように証明書をさがし、それが見つからないのを、水差しからじぶんの妻まで、なにもかもこの陋屋のせいにしたことが歴然としていた。

しかしフォーシュルヴァンは、冒険の結末のほうに急ぐあまり、じぶんの成功の、その悲しい側面が目にはいらなかった。

彼はなかにはいって言った。

「あんたの鶴嘴とシャベルを持ってきたわい」

グリビエはぽかんとして彼をながめた。

「あんたか、田舎の爺さん?」

「それから証明書は、明日の朝、墓場の番人のところに行けばあるからの」

そしてシャベルと鶴嘴を床石のうえに置いた。

「これはどういうことだ?」とグリビエが尋ねた。

「つまりな、あんたがポケットから証明書を落っことした。それをわしが地面のうえに見つけた。そのあと、あんたが行っちまったので、わしが死人を埋葬し、墓穴を埋めて、あんたの仕事をしてやったってことじゃ。じゃから、あんたは十五フラン払わなくてよい。まあ、そんなところじゃわい、新米さんよ」

「ありがたい!」とグリビエはぱっと顔を輝かせて声をあげた。「今度の飲み代は、おれがもつぜ」

第八章 面接試験合格

その一時間後の闇夜のなか、ふたりの男とひとりの子供がピクピュス小路六十二番地に姿を見せた。年嵩のほうの男がノッカーを上げて叩いた。それはフォーシュルヴァン、ジャン・ヴァルジャン、それにコゼットだった。

ふたりの老人は、フォーシュルヴァンがコゼットを預けておいたシュマン・ヴェール通りの果物屋に彼女を迎えにいった。この二十四時間というもの、コゼットはなにがなんだかわけも分からないまま、黙って震えていた。震えるあまり、泣くことさえできなかった。物も食べず、眠りもしなかった。気丈なおかみさんがあれこれ質問してみたが、返ってきたのは同じ暗い眼差しだけだった。コゼットはこの二日まえから見、聞きしたことをいっさいしゃべらなかった。いまは危険な状況だとうすうす感じていたが、「おとなく」していなければならないと心に言い聞かせていた。だれにでも覚えがあるはずだ、怯えきった子供の耳元にある種の口調で「なにも言うんじゃないよ」と囁かれる、その二言、三言がどんなに力を発揮するものかを。恐怖はひとを無口にさせる。しかも、子供ほど秘密をよく守る者はいないのだ。

ただ、あの気味の悪い二十四時間のあと、ふたたびジャン・ヴァルジャンの顔を見たとき、彼女はわっと喜びの声をあげた。もし思慮深い者にその叫び声が聞こえたとすれば、それが深淵から脱した喜びだと察したことだろう。

フォーシュルヴァンは修道院の人間だったので、合言葉を知っていた。おかげで、すべての戸が開かれた。こうして、「外に出て、改めてはいってくる」という二重の難問が解決されたのである。

門番は指示をうけていたので、中庭から庭に通じるちいさな通用門を開けてくれた。この門は二十年まえにはまだ、中庭の奥の塀に、正門と向かいあっているのが見られたものだった。門番はその通用門から三人をなかに入れ、三人はそこから、前夜フォーシュルヴァンが修道院長の指示をうけた、あの内部の特別面会室に着いた。

院長はロザリオを手にして、三人を待っていた。有権上級修道女がひとり、ヴェールを垂らして、かたわらに立っている。あるかなきかのちいさいろうそくが一本灯っていた。というか、ほとんど申し訳程度に面会室を照らしていたと言ってもいい。

院長はジャン・ヴァルジャンをしげしげと見つめた。じっさい、伏目ほどたしかな見つめ方はない。それから質問がはじまった。

「あなたが弟さんですね?」

「そうでございます、院長さま」と、フォーシュルヴァンが答えた。

「お名前は?」

フォーシュルヴァンが答えた。

「ユルチーム・フォーシュルヴァンと申します」

じっさい彼には、死んでしまったけれども、ユルチームという名前の弟がいたのだったのだった。

「お生まれはどちら?」

フォーシュルヴァンが答えた。

「ピキニーでございます。アミヤン近くの」

「お年は？」

フォーシュルヴァンが答えた。

「五十でございます」

「お仕事は？」

フォーシュルヴァンが答えた。

「庭師でございます」

「善きキリスト教徒ですか？」

フォーシュルヴァンが答えた。

「わたしども一家は、みなそうでございます」

「この娘さんはあなたのお身内ですか？」

フォーシュルヴァンが答えた。

「そうでございます、院長さま」

「あなたがこの子のお父さまですか？」

フォーシュルヴァンが答えた。

「祖父でございます」

有権上級修道女が小声で院長に言った。

「受け応えがしっかりしていますわ」

ジャン・ヴァルジャンはひと言も発していなかった。院長はじっとコゼットを見て、小声で有権上級修道女に言った。

「あの子はいずれ不器量な娘になるでしょうね」

ふたりの修道女は面会室の片隅で、とてもちいさな声で話しあっていたが、やがて院長が振りむいて言った。

「フォーヴァンさん、鈴のついた膝当てをもうひとつ用意してください。これからは、ふたつ必要になりますから」

はたして翌日、庭のなかにふたつの鈴の音が聞こえたので、修道女たちはヴェールの端を持ちあげずにはいられなかった。奥の木立のあたりにふたりの男、フォーヴァンともうひとりが並んで鋤をつかっているのが見えた。とんでもない出来事だった。沈黙が破られ、「庭師の手伝いさんだわ」と互いに言いあう声まで聞こえた。

有権上級修道女たちは、「あれはフォーヴァンさんの弟ですよ」と言いそえた。

じっさい、ジャン・ヴァルジャンは晴れて入居できることになった。革の膝当てと鈴をもらい、以後正規の庭師となって、ユルチーム・フォーシュルヴァンと呼ばれることになったのである。

この採用の最後の決め手になったのは、「あの子はいずれ不器量な娘になるでしょうね」という院長の観察だった。みずからのこの見立てによって、院長はたちまちコゼットに好意をもつようになり、給費生として寄宿舎に入れてくれた。

これはいたって筋の通った話だ。修道院には鏡がいっさいないが、それでも女たちはじぶんの容貌を意識するものである。ところで、じぶんがきれいだと感じている娘たちは、おいそれと修道女にはならない。この天職はだいたい美と反比例しがちなところがあるので、美女より不細工な娘のほうが期待できる。そんなわけで、不器量な娘がことのほか好まれるのである。

この驚くべき出来事のおかげで、善良なフォーシュルヴァン老人はすっかり尊敬されるようになった。彼は一石三鳥の成功をおさめた。彼が救出し、庇護したジャン・ヴァルジャンにたいする成功。彼のおかげで罰金を払わずにすんだと思っている墓掘人グリビエにたいする成功。彼のおかげで、クリュシフィクシオン修道女を祭壇のしたに埋葬したことで、地上の権力を煙に巻き、神を満足させた修道院にたいする成功。プチ・ピクピュスには死者のはいった棺があり、ヴォジラール墓地には死者のいない棺がある。治安当局はさぞかし歯ぎしりをして口惜しがるだろうが、それに気づく由もなかった。修道院では、フォーシュルヴァンにたいする感謝がいやがうえにも増すばかりだった。フォーシュルヴァンはこのうえない召使い、もっとも大切な庭師になった。後日、初めて大司教が訪問された折、多少は懺悔のため、またいくぶんか自慢したくて、修道院長はそのことを閣下のお耳に入れた。修道院から出ると、大司教はいたく感心され、その話をド・ラチル氏[1]に囁かれた。ド・ラチル氏は王弟殿下の聴罪司祭であり、のちにランスの大司教と枢機卿になった人である。フォーシュルヴァンへの称賛の声が広まった。というのも、それがローマにまで届いたからである。筆者はかつて、当時君臨されていた教皇レオ十二世[2]が、親戚のひとりであり、パリ在住教皇大使で、教皇と同名のデッラ・ジェンガ閣下に宛てた書簡を目にしたことがある。そこにはこんな文句が記されていた。「パリの修道院に立派な庭師あり、フォーヴァンという名の、聖者にも値する者だそうな」このような大評判も、あばら小屋のフォーシュルヴァンにはまったく伝わらなかった。彼はじぶんが立派だとか、聖者みたいだとは知らされることもなく、接木をしたり、草むしりしたり、メロン畑に覆いをかけたりといった仕事をつづけていた。彼がじぶんの名誉のことを想像もできなかったのは、ダラム種やサリー種の牛が、「角のある動物品評会で入賞した牛」という解説付きで『絵入りロンドン・ニューズ』紙に肖像を載せられても、そんなことなどどこ吹く風という様子なのと同じことだった。

第九章　修道院生活

コゼットは修道院にはいっても、依然として黙りがちだった。

彼女はごく当たり前のように、じぶんをジャン・ヴァルジャンの娘だと思っていた。もっとも彼女はなにも分かっていなかったので、なにも言うことができなかった。また、たとえ分かっていたとしても、彼女はなにひとつしゃべらなかったことだろう。すでに指摘したことだが、不幸ほど子供を無口にするものはない。コゼットはさんざん苦しんだので、なにかを話すことさえ、息をすることとさえも怖がるようになっていた。うっかり口に出したひと言が、雪崩を招いてわが身にのしかかってくることも度々あったのだ！　ジャン・ヴァルジャンのところに来てから、彼女はようやく落ち着きかけていた。修道院にはかなり早く慣れた。ただ、人形のカトリーヌだけが心残りだったが、それを口にする勇気はなかった。それでも、一度だけジャン・ヴァルジャンにこう言ったことがある。「お父さん、分かっていたら、あたし、あれを持ってきたのに」

コゼットは修道院の寄宿生になったので、そこの生徒の制服を着なければならなかった。ジャン・ヴァルジャンは彼女が脱ぎすてた衣類を返してもらった。それは安料理屋のテナルディエのところを去ったときに、彼が着せてやったあの喪服だったが、それほど古びていなかった。ジャン・ヴァルジャンはその衣裳をウールの靴下や靴といっしょにし、なんとか手に入れることができた小型のスーツケースに、樟脳や修道院にふんだんにあるさまざまな芳香剤を入れてしまいこんだ。彼はそのスーツケースをベッドのうえに置き、その鍵はいつも身につけていた。ある日、コゼットが尋ねた。「お父さん、その箱はなんなの？　とってもいい匂いがする」

フォーシュルヴァン老人には、筆者がさきほど述べたが、当人も知らないあの栄誉のほかにも、善行の報いがあった。まず、彼は幸せになった。それから、仕事を分担できるため、ずいぶん楽になった。そしてたいへんな煙草好きだった彼は、マドレーヌさんがいてくれることでこんな利益にあずかった。代金はマドレーヌさんが払ってくれると思うと、なんともうまいと感じながら、以前の三倍もの煙草が吸えたのである。

修道女たちはけっしてあのユルチームという名前を口にせず、ジャン・ヴァルジャンのことを「もうひとりのフォーヴァンさん」と呼んだ。

もしその清らかな女性たちが、いくらかでもジャヴェールのような眼光を持ちあわせていたなら、庭の用事で外に買物に出かけるのは、いつも年寄りで、体が不自由な、足の悪い兄のフォーシュルヴァンのほうであり、けっして弟ではないことに、いずれ気づいたかもしれない。ところが、つねに神を凝視している目は探ることを知らないためか、どちらかといえば、互いに探りあうほうを好んだためか、彼女たちはそんなことにはまるっきり無頓着だった。

もっとも、ジャン・ヴァルジャンにとってはここでじっとしていて、外出をしないことは好都合だった。ジャヴェールは一か月以上もこの界隈を見張っていたのだから。

ジャン・ヴァルジャンにとって、この修道院は深淵に取り囲まれた島のようであった。以後、四つの壁が彼にとっての世界になった。ここから空を見ているだけで平穏になれたし、コゼットを見ているだけで仕合せだった。

彼にとって、ひさびさに穏やかな生活がはじまった。

彼は庭の奥のあばら小屋にフォーシュルヴァン老人と住んでいた。粗末な建材でつくられたこの家屋は、一八四五年にもまだ残っていたが、読者も知ってのとおり、三つの寝室からなっていた。いずれの部屋にもなんの飾りもなく、壁がむき出しになっていた。いちばんいい部屋がむりやりという感じでジャン・ヴァルジャンにあてがわれた。むりやりというのは、ジャン・ヴァルジャンが固辞したのに、フォーシュルヴァン老人がどうしてもと言ってきかなかったからだ。その部屋の壁には、膝当てと背負い籠を引っかける二本の釘のほかに、九三年の王党派の紙幣が一枚、飾りとして暖炉の上方の壁に張ってあった。ここにその正確な複写を掲げておこう。

このヴァンデ党[1]のアシニャ紙幣が、前任の庭師によって壁にピン留めされていた。昔ふくろう党員だったこの庭師が修道院で死んだので、フォーシュルヴァンがその後釜にすわることになったのだった。

ジャン・ヴァルジャンは一日じゅう庭で働き、すこぶる役に立った。もともと枝打ち職人だったのだから、昔にもどったように嬉々として庭師になった。彼が園芸について、あらゆるコツや秘訣を身につけていたことが思いだされる。果樹園の樹木はほとんどすべて自生の若木だった。彼はそれらに芽接ぎをして、見事な実がなるようにした。

カトリック並びに
国王の名による
兌換券　　10リーヴル
軍隊供出物費用
平和回復時に返済
３組　　10390号
ストフレ
並びに王党軍

コゼットは毎日一時間、彼のそばで過ごすことが許されていた。修道女たちは陰気で、それに引きかえ彼は優しかったので、彼女はよけい彼が好きになった。決まった時刻になると、あばら小屋に駆けつけてきた。彼女がはいってくると、そのぼろ屋は楽園のようになった。ジャン・ヴァルジャンは晴々とした気分になり、コゼットに幸福をあたえることによって、じぶんの幸福もみるみるふくらんでくるのを感じた。わたしたちがひとにあたえる喜びには、どんな鏡像とも違い、薄れるどころか、さらに輝かしくなって跳ねかえってくるという、ありがたいところがあるのだ。休憩時間になると、彼はコゼットが遊んだり走ったりするのを遠くからながめ、ほかの寄宿生たちの笑い声と彼女の笑い声を聞き分けた。というのも、いまやコゼットは笑うようになっていたからだ。

彼女の顔つきもいくらか変わってきさえした。暗さが消えたのだ。笑いは太陽である。人間の顔から冬を追いはらってくれるのだ。

コゼットはあいかわらず、きれいとは言えなかったが、どこか愛らしくなった。彼女はあどけなく、優しい声で、こましゃくれた口をきくようにもなっていた。

休憩時間がおわり、コゼットがもどっていくと、ジャン・ヴァルジャンは教室の窓をながめ、夜は起きあがって寝室の窓をながめた。

ところで、神には神なりの道がある。コゼットと同じく修道院は、ジャン・ヴァルジャンの心中にミリエル司教のような行いをたもち、補うのに力があった。美徳のさまざまな一面が高慢に行きつくというのは、たしかである。それは悪魔が架けた橋だ。たぶんジャン・ヴァルジャンがわれ知らず、その橋の一歩手前まで近づいていたとき、神意は彼をプチ・ピクピュスの修道院に投げいれてくれた。彼が司教とくらべて、じぶんなどまだまだ卑小な人間だと思っていたときには謙虚だった。ところが、しばらくまえから、じぶんを凡人とくらべるようになり、高慢な心が芽生えだしていた。もしかすると、この高慢な心がいずれ、ゆるやかに憎悪のほうにもどっていたかもしれない。

修道院は、そんな坂道にさしかかっていた彼を引きとどめてくれた。

それは彼が見たふたつ目の囚われの場だった。青春時代、彼にとって人生の始まりの時期、またその後、つい最近もふたたび囚われの場を見た。それはおぞましい場所、恐ろしい場所、その苛酷さが彼にはいつも裁判の不正と法律の犯罪のように思われるところだった。ところが徒刑場のあと、いまは修道院を見ている。かつてのおれは徒刑場の一部分だったのに、いまでは修道院の、いわば傍観者になっているのか、とぼんやり思いながら、ふたつの場所を不安のなかで並べあわせていた。

ときどき彼は鋤の柄に肘をもたせ、夢想の底なしの渦巻のなかに、ゆっくりと降りていった。元の仲間たちのことを思いだした。あの連中はなんと惨めなんだろうか。夜明けとともに起きだし、夜遅くまで働く。ゆっくり眠ることもできない。野営のベッドに横たわっても、せいぜい厚さ五十センチほどのマットレスしかあたえられない。おまけに部屋といっても、一年でもっとも寒さが厳しい月にしか暖房がはいらない。おぞましい赤の囚人服を着せられ、ひどく暑いときには麻布のズボンをはくことと、ひどく寒いときには車引きみたいな毛織物を背中にはおることがお情けで許されるだけだ。「労役」に行くときにしか、酒も飲めず、肉も食えない。名前もなくなって、ただの番号で呼ばれ、いわばたんなる数字になり、目を伏せ、声をひそめ、髪を切られ、棒で脅されながら、恥辱にまみれて生きている。

それから彼はふたたび、いま目のまえにしている人びとのことを考えた。

この人びともやはり髪を切られ、目を伏せ、声をひそめて生きているが、それは恥辱ではなくても、世間の嘲笑を浴びながらであり、棒で背中を殴られることはなくても、戒律の笞で肩に擦傷をつけられながらのことだ。この人びともまた、世間での名前が消え去り、厳めしい呼び名のもとに生活している。肉も食べないし、酒も飲まない。しばしば夕方まで食事にありつけないこともある。赤い拘束服ではないにしろ、黒の屍衣を着せられるし、その毛織物の衣類は、夏は厚手になり、冬は薄手になっていて、なにひとつ取りはらっても、なにひとつ付けくわえてもならない。季節によって、暑いときに麻布にするとか、またとくに寒いときに毛織物にするといった融通さえもまるできかない。しかも一年のうち六か月間、ブールの肌着を身につけているために熱が出る。住居は、寒さがもっとも厳しいときだけ暖められる大部屋ではなく、まるっきり火の気がない個室だ。横たわるのもマットレスのうえではなく、藁のうえだ。そのうえ、眠ることさえできない。毎夜、昼の労苦のあとぐったりとして最初の休憩時間を迎え、ようやく眠りこみ、体がすこし暖まりかけたときに、目を覚まし、起きあがって、暗く凍てつくように寒い礼拝堂に行って、両膝を石につけて祈らねばならないのだ。

ある日など、この人びとはめいめい順番に、十二時間ぶっつづけに板石のうえに跪くか、腕を十字に組んで地べたに顔をつけて平伏しなければならないのだ。

前者は男たちで、後者は女たちだ。

あの男たちはなにをしたのか？　窃盗、強姦、掠奪、殺戮、暗殺をした。あれは強盗、偽金造り、毒殺者、放火犯、殺人者、親殺しどもだ。では、この女たちはなにをしたのか？　なにもしなかった。

一方には強奪、詐欺、盗み、暴力、淫乱など、あらゆる種類の冒瀆、あらゆるかたちの襲撃があり、他方にはただひとつ、清浄無垢があるだけだ。ほとんど神秘的な昇天の域にまで高められ、美徳によってまだ地上に結ばれてはいるものの、聖性によってすでに天上に接している清浄無垢。一方にはひそひそ交わされる犯罪の打明け話、他方には大声でなされる過失の告白。だが、それもなんという罪なのか！　なんという過失なのか！

一方にはむかむかする瘴気、他方には得も言われぬ芳香。一方には大砲の脅しのもとに囲いこまれ、厳重に監視され、やがてゆっくりと患者を蝕んでいく精神のペスト、他方にはすべての魂が同じ炉のなかで燃えあがる貞節。あちらは暗闇、こちらも暗がり。だが、この暗がりには光が、輝きにみちた光があふれている。

ふたつとも奴隷の場所だが、前者には解放がありうるし、いつも法的な期限が仄見えるし、また逃亡という手もある。後者は終身のもので、未来のはるか彼方の希望はといえば、人間たちが死と呼んでいる、あの自由の微光があるばかりだ。

前者は鎖に縛られているが、後者は信仰に縛られている。

前者からなにが発してくるのか？　途方もない呪い、歯ぎしり、憎悪、絶望的な悪意、人間社会にたいする怒りの叫び、神にたいする嘲笑である。後者からなにが出てくるのか？　祝福と愛である。こんなに似ていながらも、こんなにも違っているふたつの場所のなかで、こんなに異なった二種類の人間がそろって、罪の償いという同じ仕事にいそしんでいる。

ジャン・ヴァルジャンは前者の償い、個人的な償い、じぶん自身のための償いのことならよく理解できた。しかし、後者の償い、非の打ちどころもなく、なんの汚れもない者たちの償いというものを理解できなかった。そこで、打ちふるえながら、こう自問することになった。「そもそも、なんの償いなのか？　どんな償いなのか？」

彼の心中でこう答える声がした。「人間の雅量のうちでもっとも神聖な雅量とは、他者のための償いなのだ」。

ここで筆者は個人的な意見を述べることをいっさい差し控えている。筆者はたんなる語り手にすぎず、ジャン・ヴァルジャンの立場に身を置いて、彼の感想を伝えているだけなのである。

彼の目には自己犠牲の至高の頂、あるかもしれない美徳の最高の峰がまざまざと見えていた。人間たちに過ちを赦してやり、その人間たちに代わって罪の償いをする清浄無垢。罪をおかした魂を容赦してやるために、なんの罪もおかさなかった魂によって耐えしのばれる隷従、受け入れられる拷問、求められる苦難。神への愛のなかに沈みながらも、はっきりとそこにとどまり、嘆願する人類愛。罰せられた者たちの悲惨と報われた者たちの微笑をともにもつ、か弱く心優しい人びと。

そこで彼は、かつてじぶんが、あえて不満を口にしたことを思いだした。

彼はときどき真夜中に起きだして、清浄無垢なのに厳格な戒律に服している、あの女性たちの感謝の歌に耳を傾けた。そして、正当に制裁された者たちが天に向かって声をあげるのは、ただ神を罵るためだけであり、惨め（ミゼラブル）な人間であるじぶんもまた、かつて拳を突きつけて神を脅したことがあったかと思うと、血が血管のなかで凍るような思いをした。

驚くべきことに、まさに神意の小声の警告をうけたかのように彼を深く考えこませたのはこんなことだ。高い壁に取りつき、囲いを越えようと、命がけの危険をおかし、つらく難しい登攀をおこなった、つまりじぶんが別の償いの場所から脱出するためにおこなってきた、そうした努力はすべて、この償いの場所にはいるためではなかっただろうか？　これはじぶんの運命の象徴ではないだろうか、ということだった。

この建物もまたひとつの監獄であり、彼が逃げだしてきたもうひとつの住処と不吉なほど似ていたのに、彼はこれまで、そんなことをまるで考えてみなかった。

彼にはもう一度、格子扉、差錠、鉄の桟などが見える。あれはだれを守るためか？　天使たちだ。彼がかつて虎どものまわりにめぐらされているのを見たあの高い壁、それがいまは羊のように善良な人びとのまわりにめぐらされている。

これは贖罪の場所であって、懲罰の場所ではない。とはいえ、これはもうひとつの場所よりもさらに禁欲的で、陰気で、非情だ。あの清らかな女性たちは、徒刑囚たちよりもさらに厳しく屈服させられている。荒々しい寒風、彼の青春を凍えさせたあの風は、鉄格子をはめ、南京錠を掛けられた禿鷹どもの墓穴を吹きわたっていたものだが、それよりもっと激しく肌を刺すような北風が、鳩たちの籠に吹きこんでくる。

どうしてだろうか？

彼がそうしたことを考えるとき、心にあるいっさいのものが崇高な神秘のなかに沈みこんでいった。このような瞑想のうちでは、高慢さなどどこかにいってしまうのだ。彼はありとあらゆる反省をしてみた。じぶんが取るに足らない人間にすぎないと感じられ、何度も泣いた。この六か月まえから彼の生活にはいってきたものがすべて、コゼットは愛情によって、修道院は謙虚によって司教の聖なる命令のほうに彼を連れもどす。

ときどき黄昏どき、庭に人影がなくなるころ、礼拝堂に沿った並木道の中央に佇む彼の姿が見られた。それは、初めてこの修道院に来た夜にながめた窓のまえだった。彼は償いをする修道女が平伏して祈っていた場所のほうに跪いていた。そんなふうにして、その修道女のまえに跪いて祈っていた。どうやら神と面と向かって跪くまでの勇気はなさそうだった。

彼を取りまいていたすべてのもの、あの平穏な庭、香しいあの花々、喜びの叫び声を発するあの子供たち、真剣で率直なあの女性たち、静まりかえった修道院など、すべてがゆっくりと彼の身に染み入り、彼の魂はすこしずつ、その修道院のような静けさ、その花々のような香り、その庭のような平穏さ、その女性たちのような率直さ、その子供たちのような喜びで形成されていった。やがて彼はこう考えるようになった。じぶんの人生には二度危機があったが、二度ともそんなじぶんを迎えてくれたのは、ふたつの神の家だった。最初の家はあらゆる門戸が閉ざされ、じぶんが人間社会から追いはらわれたときであり、つぎの家は人間社会がふたたび彼を追跡しはじめ、いまにも徒刑場の門が開かれようとしていたときだった。最初の家がなければ、ふたたび犯罪に落ちこんでいただろうし、つぎの家がなければ、懲罰に舞いもどるところだった、と。

彼の心はすっかり感謝のなかに溶けこみ、彼はますます愛するようになった。

そんなふうに、数年が過ぎた。コゼットは大きくなっていった。

訳註

第一篇

第一章

〔1〕 ユゴーは一八六一年五月七日から二か月滞在し、『レ・ミゼラブル』を六月三十日に完成させたこのワーテルロー滞在について詳しいノート（『見聞録』）を残している。小説の記述はこのノートにほぼ一致する。

〔2〕 一八二六年オランダ王によって建てられた戦勝記念のライオン像。

第二章

〔1〕 建築家、造園家、一六一三―一七〇〇年。フランス庭園様式の創始者。

〔2〕 新教徒の信仰の自由を認めたアンリ四世のナントの勅令（一五九八）をルイ十四世が一六八五年に廃止した。

第三章

〔1〕 一八〇五年の対オーストリア・ロシア戦争でナポレオン軍が勝利した。

〔2〕 プロシアの元帥、一七四二―一八一九年。

〔3〕 一七九八年対英海軍の戦いでネルソンに敗北したが、翌年ナポレオンがムスタファ・パシャ率いるオス

マン帝国軍に勝利し、みずからの政治的立身の足がかりにした。

第四章

〔1〕一八〇〇年、ナポレオン軍がオーストリア軍を破ったイタリアの戦場。
〔2〕ローマ皇帝、三九―八一年（在位七九―八一）。

第五章

〔1〕ナポレオンの忠臣、元帥、一七六九―一八一五年。ナポレオンに「勇者中の勇者」と言わしめた。
〔2〕グリヴォヴァルはフランスの砲術家、一七一五―八九年。サルヴァトール・ローザ（一六一五―七三）はイタリアの画家。
〔3〕フランドルの画家、一六三二―九〇年。
〔4〕ポリビオスは古代ローマの歴史家（前二〇二頃―前一二〇）。フォラールはフランスの軍事作家（一六六九―一七五二）。

第六章

〔1〕ユゴーの友人の軍人、戦史家、政治家、一八一〇―六五年。著書に『一八一五年会戦史』（一八五七）。
〔2〕いずれもイギリス軍がナポレオン軍に勝利した戦い。

第七章

〔1〕将軍、ナポレオンの忠臣、一七七三―一八四四年。
〔2〕元帥、のちにルイ・フィリップ七月王制下で政治家、一七六九―一八五一年。

〔3〕当時はナポレオンの秘書、のちに政治家、一七七九—一八三五年。一八一九—二〇年にロンドンで『回想録』を公刊。グルゴー（一七八三—一八五二）は軍人、政治家で『ワーテルロー会戦』の著書がある。バンジャマン・コンスタン（一七六七—一八三〇）はフランスの作家、政治家で、百日天下のとき一時ナポレオンに協力。
〔4〕一八一四年一月ナポレオンがプロシア軍を退却させた町。
〔5〕ウェルギリウス『農耕詩』二・四九五。

第八章

〔1〕元帥、一七六六—一八四七年。
〔2〕ベレジナ川は一八一二年ロシアから退却したときにフランス軍がわたった川。ライプツィヒは一八一三年プロイセン・オーストリア・ロシア連合軍に敗北した地。フォンテーヌブローは一八一四年ナポレオンが皇帝を退位した地。
〔3〕いずれも英仏百年戦争以後フランスがイギリスに敗北した土地。
〔4〕マレンゴは一八〇六年ナポレオンがオーストリア軍を破った地。アザンクールは百年戦争中の一四一五年フランスがイギリスに敗北した地。

第九章

〔1〕元帥、ナポレオンの妹婿、一七六七—一八一五年。のちにナポリ王（在位一八〇八—一五）。

第十一章

〔1〕プロシアの将軍、一七五五—一八一六年。

第十二章

〔1〕ネーはこの戦争のあと、裏切者として王政復古期の政府によって銃殺された。

第十三章

〔1〕ホラティウス『諷刺詩』二・六・一。

第十四章

〔1〕ウルムはフランス軍が一八〇五年にオーストリア軍を、ワグラムは一八〇九年にオーストリア軍を、イエナは一八〇六年にプロシア軍を、フリートラントは一八〇七年にロシア軍を破った戦場。

〔2〕ナポレオン軍の将軍、政治家、一七七〇―一八四二年。捕虜となりロンドンに送られたが、帰国後、軍務に復帰。

第十五章

〔1〕ボワローの『詩法』(二・一七六)の詩句「しかしフランスの読者は尊敬されることを欲する」を踏まえた言い回し。

〔2〕ワーテルロー会戦の記念碑。

〔3〕オーストリア、イギリス、ロシア、プロシアを中心とする第七次対仏大同盟。

〔4〕スパルタの王(在位前四九〇―前四八〇)。ペルシャ軍との奮戦で敗北する。ラブレー(一四九四―一五五三)はフランスの作家、哄笑文学で名高い。

〔5〕古代ギリシャの悲劇詩人、前五二五頃―前四五六年。

〔6〕作曲家、士官、一七六〇―一八三六年。初め「ライン軍のための軍歌」としてつくった曲がのちにフラ

ンス国歌になった。

〔7〕ダントンはフランス革命の指導者、一七五九―一七九四年。クレベールは革命期の名将、一七五三―一八〇〇年。

第十六章

〔1〕ジョミニはスイス生まれの軍人、軍史家、一七七九―一八六九年。著書に『一八一五年会戦の政治的および政治的概要』（一八三九）。ムフリンク男爵（一七七五―一八五一）はワーテルロー会戦でウェリントンの参謀をつとめ、『イギリス・ハノーヴァー・オランダ軍医によって遂行された一八一五年戦争の歴史』（一八一八）を刊行。

〔2〕フランスの数学者、一六四〇―一七〇三年。

〔3〕オーストリアの軍人、元帥、一七二四―九七年。七十三歳のときマントヴァの戦いでナポレオンに降伏。

〔4〕一八五四年、帝政ロシアと英仏同盟軍が戦ったクリミア戦争（一八五三―五六）の戦地。この戦争を統率したのが陸軍元帥ラグラン卿（一七八八―一八五五）だった。

〔5〕一八一三年のフランス対ロシア・プロシア軍の戦場。

〔6〕前四二年アントニウス・オクタウィアヌス軍がブルトゥス・カッシウスを破った古代ローマの戦場。

第十七章

〔1〕ナポレオンがエルバ島から帰還した日。

〔2〕フランス革命の発端となったバスチーユ襲撃の日。

〔3〕一八一四年六月二日に、ルイ十八世が自由、平等など革命および帝政の成果を活かす王政復古の宣誓した。

〔4〕ナポレオンの義弟、ジョワシャン・ミュラ（一七六七―一八一五）のこと。ただし彼は御者でなく宿屋の息子。
〔5〕ナポレオン治下の戦争大臣ジュール・ベルナドット（一七六三―一八四四）のこと。
〔6〕一七八九年のフランス革命時なされた宣言。
〔7〕将軍、代議士、一七七五―一八二五年。
〔8〕ルイ十八世の主治医。「よぼよぼした好人物の患者」は痛風をわずらっていたルイ十八世のこと。

第十八章

〔1〕ルイ十八世が亡命していたロンドン近郊の邸宅。
〔2〕ブーヴィーヌは、一二一四年、フランス王フィリップ・オーギュストがイギリス王ジョンと神聖ローマ帝王オットーを破った古戦場。フォントノワは、ルイ十五世治下の一七四五年、サクス率いるフランス軍がイギリス・オランダ連合軍を破った戦場。
〔3〕本名はジャック・デュポン。将軍、一八一五年ニームの白色テロの中心人物。
〔4〕ルイ十八世の甥で、フランスの最後の皇太子。帝政時代ウェリントンに味方した。一七七五―一八四四年。
〔5〕フランスの皇太子、一七七二―一八〇四年。反ナポレオンの陰謀に加わったとして一八〇四年に銃殺された。
〔6〕ナポレオンとマリー・ルイーズ皇后とのあいだに生まれたナポレオン二世（一八一一―三二）のこと。この年、ウィーン郊外にあるハプスブルク家の離宮シェーンブルンに引きとられていた。
〔7〕「王は国家の最上首長として、陸海軍を統率し、宣戦を布告し、平和、同盟、通商上の条約を締結し、官吏を任免し、法律の適用と国家の安寧のために、必要な規定及び命令を発す」と定めた条文。

〔8〕 この戦地の地名には「美しき同盟」の意がある。
〔9〕 ここではナポレオンが一八一五年三月一日ジュアン湾に上陸したときの有名な布告「勝利は突撃の歩調で前進するであろう。鷲は国旗とともに、鐘楼から鐘楼へと飛翔するであろう、ノートル・ダムの鐘楼にまで」がふまえられている。

第十九章

〔1〕 仕事の成果が横取りされて報われないことを歌うウェルギウスの寸鉄詩。
〔2〕 軍人、一六七九—一七四五年。一五四四年、イタリアのチェレゾーレフランス軍を率いてスペイン軍を破った。
〔3〕 元帥、一六一一—七五年。三十年戦争で神聖ローマ軍を、フロンドの乱でコンデ公を破る。
〔4〕 三十年戦争の一六九三年ドイツの戦場。ただ、テュレンヌは一六七五年に死んでいるから、このときの放火や掠奪にはなんの関係もない。しかし、占領した国々で部下の掠奪に寛大だったのは事実。
〔5〕 オッシュ（一七六八—九七）とマルソー（一七六九—九六）はふたりとも革命時代の将軍。

第二篇

第一章

〔1〕 「法廷日報」の意。ただし、この誌名の雑誌は以前にもいくつか存在したが、新たに刊行されたのは一八二五年。また、つぎの『ドラポー・ブラン』は白旗の意で右派の新聞。
〔2〕 一八一一年から二七年まで発行された新聞。

〔3〕ヴォルテール（一六九四—一七七八）のこと。つぎの詩句はその詩「かわいそうな子供」にある。
〔4〕自由派の新聞。大革命によって否定された宗教権力が王政復古とともに復権したことをこの自由派の新聞が皮肉っている。
〔5〕保守政治家、大臣、一七七三—一八五四年。

第二章

〔1〕イギリスの哲学者、一二一四—九四年。近代科学のパイオニアとされる。
〔2〕フランス王、一三六八—一四二二年。お抱えの画家に命じてトランプの札絵を描かせたと言われる。
〔3〕ペリシテ人の都市エクロンの神。旧約聖書では「ハエの神」、新約聖書では「悪魔の頭（かしら）」とされている。

第三章

〔1〕当時のスペイン国王フェルナンド七世は同じブルボン家の出身。
〔2〕当時フランスの皇太子で、スペイン遠征を指揮し、アンダルシアのアンドゥハルでスペイン王党派のテロを停止させる命令に署名。
〔3〕「貴族がはく半ズボンをはかない」の意で、フランス革命時の過激派のこと。
〔4〕「シャツなし」の意で、スペインの一八二〇年革命に参加した自由主義派のこと。
〔5〕サルデーニャ王国第七代国王、一七九八—一八四九年。
〔6〕革命時代に王族・貴族たちが亡命したドイツの町。
〔7〕スペインの公爵、軍人、一七七六—一八四七年。一八〇八年八月サラゴサで勇敢にナポレオン軍に立ち向かった。
〔8〕スペインの自由派の将軍、一七七〇—一八三二年。一八二三年七月フランス軍に降伏。

〔9〕ロシアの伯爵、将軍、一七六三―一八二六年。一八一二年九月、モスクワに火を放ってナポレオン軍を混乱に陥らせた。

〔10〕ブルボン王朝が終焉を迎えた「七月革命」。

〔11〕熱帯アメリカ産で猛毒の樹液を分泌する低木。

〔12〕オランダの海軍提督、一六〇七―七六年。

第三篇

第一章

〔1〕四分の一スー。一スーは五サンチーム。一フラン（リーヴル）は百サンチーム。一エキュは五フラン。一ピストルは十フラン。一ルイ金貨は一ナポレオンで二十フラン。

第二章

〔1〕フランスの詩人、翻訳家、一七三八―一八一三年。

〔2〕レーナルはフランスの思想家、一七一三―九六年。バルニー（一七五三―一八一四）はフランスの詩人。

〔3〕第二次王政復古期にアメリカに亡命した自由派、ボナパルト派のための滞在援助基金。

〔4〕当時のフランスではオランダ人は極端な吝嗇で有名だった。ルソーはオランダでは時刻や道を尋ねても金銭を要求されると書いている。

第六章

〔1〕パリのセーヌ左岸の現在五区と十三区にまたがる地区。
〔2〕パリ南郊、現ヴァル・ド・マルヌ県の町。
〔3〕女子の精神病者、貧民、浮浪者を収容。のちに監獄も兼ねる。
〔4〕軍人、政治家、一七四四—一八三九年。
〔5〕警視総監、大臣、一七七八—一八二八年。ただし、この一八二三年にはもはや警視総監ではなくなっていた。
〔6〕パリのセーヌ右岸十区に現存。ユゴー自身の戯曲も上演された。また『ふたりの徒刑囚』はポワリー、カルムーシュ、プージョル合作の三幕のメロドラマ。

第八章

〔1〕当時有名だった銀行家、政治家、一七六七—一八四四年。
〔2〕王政復古期の一八一九年から三〇年頃まで影響力があった新聞。革命主義と王党主義の双方から距離をおく「純理派」によって発行された新聞で、テナルディエ以外の客たちには高級すぎた。これもテナルディエの見栄のひとつ。

第九章

〔1〕イギリスの政治家、子爵、一七六九—一八二二年。

第四篇

第一章

〔1〕ここでは、ラ・フォンテーヌ（一六二一―九五）の有名な寓話「烏と狐」のこと。
〔2〕ルイ十五世の最後の愛妾、一七四三―九三年。フランス革命時に処刑。
〔3〕イヴリー市門の誤り。
〔4〕男子の精神異常者、浮浪者、貧民などを収容したが、のちに監獄を兼ねるようになる。
〔5〕一八二七年五月二十五日、青年オノレ・ユルバックが情念のもつれから恋人の羊飼い娘エメ・ミロを殺害、死刑に処された。有名な事件で、これを題材にいくつか詩や歌謡がつくられたが、ユゴーも関心をもち、『死刑囚最後の日』はこれを参考にしている。また、ユゴーの知合いにルイ・ユルバックという同名の新聞記者・作家がいたことも関係があるのかもしれない。
〔6〕アルクイユ市門の間違い。

第五篇

第一章

〔1〕一八五一年十二月のルイ・ナポレオンのクーデターによって逮捕の危険があったユゴーは、ベルギーを経て英仏海峡のイギリス領ジャージー島、そして五五年からガンジー島に亡命し、この稿を一八六一年に書いている。この時点で十年以上パリを見ていない。また第二帝政下のセーヌ県知事オスマン男爵（一八〇九―九一）により、パリはほぼ現在見られる原型に大改造された。

第三章

〔1〕 以上のうちプチ・ピクピュスだけがユゴーの虚構。

第十章

〔1〕 ここでは、本巻第二、三篇で、ジャン・ヴァルジャンが海に飛びこんだのは十一月十六日、トゥーロンの新聞がその死を報じたのはその翌日の十七日、高アルプス地方からフランス西南部ピレネー地方をまわってパリに着いたのは、十二月二十四日のクリスマス・イヴの日だったことを想起。

〔2〕 ペルシャ帝王、在位前五五九—前五二九年。

〔3〕 フン族の王。在位四三四—四五三年。

〔4〕 フランス革命期の政治家、一七五九—九四年。一七九三年、故郷の町にいて、ロベスピエールのジャコバン独裁をむざむざ許し翌年処刑された。

〔5〕 ラ・フォンテーヌの寓話「狐とコウノトリ」の「雌鶏に捕えられた狐みたいに恥ずかしそうに」のもじり。

第六篇

第一章

〔1〕 前篇第三章のプチ・ピクピュス地区と同じくこの修道院は存在せず、次章に書かれるその沿革は、歴史的経緯を装ったユゴーの創作。

第二章

〔1〕一〇九八年聖ロベルトゥスによって設立。以下、聖ベルナルドゥス（一〇九〇―一一五三）はフランスの聖職者、クレルヴォー修道院の設立者。聖ベネディクトゥス（四八〇頃―五四七頃）はイタリアの聖職者。のちのシトー会などベネディクト諸修道会の厳律を定める。ただ五二九年には本文にあるように「十七歳」ではなく三十九歳だったと推定される。

〔2〕マルタン・ヴェルガをふくむ以下の修道会の説明も歴史的事実を装ったユゴーの創作。

〔3〕ネーリはイタリアの聖職者、聖人、一五一五―九五年。ピエール・ド・ベリュル（一五七五―一六二九）はフランスの聖職者・枢機卿。

〔4〕スペインの聖女、一五一五―八二年。

〔5〕天使祝詞の「メデタシ、聖寵充チ満テルマリア、主御身ト共ニマシマス」の初めの四語。

〔6〕「グラティア・プレナ」をこう訳すこともできる。

第四章

〔1〕フランスの詩人、童話作家、一六二八―一七〇三年。

〔2〕ヘカベはギリシャ神話で、トロイヤの王プリアモスの妻。夫や子をうしなう悲劇の老女。ラ・メール・グランはペローの童話で語り手となっている鵞鳥の母さん。

〔3〕シラクサの僭主、前三六一頃―前二八九年。

〔4〕パリ北郊のセーヌ・エ・オワーズ県の町。ナポレオン一世がレジオン・ドヌール受勲者の子女の寄宿舎をつくった。

〔5〕フランスの教育家、一七五二―一八二二年。一八〇五年にこの寄宿舎の校長になる。

第五章

〔1〕聖職者、一七七八―一八三九年。一八二一年からパリ大司教。

〔2〕貴族、聖職者のルイ＝フランソワ＝オギュスト・ド・ロアン＝シャボー（一七八八―一八三三）はユゴーの知人でもあった。

第六章

〔1〕女性作家、一七四六―一八三〇年。オルレアン公、のちの国王ルイ・フィリップの家庭教師をつとめた。

〔2〕巡礼者、旅行者、病人などに奉仕する修道会。

第七章

〔1〕女性文学者、一六五一―一七二〇年。ホメロスの翻訳者で知られた。また「祖先」とされているマルグリット・ブルムールは一六一八―九六年。

〔2〕ユゴーに終生付き従った愛人ジュリエット・ドルーエ（一八〇六―八三）の本名はジュリエンヌ・ゴーヴァンと言った。以下の人名は虚実入り乱れているが、このように一部ユゴーにゆかりのある固有名詞がある。サン・ジョゼフ修道女（コゴルド嬢）は、ユゴーの父親ジョゼフがスペイン王ジョゼフ・ナポレオンに仕えていた時代にあたえられた伯爵の名称。シフグエンテス、シグエンツァは同じくスペイン時代の父親にあたえられた称号。ラ・ミルチエールとロディエールは父親の所有地の地名。ドヴェルネーは自作小説『ビュグ＝ジャルガル』の登場人物であるとともに、母親ソフィーが幼いころによく滞在した地名。

〔3〕本名ニコラ・ロジェ、一六七五―一七三三年。一七二〇年マルセイユのペスト患者のために献身的な働きをしたことで有名。

〔4〕ギリシャ神話で牧人と家畜の神。笛を好む。

第八章

〔1〕十一世紀からおこなわれたテニスの原型とされる球技。

第九章

〔1〕現メーヌ・エ・ロワール県のソミューに十二世紀末に創立され、革命時代の一七九二年まで存在した有名な僧院。

〔2〕政治家、一七二三—九六年。

第十章

〔1〕縁日などで殴って力くらべをするターバンを巻いた顔の絵。

第十一章

〔1〕ユゴーがスイスの古都アウェンティクムの遺跡で見つけた墓碑銘。

〔2〕『ソロモンの雅歌』四・十二。

〔3〕十八世紀の商人で、一七六二年宗教的理由で息子殺しの罪を着せられ極刑になったが、一七七五年ヴォルテールの擁護で無実が認められた。

第七篇

第二章

〔1〕九階級中最上級の天使で、三対の翼をもって描かれる。

〔2〕ヴォルテールの擁護にもかかわらず、この三人とも一七六〇年代に宗教上の理由で処刑された。

〔3〕古代ローマの歴史家、五五頃—一二〇年頃。

〔4〕旧約聖書外典『ユディト記』。アッシリアの司令官。酒に酔い、敵方の美しいユダヤの未亡人ユディトを誘惑しようとし、逆に殺される。

第三章

〔1〕ユウェナリス『諷刺詩』一〇・六五・六六より。ローマでは犠牲の牛は白くなければならなかった。

〔2〕それぞれフランス大革命、七月革命、二月革命の中心地だったパリ。ここでユゴーはフランス革命でうしなった教権をカトリック教会が取りかえそうとする策動に反対している。

〔3〕旧約聖書『出エジプト記』(七・一一)。

第六章

〔1〕そもそもないものを信じることはできないのだから、神はいないと言うこと自体で神の存在を逆に証明している。ちなみにニーチェは「神が死んだ」と言えるには、少なくともそう言う者自身「神々にならねばならないのではないか」と問うている。

〔2〕ここで暗示されているのは、ショーペンハウアー『意志と表象としての世界』のことと思われる。

〔3〕古代ローマのストア派の哲人皇帝、一二一—一八〇年。

〔4〕アリストテレスがアテネ近くに創設した学園。
〔5〕キリストの言葉。パンと葡萄酒をさす。『マタイ伝』（二六・二六、二八）。

第七章

〔1〕カヤバはキリストを有罪としてローマ総督ピラトに引きわたしたユダヤ教の大祭司。司法官ドラコンは前七世紀アテネで成文化した慣習法よる、厳罰主義によって知られる。トルマルキオンはペテロニウス作『トルマルキオンの饗宴』の主人公。成上り者の解放奴隷で、これみよがしな豪奢な生活で知られる。皇帝チベリウスは第二代ローマ皇帝（前四二―後三七）。晩年の悪政により暴君の名を残す。

第八章

〔1〕古代ギリシャの賢人、前六世紀初期。
〔2〕トラピスト修道会の誓願。また、ラ・トラップは一一四〇年ノルマンディーに創設されたシトー会の改革修道院で、トラピスト修道会の名称の起源。
〔3〕ドイツの哲学者、一六四六―一七一六年。
〔4〕晩年の二十年間フェルネー（フランス・スイスの国境の町）に住んで「フェルネーの長老」とも呼ばれたヴォルテールが一七七〇年に当地の教会に刻ませた銘。
〔5〕この部分は筆者のナポレオン第二帝政時代批判。ユゴーは十年前から追放され、亡命先のガンジー島で本書を書いている。

第八篇

第一章

〔1〕この修道会では修道女はかならずしも聖女の名前ではなく、キリスト教の教義に関わる名をあたえることがあり、これがそのひとつで「十字架刑」の意。

第三章

〔1〕マビヨンはベネディクト会士、歴史学者、一六三二―一七〇七年。メルロヌス・ホルティウス（一五九七―一六四四）もベネディクト会士。

〔2〕フォーシュルヴァンがつかった plus souvent は一般には「もっとたびたび」の意味だが、俗語では、「断じて、とんでもない」の意になる。ところが、修道院長にはこの俗語が通じない。ここから以下の院長と庭師の言葉の行き違いが生じる。

〔3〕聖体パンを聖別するまえの最初の文句。

〔4〕カトリック教徒に反感をもたれていたナポレオンのことなので、ここで口ごもる。ピウス七世（一七四二―一八二三）によるナポレオンの戴冠は一八〇四年十二月二日。

〔5〕ビザンチン皇帝、在位六六八―六八五年。

〔6〕哲学者、神学者、一〇七九―一一四二年。エロイーズとの往復書簡で有名。

〔7〕ルイ七世、在位一一三七―八〇年。教皇エウゲニウス三世、在位一一四五―五三年。

〔8〕東方教会の修道院生活の父、教会博士。三二九―三七九年。

〔9〕神学者、一五四四―一六〇七年。

〔10〕以上すべて十七世紀のオラトリオ会の総会長。

〔11〕神学者、説教師、一五六四―一六二六年。アンリ四世の聴罪司祭。
〔12〕ブルボン朝の祖、一五五三―一六一〇年。
〔13〕アンリ四世はよく「予は神を否む」と聞こえるような罵り言葉をつかったが、コトンは神の代わりにじぶんの名をつかい、「予はコトンを否む」と言ってもらうことにしたという。
〔14〕カトリック神秘家、一五六七―一六二二年。訪問修道会の創立者。
〔15〕六世紀の軍人、オセール伯。
〔16〕別名「慈悲深いマルタン」、三三六―三九七年。若いころ軍歴があり、激しい気性で知られた。
〔17〕八十代教皇、在位六八一―八三年。
〔18〕以上、いずれもベネディクト会の著者。
〔19〕神聖ローマ帝国皇帝、九七三―一〇二四年。

第四章

〔1〕おそらく架空の人物。
〔2〕神聖ローマ帝国皇帝、一五〇〇―五八年。カルロス一世としてスペイン王、在位一五一六―五六年。

第五章

〔1〕国王が死んだとき布告官が発する決まり文句「国王崩御、新国王万歳！」のもじり。
〔2〕金がないのに最後にじぶんが勘定せざるをえなくなる事態。ただラブレーがどこでこの言い回しをつかっているかは不明。

第七章

〔1〕 カルトには「地図」の意もあり、「地図をなくす」と言えば「混乱する、途方に暮れる」という意味になる。ここではその両方をかけている。

第八章

〔1〕 聖職者、一七六一―一八三九年。ユゴーも参列した一八二五年のランスのシャルル十世の聖別式をおこなった。

〔2〕 アンニバル・デッラ・ジェンガ、一七六〇―一八二九年。一八二三年教皇即位。

第九章

〔1〕 一七九三年西フランスのヴァンデ地方で起こった反革命の叛乱軍。後出「ふくろう党」はその一大勢力だった。

[著者]
ヴィクトール・ユゴー（Victor Hugo 1802-85）
フランス19世紀を代表する詩人・作家。16歳で詩壇にデビュー、1830年劇作『エルナニ』の成功でロマン派の総帥になり、やがて政治活動をおこなうが、51年ナポレオン3世のクーデターに反対、70年まで19年間ガンジー島などに亡命。主要作の詩集『懲罰詩集』『静観詩集』や小説『レ・ミゼラブル』はこの時期に書かれた。帰国後、85年に死去、共和国政府によって国葬が営まれた。

[訳者]
西永良成（にしなが・よしなり）
1944年富山県生まれ。東京外国語大学名誉教授。専門はフランス文学・思想。著書に『激情と神秘――ルネ・シャールの詩と思想』『小説の思考――ミラン・クンデラの賭け』、『『レ・ミゼラブル』の世界』『カミュの言葉――光と愛と反抗と』など、訳書にクンデラ『冗談』、サルトル『フロイト』、編訳書に『ルネ・シャールの言葉』など多数。

平凡社ライブラリー 893
レ・ミゼラブル 第二部（だいにぶ） コゼット

発行日…………2020年1月10日　初版第1刷

著者……………ヴィクトール・ユゴー
訳者……………西永良成
発行者…………下中美都
発行所…………株式会社平凡社
〒101-0051　東京都千代田区神田神保町3-29
電話　(03)3230-6579［編集］
(03)3230-6573［営業］
振替　00180-0-29639
印刷・製本……株式会社東京印書館
DTP…………平凡社制作
装幀……………中垣信夫

ISBN978-4-582-76893-0
NDC分類番号953.6　B6変型判(16.0cm)　総ページ464

平凡社ホームページ https://www.heibonsha.co.jp/

落丁・乱丁本のお取り替えは小社読者サービス係まで
直接お送りください（送料、小社負担）。

平凡社ライブラリー　既刊より

ヴィクトール・ユゴー著／西永良成訳
レ・ミゼラブル 1
ファンチーヌ

ジャン・ヴァルジャンの来歴、愛娘を残したまま逝くファンチーヌ、主人公を執拗に追うジャヴェール、金目的にコゼットを手放さずこき使うテナルディエ、物語前史、壮大な伏線。

アントワーヌ・ド・サン＝テグジュペリ著／稲垣直樹訳
星の王子さま

子供のまなざしを借りた大人批判の物語という原著者の意図を見事に日本語化。内藤訳への対抗から新訳がこぞって大人の物語に変えるなか、新定番訳といいうる唯一の訳業。

ピエール＝フランソワ・ラスネール著／小倉孝誠・梅澤礼訳
ラスネール回想録
十九世紀フランス詩人＝犯罪者の手記

バルザック、ユゴー、ブルトンら多くの作家を魅了し、知識人が面会に列をなした知的で洗練された伝説の犯罪者の獄中記。本邦初訳。

解説＝ドミニック・カリファ

ピエール＝ジョゼフ・プルードン著／斉藤悦則訳
貧困の哲学 上・下

マルクスが嫉妬し、社会主義・無政府主義に決定的影響を与えた伝説の書にして、混迷の21世紀への予言の書。待望の本邦初訳。貧困はいかに生じ、なぜなくならないのか。

カール・マルクス著／植村邦彦訳／柄谷行人付論
ルイ・ボナパルトのブリュメール18日［初版］

マルクスらしからぬ饒舌なテキストは、サイードやレヴィ＝ストロースをはじめとしたさまざまな思想家にインスピレーションを与えてきた。柄谷行人「表象と反復」も収録。